Dorothea Balzer • Vanessa Siemens

SCHWESTERNBLUT

Dorothea Balzer • Vanessa Siemens

SCHWESTERN BLUT

Francke

Über die Autorinnen:
Dorothea Balzer lebt am Fuße des Teutoburger Waldes und schreibt schon, seit sie ein Teenager war. Sie liebt Jesus, Abenteuer und Reisen, hat Germanistik und Literaturwissenschaft studiert und arbeitet als Lektorin in einem christlichen Verlag.
dorothea.balzer

Vanessa Siemens lebt in Detmold und schreibt seit ihrer Teenagerzeit Geschichten, in die sie gern viel Action einarbeitet. Sie liebt es, Zeit mit ihren Freunden und ihrer Familie zu verbringen und zu reisen.
vanessasiemens

FSC www.fsc.org
MIX
Papier aus verantwortungsvollen Quellen
FSC® C014138

Bibliografische Information der Deutschen Nationalbibliothek
Die Deutsche Nationalbibliothek verzeichnet diese Publikation in der Deutschen Nationalbibliografie; detaillierte bibliografische Daten sind im Internet über http://dnb.dnb.de abrufbar.

ISBN 978-3-96362-332-5

35037 Marburg an der Lahn
Covermodel Elena: Dania Töws, Covermodel Jim: Domenik Achziger
Fotografin: Evelyn Funk
Umschlagbilder: © iStockphoto.com / Azat_ajphotos;
PeopleLmages; koyu
pexels.com / @ron-lach
Umschlaggestaltung: Francke-Buch GmbH / Marion Schramm
Satz: Francke-Buch GmbH
Printed in Czech Republic

www.francke-buch.de

Personenverzeichnis

Spoiler Alert! Solltest du »Feuerprobe« noch nicht gelesen haben, wirst du in dieser Auflistung Infos bekommen, die dir die Spannung dafür rauben könnten ☺ Für alle anderen hier noch einmal eine Zusammenfassung unserer Personen und die wichtigsten Infos zu ihnen.

Jim Dunlap – 17 Jahre alt, auch bekannt als Jonah, Jay-Dee, Jay-Jay oder Key Seventeen. Hackergenie. Dunkle Geheimnisse, die er vor aller Welt zu verbergen versucht. Wurde von seinen Adoptiveltern Will und Shakira Dunlap zu seinen Verwandten geschickt. Die wenigen Personen, die ihm wichtig sind, darunter Rick, Elena, seine Tante Grace und sein Onkel Walter, verteidigt er notfalls mit seinem Leben.

Rick Anderson – 16 Jahre alt. Zwillingsbruder von Elena. Bester Freund von Jim. Zeichnet gerne, ist hartnäckig und kann ein Geheimnis für sich behalten.

Elena Anderson – 16 Jahre alt. Zwillingsschwester von Rick. Hat Jim mehr als nur gern. Trauert um ihre große Schwester Mari, die vor zwei Jahren verschwunden ist. Hat im letzten Sommer ein bisschen zu viel Party gemacht, hat diesem Leben aber den Rücken gekehrt.

Alec Hyde – FBI-Agent, der Jims Fall betreut und sich um sein Untertauchen gekümmert hat. Er ist derjenige, den man anruft, sollte es Probleme geben. Er arbeitet oft mit seiner alten Kollegin Agent Marlene Jones zusammen, die den Fall ebenfalls kennt.

Sam Crimson – ein Schatten aus Jims Vergangenheit, der auf Rache aus ist. Andeutungen zufolge hat Jim ihn, Chase und Ray wohl mal verraten.

Chase – Sams rechte Hand und Mann fürs Grobe. Scheut keine Gewalt und ist genauso von Rache besessen wie Sam.

Ray – Hackergenie, der es geschafft hat, Jim zu finden und aus seinem Versteck zu locken. Er sorgt außerdem dafür, dass die Spuren der drei stets verwischt werden und sie nicht gefunden werden können.

Alysha – Jims verlorene Schwester, die einige Jahre zuvor brutal aus seinem Leben gerissen wurde.

Rico – Freund und Vorbild von Jim; war der erste Christ in seinem Leben. Wurde vor einigen Jahren ermordet.

Mike – Fester Freund von Alysha, der durch eine Überdosis gestorben ist. Er hätte alles für Alysha und Jim getan; er hat die beiden als seine Familie angesehen.

Kamney House – Benannt nach dem Leiter dieser Einrichtung, Dr. Kamney. Ein Kinderheim, in dem Jim, Alysha, Mike, Rico, Sam, Chase und Ray aufgewachsen sind.

Prolog

Alec Hyde spähte aus dem Fenster. Der Lieferwagen fuhr fast bis vor das Haus und hielt quer davor. Alec fluchte verhalten. Sie hatten Boaz geschnappt. Zusammengesunken saß er auf dem Beifahrersitz; Ray hielt ihm das Gewehr direkt an den Kopf.

Alec sah zur Scheune, wo Marlene seinen Blick auffing und ihm konzentriert zunickte.

Vorsichtig öffnete Alec die Haustür und trat auf die Veranda.

Der Motor erstarb und für einen winzigen Augenblick lag vollkommene, trügerische Stille über dem Hof.

Ray ließ die Scheibe ein Stück herunter. »Wenn ihr nur einen Schritt näher kommt, knalle ich ihn ab!« Er stand vom Fahrersitz auf und zog sich in den hinteren Bereich zurück. Nur noch der Gewehrlauf blieb in Sichtweite, der unmissverständlich auf Boaz gerichtet blieb, der langsam zu sich kam.

Marlene zeigte aufs Dach des Lieferwagens. Eine Kamera war darauf installiert worden und drehte sich jetzt in ihre Richtung. Alec hatte es auch gesehen. Wie um alles in der Welt hatte es zu einer Geiselnahme kommen können? Wie gut, dass Marlene hier war, die für Verhandlungen ausgebildet worden war.

»Ray, wir können über alles reden«, rief sie zum Auto hinüber. »Was wollt ihr?«

»Das wisst ihr genau!«, brüllte er zurück. »Und wir werden hier nicht eher verschwinden, bis wir es bekommen haben!«

Alec sah zum Waldrand. Waren die anderen in Sicherheit? Waren Sam und Chase bei Ray im Lieferwagen? Oder war das eine Falle?

»Du weißt, dass wir das nicht machen können!« Marlene gab Alec ein Zeichen, dass sie die Situation im Griff hatte. Unschlüssig blieb Alec, wo er war. Er wollte seine Partnerin nicht alleinlassen.

»Ray, noch könnt ihr hier heil raus, wenn ihr einfach wieder verschwindet!«

Alec entschied sich, seinem Instinkt zu folgen, und bewegte sich langsam weg von der Veranda. Marlene sah, was er vorhatte, und verließ den Schutz der Scheune, um sich dann hinter Boaz' Pick-up-Truck zu positionieren. Die Kamera fokussierte sich auf sie.

»Bleib, wo du bist!«, rief Ray scharf.

»In Ordnung, ich bleibe hier, wo du mich sehen kannst.«

Alec hatte fast den Waldrand erreicht. Nur noch ein paar Meter …

»Lasst eure Geisel frei, dann versprechen wir, dass wir euch nicht hinterherjagen«, hörte er Marlene sagen.

Ray lachte auf. »Gegenvorschlag: Wir lassen ihn frei. Dafür gebt ihr uns Rick Anderson.«

1

6 Wochen zuvor

»... und ich will euch wirklich nahelegen, die Leseliste in den Ferien abzuarbeiten, die ich euch ausgeteilt habe. Und ...«

Das Klingeln unterbrach ihren Englischlehrer und läutete die langersehnten Sommerferien ein. Die letzten Worte von Mr O'Neal wurden vom Freudengeschrei der Schüler verschluckt und alle stürmten der Freiheit und dem Sonnenschein entgegen.

Rick stieß Jim fröhlich den Ellenbogen in die Seite. »Endlich Zeit ohne Ende!«

Jim grinste. »Für mich heißt das: Arbeit ohne Ende!« Walter hatte schon eine Party schmeißen wollen, weil Jim endlich mehr Zeit zum Helfen hatte. Einige der Ferienhütten mussten dringend instand gesetzt und überprüft werden, bevor neue Gäste kommen würden.

Rick verzog das Gesicht. »Ich würde ja echt nicht mit dir tauschen wollen ...«

»... wäre da nicht das coole Auto, das ich mir dadurch verdient habe?« Jim lachte. »Der Schrotthaufen, der es mal war, ist fast nicht mehr zu erahnen!«

»Ihr schraubt ja auch schon seit Wochen daran herum, du und Walter.« Rick sah sich suchend nach Elena um, die sich noch angeregt mit Chelsea und Anne unterhielt. »Blöd nur, dass du schon seit drei Monaten deinen Führerschein hast und immer noch nicht fahren kannst.«

»Na ja, wenn ich weiterhin manchmal das Auto von Grace und Walter fahren darf, werde ich schon nicht aus der Übung kommen.«

»Hey, Jungs!« Elena kam lächelnd auf die beiden zu. »Mensch, hat sich dieser letzte Tag hingezogen! Ich dachte schon, ich werde die Ferien nicht mehr erleben, weil ich vorher vor Ungeduld sterbe!« Sie fuhr sich durch die offenen blonden Haare. »Wollen wir noch ins Barry's?«

»Du meinst, noch schnell nen Burger reinziehen, bevor es nach Hause an den vollen Mittagstisch geht?« Rick grinste. »Ich bin dabei!«

Jim sah auf seine Uhr. »Ich muss in einer Stunde zurück sein, also geht das noch.«

»Ich hab Chelsea und Anne auch gefragt, aber Chelsea hat schon was vor und Anne wird gleich direkt von ihren Eltern abgeholt. Die fahren übers Wochenende in den Urlaub!«

»Cool, wohin?«, fragte Jim.

»Nach New York!«

»Krass, da muss ich auch unbedingt mal hin.«

Gut gelaunt machten sie sich auf den Weg zum Barry's, das zu Fuß eine gute Viertelstunde entfernt war.

Rick bemerkte immer wieder die misstrauischen Blicke, die Jim von Passanten zugeworfen bekam. Eine Mutter zog sogar ihr Kind enger an sich, als sie an ihnen vorbeigingen.

Rick hob missbilligend die Augenbrauen. »Manchmal schäme ich mich für unsere Kleinstädter!«, unterbrach er Elenas Ausführungen über ihre Sommerpläne.

»Wieso?«, fragte sie verdutzt.

»Ist dir das Starren noch nie aufgefallen?«

»Lass gut sein, Rick«, versuchte Jim, ihn zu beschwichtigen.

»Das ist aber nicht gut! Die können doch langsam echt mal vergessen, was im Herbst passiert ist! Vor allem, weil nie bewiesen wurde, ob du den Brand gelegt hast oder nicht! Die Leute tun so, als hättest du die Pest!«

Elena sah betroffen drein. »Stimmt. Sogar die Lehrer behandeln dich manchmal ungerecht!«

»Damit komm ich klar.«

Rick schüttelte ungläubig den Kopf. »So sollte es aber nicht sein! Das ist total unfair!«

»Es sind doch jetzt Ferien und es machen ja auch nicht alle so.« Jim lächelte. »Glaub mir, ich hab da schon Schlimmeres erlebt.«

»Schlimmeres, als dass jemand wegen dir die Straßenseite wechselt?«

Jims Lächeln verschwand. »Ja«, sagte er nur. »Fahrt ihr auch in den Urlaub?«

Elena sprang auf den Themenwechsel an. »Wir planen einen Shoppingtrip mit Chelsea nach Chicago, darauf freue ich mich schon besonders! Aber mit der Familie fahren wir nicht weg. Unser Dad fliegt wegen des Jobs nach Kanada und bleibt bis kurz vor Ende der Ferien da.«

»Und die letzte Woche der Ferien ist ja die Teeny-Freizeit im Camp«, freute Rick sich. »Das wird ein Spaß!«

»Wenn du Mückenschwärme, angebranntes Essen und kenternde Kanus als Spaß betrachtest ...«, murmelte Elena und verdrehte die Augen, als Rick zu lachen begann.

»Ich war noch nie campen, also wird das an sich schon spaßig.« Jim hielt Elena die Tür zum Diner auf. »Ich glaub, ich will nur einen Milchshake. Grace hat versprochen, heute etwas ganz Besonderes zu kochen zur Feier des Tages.«

»Feier? Hatte sie Geburtstag?«

»Nee, ich hab ein ganzes Schuljahr geschafft, ohne mehr als zwei Wochen zu schwänzen.« Jim grinste breit und Rick fragte sich, ob er das ernst meinte.

Sie suchten sich einen freien Platz am Fenster und warteten auf die Bedienung.

»Oh schaut mal«, flüsterte Elena wenig begeistert. »Brians Clique ist auch hier.«

Tatsächlich näherte sich die lärmende Gruppe dem Diner und der Geräuschpegel ging sofort in die Höhe, als Brian mit seinen Freunden einige Tische auf der entgegengesetzten Seite belagerte.

»Wollen wir lieber gehen?«, fragte Elena und rutschte unruhig auf ihrem Platz herum. »Ich hab echt keinen Bock auf die.«

»Entspann dich.« Rick lehnte sich betont lässig zurück. »Die sind mit sich selbst beschäftigt.«

Jim beobachtete Elena. »Wenn du dich unwohl fühlst ...«

»Nein, geht schon. Ich kann ja nicht ewig vor denen davonlaufen.« Sie lächelte dünn und blätterte dann wieder durch die abgegriffene Speisekarte.

Nach ein paar Minuten kam Mrs Barry selbst zu den Dreien an den Tisch und nahm freundlich ihre Bestellungen auf.

Sie plauderten eine Weile und Rick sah, dass sich seine Schwester allmählich wieder entspannte.

Nachdem Mrs Barry ihnen ihre Milchshakes und Elenas und Ricks Portion Pommes gebracht hatte, schob Rick den Teller in die Mitte. »Hau rein, Jim. Die können wir auch ruhig durch drei teilen.«

»Wie süß«, ertönte da Brians Stimme vom anderen Ende des Diners. »Rick, spielst du die Anstandsdame bei diesem Date?«

»Ignorier die einfach«, zischte Rick Elena zu, die sich versteift hatte. Er sah zu Jim, der seelenruhig an seinem Milchshake nippte.

»Ey! Ich rede mit euch!« Brian schob geräuschvoll seinen Stuhl zurück und schlenderte mit betont lässigen Schritten auf sie zu. »Seid ihr euch jetzt schon zu gut, um mir zu antworten?« Breitbeinig blieb er vor ihrem Tisch stehen.

»Lass uns einfach in Ruhe, Brian.« Rick versuchte, nicht zu aggressiv zu klingen, doch natürlich ließ sich Brian davon nur noch mehr anstacheln.

»Wie unhöflich von dir, Ricky.« Er beugte sich so weit vor, dass er nur noch wenige Zentimeter von Ricks Gesicht entfernt war. »Sollt ihr als Christen nicht nett sein? Und die andere Wange hinhalten oder so?«

Jim drehte langsam den Kopf in seine Richtung, dann rieb er sich vielsagend über die Nase und ließ die Fingerknöchel seiner Faust knacken. Und lächelte leicht.

Brian wurde ein wenig blass. »Ihr seid echt ein Haufen Loser«, murmelte er halblaut und zog sich zurück zu seinen Freunden.

Elena stieß die angehaltene Luft aus. »Ich frag mich, ob der je erwachsen wird.« Sie tauchte eine Pommes in ihren Erdbeershake.

Jim tat es ihr nach. »Du hast ihm schließlich als einziges Mädchen an der ganzen Schule einen Korb gegeben. Das bleibt ihm garantiert im Gedächtnis.« Er zwinkerte ihr zu und Rick musste sich ein Grinsen verkneifen, als Elena errötete.

»Wollen wir später noch zum Klettersteig?« Rick nahm einen großen Schluck seines Shakes. »Oder musst du heute auch schon arbeiten?«

»Muss ich erst einmal abklären.« Jim sah auf die Uhr. »Ich muss auch schon bald los.«

»Gut, dann lasst uns gehen.« Rick winkte Mrs Barry und holte sein Portemonnaie hervor.

»Herzlichen Glückwunsch zum abgeschlossenen Schuljahr!« Grace strahlte Jim an, als hätte er seinen Doktortitel erworben, und umarmte ihn.

»Dankeschön.« Er lächelte verlegen und ließ sich von seiner Tante durchs Haus zur Terrasse ziehen.

»Walter hat argentinische Steaks bestellt und ich habe Barbecue-Sauce nach dem Rezept meiner Mutter gemacht.«

Beeindruckt beäugte Jim die riesigen Fleischstücke, die auf dem Grill vor sich hin brutzelten. »Ihr wisst noch nicht einmal, was ich für Noten habe ...«

»Ach, Noten«, winkte Grace ab. »Ich weiß, dass du fleißig warst, und das reicht mir.«

»Ich würde das Zeugnis trotzdem gern sehen«, meinte Walter lächelnd und wendete das Fleisch. »Um zu schauen, ob wir dich ein wenig mehr motivieren müssen oder nicht.«

Jim nickte und holte das Dokument aus seinem Rucksack.

Grace setzte sich ihre Lesebrille auf. »Hmm, eine Drei in Englisch und eine Vier in Biologie.« Sie sah über den Rand ihrer Brille zu Jim, der sich ein Glas von ihrer selbst gemachten Limonade eingegossen hatte. »Habt ihr eine Leseliste bekommen?«

Jim verschluckte sich fast an seiner Limo. »Du erwartest doch nicht, dass ich in den Ferien lese, oder? Das ist doch Zeitverschwendung!«

»Ist es nicht.« Walter nahm einen Schluck von seinem Rootbeer. »In Büchern steckt Weisheit und Wissen. Wer lesen kann, hat Macht, auch wenn sie heutzutage nicht mehr so geschätzt wird wie früher.« Walter schüttelte den Kopf. »Alle verlassen sich nur noch aufs Internet. Man kann da ja wirklich alles nachlesen.«

»Ist doch praktisch.«

»Ja, aber wie schnell vergisst du das, was du da gelesen hast, wieder? Wenn du es dir jedoch durch Bücher aneignest, ist das was ganz anderes.«

Jim zog die schon zerknickte Leseliste von Mr O'Neal hervor. »In Ordnung. Was davon würdest du mir empfehlen?«

Grace überflog die Liste. »Oh, Mark Twains *Tom Sawyer!* Und *Onkel Toms Hütte* ...« Sie ließ ihren Finger über die Zeilen gleiten. »*John Bunyans Pilgerreise!*«

Walter grunzte. »Da gibst du ihm gleich das Schwierigste von allen.«

»Wenn er das durchliest, schafft er auch die anderen Bücher auf der Liste. Außerdem ist es allegorisch.«

Jim runzelte die Stirn. »Was mit Algorithmus?«

»Nein, nein, es ist wie ein Gleichnis vom Leben eines Christen. Es wird dir gefallen!«

»Okay, ich kann es ja mal versuchen.«

»Oh, und jetzt darf ich natürlich nicht die lobenswerte Erwähnung deiner guten Noten vergessen!« Grace strahlte stolz. »In Mathe eine Eins und Informatik sogar eine Eins plus!«

Jim grinste breit. »Erzählt das bloß nicht rum, sonst werde ich noch als Streber abgestempelt.«

»Auf seine guten Leistungen darf man ruhig stolz sein«, widersprach Walter. »Apropos, ich glaube, die Steaks sind jetzt perfekt! Lasst uns essen!«

Als Rick und Elena nach Hause kamen, saßen ihre Eltern im Wohnzimmer.

»Rick, Elena, kommt ihr bitte einmal her?«, rief sie ihr Vater dazu.

Rick stockte, als er die ernsten Mienen der beiden sah. »Was ist denn los?«

»Kommt, setzt euch.« Seine Mutter klopfte neben sich aufs Sofa. »Wir müssen was besprechen.«

Rick tat, wie ihm geheißen, und versuchte, an ihren Gesichtern irgendetwas abzulesen. War er vielleicht in Schwierigkeiten? Oder gab es Neuigkeiten über Mari? Elena schien nicht mehr zu wissen als er, denn in ihren Augen sah er nur Fragezeichen.

»Ihr wisst ja, dass euer Dad noch heute für ein paar Wochen wegfliegt. Das wäre an sich kein Problem gewesen, aber jetzt ist eure Tante Peggy pflegebedürftig geworden.«

»Tante Peggy?«, wiederholte Elena erschrocken. Das war die älteste Schwester von ihrer Mutter und sie lebte seit einigen Jahren in Minnesota. Seitdem sahen sie sie nicht mehr besonders oft, aber sie war immer ihre Lieblingstante gewesen.

Ihre Mutter nickte. »Sie ist gestürzt und hat sich die Hüfte gebrochen. Jetzt bräuchte sie für einige Zeit Hilfe und da hat sie mich gefragt.« Erwartungsvoll sah sie zwischen ihren beiden Kindern hin und her.

Rick begann zu verstehen. »Das heißt ... wir haben den ganzen Sommer über sturmfrei?« Er versuchte, nicht zu begeistert zu klingen.

»Ich werde hoffentlich nicht durchgehend dort sein«, beeilte sich ihre Mutter klarzustellen. »Und mit Danny haben wir auch schon geredet. Seine Semesterferien fangen ja bald an und er hat sich in der Nähe einen Sommerjob gesucht. Er wird zwar wie geplant demnächst als Mitarbeiter auf diese christliche Kinderfreizeit fahren, aber bis dahin wird er wieder nach Hause ziehen. Und Grace hat auch gesagt, dass ihr jederzeit zu ihnen kommen könnt.«

»Mom, da brauchst du dir wirklich keine Sorgen zu machen. Wir können ganz gut auf uns aufpassen!«

»Genau«, stimmte Rick seiner Schwester zu. »Es sind ja sowieso Ferien. Und Elena kann kochen.«

»He!«

»Also, ihr solltet alles zusammen machen«, mahnte ihr Dad. »Den Haushalt, das Kochen, Putzen, alles. Rick, du lässt Elena abends nirgends allein hingehen! Und Elena, du guckst vielleicht wirklich mal, dass ihr euch nicht ausschließlich von Fast Food ernährt.«

»Und Danny wird ja auch für euch da sein. Nur wird er eben oft arbeiten gehen.«

»Wir sind keine kleinen Kinder mehr, Mom, keine Angst«, grinste Rick. »Wir können uns benehmen.«

»Oh, dass ihr das *könnt*, bezweifle ich nicht.« Ihre Mutter lächelte breit. »Nur ob ihr es auch tut ...«

»Wann musst du weg, Mom?«

»Ich würde übermorgen schon fahren wollen, wenn das für euch in Ordnung ist.«

»Klar!«

»Und Danny würde gleich nächstes Wochenende kommen.«

»Cool! Er war schon seit Ostern nicht mehr hier!« Rick freute sich besonders. Seit Danny vor drei Jahren ausgezogen war, um in Milwaukee Architektur zu studieren, war er nicht besonders oft zu Hause gewesen. Er versuchte, wenigstens einmal im Monat fürs Wochenende zu kommen, nur hatte er die letzten Wochen besonders viel lernen müssen.

»Du tust so, als sei das ne halbe Ewigkeit.« Elena streckte ihm die Zunge raus, woraufhin Rick ein Sofakissen nach ihr warf.

»Ach ja«, unterbrach ihre Mom den geschwisterlichen Schlagabtausch. »Ich hätte gerne, dass die Einrichtung zumindest zum größten Teil heile bleibt. Wäre das machbar?«

»Klar, Mom«, antworteten die beiden wie aus einem Munde.

»Na, dann ist ja gut. Ich rufe euch an, sooft ich kann.« Ihre Mom schien trotz allem ein wenig unschlüssig zu sein. »Macht keinen Unsinn, okay?«

Rick zwinkerte seiner Schwester verschwörerisch zu. »Bestimmt nicht.«

»Und wenn es gar nicht geht, komme ich wieder nach Hause.«

»Ach was, Mom.« Elena strich ihrer Mutter über den Arm. »Wir kommen klar. Tante Peggy braucht dich doch jetzt mehr als wir!«

»Ihr könnt mich aber wirklich jederzeit anrufen.«

»Klar, machen wir!«

2

»Ich bräuchte dich heute noch mal bei den Hütten.« Walter legte die Freitagszeitung ordentlich zusammengefaltet auf den Frühstückstisch. »Mir hat ein Urlauber gemeldet, dass er gesehen hat, dass eine unserer Hütten anscheinend aufgebrochen wurde.«

Jim runzelte die Stirn. »Warum sollte jemand das tun? Da sind doch keine Wertsachen drin, oder?«

Grace schüttelte den Kopf. »Das nicht, aber Lebensmittel. Ein paar von den Kids brauen sich irgendwo tief im Wald ihre Drogen zusammen und wollen nicht für Essen wieder in die Stadt kommen. Da kann es schon mal passieren, dass sie die Hütten plündern.«

Das ergab Sinn, und was hier in den Wäldern vor sich ging, war Jim nicht neu. Er musste an seine Ausreißerzeiten denken, wo er tage- oder auch wochenlang durch den Großstadtdschungel gezogen war. Ein paar wenige Male hatte er auch etwas geklaut, aber noch einfacher war es für ihn gewesen, fremde Konten anzuzapfen und Geldbeträge umzuleiten.

Gut, das war auch Diebstahl, aber dabei wurde man nicht von Ladendetektiven erwischt.

Jim verzog das Gesicht. Auf diesen Abschnitt seines Lebens war er wirklich nicht stolz.

»Das heißt für uns, wir fahren hoch und sehen nach dem Rechten. Wenn wirklich nur ein paar Lebensmittel fehlen, können wir die ja schnell auffüllen. Aber vielleicht muss auch etwas repariert werden. Diese Kids randalieren auch gerne mal.«

»Weißt du denn, wer das war?«

Walter nickte. »Ich hab da so meine Vermutung.«

»Wieso nimmst du sie nicht fest?«, fragte Jim verwirrt.

»Weil das nicht viel bringt. Falls wir das beweisen können, müssen die höchstens ein paar Sozialstunden ableisten. Aber damit ist ihnen auch nicht geholfen. Und außerdem ...« Walter lächelte verschmitzt, »würde eine Verhaftung aufgrund eines einfachen Verdachtes ja auch nicht immer gerechtfertigt sein, nicht wahr?«

Jim musste ebenfalls lächeln. »Stimmt.« Er selbst war ja ganz froh, dass Walter keine voreiligen Schlüsse zog und auch mal Gnade vor Recht ergehen ließ.

»Und was die Drogenlabore betrifft, die sind so gut wie nicht zu finden. Du weißt ja selbst, wie dicht der Wald hier ist. Und es gibt genug Verstecke, in denen sie die immer wieder aufbauen können.« Walter seufzte. »Ich wünschte nur, diese jungen Leute würden ihre Kreativität in etwas Gutes investieren. Aber so kann das nicht weitergehen. Wir beide sollten uns mal zusammensetzen und ein paar Überwachungskameras bestellen. Sicher ist sicher.«

Jim grinste. Da würde er seinem Onkel bestimmt weiterhelfen können.

Elena stieß die nur angelehnte Tür zu Ricks Zimmer auf. Wo hatte der Typ schon wieder den Föhn versteckt? Grummelnd trat sie zum Tisch, wo seine Zeichensachen, Farben und Pinsel verteilt herumlagen. Wieso konnten Jungs nie hinter sich aufräumen? Wenn er es schon schaffte, den Föhn aus dem Bad herzuholen, war es doch nicht zu viel verlangt, ihn auch wieder an seinen Platz zu räumen!

Unter einem Stapel Schmierpapier zog sie das Gerät endlich hervor, dabei fielen ein paar der Zeichnungen herunter. Seufzend legte sie den Föhn auf den Stuhl und begann, sie wieder aufzusammeln und neugierig durchzuschauen.

Rick hatte im Frühling einen Zeichenkurs belegt, seitdem war er deutlich besser geworden. Schon vorher hatte er ein ordentliches Talent gezeigt, doch jetzt schien er sein Können zu perfektionieren. Leider hatte er nicht bei diesem Zeichenwettbewerb im Herbst gewonnen, aber der wurde jährlich wiederholt und vielleicht würde es ja beim nächsten Mal klappen.

Elena musste lächeln, als sie Karikaturen von sich und ihren Freunden aus der Teeny entdeckte. Ein wenig beleidigt betrachtete sie eine Fratze von sich, schluckte, als sie eine Skizze von Mari fand, seufzte tief, als Jim ihr vom nächsten Blatt aus zulächelte – dann stutzte sie. Ein ihr völlig fremdes Gesicht blickte ihr aus starren Augen entgegen. Elena schüttelte sich, als sie auf eine klaffende blutige Schnittwunde sah, die dem Kerl quer über die Wange bis fast zum Auge ging. Stirnrunzelnd drehte sie das Blatt um. Auf der Rückseite waren wieder diese Augen gezeichnet, die Elena eine Gänsehaut bescherten. Wer war dieser Typ? Wo hatte Rick ihn gesehen? Hatte er sich einfach jemanden ausgedacht für den Zeichenkurs? Dafür sah die Zeichnung viel zu detailliert aus. Das Rot des Bluts schimmerte beinahe, so als würde es gleich aus der Zeichnung tropfen.

Beim nächsten Bild verknotete sich ihr Magen. Es musste der gleiche Typ sein, doch dieses Bild hatte etwas Dämonisches an sich. Der Mann hatte den Mund zu einem diabolischen Lächeln verzogen, obwohl das Blut immer noch aus der Wunde strömte. Und die Augen ... sie waren noch schlimmer als auf dem ersten Bild. Noch böser, noch dunkler, noch ... mordlustiger?

Elena versuchte, den Kloß in ihrem Hals herunterzuschlucken, schob das Bild schnell unter den Stapel, schnappte sich den Föhn und floh aus dem Zimmer. Im Bad wickelte sie sich das Handtuch vom Kopf und begann, sich die Haare zu föhnen. Dabei wirbelten ihre Gedanken mit ihren Haaren um die Wette. Sollte sie Rick mal darauf ansprechen? Vielleicht war es ja wirklich eine vollkommen harmlose Sache und er hatte im Zeichenkurs einfach die Aufgabe gehabt, einen bösen Menschen zu zeichnen.

Aber was, wenn nicht? Sollte sie ihren Eltern vielleicht Bescheid geben? Elena wusste, dass Rick Albträume hatte und dass er immer noch regelmäßig die Psychologin Erin Creighton besuchte, aber sie hatte immer geglaubt, dass das mit dem Zwischenfall zwischen ihm und Jim im Herbst zusammenhing. Vielleicht war aber noch etwas anderes geschehen ...?

Elena schaltete den Föhn aus und starrte ihr Spiegelbild an. Sie wollte ihren Bruder nicht verpetzen. Sie hatte sich auch mies gefühlt, als er ihren Eltern erzählt hatte, dass sie überfallen worden war. Vielleicht fragte sie ihn doch einfach mal. Oder, noch besser, sie beobachtete ihn. Wenn es noch mehr Anzeichen gab, dass da etwas im Busch war, konnte sie ihn immer noch damit konfrontieren.

Jim schaffte es nicht ganz rechtzeitig zur Teenystunde, aber das war okay. Er war lange mit Walter unterwegs gewesen und sie hatten es geschafft, in nur wenigen Stunden die beschädigte Hütte auszubessern und aufzuräumen. Tatsächlich hatten die Einbrecher lediglich einige Lebensmittel, eine Flasche Petroleum und eine Decke mitgehen lassen. Trotzdem hatte Walter grummelig vor sich hin geschimpft, während sie das Türschloss ausgewechselt hatten.

Neben Elena war noch ein Stuhl frei und Jim schlich sich leise zum Platz, um Nathan nicht bei seiner Einführung ins Thema zu stören.

Sie lächelte scheu, als sie ihn entdeckte, richtete ihren Blick aber wieder schnell auf Nathan.

Jim musste ebenfalls lächeln. Er hatte sie in den letzten Monaten richtig lieb gewonnen, wie sie ihn und Rick immer mit ihrer einerseits schüchternen, andererseits frechen Art ärgerte. Sie war abenteuerlustig und machte jeden Quatsch mit, den Rick und er sich ausdachten. Jim hatte von Anfang an geahnt, dass sich eine coole Persönlichkeit hinter dem Partygirl versteckt hatte, und er verstand bis jetzt nicht, wieso sie im letzten Jahr das Bedürfnis gehabt hatte, zu Leuten zu gehören, die ihr nicht annähernd das Wasser reichen konnten.

Er kramte seine Bibel hervor und versuchte einzuordnen, worum es heute ging. Nathan war schon mitten in der Bibelarbeit, doch Jim fand schnell den Anschluss, nachdem er die Textstelle in 1. Korinther 5 überflogen hatte. Er bemerkte, dass Elena ein wenig unruhig wurde, als Nathan über den fünften Vers sprach, in dem es darum ging, eine verlorene Seele loszulassen, damit sie letztendlich gerettet werden konnte. Er verstand, dass sie das ziemlich mitnehmen musste. In Bezug auf Mari klang diese Stelle echt krass. Er hoffte nur, Elena dachte auch daran, dass bei Gott immer noch alles möglich war.

Nachdem sie noch ein paar Lieder gesungen hatten, setzten sich ein paar Teens zusammen, um mit Nathan noch ein wenig über das Thema zu diskutieren, während einige andere anfingen, das Buffet mit den versprochenen Hot Dogs vorzubereiten. Aus den Augenwinkeln beobachtete Jim, wie Elena zur Tür hinausschlüpfte. Allein. Er runzelte die Stirn. Es war doch schon beinahe dunkel draußen. Das war keine gute Idee von ihr. Aber sie hatte eben wirklich betroffen gewirkt. Vielleicht brauchte sie nur ein paar Minuten.

»Du solltest nicht allein draußen herumstreifen, wenn es bald dunkel wird.«

Elena zuckte beim Klang von Jims Stimme hinter ihr zusammen und wischte sich hastig über die Augen.

»Alles okay?«, fragte Jim besorgt und setzte sich neben sie auf die Bank.

Elena nickte, auch wenn neue Tränen sie Lügen straften.

»Willst du lieber allein sein?«

»Nein, ist schon gut.« Sie versuchte zu lächeln. »Ich wollte nur nicht vor allen ...« Sie schluchzte und kramte in ihrer Jacke nach einem Taschentuch.

»Es ist wegen Mari, oder?«, fragte Jim leise.

Elena schnäuzte sich geräuschvoll und nickte wieder. »Ich vermisse sie einfach so sehr … und ich hab schreckliche Angst um sie.«

Jim rutschte näher und legte einen Arm um sie. »Ich weiß genau, wie du dich fühlst.«

Elena vergrub ihr Gesicht an seiner Schulter und ließ ihren Tränen freien Lauf. Sie war dankbar dafür, dass Jim sich nicht bemühte, sie irgendwie aufzumuntern, sondern einfach nur da war. Er hielt sie stumm fest und ließ sie weinen.

Es dauerte einige Minuten, bis Elena sich einigermaßen beruhigt hatte. Plötzlich war es ihr peinlich, dass Jim sie so gefunden hatte. Schnell löste sie sich von ihm. »Tut mir leid.« Unbeholfen tupfte sie seine Jacke mit ihrem Ärmel trocken. »Ich wollte dich nicht vollheulen.«

Jims Augen funkelten. »Schon in Ordnung. In der Bibel steht doch, dass wir füreinander da sein sollen.«

»Ja ... ja. Du hast recht.« Schnell stand sie auf und strich sich die Haare zurück. Natürlich. Füreinander da sein. Als Geschwister im Herrn … Mehr als die Schwester seines besten Freundes sah er wahrscheinlich immer noch nicht in ihr.

Jim erhob sich. »Ich wollte jetzt sowieso gehen.« Er schien zu zögern. »Wenn du willst, bringe ich dich nach Hause.«

Zeit mit Jim zu zweit … Ein verlockender Gedanke.

Elena sah ihn von der Seite an, doch seine Miene war so typisch unlesbar wie immer. Ging es ihm vielleicht doch wie ihr? Wollte er mehr Zeit mit ihr verbringen oder war er nur um ihre Sicherheit besorgt?

»Ähm … ja, gerne.« Zurück in den Teenyraum wollte sie nicht und auf Rick warten auch nicht unbedingt.

Schweigend gingen sie nebeneinander im Dämmerlicht der untergehenden Sonne die Straßen entlang. Einerseits war Elena dankbar für die Ruhe, wollte sie doch nicht über Mari und ihren Seelenzustand reden. Aber andererseits tobten so die Gedanken über sie ungehindert durch ihren Kopf. Am besten lenkte sie sich ab, denn sie wollte nicht, dass ihr wieder die Tränen kamen und Jim sie dann für eine Heulsuse hielt.

Der Horizont im Westen flammte orangerot auf und darüber zogen leuchtend pinke und zartrosa Streifen über den Himmel. Es könnte ein so romantischer Spaziergang sein.

Jim stopfte die Hände in die Taschen seines Kapuzenpullis, bevor er sich vergaß und Elenas Hand nehmen konnte. Ein großartiger Freund war er. Fand noch nicht einmal ein tröstendes Wort.

Er konnte nicht länger leugnen, dass sie ihm wichtig war. Als sie an seiner Schulter geweint hatte, war ihm wieder einmal klar geworden, dass er sie nicht zu nah an sich heranlassen durfte. Er war nicht gut für sie. Sie verdiente jemand Besseren als ihn. Sie verdiente jemanden, der sie aufmuntern und zum Lachen bringen konnte und nicht einfach nur stumm wie ein Trottel dasaß.

Nicht einmal jetzt wusste er, was er sagen sollte, ohne plump oder taktlos zu sein.

Er musterte sie von der Seite. Der Abendwind wirbelte durch ihr blondes Haar und das Licht der untergehenden Sonne ließ es fast golden schimmern.

Wahrscheinlich hatte sie bemerkt, dass er sie angestarrt hatte, denn sie drehte den Kopf und erwiderte seinen Blick.

Jetzt musste er etwas sagen. »Heute haben wir echt einen schönen Sonnenuntergang.«

Wow. Tolle Beobachtungsgabe, Jay.

Sie lächelte leicht.

Er atmete unmerklich auf.

»Ja, er ist wunderschön.« Sie schaute den Himmel an und Jim

sah, wie sich ihre Gesichtszüge etwas entspannten. Okay. Vielleicht war das mit dem Trösten doch nicht so schwer.

»Die schönsten Sonnenuntergänge habe ich aber in Florida am Meer gesehen.« Der Satz war ihm herausgerutscht, bevor Jim groß darüber nachdenken konnte.

»In Florida? Warst du da mal?«

Er spürte wieder ihren Blick. Warum sollte er ihr nicht ein bisschen was erzählen? Nur von den schönen Erinnerungen natürlich. Es würde sie etwas ablenken.

»Dort bin ich aufgewachsen. Wir lebten nicht weit vom Strand entfernt. Und meine Schwester und ich haben abends oft auf den Wellenbrechern gesessen und auf das Meer geschaut.« Manchmal hatte Alysha gesungen. Manchmal war ihr Freund Mike dabei gewesen und hatte Jim von seinem Nebenjob in der KFZ-Werkstatt erzählt. Oder hatte versucht, ihm das Pfeifen beizubringen.

»Ich wusste ja gar nicht, dass du eine Schwester hast.«

Er lächelte leicht. »Sie hieß Alysha.«

»Hieß?«

Er schluckte, als er ihren bestürzten Gesichtsausdruck sah. »Sie ist leider gestorben, kurz bevor ich adoptiert wurde.«

»Oh, Jim.« Ihre Augen füllten sich wieder mit Tränen.

Trösten, Jay! Nicht wieder zum Heulen bringen!

»Eigentlich war sie gar nicht meine leibliche Schwester. Aber wir standen uns so nah, als wäre sie es, weißt du? Sie hat sich immer um mich gekümmert.« Er legte die Hand auf Elenas Arm. »Deswegen verstehe ich, wie es dir mit Mari gehen muss.«

Sie nickte. »Danke, dass du es mir erzählt hast«, flüsterte sie.

Langsam zog er die Hand wieder zurück. Das Haus ihrer Eltern kam in Sicht.

Er war überrascht, wie gut es getan hatte, Elena von Alysha zu erzählen. Bei ihr fühlte er sich irgendwie frei, darüber zu reden.

Ihre Eltern saßen noch im Wohnzimmer, als Elena zur Tür hereinschlüpfte. Glücklicherweise waren sie beschäftigt, also rief Elena ihnen schnell ein »Gute Nacht!« zu und verschwand nach oben. Im Bad schloss sie die Tür hinter sich und drehte sich dann zu ihrem verheulten Spiegelbild um. Es war ihr immer noch unangenehm, dass Jim sie so gesehen hatte. Aber es schien ihn irgendwie nicht gestört zu haben. Ihr wurde warm, als sie sich an den Blick erinnerte, mit dem er sie betrachtet hatte. Hatte sie sich die Intensität darin nur eingebildet?

Seufzend begann sie, die verbliebenen Reste ihrer Wimperntusche und ihr Make-up zu entfernen. Was brachte es, sich darüber den Kopf zu zerbrechen? Sie war einfach nur froh, dass er sich ihr endlich mal geöffnet und von seiner Schwester erzählt hatte. Alysha. Wie sie wohl gewesen war? Sicher sehr fürsorglich und vorbildlich. Eine perfekte große Schwester.

Elena putzte sich die Zähne, wusch sich das Gesicht und bat Gott wieder einmal darum, dass er Mari nach Hause bringen würde.

Auf dem Weg in ihr Zimmer blieb sie vor der Fotowand im Flur stehen. Im Halbdunkel betrachtete sie die Bilder, die so viele Erinnerungen in ihr wachriefen. Die meisten waren gut, aber viele davon auch mit Schmerz verbunden.

Besonders die mit Mari.

Elenas Blick wanderte über den Flur bis zu Maris verschlossener Zimmertür. In letzter Zeit war sie öfter mal heimlich hineingegangen. Auch heute sah sie sich noch einmal um, dann schlich sie ins Zimmer.

Das meiste hatte ihre Mutter so gelassen, wie es bei Maris Verschwinden gewesen war. Bis auf die Berge von Klamotten auf dem Fußboden natürlich. Es war sauber und ordentlich aufgeräumt, eine geblümte Tagesdecke lag auf dem Bett und die Lampe auf der Fensterbank ließ ihre Mutter Tag und Nacht brennen. Es war ein Zeichen für sie, dass sie Mari jederzeit willkommen hieß, und ein Symbol dafür, dass sie noch Hoffnung hatte.

Elena strich vorsichtig die Bettdecke glatt und setzte sich dann auf den Boden davor.

Selbst die Poster von den Sängern, die Mari an die Wände gepinnt hatte, hatte ihre Mutter hängen lassen, auch wenn sie sich oft genug gegen sie geäußert hatte.

Elena kramte in der Kiste unter Maris Bett nach ihrem pinken iPod, den sie zurückgelassen hatte. Warum, war Elena zwar bis heute ein Rätsel, da sie kaum noch ohne ihn anzutreffen gewesen war, aber es verband sie seltsamerweise mit ihrer Schwester, ihre Lieblingsmusik darauf zu hören. Nun, die Musik war nicht mehr so wirklich nach ihrem Geschmack und die Texte waren auch sehr ichbezogen, aber das waren ja die meisten in den Charts.

Elena setzte die Kopfhörer auf und scrollte durch die Playlist mit den Top 25. Ihr Herz wurde immer wieder warm, wenn sie das eine alte Kirchenlied in der Liste entdeckte. Es ließ Elena hoffen, es könnte Mari doch nicht vollkommen egal sein, dass sie eigentlich ein Kind Gottes war.

Sie drückte auf Play und hörte auf die ruhige Melodie und die Worte: »*Does Jesus care ...*«

Obwohl Elena geglaubt hatte, an diesem Abend schon genug geweint zu haben, kamen ihr doch noch ein paar Tränen, die sich still ihren Weg bahnten und auf ihre Jeans tropften. Es folgten zwei, drei ebenfalls ruhige Lieder, in denen Elena einfach nur ins dunkle Zimmer starrte und ihre Schwester vermisste.

Erst als das nächste Lied mit einer arrogant klingenden Sängerin startete, wischte sie sich die Tränen weg und schaltete den iPod wieder aus.

Es fiel ihr immer noch schwer, für Mari zu beten. Sie wusste nicht, was sie Gott sagen sollte. Er wusste doch, was los war. Sie hatte ihn schon Dutzende Male darum gebeten, Mari wieder nach Hause zu bringen. Würde ein weiteres Gebet denn viel ändern? Warum sollte sie überhaupt dafür beten, wenn Gott doch sowieso das tat, was er für richtig hielt? Was brachte es da, ihn anzuflehen, etwas zu bewirken, wenn er sowieso nach seinem eigenen Plan handelte?

Ratlos packte Elena den iPod zurück in die Kiste und schob sie unters Bett. Vielleicht sollte sie mal mit ihrer Mutter darüber reden.

3

»Da bist du ja.« Jim grinste Rick breit an und ließ ihn ins Haus. »Ich dachte schon, du drückst dich vor der Arbeit, wo wir doch jetzt Ferien haben.«

»Quatsch! Ich bin nur nicht aus dem Bett gekommen.« Rick rieb sich über die Augen. »Also, was muss alles an der Website gemacht werden?«

»Komm mit, ich erklär's dir.«

Jims Zimmer hatte sich im letzten halben Jahr stark verändert. Zu seinem Geburtstag im April hatte sein Adoptivvater ihm einen eigenen Server geschenkt, dazu hatte er ihm seine alten Bildschirme und Computer liefern lassen, die Jim bei seinen Adoptiveltern zurückgelassen hatte. Jims Zimmer sah jetzt aus wie ein Zockerparadies, auch wenn Rick ihn noch nie hatte Spiele spielen sehen. Stattdessen liefen Quellcodes über die Bildschirme, oder, wenn Rick ihn mal überraschte, Aufnahmen von Überwachungskameras, Karten mit blinkenden Punkten darauf und andere Dinge, von denen Rick keine Ahnung hatte.

Jetzt war die Website der Dunlaps auf den Bildschirmen zu sehen, die sie im Herbst erstellt hatten.

Rick und Jims Job bestand darin, die Website immer auf Aktualität zu prüfen, neue Bilder reinzustellen und die Seite zu verbessern. Jims Aufgabe war es außerdem, die E-Mails zu checken, aber das machte er meistens mit seiner Tante, da sie die gestellten Fragen dann sofort beantworten konnte.

Nachdem sie etwa eine Stunde gemeinsam an der Seite gearbeitet hatten, gähnte Rick herzhaft. »Musst du heute noch mal mit Walter zu den Hütten?«

»Nee, im Moment sind alle belegt und die Ersten reisen am

Sonntag wieder ab. Bis dahin sind wir nur auf Abruf, sozusagen. Falls was nicht in Ordnung ist.« Jim schloss die Internetseite. »Aber wir haben das Auto jetzt so gut wie flottgekriegt, Walter meinte sogar, dass ich heute schon ne kleine Probefahrt machen könnte.«

»Cool! Da wäre ich dabei!«

»Klar, kannst gerne mitkommen.« Jim rappelte sich auf und Rick entging nicht, wie er sich gedankenverloren die Schulter rieb. Anscheinend hatte er immer noch mit den Langzeitfolgen vom letzten Herbst zu tun.

Rick stand auf. »Komm, lass uns noch bisschen zum Klettersteig gehen. Oder in den Skatepark.«

Jim zog die Nase kraus. »Du weißt, dass ich nicht skaten kann.«

»Dann musst du das auf jeden Fall noch lernen.«

»Und allen zeigen, dass ich es nicht drauf hab? Nein danke.«

»Dann gehen wir eben nachts üben.«

»Deal.«

Sie waren den ganzen Tag im Wald und beim Klettersteig gewesen. Jetzt sank Jim müde aufs Bett mit dem guten Gefühl, wahrscheinlich am nächsten Morgen mit Muskelkater aufzuwachen. Es war schon ziemlich spät; Grace und Walter hatten sich bereits zurückgezogen und aus Walters Zimmer kam ein leises, regelmäßiges Schnarchen.

Jim überlegte, noch einmal die Website zu checken oder ein wenig durch YouTube zu klicken, das half ihm meistens beim Einschlafen. Sein Blick fiel auf die gerahmte Fotografie auf seinem Nachtschränkchen. Sie zeigte ihn mit seiner Schwester Alysha, die in ein wunderschönes rotes Paillettenkleid gehüllt auf dieser Dekorationsbank saß und in die Kamera lächelte, während sie ihren Arm um ihn gelegt hatte.

Damals hatte er ihr gerade mal bis zur Schulter gereicht. Er selbst schaute so ernst in die Kamera, als säße er auf einer Beerdigung und nicht auf einer Soiree.

Jim rieb sich über die Arme, als er daran dachte, was an diesem Abend alles passiert war, auch wenn es nicht die schlimmsten Erinnerungen waren, die er hatte. Aber das Gefühl der Hilflosigkeit und der Verzweiflung war wieder da.

Er griff zögerlich nach der alten Pappschachtel, die Will ihm an seinem Geburtstag gegeben hatte. *»Es wird Zeit, dass du sie bekommst«*, hatte er gesagt und ihn gebeten, sie erst am nächsten Tag zu öffnen. Was sich darin befand, hatte ihm ziemlich den Boden unter den Füßen weggezogen, aber jetzt konnte er die Sachen durchgehen, ohne nachts sofort von Albträumen heimgesucht zu werden.

Jim öffnete den Deckel und sah auf die wenigen Gegenstände, die es aus seinem alten Leben hierhergeschafft hatten. Dabei gehörte noch nicht mal viel davon ihm selbst. Er nahm den dünnen Stapel Fotos heraus, der ganz oben lag und aus dem auch das Bild auf seinem Nachtschränkchen stammte. Es waren nur sechs Fotos; keiner von ihnen hatte gerne vor der Kamera gestanden.

Jedes einzelne sah er sich genau an. Er erinnerte sich an jeden der Tage, an denen sie geschossen worden waren.

Das Bild mit Mike und Alysha in der Stadt. Da hatte Mike gerade sein erstes Handy besorgt und sofort ein Selfie gemacht. Es war ein wenig verwackelt.

Das Foto von Alysha und ihm, wo er mit ihr auf den Wellenbrechern saß. Zuvor hatte Jim eine schlechte Note geschrieben und Mike hatte ihm zum Trost ein Eis bei Tonys Eisstand gekauft. Ein Teil der Eiscreme war in seinem Gesicht und auf seinem Shirt verteilt.

Auf einem Foto waren nur er und Mike zu sehen, beide in Schwimmshorts im Wasser. Da hatte Mike ihm das Schwimmen beigebracht. Jim musste lächeln, als er Mikes Haare betrachtete. Sie klebten ihm wirr um den Kopf, dabei war er immer so darauf bedacht gewesen, durchgestylt zu sein. Doch nicht an diesem Tag.

Das nächste Bild zeigte sie alle drei in Slimmys Tattoostudio. Der Kerl war nett gewesen und hatte sich manchmal um sie gekümmert, wenn auch auf seine eigene raue, unbeholfene Art. Mike zeigte stolz sein neues Tattoo, während Alysha gerade etwas zu ihm sagte.

Einen Fotostreifen hatten sie im Automaten gemacht, auf dem sie Grimassen schnitten. Jim musste lächeln, als er daran dachte, dass die Box viel zu eng gewesen und es an dem Tag extrem heiß gewesen war.

Das nächste war wieder ein Handyfoto und Jim stockte der Atem. Im Hintergrund war Rico zu sehen. Das war beim Schulfest gewesen. Sie hatten alle in Schuluniform kommen müssen. Eine von Alyshas Freundinnen hatte das Foto von ihnen dreien gemacht und Rico war auch nicht weit gewesen. Rico und Mike hatten sich in der Zeit ein wenig angefreundet. Kurz bevor …

Schnell legte er die Fotografie weg, aber Gedanken ließen sich nun mal nicht so einfach zur Seite schieben. Er erinnerte sich an den Moment nur wenige Wochen danach, an dem Alysha ihn auf den Schoß gezogen und ihm erklärt hatte, dass Mike nicht wiederkommen würde. Nie wieder.

Er sah erneut zu dem Foto, das Grace für ihn eingerahmt hatte. Er musste schlucken. Dieses Foto, das so perfekt aussah. Und trotzdem so viel Dunkelheit verbarg. Doch, ein wenig sah man es an Alyshas Augen. Aber alles andere schien so vollkommen. Ihr Kleid, ihre Haare, ihr Lächeln, die geschwungene Bank, auf der sie saßen, und die dekorativen Palmen im Hintergrund. Doch er wusste noch ganz genau, was kurz danach geschehen war.

Jim legte die Fotos auf die Bettdecke und nahm die Mappe mit seinen Schulzeugnissen und Wettbewerbsurkunden heraus, ohne hineinzuschauen. Auf dem Boden der Schachtel lagen nun nur noch zwei Gegenstände: ein ledernes Armband mit einem eingeflochtenen Löwenkopf und ein Sturmfeuerzeug.

Er strich vorsichtig über das Armband, dann streifte er es über. Er wusste noch ganz genau, wie gerne er es hatte haben wollen, als Mike es von Alysha geschenkt bekommen hatte, aber Alysha hatte ihn damit vertröstet, dass sie ihm ein anderes machen würde. Dass es jetzt ihm gehörte, fühlte sich falsch an. Beide Personen, mit denen er es in Verbindung brachte, waren tot. Aber er wusste, dass sie nichts dagegen haben würden.

Jim griff nach dem Feuerzeug, auf das ebenfalls ein Löwe aufgeprägt war. Es funktionierte nicht und Jim hatte schon einige Male überlegt, ob er es nicht reparieren sollte. Kurzentschlossen griff er nach seinem Taschenmesser auf dem Nachtschränkchen, setzte sich an seinen Schreibtisch und fing an, das Gehäuse vorsichtig vom Innenleben zu lösen. Das ging relativ einfach; es war offensichtlich nicht das erste Mal, dass es geöffnet wurde.

Ein wenig ratlos besah er sich die einzelnen Teile und stellte schließlich fest, dass einiges fehlte, weswegen das Feuerzeug gar nicht funktionieren *konnte*. Am Mechanismus für die Zündung war außerdem etwas merkwürdig. Ein Plastikteil saß irgendwie fehl am Platz. Vorsichtig versuchte Jim, es mit der Messerspitze zu lösen. Als das Ding schließlich mit einem leisen Klappern auf die Tischplatte fiel, traute er seinen Augen kaum. Wie elektrisiert starrte er auf die winzige Micro-SD-Karte und Verwirrung machte sich in ihm breit. Konnte das sein? Genauso eine Speicherkarte hatte er damals doch Alec gegeben! All das Beweismaterial gegen Kamney war darauf gewesen. Einige belastende Videos, Scans von Schmier- und Schutzgeldern, Nachweise von Erpressung und Drogenhandel … Wieso war das alles jetzt hier? Oder ... war das eine ganz andere Speicherkarte?

Aufgeregt suchte er nach einem Adapter für die Karte, schob sie in den Slot am Laptop und griff nach seiner Tastatur. Adrenalin schoss durch seinen Körper, als er den Ordner öffnen wollte und ihn eine nur allzu bekannte Verschlüsselung aufhielt. Das konnte nur eins bedeuten.

Rick kämpfte sich an die Oberfläche seines Traums und schaffte es, endlich wach zu werden. Dass er von Sam und der ganzen Sache im Herbst träumte, passierte zum Glück nicht mehr regelmäßig, aber es kam doch immer wieder vor.

Seufzend sah er auf seinen Wecker. Gerade mal kurz nach sieben! Und das in den Ferien.

Eine Weile blieb er noch liegen und genoss es, nicht aufstehen zu müssen, doch als die Bilder immer wiederkamen, sobald er die Augen schloss, stand er auf und holte seinen Zeichenblock. Dann kuschelte er sich wieder ins Bett und nahm ihn auf den Schoß. Einen Augenblick lang ließ er den Bleistift über dem Papier schweben, dann begann er zu zeichnen.

Erin Creighton hatte ihm empfohlen, seine Ängste und Gefühle auf diese Weise zu verarbeiten, und das hatte bisher sehr gut funktioniert.

Wieder zeichnete er Sams blutüberströmtes Gesicht mit der klaffenden Schnittwunde, das zu einer unheimlichen, verzerrten Fratze verzogen war. Inzwischen war es dermaßen detailliert, dass es einem Foto gleichkam, so oft hatte er es schon zu Papier gebracht.

Rick ließ ganz bewusst alle Details vor seinem inneren Auge vorüberziehen. Dann stutzte er, als ihm etwas auffiel, was er bisher nicht beachtet hatte. Er konzentrierte sich darauf und begann dann, das Bild in seinem Kopf zu zeichnen.

Als er fertig war, starrte er auf das rechte Handgelenk von Ray. Ein Tattoo war darauf zu sehen. Es war zwar nicht das einzige gewesen, das Rays Arme bedeckt hatte, aber nur dieses hatten auch Sam und Chase. An der gleichen Stelle.

Rick legte den Kopf schief und betrachtete den filigranen Schlüssel genauer. Er war vielleicht gerade mal vier bis fünf Zentimeter lang und seltsamerweise im Gegensatz zu den anderen Tattoos auf Rays Arm, an die er sich erinnerte, fast edel gestaltet. Vielleicht ein Gang-Tattoo? Hatte Jim nicht genau an der Stelle eine Narbe? Waren sie womöglich in der gleichen Gang gewesen? Das würde erklären, woher sie sich kannten.

Rick überlegte einen Moment, dann holte er seinen Laptop und fing an, im Internet nach Chicagoer Gangs zu suchen, die so ein Tattoo hatten. Doch auf den Seiten, auf denen er suchte, fand er nur andere Motive und ihre Bedeutungen.

Nach einer Stunde erfolgloser Recherche steckte Elena den Kopf herein und rief ihn zum Frühstück. Rick nickte und schob schnell seinen Zeichenblock unter seine zerknüllte Bettdecke. Gerade wollte er sich erheben, da geschah plötzlich etwas Merkwürdiges: Ohne dass er das Touchpad seines Laptops berührte, bewegte sich der Mauszeiger plötzlich über seinen Bildschirm. Verwirrt starrte er darauf, dann sah er, wie die Webcam-LED zu blinken begann. Rick erstarrte. Er fühlte sich plötzlich beobachtet. Einem inneren Impuls folgend klappte er den Laptop zu und nahm den Akku heraus. Panik machte sich in ihm breit. Hatte Jim nicht erzählt, dass Ray ihn höchstwahrscheinlich durchs Hacken gefunden hatte? Hieß das dann, dass Ray wieder zuschlug und … Erinnerungen strömten auf ihn ein: Bilder, wie Ray plötzlich seine Arme um ihn schlang, wie Rick sich vergeblich wehrte, wie Chase die Waffe zog … Jim, der aus dem Wald gestürmt kam und sich auf Sam stürzte, der Kampf, das Messer, das Blut … und der Schuss. Sams blutüberströmte Grimasse, die ganz nah an Ricks Gesicht gekommen war. Wie er ihm zuflüsterte, dass er zurückkommen und ihn töten würde, falls er ihn verriet. Und dann, wie sie auf ihn einprügelten, bis er das Bewusstsein verlor …

Rick sprang auf, zog sich in Windeseile an und stürmte aus dem Haus.

Völlig außer Atem kam er bei den Dunlaps an und klingelte.

»Ricky?« Miss Grace sah überrascht drein, als sie öffnete. »Du bist aber früh dran.«

»Guten Morgen«, beeilte Rick sich zu sagen. »Und Entschuldigung für die Störung. Ich wollte nur mal kurz zu Jim, was klären.«

Schon der Klang der hektischen Schritte auf der Veranda hatte Jim alarmiert. Er öffnete die Augen und hörte, wie Grace sagte: »Ja, er ist in seinem Zimmer. Geh ruhig rein, Rick.«

Schnell richtete er sich auf und rieb sich über die Augen.

Fast atemlos stürmte Rick in sein Zimmer. »Wir müssen reden.« Er zeigte nach draußen und fuchtelte mit den Händen herum.

Jim brauchte einen Moment, um zu verstehen, dass er sein Handy dalassen sollte. Sofort spürte er die Nervosität seinen Nacken hochkrabbeln, die die Unruhe durch seine Entdeckung in der Nacht nur noch verstärkte, während Rick ihn immer weiter in den Wald führte, bis sie am Klettersteig waren.

»Jetzt sag schon, Mann! So viel Adrenalin vor dem Frühstück ist echt nicht gesund!«

»Dein Handy ist zu Hause?«

»Ja, hast du doch gesehen!«

»Und sonst hast du nichts Technisches dabei?«

Jim verschränkte die Arme. »Jetzt machst du mir echt Angst. Was ist passiert?«

Rick sah sich etwas verstört um. »Ich … ich bin mir nicht sicher, ob es nicht einfach eine Fehlfunktion war, aber ich glaub … ich wurde gehackt.«

Jim bekam eine Gänsehaut. »Bist du sicher?«

»Nein, überhaupt nicht.« Rick ließ sich auf einen der Felsen fallen. »Als ich meinen Laptop angemacht habe, war noch alles in Ordnung. Was mich ein bisschen stutzig gemacht hat, war, dass sich mein Mauszeiger ein paarmal von selbst bewegt hat. Und dann … dann hat sich die Webcam eingeschaltet.«

Ricks Panik steckte Jim beinahe an, doch er versuchte, einen klaren, rationalen Gedanken zu fassen. »Woran hast du das gemerkt? Hat sich das Programm dafür geöffnet?«

»Nein, nur das grüne Lämpchen neben der Kamera ist angegangen.« Rick verknotete seine Finger. »Jim, ist das … ist das …?«

Jim zwang sich, ruhig zu bleiben. »Ich finde das raus.«

»Aber du darfst dich nicht verraten! Wenn die erfahren, dass du noch lebst, kommen die doch direkt wieder!«

»Ich bin vorsichtig. Wenn ich eins kann, dann das.«

»Aber wird Ray nicht sofort deinen Stil erkennen? Deine digitale Handschrift oder so?«

Jim schüttelte den Kopf. »Ich weiß, wie ich mich verstecke. Das hab ich schon mein ganzes Leben lang gemacht. Außerdem habe ich schon lange meinen eigenen Stil entwickelt, den erkennt er nicht mehr so schnell.«

Rick sah nicht wirklich überzeugt aus und Jim verschwieg seine Vermutung, dass Ray ihn im letzten Herbst so gefunden hatte. Aber diesmal würde er noch mehr aufpassen und seine Spuren verwischen.

Jims Nacken- und Schultermuskeln schmerzten, so angespannt war er. Angestrengt starrte er auf Ricks Bildschirm und auf den Code, den er gefunden hatte. Und der ihm so furchtbar vertraut war. Das war Rays Handschrift, da war Jim sich zu hundert Prozent sicher. Die Spuren, die er aufgedeckt hatte, verrieten ihm, dass er Rick seit ein paar Wochen immer wieder mal überwachte. Aber warum? Wollten sie nur sichergehen, dass Rick sich an sein Schweigen hielt und sie nicht verriet? Er hatte ja keine Ahnung, dass Alec und sein Team schon lange Bescheid wussten, was im Herbst wirklich geschehen war. Sam war rachsüchtig. Sollte er auch nur den Verdacht bekommen, dass Rick ihn verraten hatte, würde er wiederkommen. Ja, das musste es sein. Jim sah keinen anderen Grund, warum Ray ihn auf eigene Faust heimlich ausspioniert haben sollte.

Jetzt versuchte Jim herauszufinden, was genau Ray gemacht hatte. Bis jetzt schien nur Ricks Webcam eingeschaltet worden zu sein; außerdem war jemand auf seinem Instagram-Account gewesen, obwohl Rick es auf privat gestellt hatte. Auch in seinen

Mails war herumgestöbert worden. Soweit Jim das sehen konnte, hatte Ray noch nicht Ricks Handy angezapft, was Jim wahrscheinlich das Leben gerettet hatte. Noch dürften sie nicht wissen, dass er nur scheinbar tot war.

Jim begann nun, die Spur zurückzuverfolgen. Zwar hatte sein eigenes Sicherheitsprogramm noch keinen Alarm geschlagen, aber das musste nichts heißen. Manchmal verlor er Rays Spur für ein, zwei Tage, da konnte der bereits durch die halben Staaten gereist sein.

Jim grübelte weiter. Wollten sie wirklich bloß sichergehen, dass er schwieg? Ein paar kleine Drohungen hier und da, um ihn daran zu erinnern, dass er nicht reden durfte? Hoffentlich war das alles, denn wenn Rick erst einmal in Sams Visier geriet, würde er keine ruhige Minute mehr haben. Genau wie Jim in den letzten Jahren.

Vielleicht war das doch nicht von Sam initiiert worden, sondern Ray ging einfach auf Nummer sicher, so wie sie es beigebracht bekommen hatten.

Der Laptop gab einen Piepton von sich, als er Rays Standort lokalisiert hatte. Jim warf einen Blick auf Rick, der neben ihm auf dem Drehstuhl eingeschlafen war.

Er würde nicht zulassen, dass die Ereignisse des letzten Herbstes sich wiederholten.

4

Am nächsten Tag lag Jim unter dem Auto und hörte konzentriert den Anweisungen von Walter neben ihm zu, der ihm erklärte, wo er das Öl wechseln konnte und worauf er dabei zu achten hatte. Mit der Reparatur waren sie so weit fertig, jetzt wollte sein Onkel ihm noch die wichtigsten Grundlagen beibringen, damit er jederzeit auch allein klarkam. Heute hatte er ihn schon alle Reifen einmal wechseln lassen und ihm gezeigt, wie man ein Auto mit Kabeln überbrückte.

»Jim?«, kam es plötzlich von irgendwo über ihnen. »Kann ich kurz mit dir reden?«

Walter nickte ihm zu. »Grace hat sowieso gerade einen Apple Pie fertig gemacht, da muss ich mal probieren.«

Sie kletterten unter dem Auto hervor.

Rick sah furchtbar nervös aus und trat von einem Fuß auf den anderen.

Obwohl Jim sich denken konnte, worauf er hinauswollte, fragte er: »Was gibt's?«

Rick wartete, bis Walter im Haus verschwunden war. »Hör mal«, begann er dann eindringlich, »ich finde echt, dass wir Alec anrufen sollten.«

Jim schüttelte den Kopf und suchte nach dem Lappen, an dem er sich die Hände abwischen konnte. »Das bringt nichts.«

»Wieso nicht?« Rick klang ungeduldig. »Er ist doch dafür zuständig, oder nicht?«

»Weil es nichts bringt, Rick!« Jim versuchte, sich von Ricks Ungeduld nicht anstecken zu lassen. »Sobald Alec sich denen auch nur auf hundert Meilen nähert, sind die auf und davon. Was meinst du, warum Alec die drei bis heute nicht erwischt hat? Ray ist gut in dem, was er tut. Er weiß genau, wo Alec sich zu jeder Tages- und Nachtzeit befindet. Willst du etwa, dass Ray sieht, wie Alec hierherkommt? Das würde Sam nur noch einen Grund mehr geben, auch herzukommen, weil er dann glaubt, dass du geredet hast.«

»Glaubt er das nicht sowieso schon längst?«

»Willst du ihm noch mehr Anlass dazu geben?« Jim warf den Lappen zurück auf die Werkbank. »Ray checkt dich vielleicht nur ab und du willst direkt das FBI einschalten? Das alarmiert die doch nur noch mehr!«

»Und was, wenn die schon auf dem Weg hierher sind?« Rick gestikulierte wild in Richtung seines Zuhauses. »Wenn die uns nachts die Tür eintreten und auf Elena losgehen?«

»Das werden die nicht.«

»Woher willst du das wissen?«

Jim vergrub seine Hände in den Hosentaschen. »Die sind nicht auf dem Weg hierher. Vertrau mir.«

Rick schüttelte den Kopf. »Ich verstehe dich nicht, ehrlich! Du hast selbst gesagt, dass die unberechenbar sind, und jetzt soll ich mich einfach zurücklehnen und entspannen?« Herausfordernd blickte Rick ihn an. »Gib mir einen Grund, nicht sofort Mr Hydes Nummer zu wählen.«

Zögernd sah Jim zum Haus und rang mit sich. »Weil ... weil ich weiß, wo Ray, Sam und Chase sind.«

Ricks Kinnlade klappte nach unten.

»Komm.« Jim deutete mit einer Kopfbewegung zum Haus. »Ich zeig's dir.«

Rick erkannte die Karte mit den blinkenden Punkten wieder, die Jims Bildschirme zierte. Bis jetzt hatte Jim diese Dinge immer weggeklickt, wenn er ins Zimmer gekommen war, aber heute nicht. Jim schnappte sich die Tastatur samt Maus und machte es sich auf dem Bett bequem. »Setz dich.« Er deutete neben sich und Rick schob ein paar Bücher zur Seite. Wie jedes Mal war Rick fasziniert, als er Jim dabei beobachtete, wie seine Finger über die Tasten flogen und die Fenster auf den Bildschirmen sich rasend schnell veränderten.

»Ich hab ein Sicherheitsprogramm entwickelt und verfolge damit ihre Spuren«, erklärte Jim. »Deswegen brauchst du dir keine Sorgen machen.«

»Ich check's nicht.« Rick öffnete eine Limodose und nahm einen großen Schluck. »Du hackst wie ein Weltmeister, weißt, wie man kämpft, machst auch sonst mega viel Sport ... Wie schaffst du das? Wann hast du die Zeit gehabt, das alles zu lernen?«

Jim grinste. »Ich hab echt viel Schule geschwänzt. Und nachts ist ja auch noch viel Zeitpotenzial.«

Rick schüttelte den Kopf. »Schlaf brauchst du also auch nicht.«

Jim hob die Schultern. »Nicht immer.« Er konzentrierte sich wieder auf die Bildschirme.

Rick versuchte zu verstehen, wie Jim das Programm konstruiert hatte. Es war eigentlich nichts weiter als eine Karte der USA, übersät mit verschiedenfarbigen Punkten: etwa ein Dutzend rote, ganz viele orangefarbene, einige grüne und ganz wenige gelbe. Am Rand waren Namen und Kürzel aufgelistet. Er kniff die Augen zusammen. »Sind das Personen?«

»Ja, genau.«

Rick lachte ungläubig. »Alter, so was kannst du?«

Jim grinste schief. »Ja, warum nicht?«

»Hey, da bin ja ich!« Rick schnappte sich die Maus und klickte auf seinen Namen, woraufhin die Karte rangezoomt wurde. Das Haus der Dunlaps wurde mit einer gelben Pinnnadel angezeigt, dazu öffneten sich am anderen Rand einige Kameraaufzeichnungen. Rick stockte der Atem. »Woooooow, Moment mal. Du überwachst mich? Und … hey! Das sind die Überwachungskameras unserer Nachbarn! Und von der Schule! Was ...?«

»Ey Mann, das ist kein Spielzeug, okay?« Jim nahm ihm die Maus weg und zoomte wieder heraus.

»Alter, Jim!« Fassungslos sah Rick ihn an. »Das ist doch verboten, oder?«

Jim verdrehte die Augen. »Komm mal wieder runter. Ich bin ja nicht mehr im Zeugenschutz, also muss ich auf mich selbst aufpassen.«

»Und ich bin auch eine Gefahr, oder was?«

»Nein, Mann. Die gelben Punkte sind Menschen, die mir nahestehen. Familie, Freunde und so. Die Ortung läuft meist über ihre Handys.«

Er klickte das Programm weg und sah ein wenig zerknirscht aus. »Ey, verrate das keinem, okay? Ganz legal ist das nicht, aber ich mache ja nichts Böses damit. Das ist nur für mich.«

»Versteht sich von selbst.«

»Aber das ist auch der Grund, warum du dir nicht zu krass Sorgen machen musst. Ich weiß ungefähr, wo Sam ist, und deswegen werde ich wahrscheinlich rechtzeitig Bescheid wissen, wenn sie sich auf den Weg hierher machen.« Er deutete auf den Bildschirm. »Ich hab verschiedene Personengruppen eingeteilt. Die gelben sind wie gesagt so Leute wie Grace, Walter, meine engsten Freunde und Will und Shakira. Und Alec Hyde.« Er scrollte durch die Namen. »Hier ist Chase.« Er klickte auf den Namen und das Programm flog nach Texas.

»Er ist ein schwarzer Punkt?«

»Genau. Höchste Gefahr.«

»Ich sehe keine weiteren schwarzen Punkte. Wo sind Sam und Ray?«

»Ray aufzuspüren ist nicht so leicht, dafür muss ich mich selbst ransetzen. Er weiß, wie man sich bedeckt hält und seine Spuren verwischt.« Jim lehnte sich zurück. »Er sorgt auch dafür, dass Sam und Chase unsichtbar bleiben, aber Chase ist am unvorsichtigsten. Sam finde ich zwischendurch immer wieder mal, aber er weiß, wie er sich verstecken muss. Zuletzt war er in L.A., das war gestern Abend.«

»Und es reicht, nur Chase im Blick zu behalten?«

»Nein, aber er ist der Einzige von den dreien, den ich permanent auf dem Schirm habe. Normalerweise müsste ich wissen, sobald sie wieder aufeinandertreffen, um was zu planen. Denn dann verschwindet Chase von der Bildfläche.« Er grinste ein bisschen. »Im wahrsten Sinne des Wortes. Dann weiß ich, dass sie wieder zu dritt unterwegs sind.«

»Und nur dann müsstest du dir Sorgen machen?«

»Na ja, theoretisch müsste ich mir gar keine Sorgen machen, was die betrifft. Die glauben ja, dass ich tot bin. Aber sicher ist sicher.«

Rick wurde es ganz mulmig zumute, als er daran dachte, wie real die Gefahr für Jim war. Und wie alltäglich. »Was ist mit den anderen Punkten? Sind die alle eine Bedrohung für dich?«

Jim legte den Kopf schief. »Mehr oder weniger. Die roten sind Gangmitglieder, denen ich besser aus dem Weg gehen sollte, und die grünen sind zum Beispiel nur die Charity-Kids, die sind eigentlich harmlos, sind aber auch nicht besonders gut auf mich zu sprechen.«

»Die wer?«

Jim lehnte sich zurück. »Lange Geschichte. Im Grunde genommen sind es die ganzen Pflege- und Adoptivkinder vom Freundeskreis meiner Eltern.«

Ricks Gesicht musste ein einziges Fragezeichen sein, denn Jim fuhr fort: »Also, die haben einen Kreis, in dem sie gemeinsam viele Benefizveranstaltungen für irgendwelche sozialen Projekte organisieren und durchführen. Und irgendwann kam einem Paar die glorreiche Idee, ein Pflegekind aufzunehmen. Das hat denen natürlich ordentlich Respektpunkte eingebracht und dann wurde das so was wie ein Wettkampf. Wer hat das Kind aus dem krassesten Umfeld gerettet, welche Hintergrundgeschichte ist trauriger und so weiter. Na ja, Will und Shakira haben mit mir dann den goldenen Joker gezogen. Dachten sie jedenfalls. Hat nicht lange gedauert, bis sie gemerkt haben, dass ich eher der Schwarze Peter bin.« Er rieb sich die Stirn und begann geistesabwesend, die Bücher sorgfältig aufeinanderzustapeln. »Auf jeden Fall waren wir dann die Charity-Kids. So hat uns niemand genannt, nur wir selbst. Dass wir uns als Wohltätigkeitsprojekt gefühlt haben, hat uns ein wenig zusammengeschweißt. Irgendwann haben wir uns eine Wissenschaft daraus gemacht, wie wir unsere ach so tollen Pflegeeltern am meisten verletzen und in den Wahnsinn treiben können. Da haben wir richtig viel Müll gebaut. Aber unsere Eltern konnten nicht viel machen, die waren viel zu sehr damit beschäftigt, nach außen hin den Schein zu wahren.«

Rick musste schlucken. So was war echt nicht cool. Kein Wunder, dass Jim am Anfang so abweisend gewesen war.

»Ich habe einen Sicherheitsradius gezogen. Wenn jemand von denen die Dreihundert-Meilen-Marke überschreitet, wird ein Alarm auf mein Handy gesendet.« Er warf ihm einen Seitenblick zu. »Und sobald der Kontakt zu Chase abbricht, auch. Ich werde rechtzeitig Bescheid wissen.«

»Okay, voll gut …« Rick sah auf den Bildschirm. »Hast du eigentlich mal in Florida gelebt?«

»Ja, ich komme von da.«

»Echt?! Ich dachte, du bist aus Chicago?«

»Bin ich ja auch. Aber vor meiner Adoption hab ich in Florida gelebt. In der Nähe von Miami.«

Rick nickte. Das erklärte die vielen Punkte in der Gegend. Er nahm noch einen Schluck von seiner Limo. »Ganz ehrlich, du könntest zur NSA oder so gehen! Mit deinen Skills … Was machst du noch hier? Du kriegst auf jeden Fall ein Stipendium von irgendeiner krassen Uni! Oder du kannst dich direkt bei Alec Hyde bewerben!«

Jim schüttelte den Kopf. »Nein, Mann. Zur Polizei will ich nie und nimmer. Hab genug gesehen. Auch wenn ich nur hinter dem Bildschirm sitzen würde … Das brauche ich echt nicht.«

»Aber du wärst mega effektiv! Du hast ja jetzt schon mit eingeschränkten Mitteln so viel erreicht!«

Jim schloss das Programm wieder. »Mal sehen. Ich hätte eigentlich nichts dagegen, hier in der Gegend zu bleiben. Fühlt sich gut an, mal ein richtiges Zuhause zu haben, weißt du?«

Rick nickte, obwohl er ganz genau wusste, dass er das niemals völlig würde nachempfinden können.

»Sag mal«, meinte er nach einer Weile, »könntest du mir das Programm auch geben?«

»Auf keinen Fall! Ich hab doch gesagt, dass das nicht ganz legal ist.« Jim verschränkte die Arme. »Weißt du, wie viel Ärger ich deswegen bekommen könnte?«

Rick rutschte unbehaglich auf der Matratze herum. »Ich weiß ... aber ...«

»Ich werde dir schon Bescheid geben, sollte Chase verschwinden.« Jims Miene wurde unnachgiebig. »Ich kümmere mich darum.«

»Ich würde mich echt besser fühlen, wenn ich auch den Alarm bekommen würde, falls Chase auf einmal weg ist.«

Jim schüttelte den Kopf. »Diesen Alarm bekomme ich öfter. Chase verschwindet immer wieder mal, taucht aber meist innerhalb von ein paar Stunden wieder auf.« Er legte die Tastatur zur Seite. »Vertrau mir da einfach.«

Rick kaute auf seiner Unterlippe herum. »Okay.« Eigentlich fühlte er sich nicht viel sicherer. Klar, Jim hatte es echt drauf, was das Hacken betraf, aber war Ray nicht sogar besser als er? Schließlich hatte Ray sich in Ricks Laptop gehackt und davon hatte Jim nichts mitbekommen. Andererseits hatte Jim das Programm bestimmt schon etwas länger am Laufen und verbesserte es ständig und bisher war ja auch nichts passiert, bis auf den virtuellen Zugriff.

»Ey.« Jim stieß ihn leicht in die Seite. »Wenn du mir nicht vertraust, versteh ich das. Aber Gott hat immer noch alles in der Hand, richtig?«

»Richtig.«

»Also, was soll schon passieren?«

Rick hatte den Eindruck, dass Jim auch versuchte, sich selbst mit seinen Worten zu überzeugen. Irgendwie war es gar nicht so leicht, im Angesicht der Gefahr so zuversichtlich zu bleiben.

Elena hörte, wie die Haustür aufgeschlossen wurde, und dann ertönte der ihr bekannte Pfiff.

»Hallo? Jemand zu Hause?«

Sie sprang auf und rannte die Treppe hinunter. »Danny!« Sie segelte ihrem großen Bruder förmlich in die Arme und er wirbelte sie herum.

»Bei so einer Begrüßung sollte ich öfter nach Hause kommen!«, lachte er.

»Du kommst viel zu selten!«, beschwerte sich Elena.

»Sobald du den Führerschein hast, kannst du mich ja besuchen kommen.«

»Da kannst du Gift drauf nehmen.« Sie zog ihn in die Küche. »Ich hab Erdnussbutterkekse gebacken.«

»Uh, meine Lieblingskekse!« Er schnappte sich einen vom Blech und schob ihn komplett in den Mund. »Die hab ich vermisst!«, sagte er beim Kauen. Er sah sich um. »Ist Rick gar nicht da?«

Elena schüttelte den Kopf. »Der ist mit Jim unterwegs.«

»Ach ja?« Danny griff nach einem weiteren Keks. »Du klingst nicht sonderlich begeistert.«

Sie sah zu Boden. »Ich wünschte nur, die würden mich öfter mitnehmen.«

»Mom hat gesagt, dass du ständig mit den Jungs abhängst. Hast du keine Freundinnen?«

Elena ignorierte die Belustigung in seiner Stimme. »Doch klar. Ich mach voll oft was mit Chelsea und Anne. Nur in letzter Zeit halt nicht … Chelsea nimmt schon Fahrstunden bei ihrem Dad und die anderen Mädels sind auch so gut wie immer unterwegs.«

Sie seufzte tief. »Und die Jungs hecken jetzt wieder irgendwas Geheimes aus, in das sie mich nicht einbeziehen wollen, und das finde ich doof.«

Danny lehnte sich gegen die Arbeitsplatte. »Jungs müssen auch mal unter sich sein.«

»Ja, das meine ich doch auch gar nicht. Irgendwas liegt in der Luft, aber ich kann beim besten Willen nicht sagen, was es ist.« Elena griff ebenfalls nach einem Keks und brach ein Stück ab. »Wir haben vor ein paar Wochen mit Chelsea geplant, jetzt in den Ferien ein Shoppingwochenende in Chicago zu machen. Ihre Tante wohnt dort und hat angeboten, dass wir bei ihnen übernachten können. Weißt du, wie Rick reagiert hat, als ich ihn und Jim eingeladen habe?« Sie schob sich das Stück in den Mund. »Als würde ich verlangen, dass er ins Löwengehege klettert.« Sie kaute schneller und schluckte. »Und als Jim gesagt hat, er würde mitkommen, hat Rick ihn mit seinen Blicken beinahe erdolcht!«

»Vielleicht hatte Rick einfach keine Lust, für euch Tüten zu schleppen?«

»Ich meine es ernst, Danny! Irgendetwas geht da vor sich.« Elena zerbröselte den Rest vom Keks in ihren Händen. »Und ich finde es blöd, dass die mir das verheimlichen.«

»Lass die Jungs ruhig ein paar Geheimnisse haben, das braucht eine gute Männerfreundschaft. Du erzählst denen doch auch nicht alles.« Danny legte seiner Schwester einen Arm um die Schultern. »So, weißt du, was ich noch vermisst habe?«

Elena musste lächeln. »Unseren Skatepark?«

Danny nickte. »Hast du Lust?«

»Auf jeden Fall!«

»Sind das etwa Käse-Makkaroni?« Rick betrat schnüffelnd die Küche. »Hi, Danny!« Freudig umarmte er seinen Bruder. »Wann bist du angekommen?«

»Vor etwa zwei Stunden.« Danny lächelte breit und haute ihm auf die Schulter. »War mit Elena ein bisschen skaten.«

»Cool!« Rick holte eine Flasche Saft aus dem Kühlschrank. »Wollen wir morgen wandern gehen?«

»Das hab ich auch schon vorgeschlagen.« Elena verteilte gut gelaunt die heißen Nudeln auf drei Teller. »Wir könnten heute mal wieder unseren *X-Men*-Marathon machen! Wir haben schon ewig keine Filmnacht mehr gemacht!«

»Heute ist doch Teeny«, warf Rick ein und leerte das halbe Glas, das er sich gerade eingeschenkt hatte, in einem Zug. »Ich wollte eigentlich hingehen.«

»Aber Danny ist doch da! Wir wollten schon so lange wieder was zusammen machen!«

Rick sah ein wenig zerknirscht zu seinem Bruder. »Na ja … aber …«

»Das ist schon in Ordnung, geh ruhig!« Danny nahm Elena die Teller ab und trug sie ins Esszimmer. »Wir haben ja praktisch noch den ganzen Sommer.«

Elena warf Rick einen verständnislosen Blick zu, den er mit einem Schulterzucken quittierte. Er würde ihr garantiert nicht sagen, dass er unbedingt mit Nathan reden musste.

Zwar verbrachte er gern Zeit mit seinem Bruder, aber er hatte schon Mitte der Woche mit Nathan ausgemacht, dass sie heute nach der Teeny reden würden. Er folgte Danny an den Tisch.

Der dankte Gott für das Essen und dass er sie alle begleitete und bewahrte, dann schlug er vor: »Wir können morgen ja mal wieder die große Runde wandern, habt ihr Lust? Zu den Minen und runter zum Campingplatz?«

»Ich glaube, da sind gerade Gäste.« Rick schob sich eine Gabel voll Makkaroni in den Mund. »Seit Jim die Website auf Vordermann gebracht hat, kommen deutlich mehr Touristen her.«

»Gut für die Dunlaps!« Danny nickte anerkennend. »Wie läuft's so mit Jim? Alles in Ordnung so weit?«

»Wie meinst du das?«

Danny hob die Schultern. »Die Gerüchte sind ja noch ziemlich laut. Das mit dem Brand hat sich immer noch nicht geklärt, oder?«

»Er hat sich an Ostern taufen lassen, hast du das schon vergessen?«, verteidigte Elena ihn. »Wieso denken alle immer noch so schlecht von ihm? Er hat doch gesagt, dass er es nicht war, und ich finde, das können wir ihm jetzt erst recht glauben.«

»Schon gut!« Danny hob beschwichtigend die Hände. »War nicht böse gemeint. Hat mich nur interessiert.«

»Er kommt gut klar und wir verstehen uns super«, erzählte Rick mit vollem Mund. »Er ist echt oft hier und kommt auch immer mit zur Teeny.«

»Das ist doch cool.« Danny warf einen Blick auf die Uhr. »Die ist immer noch um sechs?«

Rick nickte und schaufelte zwei weitere Gabeln voll Nudeln in sich hinein.

»Und was machen wir heute Abend, Elle?« Danny sah fragend zu seiner Schwester. »Hast du Lust, ins Kino zu gehen?«

»Oh ja!«, rief sie. »Da ist dieser neue Superheldenfilm rausgekommen, den ich unbedingt sehen will!«

»Na, dann ist ja alles klar. Rick, sollen wir dich nach dem Film von der Kirche abholen?«

»Nee, wird heute bestimmt länger dauern.« In Windeseile leerte Rick seinen Teller und sprang auf. »Ich muss mich noch fertig machen. Bis später!«

»Der Film war super!« Begeistert hüpfte Elena neben ihrem Bruder aus dem Kino. Danny war so nett gewesen, ihr den Eintritt zu bezahlen, und hatte ihr dann noch eine riesige Portion Popcorn ausgegeben. Draußen wurde es schon langsam dunkel und sie hakte sich bei ihm ein. »Der hätte Jim und Rick bestimmt auch gefallen. Vielleicht können wir ihn nächste Woche alle zusammen anschauen. Wenn du doch jetzt den ganzen Sommer zu Hause bist …«

»Du willst ihn dir direkt noch mal reinziehen?« Danny lachte. »Aber dann ohne mich. Ich muss auch ab und zu bei meinem Nebenjob auftauchen. Mein Studium finanziert sich nicht von allein. Da musst du dann mit den Jungs allein reingehen.« Er warf ihr ein schelmisches Grinsen zu. »Oder nur mit Jim.«

Elena spürte, wie sie direkt rot anlief. Wie kam er denn jetzt darauf? »Ja klar … schön wär's …«, murmelte sie.

Danny blieb plötzlich stehen. »Warte mal. Läuft da was?«

»Nein!« Elena schaute sich schnell um, falls ihn jemand gehört hatte. »Da ist nichts zwischen uns!«

Ein langsames Grinsen erschien auf Dannys Gesicht und Elena stöhnte innerlich auf. »Soso.« Ihr Bruder setzte sich wieder in Bewegung. »Meine kleine Schwester ist verknallt.«

Elena rollte die Augen und holte zu ihm auf. »Wehe du redest mit irgendjemandem darüber!«

»Ach, Quatsch. Weiß Rick Bescheid?«

»Nein … keine Ahnung, vielleicht …«

»Und Jim?«

»Natürlich nicht!« Danny sollte jetzt einfach aufhören, sie auszuquetschen.

»Wieso nicht?« Er grinste wieder.

So ein Blödmann. »Als ob ich zu ihm hingehe und ihm sage, dass ich ihn toll finde. Außerdem will er doch sowieso nichts von mir.«

Endlich schien Danny etwas ernster zu werden. »Woher willst du das wissen? Hat er ne andere?«

Ein unerwarteter Stich fuhr ihr durchs Herz. Hatte er? »Nicht, dass ich wüsste … Aber Mom sagt eh, dass ich mir ruhig noch etwas Zeit lassen soll mit einer festen Beziehung.«

»Da stimme ich Mom zu.« Danny lächelte und zog sie über die Straße. »Zeigt er denn irgendwelche Anzeichen, dass er deine Gefühle erwidert?«

»Keine Ahnung. Manchmal denke ich, er mag mich auch, so wie er mit mir redet und mich anschaut. Aber dann … dann bleibt es auch dabei.« Sie knabberte an ihrer Unterlippe. »Mom sagt, ich soll Geduld haben und mit Gott darüber reden.«

»Ich glaube auch, dass das das Beste ist. Weißt du noch, als ich vor ein paar Jahren mit Isa zusammen war? Das war auch irgendwie zu früh und wir haben uns einfach nur gegenseitig attraktiv gefunden. Dass eine Beziehung aber auf mehr gegründet sein sollte als auf Äußerlichkeiten, das hatten wir damals gar nicht so richtig im Blick. Deswegen war es auch gut, dass wir wieder auseinandergegangen sind.«

»Und jetzt bist du ein ewiger Single.«

Danny lachte auf. »Na hör mal, ich bin grad mal zweiundzwanzig!«

Elena grinste frech. »Uralt!«

»Daran erinnere ich dich, wenn es bei dir so weit ist.«

Eine Weile gingen sie schweigend nebeneinanderher.

»Wie geht es dir wegen Mari?«, fragte Danny unvermittelt.

Elena holte tief Luft. »Ich weiß nicht. Manchmal komme ich klar. An anderen Tagen haut es mich voll um und ich könnte heulen und heulen. Und an anderen Tagen vergisst man, dass sie da gewesen ist, weil man sich so daran gewöhnt hat, dass sie weg ist.« Sie seufzte und all die Fragen kamen wieder hoch. »Ich verstehe nicht, warum Gott nicht handelt. Steht in der Bibel nicht, dass er Gebet erhört, wenn es nach seinem Willen geht?«

Danny überlegte einen Moment, dann meinte er: »Füg mal ein winziges Wort hinzu: noch.«

»Du meinst, dass Gott *noch* nicht handelt?«

»Genau. Nur weil Gott bisher noch keine Veränderung bei Mari geschenkt hat, heißt das nicht, dass er sie vergessen hat und keinen Plan für sie hat. Verstehst du?«

Elena nickte langsam. »Ich soll einfach weiter auf Gott vertrauen, weil er alles im Griff hat.«

»Und weiterbeten.«

»Warum sollte ich beten, wenn Gott sowieso das tut, was er für richtig hält?«

»Was steht denn in der Bibel dazu?«

»Hm, *bittet, so wird euch gegeben?*«

»Richtig. Was noch?«

Elena überlegte einen Augenblick. »*Betet ohne Unterlass?*«

»*Und betet dabei zu jeder Zeit mit jeder Art von Gebeten und Bitten in der Kraft des Heiligen Geistes, und seid dabei wachsam und hört nicht auf, für alle Gläubigen zu beten.* Das steht in Epheser, gleich nach der Waffenrüstung Gottes.« Nachdenklich rieb Danny sich übers Kinn. »Ich glaube nicht, dass Gott abhängig von unseren Gebeten ist. Aber wir sollen beten – das steht ganz deutlich in der Bibel. Ich weiß nicht. Vielleicht will Gott einfach, dass wir ihm damit unser Vertrauen zeigen.«

Der Wald lichtete sich und sie kamen in die Siedlung.

Vor ihrem Haus blieben sie stehen und Danny sah zu Maris Fenster auf, wo die kleine Lampe hell leuchtete. »Mir fällt es auch oft schwer, mich auf Gott zu verlassen. Ich vermisse Mari auch und es gibt Zeiten, da will ich Gott anklagen, warum er noch nichts unternommen hat, um sie zu retten und nach Hause zu bringen. Aber dann denke ich immer wieder daran, dass er uns liebt, dass er seinen eigenen Plan hat und dass auch Mari sein Schaf ist. Und der gute Hirte lässt sein Leben für seine Schafe, nicht wahr?«

Elena nickte. »Du meinst, er wird ihr nachgehen und sie nach Hause holen?«

»Gott weiß, was er tut. Ich hoffe es. Und ich werde nicht aufhören, für Mari zu beten.«

Rick konnte das Ende der Teenystunde kaum erwarten. Sogar Jim warf ihm einen schiefen Blick zu, weil er so sehr auf seinem Stuhl herumzappelte.

Dass Elena so enttäuscht von ihm gewesen war, hatte ihn schon ein wenig gewurmt. Eigentlich hätte er jetzt auch lieber den Abend mit Danny verbracht, aber im Moment brauchte er ganz dringend Nathans Rat. Außerdem tat Elena die Aufmerksamkeit ihres älteren Bruders sicher gut und vielleicht war es ja sogar besser, dass die beiden jetzt ein wenig Zeit zum Reden hatten.

Nachdem Nathan die Teenystunde mit einem Gebet abgeschlossen hatte und die meisten anfingen, Karten, Dart oder Kicker zu spielen, winkte er Rick zu sich. »Wollen wir es uns in der Sofaecke bequem machen oder willst du lieber draußen ein wenig über den Parkplatz schlendern?«

»Draußen wäre mir lieber.«

Nathan nickte und sie verließen den Jugendraum durch die Seitentür.

Rick suchte nach den richtigen Worten, obwohl er schon die halbe Woche darüber nachdachte, was er Nathan erzählen wollte.

Und was nicht.

Nathan wartete geduldig, bis er sich gesammelt hatte.

»Ich habe Angst«, platzte Rick schließlich heraus. »Und zwar richtig.« Er verbarg seine plötzlich zitternden Hände in seinen Hosentaschen.

»Wovor?«

Rick hob die Schultern. »Vor vielem.« Seufzend kickte er ein Steinchen weg. »Ich weiß, dass ich mich als Kind Gottes nicht zu fürchten brauche und so. Dass Gott seine Engel schickt und dass er mich keine Sekunde aus den Augen lässt. Aber irgendwie ... Wenn es dann darauf ankommt, glaube ich das nicht mehr.« Er ballte die Fäuste. »Und das macht mir am meisten Angst. Heißt das, dass ich doch nicht glaube?«

Nathan überlegte einen Augenblick, bevor er antwortete. »Es bedeutet, dass du kämpfst, und das ist normal. Jeder hat mit etwas zu kämpfen, wenn es um Gottvertrauen geht. Das ist nicht einfach, aber auch nicht unmöglich.«

»Ich habe Angst davor, dass das, was Gott zulässt, schlecht sein könnte.«

Aufmerksam sah Nathan ihn an. »Zum Beispiel?«

Rick fuhr sich mit der Hand durch die Haare und zögerte. »Wenn ... wenn so was wie letzten Herbst noch mal passieren würde.«

»Dass du verletzt wirst.«

Rick nickte. »Das hat Gott ja auch zugelassen, richtig?«

Auch dieses Mal ließ Nathan sich mit seiner Antwort Zeit. »Wir leben in einer gefallenen Welt, Rick. Ich finde es schwierig zu sagen, dass Gott etwas zulässt. Das impliziert irgendwie, dass er Mitschuld daran trägt. Uns passieren schlimme Dinge, weil die Menschen sündig sind, aber Gott hat immer noch das letzte Wort. Er kann aus allem etwas Gutes formen.«

»Dass ich in ständiger Angst lebe, soll etwas Gutes sein?«

Nathan lächelte leicht. »Nein, natürlich nicht. Aber du kannst etwas daraus lernen. Du hast ja schon selbst festgestellt, dass du Schwierigkeiten damit hast, Gott zu vertrauen, und genau daran kannst du jetzt zusammen mit ihm arbeiten. Fang damit an, indem du es ihm ganz offen im Gebet sagst. Erzähl ihm, was dich quält und dass du dich gerne auf ihn verlassen möchtest – von ganzem Herzen, von ganzer Seele und mit all deinem Verstand.«

Rick senkte den Blick. »Das habe ich schon so oft gebetet. Aber die Albträume werden nicht weniger.«

»Wir sind oft zu ungeduldig. Wir denken, dass man doch sofort Veränderungen sehen sollte, aber so ist es meistens nicht. Gott hat seinen eigenen Zeitplan und manchmal dauert es Jahre, bis wir mit einem Thema fertig sind. Und dann geht Gott die nächste Baustelle an.« Nathan blieb stehen und sah zu dem nur teilweise bewölkten Himmel hinauf. »Es ist unsere Aufgabe, es zuzulassen und Gott zu vertrauen, dass er es gut macht.«

Rick atmete schwer aus. »Das ist echt nicht so einfach.«

»Nein. Aber Gott lässt uns nicht allein dabei. Er begleitet uns und er trägt die Last mit.« Nathan klopfte ihm auf die Schulter. »Nicht aufgeben, immer weiterkämpfen.«

Rick lächelte schief. »Klar.«

»Komm, ich bete noch für dich, in Ordnung?«

Jim hatte gesehen, wie Rick mit Nathan nach draußen verschwunden war, um zu reden. Ihm war nicht entgangen, dass Rick seit Rays Hackerangriff vollkommen nervös war. Das war er auch, auch wenn er sich ziemlich sicher war, dass Ray Rick bloß beobachtete.

Mehr als nur nervös.

Ray hatte sich immer abgesichert, um ein Hintertürchen offen zu halten. Falls Sam vorhatte, plötzlich Rick ins Visier zu nehmen, war Ray bereit und hatte schon alle möglichen Hintergrundinfos. Jim dankte Gott im Stillen, dass Ray ihn selbst dabei offensichtlich noch nicht entdeckt hatte.

Er hatte sich schon ausgiebig darüber den Kopf zerbrochen, was er tun konnte, um Rick zu schützen. Von allen Möglichkeiten schien jedoch nur eine Erfolg zu versprechen. Die gefiel ihm zwar nicht, aber er sah keinen anderen Weg, Rick vor einem weiteren Angriff von Sam zu bewahren. Hatte er denn eine Wahl? Sam würde nie von seinem Rachefeldzug ablassen. Bis zum Ende seines Lebens nicht.

Es war schon fast Mitternacht, als Jim von der Teeny nach Hause kam. Das Haus lag im Dunkeln, nur die Außenbeleuchtung vor der Tür hatten Grace und Walter für ihn angelassen.

Jims Blick wanderte zu seinem Auto, das Walter und er vor ein paar Tagen fertig repariert und fahrtüchtig gemacht hatten. Genau zum richtigen Zeitpunkt.

Jim schloss die Garage auf und schaltete das Licht ein. Vor Walters Waffenschrank blieb er eine ganze Weile stehen und starrte auf die verschiedenen Jagdgewehre, die sein Onkel sorgfältig weggeschlossen hatte.

Um Ostern herum hatte Walter ihm gezeigt, wie man schoss

und mit den Waffen umging. Nicht, dass Jim ein besonders guter Schütze war. Aber für das, was vor ihm lag, würde es allemal reichen.

Einen Moment lang zögerte er noch. Sollte er wirklich …? Musste er so drastisch vorgehen? Vielleicht reichte es auch, nur ein bisschen Druck zu machen …

Kurzentschlossen holte Jim den Schlüssel aus der Schraubenbox, wo Walter ihn »versteckt« hatte, und holte die Remington 700 und die dazu passende Munition heraus. Er ignorierte die Warnstimmen in seinem Kopf, wickelte das Gewehr in ein altes Laken und verstaute es im Kofferraum seines Autos.

5

»Das bin ich echt nicht mehr gewohnt«, schnaufte Danny und ließ sich aufs Sofa fallen.

Sie waren den halben Samstag wandern gewesen und erst um kurz nach vier wieder nach Hause gekommen.

»Wir hätten es ja auch nicht gleich übertreiben müssen.« Elena ließ den Rucksack von ihren Schultern gleiten und nahm den Sessel in Beschlag. »Die halbe Strecke hätte auch gereicht.«

»Ach, wieso? Hat doch Spaß gemacht!« Rick grinste breit und holte die Cookie-Dose aus der Küche. »Wie wär's, wenn wir jetzt unseren *X-Men*-Marathon machen?«

»Hatte Jim nicht gefragt, ob er beim nächsten Mal auch mitgucken könnte?« Elena versuchte vergeblich, unschuldig dreinzuschauen.

Rick setzte schon an, einen neckenden Kommentar vom Stapel zu lassen, doch Danny kam ihm zuvor.

»Klar, ladet ihn doch ein! Wird bestimmt lustig.« Er zwinkerte Elena zu, die plötzlich sehr großes Interesse an der Keksdose hatte.

»Ich ruf ihn mal an.« Rick kramte nach seinem Handy, doch bei Jim sprang sofort die Mailbox an. Er zog die Augenbrauen zusammen. Jim schaltete nie sein Handy aus, dafür war das Sicherheitsprogramm zu wichtig.

Rick ging in den Flur und suchte im Telefon die eingespeicherte Festnetznummer der Dunlaps heraus. Nach einigem Tuten hob Grace ab.

»Hallo, Miss Grace, ich wollte fragen, ob Jim da ist. Ich erreiche ihn nicht auf seinem Handy.«

»Ist er denn nicht mit euch unterwegs?«

»Ähm ... nein. Ich habe ihn gestern in der Teeny zuletzt gesehen.«

Stille am anderen Ende.

»Ist alles in Ordnung?«, fragte Rick alarmiert.

»Bestimmt, Ricky. Ich hatte nur angenommen, dass er das Auto ein bisschen ausfahren wollte und euch mitgenommen hat. Aber vielleicht ist er auch einfach allein losgezogen.«

Rick sah auf die Uhr. Es war schon fast Zeit fürs Abendessen. Gerade wollte er fragen, wann Grace Jim denn das letzte Mal gesehen hatte, da meinte sie: »Ach, jetzt sehe ich auch den Zettel, den er geschrieben hat. Alles klar. Dann bis bald, Rick!« Und schon hatte sie aufgelegt.

Jim parkte sein Auto ein paar Querstraßen vom Motel entfernt, in dem Ray sich laut seiner Recherche versteckt hielt. Da Jim nicht sicher war, ob es nicht doch eine falsche Spur war, wollte er sich erst einmal auf die Lauer legen. Ray hatte bestimmt auch ein paar Sicherheitssysteme installiert, falls Alec oder die Polizei hier auftauchten. Die Wahrscheinlichkeit war zwar gering, aber Ray ging immer auf Nummer sicher.

Jim blieb im Auto sitzen und startete seinen Laptop, den er über eine Autobatterie auflud. Er musste herausfinden, welche Kameras Ray angezapft hatte und wie er am besten an ihn herankam, ohne entdeckt zu werden.

Und dabei durfte ihm nicht ein einziger Fehler unterlaufen.

Am Sonntagmorgen im Gottesdienst hielt Elena vergeblich Ausschau nach Jim. Sie konnte zwar Grace entdecken, aber von ihrem Neffen war keine Spur. Ein wenig enttäuscht lehnte sie sich zurück. Sie hatte gehofft, ihn heute wiederzusehen. Immerhin war er schon seit ein paar Tagen nicht mehr bei ihnen zu Hause gewesen und sie vermisste ihn. Natürlich würde sie das vor ihren Brüdern niemals zugeben. Seit sie gestern gefragt hatte, ob Jim nicht vielleicht zum Filmgucken kommen wollte, zogen sie sie immer wieder damit auf.

Was Danny und ihre Mutter darüber gesagt hatten, dass man nicht so schnell eine Beziehung anfangen sollte, ergab ja irgendwie Sinn, aber ihr Herz sagte ihr etwas ganz anderes. Jim war perfekt für sie! Sie verstand sich super mit ihm und er schien ihr gegenüber auch nicht abgeneigt zu sein. Das glaubte sie auf jeden Fall. Er redete mit ihr, unternahm was mit ihr und Rick ... Und andererseits hatte er ihr doch ins Gesicht gesagt, dass er sie als Schwester im Herrn sah. Oder zumindest so in der Art.

Aber vielleicht fühlte er ja doch mehr. Vielleicht zeigte er es einfach noch nicht.

Elena sah nach vorn, wo der Prediger gerade die Kanzel betrat.

Sie würde einfach weiterbeten. Das war doch sowieso das Beste.

Müde rieb sich Jim über die Augen und schrieb die Nachricht an Grace, dass er okay war, schnell zu Ende, dann richtete er seinen Blick wieder auf das verhängte Fenster des Motelzimmers im zweiten Stock. Seit fast drei Tagen schon lag er hier auf der Lauer. In dieser Zeit hatte er hart daran gearbeitet, sich in Rays Netzwerk zu hacken, doch der war auf diesem Gebiet immer noch besser als er. Irgendwann hatte Jim aufgegeben und sich darauf beschränkt, das Motel zu beobachten. Nur wenige Male hatte Ray das Zimmer verlassen und dann auch nur, um sich etwas zu essen zu holen. Sonst war niemand gekommen oder gegangen, nicht einmal die Putzfrau.

Aus dem Gästeverzeichnis, auf das er sich problemlos Zugriff hatte verschaffen können, wusste Jim, dass das Zimmer noch für zwei Wochen belegt war, jedoch waren kein Name oder sonstige Daten dafür eingetragen worden. Sicher hatte Ray noch einen Hunderter draufgelegt, um anonym zu bleiben.

Laut Jims Sicherheitssystem waren Chase und Sam außer Reichweite. Er wusste, dass er das ausnutzen sollte. Ray war allein und verwundbar.

Am besten brachte er die ganze Sache noch heute hinter sich.

Elena und Rick hatten am Montag eine Wanderung mit der Teeny gemacht, mit anschließender Übernachtung im Gemeindehaus. Das hatte bei allen noch einmal die Vorfreude auf die Freizeit am Ende des Sommers angefacht.

Dass Jim immer noch nicht aufgetaucht war, hatte Rick dann doch Sorgen gemacht. Er hatte ihn wieder nicht auf dem Handy erreicht, und als er bei Dunlaps angerufen hatte, hatte Walter gesagt, er sei unterwegs und würde es bestimmt nicht schaffen.

Rick hatte das einfach hingenommen, aber heute war schon Dienstag und Jim hatte immer noch nicht auf seine Textnachrichten reagiert. Lief da wieder etwas ab, wovon Rick nichts mitbekommen sollte? Hatte Alec Jim wieder verschwinden lassen, weil der ihm vielleicht doch noch von dem Hackerangriff erzählt hatte? Oder war Jim längst wieder zu Hause und musste nur Walter so viel mit den Hütten helfen?

»Was machen wir gleich zum Abendessen?«, riss Elena ihn aus seinen Grübeleien.

»Hm?« Rick sah nicht von seinem Handy auf. »Keine Ahnung. Ich hab gar keinen Hunger.«

»Lass uns doch die Teeny einladen für nen Spieleabend!« Elena griff ebenfalls nach ihrem Smartphone. »Wir können ja einfach Snacks auf den Tisch stellen.«

»Gute Idee«, meinte Rick abwesend und scrollte durch die letzten Nachrichten, die er Jim geschickt hatte.

»Ich mache dir ein Mädchen klar zum Heiraten.«

»Mhm.« Hatte Jim ihm nicht einfach sagen können, wo er hin war?

»Die Küche steht in Flammen.«

»Sehr gut ... sehr gut ...«

Ein Kissen traf ihn am Kopf. »Du hörst nicht zu!«

»Doch! Teeny, Spiele, Essen! Top!«

Elena schüttelte den Kopf. »Ich gehe mal nachsehen, was wir noch so dahaben.«

Nur eine Stunde später wimmelte es in ihrem Wohnzimmer von ihren Freunden, die ihrer Einladung im Gruppenchat gefolgt waren.

Jim war jedoch wieder nicht dabei.

Rick konnte Elenas Enttäuschung sehen, bei ihm überwog jedoch die Sorge. Das war überhaupt nicht typisch für Jim, sich tagelang nicht blicken zu lassen und sich nicht mal übers Handy zu melden.

Er nahm sich vor, so bald wie möglich mal bei den Dunlaps vorbeizuschauen.

Das Motel 6 war schlecht beleuchtet und der Mann am Empfang sah aus, als hätte er heute Nacht schon mehrere Joints geraucht. Träge blickte er vor sich hin und wahrscheinlich hätte er es noch nicht einmal bemerkt, wenn ein neuer Gast vor ihm gestanden hätte, geschweige denn, wie Jim draußen vor der Tür vorbeihuschte.

Jim sah sich auf dem düsteren Parkplatz um. Niemand war zu dieser Nachtzeit zu sehen. Genau genommen würde bald der Morgenverkehr anbrechen, aber bis dahin war es noch über eine Stunde.

Das Zimmer Nummer 114 war das einzige, in dem Licht brannte.

Jim stählte sich innerlich und drückte sich tiefer in den Schatten des Gebäudes. Er wusste, dass er jetzt alles auf eine Karte setzte und es kein Zurück geben würde, wenn er erst einmal dieses Zimmer betrat.

Jim war kein Mörder. Aber er würde alles tun, um die zu beschützen, die ihm nahestanden, und es war ihm egal, was es ihn kosten würde, um Rick, Elena, Grace und Walter in Sicherheit zu wissen.

War es im Grunde genommen nicht sogar biblisch? Auge um Auge? Sam hatte nicht nur ein Leben genommen. Er musste sterben.

Aber Ray … Ray war immer der Typ im Hintergrund gewesen. Das meiste, was Jim übers Programmieren und Hacken wusste, hatte er ihm beigebracht.

Doch Ray war auch derjenige, der ihn immer wieder finden konnte und der die Deckung für Sam aufrechterhielt. Und solange Sam auf freiem Fuß war, würde Rick immer in Lebensgefahr sein.

6

Ray zuckte zusammen, als der Lauf des Jagdgewehrs seinen Hinterkopf berührte.

»Ganz ruhig«, sagte Jim leise. »Hände so, dass ich sie sehen kann. Und jetzt mit dem Stuhl langsam weg vom Computer.«

Ray gehorchte wortlos und schob den Stuhl einen halben Meter vom Tisch weg.

»Und jetzt –« Weiter kam Jim nicht, denn Ray sprang auf und wollte sich auf ihn stürzen. Jim reagierte jedoch instinktiv, wich die paar Schritte zur Tür zurück, deren Schloss er vorhin fast lautlos geknackt hatte, und entsicherte das Gewehr, immer noch auf Rays Kopf zielend.

Dieser blieb wie erstarrt stehen und wurde noch bleicher, als er sowieso schon war. »D-das kann nicht sein. Du … du … b-bist …«

»Tot?« Ein sarkastisches Lachen entfloh Jim. »Nein, wie du siehst, hat Sam seine Fähigkeit verloren, Menschen umzubringen.«

Ray schüttelte fassungslos den Kopf und ließ sich schwer auf den Stuhl zurückfallen. »Wie ist das möglich?«, flüsterte er heiser.

Jim biss die Zähne zusammen. »Wieso spioniert ihr Rick aus?«

Ray starrte ihn immer noch an, als sähe er einen Geist. »Wie hast du ... wie konntest du ...?« Er brach ab und seine Augen wurden dunkel. »Bist du hier, um mich zu töten?« Seine Stimme war auf einmal ganz ruhig und nüchtern. »Wirst du es beenden?«

»Es hätte alles schon geendet, hättet ihr nicht angefangen, Rick zu beschatten!« Jim trat wieder einen Schritt näher. »Also. Was habt ihr mit ihm vor?«

Rays Blick flackerte kurz zum Computer.

Jim legte den Kopf schief. »Wo ist der Sicherheitsalarm?«

»Welcher Sicherheitsalarm?«, fragte Ray unschuldig.

Jim stieß ihm das Gewehr gegen den Kopf. »Hältst du mich für blöd? Ich weiß, wie du arbeitest. Der Alarm, der losgeht, wenn du nicht in regelmäßigen Abständen den Code eingibst. Der Alarm, der Sam und Chase warnt, falls dir was passieren sollte.«

Ray schüttelte mit zusammengepressten Lippen den Kopf. »Ich habe dich zu gut unterrichtet.«

»Deaktivieren.«

Ray knurrte etwas Unverständliches und gab in einem Fenster einen achtstelligen Code ein. Dann, als hätte er sich von der Geistertheorie erholt, schwenkte er wieder scheinbar lässig zu ihm herum. »Sam hat ihn gewarnt. Sobald Hyde uns wieder verfolgt, wird Sam wissen, dass Rick geplaudert hat. Und du weißt, was dann passiert.«

Jims Hand krampfte sich um den Lauf des Gewehres und er zwang sich, die Waffe ein wenig zu senken. »Rick hat nichts mit der ganzen Sache zu tun.«

Ray lächelte dünn. »In dem Moment, wo er dein Freund geworden ist, hat er sich in die Schusslinie begeben. Mich persönlich hat es ja gewundert, warum Sam deinem kleinen Freund nicht gleich die Kehle durchgeschnitten hat, als wir am Wasserfall waren. Aber er wollte wohl erst mal deinen Tod in vollen Zügen genießen.«

Jim verengte die Augen. »Und was denken du und Chase darüber, dass ihr jetzt Jagd auf einen Unbeteiligten macht?«

Ray lachte freudlos auf und fuhr sich durch die wirren Haare. »Seit wann werden wir denn bitte gefragt? Das ist Sams Feldzug, nicht unserer.«

»Und du kannst ihm das nicht ausreden?«

Ray lehnte sich zurück. »Was springt für mich dabei raus? So wie ich das sehe, hast du vor, uns das Gehirn aus dem Kopf zu pusten. Mit mir fängst du an, damit Sam keinen virtuellen Schutzschild mehr hat. Schlaue Taktik übrigens. Somit wäre für dich der Weg frei, zuerst Chase und dann vielleicht auch Sam zu finden.« Ein spöttisches Lächeln umspielte Rays Mundwinkel. »Ist das dein grandioser Plan?«

»Er ist auf jeden Fall zielführend, würde ich sagen.« Jim versuchte, seine Unsicherheit zu überspielen, als Ray auflachte.

»Mann, Jonah, du hast wirklich keine Ahnung, was da alles im Hintergrund noch so abgeht, oder?« Er beugte sich vor. »Solange Sam das Geld hat, ist er grenzenlos mächtig. Und das Geld? Das wirst du niemals finden. Er wird sich immer wieder aus dem Knast freikaufen. Was meinst du denn, warum wir schon wieder draußen sind, hm?«

»Ich werde ihn finden. Für Mike. Für Rico. Für Alysha. Und ich werde dafür sorgen, dass er meiner Familie nie wieder etwas antun kann.« Rays Lächeln verschwand, als Jim das Gewehr wieder auf seinen Kopf richtete. »Gib mir einen einzigen Grund, warum ich dich nicht gleich töten sollte.«

Rays Atem ging schneller. »Damit bringst du sie auch nicht zurück ins Leben.«

Jim schüttelte den Kopf. »Nein. Aber wenn ich schon nicht meine Schwester schützen konnte, dann werde ich das wenigstens für Rick und Elena tun.«

»S–Sam ist nicht weit von hier. Wenn ich den Code nicht noch einmal eingebe, wird er kommen und ...«

Jim lächelte kalt. »Sam ist in Florida und trauert Kamney House hinterher. Chase ist in Oaxaca, Mexiko. Also erzähl mir nichts. Bis die hier sind, bin ich schon wieder verschwunden und Rick wird in Sicherheit sein.«

Ray hob die Hände. »Komm schon, Jonah, können wir nicht darüber reden?«

Jim richtete den Lauf auf Rays Herz. »Du hast mir nichts mehr zu bieten. Alles, was du für mich bist, ist ein Risiko. Du führst Sam zurück zu uns.«

Rays Brust hob und senkte sich schnell, als er ihn abwartend anstarrte. Dann fing er an zu grinsen. »Du bist kein Mörder, Jonah.«

»Sei dir da nicht zu sicher.«

»Ich kenn dich doch! Ich hab schon mit dir gearbeitet, als du gerade mal lesen konntest! Du hast noch nie jemanden umgebracht.«

Jim umklammerte das Gewehr mit beiden Händen, doch es zitterte trotzdem in seinen Händen. »Irgendwann ist immer das erste Mal, nicht wahr, Ray? Und wenn ich damit meine Freunde schützen kann, ist es das wert.«

Ray lehnte sich zurück. »Klar. Dann drück doch ab. Aber dann wirst du nie erfahren, wie du Alysha finden kannst.«

Jim prallte zurück, als hätte Ray ihm ins Gesicht geschlagen.

Ray schien das als gutes Zeichen zu deuten. »Ich weiß nicht genau, wo sie ist, aber ich hab es auf eine Hand voll Standorte eingrenzen können. Bisher hat Sam sie nicht im Visier gehabt und ich habe ihm auch nicht gesagt, dass ich ihre Spuren verfolgt habe, aber –« Er brach ab, als Jim den Lauf des Gewehres an seine Stirn presste.

»Was ist das jetzt wieder für ein krankes Spiel?«, zischte er. »Was soll das?«

Ray schluckte ein paarmal. »Ich ... spiele nicht, okay? Ich ...«

»Sie ist tot. Lass sie aus dem Spiel.«

Rays Miene verzog sich zu einem Stirnrunzeln. »Seit wann?«

Jim knallte ihm den Gewehrkolben ins Gesicht.

Rays Kopf flog zurück und er hielt sich fluchend die Nase, aus der Blut schoss.

Jim zwang sich durchzuatmen, bevor sein Temperament noch weiter mit ihm durchgehen konnte. »Du hast nicht das Recht, auch nur ihren Namen zu erwähnen! Verstanden?«

Ray grunzte verärgert und nickte. »Du weißt es also nicht.« Er presste den Ärmel seines Pullovers unter seine Nase.

»Was?«

»Dass sie lebt? Dass sie untergetaucht ist?« Er wich zurück, als Jim das Gewehr wieder hob. »Ich weiß ja nicht, wo du das her hast mit ihrem Tod, aber ...«

»Sam hat es mir gesagt.«

»In der Kamney-Nacht?« Ray schien zu verstehen. »Willst du mir damit sagen, dass du die ganze Zeit geglaubt hast, Sam hätte es geschafft, sie zu ermorden?«

Jims Magen krampfte sich zusammen. »Hör auf.«

»Ich sage nur, wie es war. Sam hat seine Jungs auf Alysha gehetzt, aber Rico hat sie da rausgeholt und in Sicherheit gebracht. Sam ist fast ausgerastet, als er das gehört hat. Er dachte, er hätte auf ganzer Linie gewonnen. Hatte er aber nicht. Noch bevor Rico in den Park kam, hatte er Alysha zu seinem Freund gebracht.«

Jim unterdrückte das Schwindelgefühl, das ihn befiel. Vergebens. Er tastete nach der Wand und lehnte sich dagegen.

Eine Spur von Mitleid flackerte in Rays Augen auf, aber nur kurz. »Hör zu, Jonah. Wir machen einen Deal. Ich gebe dir meine Spuren, die ich von ihr gefunden habe, und du lässt mich am Leben.«

Jim ließ das Gewehr sinken und sicherte es. »Weißt du genau, dass sie lebt?«

Ray warf ihm einen spöttischen Blick zu. »Ich war doch dabei, schon vergessen? Als wir vor dem Park auf dich gewartet haben, haben wir einen Anruf von einem der Jungs gekriegt, dass Rico da reingestürmt ist und sie rausgeholt hat. Sam hat getobt und geflucht deswegen. Und ich hab ihr, wie gesagt, ein bisschen hinterherspioniert. Sie ist mit diesem Pastorenpaar an die Westküste gereist und die sind ohne sie wieder nach Hause geflogen. Also ist sie irgendwo dort. Es gibt nur keine Aufzeichnungen über sie. Sie hat mit Sicherheit ihren Namen geändert, so wie du.«

Jim starrte ihn an und versuchte, irgendwelche Anzeichen dafür zu finden, ob er ihn belog oder nicht. »Was ist mit Rick?«

»Was soll mit ihm sein?« Ray besah sich stirnrunzelnd seinen blutigen Ärmel. »Früher oder später wird Sam vielleicht mal nach ihm fragen, aber ob er ihn sich vorknöpfen will, darauf habe ich nun wirklich keinen Einfluss.«

»Du sorgst dafür, dass Sam Rick vergisst.«

Ray schüttelte den Kopf. »Sorry, Jonah. Alysha oder Rick, da musst du dich wohl entscheiden. Beide werde ich dir für den Preis nicht geben.«

Jim wusste, dass seine Morddrohung nicht wasserdicht war. Ihm wurde klar, dass er niemanden würde kaltblütig umbringen können. Bei diesem Gedanken durchströmte ihn plötzlich Erleichterung, aber die Sorge um seine Freunde blieb. Zudem war es so oder so ungewiss, ob Ray sich an seinen Part halten würde.

Er sah zum Fenster hinaus und versuchte, seine Gedanken und Optionen zu ordnen. »Was hast du über Alysha?«

Ein überlegenes Lächeln breite sich auf Rays Gesicht aus. »Die Familie, bei der sie ein paar Jahre gewohnt hat, und ein paar Ärzte, die sie besucht hat. Die Spur endet vor zwei Jahren. Ich weiß nicht, ob sie erneut ihren Namen geändert hat oder wo sie sonst ist, vielleicht ist sie auch ausgewandert.« Er deutete auf seinen Computer. »Darf ich?«

Jim schüttelte den Kopf und warf ihm einen Stick zu. »Lad es da drauf.«

Ray zog spöttisch die Augenbrauen hoch. »Damit du mich gleich kaltmachen kannst? Nein, danke. Ich stell es dir bereit und du kannst es dir dann herunterladen.«

»Also haben wir einen Deal?«

Ray nickte. »Du knallst mich nicht ab und ich geb dir meine kalten Spuren. Deal.«

»Hältst du dich dran?«

»Ich schwöre es bei Kamneys Grab.« Rays Augen verengten sich, als Jim sich einige Sekunden nicht vom Fleck bewegte. »Ist noch was?«

Jim umfasste das Gewehr wieder fester. »Zweiter Deal.«

Ray lachte. »So läuft das nicht. Das hatten wir doch jetzt schon geklärt und ein weiteres Druckmittel hast du nicht.«

Jim ignorierte seinen Einwand. »Du sorgst dafür, dass Sam Rick vergisst«, wiederholte er. »Und du behältst natürlich für dich, dass ich überlebt habe und dieses Treffen hier stattgefunden hat.«

Ray verschränkte die tätowierten Arme vor der Brust. »Und wie willst du diese Gefälligkeit bezahlen?«

Jim wusste, dass er sich jetzt auf sehr, sehr dünnes Eis begab. Wenn seine Vermutung falsch war, hatte er ein ernstes Problem ... »Ich schätze mal, dass du viel Wert darauf legst, dass Sam niemals erfährt, dass du Mike geholfen hast.«

Ray wurde kreideweiß.

Was Jims Verdacht bestärkte, dass die Codierung auf Mikes im Feuerzeug versteckter Micro-SD wirklich von Ray stammte. Jim ließ sich seine Erleichterung nicht anmerken. »Du weißt schon. Dass du ihm ein Programm geschrieben hast, mit dem er die Kameras in Kamney House anzapfen und damit all die Beweise, die Kamney zu Fall gebracht haben, sammeln konnte. Das ganze Material, das sowohl Kamney als auch Sam hinter Gitter gebracht hat.«

»Das kannst du nicht wissen«, brachte Ray krächzend hervor. »Und schon gar nicht beweisen!«

Jim neigte den Kopf. »Willst du es wirklich drauf ankommen lassen? Du weißt, dass bei Sam berechtigte Zweifel ausreichen können.«

Ray starrte ihn einen Augenblick lang wie gebannt an, dann schlich sich ein Lächeln auf sein Gesicht. »Schau dich an. Immer noch durch und durch ein Kamney-Kid.«

Jim hob das Kinn. »Das ist es, was uns am Leben erhält, richtig?«

»Richtig.« Er lehnte sich zurück. »Ich kann dir versprechen, dass ich versuchen werde, Rick aus dem Spiel zu lassen. Und ich verrate dich vorerst nicht, aber mehr ist nicht drin.«

»Mehr verlange ich auch nicht.«

»Ich werde dich nicht warnen, sollten wir kommen.«

»Das werde ich schon rechtzeitig merken.«

Ray nickte leicht. »Denk dran, was ich dir beigebracht habe.

Ich werde dir den Zugang zu Alyshas Dateien heute Mittag geben.«

Jim stieß sich von der Wand ab und wandte sich zum Gehen.

»Ach, und Jonah?«

Jim drehte sich um.

Rays dunkel unterlaufene Augen funkelten. »Glaub nicht immer gleich, was du auf dem Bildschirm siehst. Weder ist Sam in Florida noch Chase in Oaxaca. Grab nächstes Mal tiefer.«

Jim war sofort von Rays Motelzimmer aus losgefahren und hatte nicht angehalten, bis er fast sechs Stunden später in St. Louis war.

In einem Parkhaus in der Nähe von Alec Hydes Appartement hatte er erst einmal ein paar Stunden geschlafen, wenn auch nicht besonders gut. Dann war er in ein Café mit freiem WLAN gegangen, das er noch nie so sehr gebraucht hatte wie jetzt. Als er auf sein Handy schaute und sah, wie viele unbeantwortete Nachrichten er hatte, schob er es frustriert zurück in seine Hosentasche. Dafür hatte er jetzt keinen Nerv.

Er hatte nur ein schlechtes Gewissen, weil er Grace und Walter nicht die ganze Wahrheit gesagt hatte. Aber das konnte er immer noch.

Alles, woran er jetzt denken konnte, war: Alysha lebte. Seine Schwester lebte!!!

Jedes Mal, wenn er an die Worte dachte, die Ray so bedenkenlos geäußert hatte, durchfuhr es ihn wie ein Stromschlag.

Sie lebte.

Das drängte eine weitere Frage auf.

Und deswegen war er hier.

Doch zuerst musste er sich Rays Infos holen und dabei seine Spuren so verwischen, dass der ihn nicht festnageln konnte.

Wie Rick befürchtet hatte, stand Jims Auto nicht in der Auffahrt zum Haus der Dunlaps.

Das muss nichts heißen, sagte er sich. *Vielleicht ist Jim mit Miss Grace einkaufen gefahren.*

Er zögerte kurz, dann ging er zur Tür und klingelte.

Grace öffnete nach einigen Augenblicken. »Oh, hallo, Rick. Geht es euch gut?« Sie lächelte, doch es war nicht so herzlich wie sonst. Sie sah ziemlich fertig aus.

»Jim ist weg, oder?«, fragte er geradeheraus.

Grace seufzte tief. »Richtig.«

»Und das schon seit Freitagnacht?«

Sie nickte.

»Und ... was stand auf dem Zettel, wenn ich fragen darf?«

»Dass er ein wenig Zeit für sich braucht und wir uns keine Sorgen machen sollen, wenn er sich nicht meldet.«

»Und?«

Sie hob die Schultern. »Er hat mir gestern noch mal geschrieben, dass er okay ist.«

Angst durchströmte Rick. Hatte Jim doch etwas Dummes getan? Aber was? Er würde doch nicht so leichtsinnig sein, Sam auf eigene Faust zu jagen, oder?

Vielleicht brauchte er wirklich nur ein wenig Zeit für sich. Dass Ray wieder aufgetaucht war, wenn auch nur virtuell, hatte ihn sicher aus dem Konzept gebracht.

»Braucht ihr irgendetwas?«, riss Grace ihn aus seinen Gedanken. »Habt ihr genug zu essen?«

»Alles gut, Miss Grace. Mach dir um uns keine Sorgen, wir kommen klar.«

Auf dem Weg nach Hause rasten Ricks Gedanken durcheinander. Sollte er Alec Hyde benachrichtigen? War Jim wirklich nur unterwegs, und sich zu sorgen, war sinnlos?

Jesus, bitte bewahre Jim ..., betete er im Stillen.

Nachdem Jim sich im Café die Infos geholt hatte, die Ray zu Alysha gesammelt hatte, machte er sich zu Alec Hydes Appartement auf. Auf sein Klingeln hin öffnete jedoch niemand. Jim sah auf die Uhr. Wahrscheinlich war er noch im Büro. Wenn er seinen Gewohnheiten nachging, würde er heute in seinem Lieblingsrestaurant gegenüber dem Fitnessstudio zu Abend essen. Das konnte aber noch ein paar Stunden dauern. Jim beschloss, dort auf Alec zu warten.

Er parkte in einer Tiefgarage in der Nähe, suchte sich eine Nische im Restaurant, von wo aus er den Eingang und den Raum im Blick hatte, und startete seinen Laptop, nachdem die Kellnerin ihm ein paar Snacks und etwas zu trinken gebracht hatte.

Jim überprüfte nun sorgfältig sein Programm. Wenn Ray die Wahrheit gesagt hatte, stimmten Jims Berechnungen nicht ganz, was Chase' und Sams Aufenthaltsorte betraf. Er musste den Fehler unbedingt beheben ... Außerdem wusste Ray jetzt, dass Jim ihn finden konnte. Es war also mehr als nur wahrscheinlich, dass er sich eine neue Verschleierungstaktik ausdenken würde. Jim musste ihn daher ganz genau im Auge behalten.

Die Stunden verflogen und Jim hätte beinahe den Moment verpasst, als Alec das Restaurant mit einem anderen Mann betrat.

Wie immer ließ Alec prüfend seinen Blick durch den Raum schweifen und entdeckte Jim.

Jim konnte sich ein Lächeln nicht verkneifen, als er Alecs perplexen Gesichtsausdruck sah. Er beobachtete, wie der Agent ein paar Worte mit dem anderen Mann wechselte und dieser schließlich nickte und das Restaurant wieder verließ.

Alec sah sich noch einmal gründlich um, dann kam er an Jims Tisch und setzte sich ihm gegenüber. »Normalerweise ist es ja umgekehrt: dass ich dich aufstöbern muss und nicht du mich. Wie hast du mich gefunden?«

Jim hob die Schultern. »Kreditkartenabrechnungen, Gewohnheit, ...«

Alec schüttelte den Kopf und lachte leise. »Du weißt schon,

dass du mir sowas nicht erzählen solltest? Theoretisch könnte ich dich dafür verhaften.«

»Das müsstest du mir erst einmal nachweisen können.« Jim klappte seinen Laptop zu, als die Kellnerin kam und Alecs Bestellung aufnahm.

Alec lehnte sich zurück. »Was machst du hier? Du bist doch bestimmt nicht zum Plaudern vorbeigekommen.«

»Ich muss mit dir reden.« Jim fokussierte den Agenten, um ja keine Gefühlsregung zu verpassen. »Ich habe herausgefunden, dass meine Schwester noch am Leben ist.«

Alec atmete tief durch, sagte aber nichts.

Jims Augen verengten sich zu Schlitzen. »Du hast es gewusst. Und hast es mir nicht gesagt.«

»Es war besser so.«

»Wie konnte es besser sein? Sie war die einzige Familie, die ich hatte!«

Alec verschränkte die Arme. »Alysha ist nicht deine Schwester.«

»Wie kannst du so etwas sagen? Sie war diejenige, die immer für mich da war, die mich in den Schlaf gesungen hat … Wieso habt ihr uns nicht zusammen verschwinden lassen? Wieso habt ihr uns getrennt?«

Der Ernst in Alecs Augen vermischte sich mit Mitleid. »Alysha ist in dieser Nacht durchgedreht, Jay. Sie war da. Sie hat dich gesehen. Dich – und Rico.«

Jim zuckte zurück. Die Bilder strömten unaufhaltsam in sein Gedächtnis, obwohl er versuchte, sie zurückzudrängen. Die dunkelrote Flüssigkeit, das von Schmerzen verzerrte Gesicht, der zusammengekrampfte Körper, der den Todeskampf verlor. Und dann die leblosen, starren Augen.

Alec beugte sich vor und senkte die Stimme. »Wir mussten sie von da wegbringen. Kein einziger Arzt hat daran geglaubt, dass du überleben würdest. Und als es dann doch so war, hatten wir sie schon längst verschwinden lassen, ihr eine neue Identität aufgebaut und sie in Behandlung gebracht.«

Jim schluckte hart. »Hast du nicht mal dran gedacht, dass sie vielleicht schneller Heilung gefunden hätte, wenn sie gewusst hätte, dass ich lebe?«

»Jay ...«

»Wie konntest du das nur zulassen? Du wusstest, dass wir einander gebraucht haben!« Jim versuchte vergeblich, nicht lauter zu werden.

»Jay ...«

»Ich werde sie finden. Ich werde zu ihr kommen und dann ...«

Alec schüttelte warnend den Kopf. »Tu das nicht.«

Jim fixierte ihn wütend und ballte die Fäuste. »Willst du mich etwa aufhalten?«

Alec hielt seinem durchbohrenden Blick stand. »Du wirst nicht das finden, was du hoffst. Es wird dir nicht gefallen.«

»Wie kannst du das wissen?«

Jetzt sah Alec kurz weg, dann sagte er leise: »Sie weiß, dass du lebst.«

Jim hatte das Gefühl, als würde sich der Boden unter ihm auftun und ihn ins unendliche Schwarze herunterziehen. Er starrte Alec an und fragte sich, ob er sich gerade verhört hatte, aber das Mitgefühl in Alecs Augen überzeugte ihn vom Gegenteil. Langsam schüttelte er den Kopf. »Du lügst«, brachte er rau hervor.

Wieder dieses Mitleid auf Alecs Gesicht. »Nein. Sie wusste, dass du überlebt hast.«

»Das ist nicht wahr.«

»Jay ...«

Jim sprang auf. »Du lügst! Sie würde mich niemals im Stich lassen! Sie ...«

»Das hat sie nicht. Wir haben sie von dir getrennt. Sie konnte nicht zu dir. Wir haben dich doch genauso verschwinden lassen. Wie gesagt: Es war besser so.« Er sah ihn eindringlich an. »Sie war sehr krank, Jay. Sie hat es fast nicht geschafft.«

Jim atmete schwer, als wäre er die ganze Strecke nach St. Louis zu Fuß gelaufen, und ignorierte die tuschelnden Gäste, die ihnen neugierige Blicke zuwarfen.

»Es ging nicht anders. Es war das Beste, sowohl für dich als auch für Alysha.« Alec stand vorsichtig auf, als rechne er damit, dass Jim sich jeden Moment auf ihn stürzen würde. »Komm schon, setz dich wieder.«

Stumm schüttelte Jim den Kopf. Er schnappte sich seinen Laptop und den Rucksack und marschierte aus dem Restaurant, ohne auf Alec zu achten, der nach ihm rief.

Alles war sinnlos.

Warum hatte Alysha nie nach ihm gesucht?

Sie hatte gewusst, dass er lebte? Und war nicht gekommen, um ihn zu holen?

All die Versprechen, die sie ihm gemacht hatte ... Dass sie für immer eine Familie sein würden und nichts sie voneinander trennen würde – alles gelogen.

Und Alec ... hatte Alec nicht dafür gesorgt, dass seine Schwester ihr Wort nicht halten konnte?

Nein.

Im Endeffekt war es wieder Kamneys Schuld.

Kamneys – und Sams.

Alec holte ihn ein und lief neben ihm her. »Wissen deine Tante und dein Onkel, wo du bist?«

Jim antwortete nicht und versuchte, einen klaren Gedanken zu fassen. Es gelang ihm nicht.

»Soll ich sie anrufen?«

Jim schüttelte mechanisch den Kopf. »Ich fahre jetzt lieber.«

Alec versuchte, ihn am Arm zurückzuhalten. »Hey, bleib doch lieber für die Nacht, du schaffst es heute nicht mehr nach Hause. Du kannst in meinem Gästezimmer schlafen.«

Jim riss sich los. »Nein, danke. Ich ... ich brauche jetzt ein bisschen Zeit zum Nachdenken.«

»Mir gefällt das nicht. In deinem Zustand solltest du nicht auf die Straßen.«

Jim zwang sich, ihn anzusehen, und hob das Kinn. »Ich komme allein klar. Auch ohne deine ... Hilfe.«

Er schob sich an Alec vorbei und stürmte davon.

7

Rick wusste nicht, warum er ausgerechnet in dieser Nacht nicht schlafen konnte und warum er sich ausgerechnet für einen Spaziergang entschieden hatte, aber so war er genau zur richtigen Zeit am richtigen Ort, um Jims Auto in die Straße einbiegen zu sehen, in der die Dunlaps wohnten. Rick sah auf sein Handy; es war fast vier Uhr. Vorsichtig näherte er sich dem Grundstück. Jim stieg gerade aus und schlurfte mit schweren Schritten zum Kofferraum. Er schien Rick nicht zu bemerken, selbst als er schon fast direkt neben ihm stand. Er beugte sich über den Kofferraum und stützte sich schwer ab, bevor er hineingriff.

Rick trat näher. »Jim?«

Jim zuckte heftig zusammen, ließ den in Stoff gewickelten, langen Gegenstand zurück in den Kofferraum fallen und drehte sich um. »Was schleichst du dich so an?«, herrschte er Rick an.

Rick ignorierte seine Wut. »Wo warst du? Wir haben uns mega Sorgen gemacht!«

»Müsst ihr nicht.« Er tastete hinter sich und versuchte, die Kofferraumklappe zu schließen.

Rick lugte ihm über die Schulter. »Was ist das?«

»Nichts.«

»Nichts ist was anderes.« Rick wollte nach dem Gegenstand greifen, doch Jim packte seine Hand.

»Lass es. Bitte.«

Rick sah ihm ins Gesicht. Selbst im schwachen Licht der Verandabeleuchtung sah er deutlich, wie abgekämpft und müde Jim wirkte. »Komm schon. Du weißt, dass du mir vertrauen kannst.«

Jims Lächeln erreichte seine Augen nicht. »Du bist mein bester

Freund, Rick. Und genau aus dem Grund solltest du nicht alles wissen.«

Eine Ahnung beschlich ihn. Blitzschnell langte er in den Kofferraum und riss das Stoffstück zur Seite. Angst ergriff ihn, als er ein Jagdgewehr erkannte. »Jim, was ... was hast du ...?«

Wie in Zeitlupe nahm Jim das Laken und wickelte das Gewehr wieder sorgfältig ein. Er atmete schwer aus. »Ich hab mich um Ray gekümmert.«

Ricks Magen zog sich zusammen. »Hast du ihn ...?«

Wieder dieses freudlose Lächeln. »Nein.«

Erleichterung wollte den Knoten in Ricks Bauch lösen, doch Jims Ausdruck ließ es nicht zu. »Wie kann ich dir helfen?«

Jim zupfte den Stoff um das Gewehr zurecht. »Indem du mir nicht zu nahe kommst.« Er sah ihn direkt an und die Mischung aus Angst, Resignation und Wut in seinem Blick ließ Rick unwillkürlich einen Schritt zurückweichen.

Jim knallte den Kofferraum zu und ließ ihn einfach stehen. Rick sah ihm hinterher, wie er die Auffahrt entlangschlurfte. Dann entschied er sich.

»Nein, Jim. Ich bin dein bester Freund, das hast du gerade selbst gesagt.«

Jim blieb stehen, wandte sich aber nicht um.

Rick fuhr fort. »Und du bist mein bester Freund. Du hättest dein Leben für mich geopfert, weißt du noch? Du hättest im Herbst einfach abhauen können, Sam hätte dich nicht in die Finger gekriegt. Aber du bist zurückgekommen und hast dir dafür zwei Kugeln eingefangen.« Rick ging einen Schritt auf ihn zu. »Lass mich dir jetzt auch ein guter Freund sein. Ich sehe doch, dass du leidest. Sag mir, was passiert ist.«

Rick konnte sehen, dass Jims Schultern sich schwer hoben und senkten. Er fuhr sich übers Gesicht, dann drehte er sich um. »Gib mir fünf Minuten. Ich muss das Gewehr kurz wieder verstauen.«

Rick nickte und Jim verschwand in der dunklen Garage. Fast eine Viertelstunde stand Rick da und befürchtete schon, dass Jim es sich anders überlegt hatte, aber dann tauchte er doch aus den Schatten auf. »Können wir ein Stück gehen?«, fragte er.

»Klar. Zum Klettersteig?«

»Okay.«

Die zwanzig Minuten, die sie zum Wasserfall brauchten, verrannen in Stille. Was war bloß geschehen? Jim war beinahe eine Woche weg gewesen. Und er hatte eine Schusswaffe dabeigehabt. Hatte er Ray töten wollen und es dann einfach nicht übers Herz gebracht? Oder hatte er ihn gar nicht erst gefunden?

Erst als sie am Klettersteig angekommen waren und sich auf die oberen Felsen gesetzt hatten, brach Jim sein Schweigen. »Alysha lebt.«

»Wie bitte?« Damit hatte Rick jetzt nun wirklich nicht gerechnet. Als er Jim einmal nach dem Mädchen auf dem Foto in seinem Zimmer gefragt hatte, hatte der ihm nur kurz angebunden erzählt, dass das seine Schwester Alysha sei, die Sam damals umgebracht habe.

Der schwache Mondschein beleuchtete Jims schmerzverzerrte Züge. »Ray hat es mir erzählt.«

»W…« Rick brach ab. Das war zu viel auf einmal. »Du hast mit Ray *geredet?*«

Jim seufzte schwer. »Ich war da, um ihn zu töten«, sagte er nach einer längeren Pause leise. »Ich hab sein Signal lokalisiert und ihn ein paar Tage lang beobachtet. Dann bin ich rein, um herauszufinden, warum sie dich beschatten. Ich hatte vor, ihn danach umzubringen, damit er mich nicht verraten kann. Aber …« Er sah weg.

Für eine Weile waren das Rauschen des Wasserfalls und der entfernte Ruf einer Eule das Einzige, was zu hören war.

Rick sah ihn beklommen an. »Meinst du … du hättest wirklich abgedrückt?«

Jim starrte in die Nacht hinaus. »Ich weiß nicht. Fähig dazu wäre ich, denke ich. Im Herbst hätte ich Sam beinahe die Kehle aufgeschlitzt, wäre er nicht ausgewichen. Aber jetzt … ich hatte echt zu kämpfen. Mir ist noch mal klar geworden, dass Gott es verboten hat und dass es Sünde ist, einem anderen das Leben zu nehmen. Aber ...« Er stockte. »Ich sehe einfach keinen anderen Ausweg ...« Er sah zu Rick. »Sam könnte jederzeit auf die Idee kommen, Jagd auf dich zu machen.«

Rick spürte, wie sein Herzschlag sich beinahe verdoppelte, als ihm klar wurde, was das bedeutete. »Dann muss ich hier weg! Und Elena! Meine Familie! Soll ich Alec anrufen? Oder was ...?«

»Beruhig dich«, unterbrach Jim ihn scharf. »Ich hab das geklärt. Ray sorgt dafür, dass Sam sein Interesse an dir verliert. Außerdem werde ich mein Programm verbessern.«

Rick atmete ein paarmal tief durch. »Das heißt, du hast einen Pakt mit Ray geschlossen?«

»Einen Deal, ja.«

»Aber ist der Deal sicher?«

»Todsicher.«

Rick rutschte unbehaglich auf seinem Platz herum. »Mir gefällt das nicht.«

»Was genau?« In Jims Stimme schwang unterschwellige Aggression mit. »Dass ich das in Ordnung gebracht habe?«

»Dass du dich schon wieder in die Schusslinie begibst. Glaubst du wirklich, dass Ray dich nicht verraten wird?«

»Da, wo ich herkomme, gab es so was wie ein ungeschriebenes Gesetz. Wenn du jemandem was schuldest, wirst du deine Schuld begleichen. Um jeden Preis.«

Rick dachte an das, was Sam damals zu Jim gesagt hatte. Dass er eine Rechnung mit ihm offen hatte. »Und du hast Sam was geschuldet?«

Jim nickte. »Ich hab ihn verraten. Damit habe ich ihm das Leben genommen, das er hätte haben können.«

Rick rieb sich die Stirn. »Also ... das hast du dann quasi bezahlt, als du seinem Wissen nach gestorben bist.«

Jim schnaubte. »Sam hält sich nicht so richtig daran. Die Rechnung wurde schon längst mit viel zu hohem Preis gezahlt. Aber das hat ihm nicht gereicht. Er ist ... wie besessen. Er kriegt nicht genug davon. Er ist verflucht, weil er ...« Jim brach ab.

Rick rieb sich über die Arme. »Ich weiß, du willst nicht drüber reden, aber … Woher kennst du die eigentlich?«

Jim lächelte freudlos. »Ich bin mit denen aufgewachsen.«

Rick fiel aus allen Wolken. »Was? Sind das ... deine Geschwister?«

»Blödsinn. Wir haben nur im selben Haus gelebt.«

Rick verstand nicht. Er dachte, Jim wäre bei den Dunlaps aufgewachsen. Anscheinend war da noch viel mehr im Leben seines Freundes, von dem er noch nicht einmal etwas ahnte. »Jim, ich glaube, wir müssen da beide noch etwas verstehen.«

»Und was?«

»Wir hatten doch letztens in der Teeny die Geschichte von Abraham, weißt du noch? Da hat Gott ihm versprochen, ihm Nachkommen zu schenken. Als jahrelang nichts geschah, haben seine Frau und er es auf ihre eigene Art versucht – du weißt schon, die Sache mit Hagar. Und das, obwohl Gott alles im Griff hatte und sie nur noch ein wenig länger hätten warten müssen.«

»Hm, du meinst, nur weil ich denke, dass meine einzige Chance ist, Sam, Chase und Ray zu töten, heißt das nicht, dass Gott da keinen anderen Ausweg hat?«

»Genau. Gott wird dich nicht dazu zwingen, gegen seine Gebote zu verstoßen.«

»Und was, wenn ich jetzt nicht den Deal mit Ray hätte? Was, wenn sie wiedergekommen wären? Was würdest du tun, um deine Familie zu schützen?«

»Ich weiß es nicht.«

»Nee, jetzt mal ehrlich. Stell dir vor, sie stehen plötzlich vor dir. Drücken die Waffe an Elenas Kopf. Und du hast die Chance, sie zu erledigen. Was tust du?«

»Keine Ahnung.«

»Tja, jetzt weißt du, wie es mir geht.«

Sie saßen eine Weile da und hingen ihren Gedanken nach,

dann meinte Rick: »Ich glaube, wir sehen einfach nur diesen winzigen Ausschnitt vom ganzen Bild, so wie es bei Paulus steht. Wir vergessen, dass Gott alles sieht und die Lage im Griff hat. Fertig. Das wird schon.«

»Gott so blind zu vertrauen, kann tödlich enden.«

Rick fragte sich unwillkürlich, ob Jim aus Erfahrung redete. Hatte er da nicht mal diesen Rico erwähnt? Als er betrunken gewesen war? Heute fragte Rick lieber nicht weiter nach. Wenn Jim so weit war, würde er es ihm erzählen. Genau wie den Rest von dem, was er ihm eben offenbart hatte.

»Das Programm kriegst du dann jetzt natürlich auch«, sagte Jim schließlich. »Ich werde das noch ein bisschen auf dich zuschneiden müssen, aber dann bekommst du auch eine Warnung, wenn sie die Dreihundert-Meilen-Marke überqueren.«

»Hast du nicht Angst, dass Ray das umgehen könnte? Er muss doch jetzt wissen, dass du ihn so gefunden hast.«

»Ich kenne Rays Handschrift in- und auswendig. Wenn er etwas verändert, werde ich es sehen.«

Rick zog die Beine an und umschlang seine Knie. »Und was machst du jetzt wegen Alysha?«

»Ich weiß es nicht. Ich habe Alec damit konfrontiert. Er hat mir nahegelegt, die Sache ruhen zu lassen. Er meint, wir haben beide ein neues Leben geschenkt bekommen und sollten nicht mehr zurückschauen.«

»Aber ... es geht doch um deine Schwester!«, erboste Rick sich. »Er kann euch doch nicht einfach voneinander getrennt halten!«

»Kann er doch. Wir sind nicht blutsverwandt.«

Rick überlegte. »Du meinst, sie ist im gleichen Haus aufgewachsen wie du, genau wie Sam, Ray und Chase?«

»Genau.«

»War ... war das ein Waisenhaus oder so?«, fragte er vorsichtig.

»Mhm.«

Rick musterte Jim verstohlen von der Seite. Er konnte sich nicht vorstellen, wie es für Jim gewesen sein musste, mit Sam,

Ray und Chase unter einem Dach zu leben. Und dann auch noch die ganzen anderen Probleme zu haben, die ein Leben als Waise so mit sich brachte. Nicht zu wissen, wo man herkam, warum man nicht in einer »normalen« Familie aufwachsen konnte, und zu denken, dass man allein auf der Welt war.

»Wann bist du denn zu Will und Shakira gekommen?«

»Die haben mich adoptiert, als ich zehn war.«

Rick musste schlucken. Das hieß wohl, dass sich das, was Jim mit Sam erlebt hatte, schon davor abgespielt haben musste. Und dass er Alysha schon seit über sieben Jahren nicht mehr gesehen hatte.

»Das heißt ... du wirst Alysha nicht suchen?«

Jim antwortete eine Weile nicht, dann meinte er: »Das weiß ich noch nicht. Ich werde erst mal gucken, wie sich das mit Sam entwickelt. Erst muss er wieder gefasst werden.«

Rick nickte. »Und was, wenn das nie passiert?«

»Irgendwann wird Sam einen Fehler machen. Alec wird ihn jagen, bis er ihn hat. Auch wenn das Jahre dauert.«

Rick bemerkte plötzlich, dass sein Handy vibrierte, und holte es mit einer Entschuldigung aus der Tasche. Als er Elenas Namen auf dem Display las und ihm bewusst wurde, dass es mitten in der Nacht war, gefror ihm das Blut in den Adern.

»Elle?«, meldete er sich atemlos.

»WO IN ALLER WELT BIST DU?«, brüllte sie am anderen Ende.

Rick sprang auf, als er die Angst in ihrer Stimme hörte. »Was ist passiert?«

»Es ist Mari, es ... sie ...« Sie schluchzte. »Kannst du bitte sofort kommen? Bitte!«

»Ich bin schon auf dem Weg!«

Völlig außer Atem kamen Rick und Jim bei den Andersons zu Hause an und stürmten ins Wohnzimmer, wo Licht brannte. Elena saß auf dem Sofa, das Gesicht tränenüberströmt. Danny schritt unruhig auf und ab.

»Was ist los?« Ricks Blick flog forschend durch den Raum von einem zum anderen. »Nun sagt doch was!« Irgendetwas stimmte nicht. Hatte die Polizei angerufen? War Mari im Krankenhaus oder so? Oder sogar …?

»Mari … sie … sie …« Elena schniefte und versuchte, sich zu beruhigen. »Sie hat …«

Rick sah zu Danny, doch seine Lippen waren ein einziger dünner Strich. Wieso sagte er nichts? Ricks Herz pochte in seiner Brust. Was war hier los?

Elena zog das Sofakissen auf den Schoß und vergrub ihre Fingernägel darin. »Mari hat angerufen.«

»Was?!« Ricks Kinnlade klappte nach unten. »Was hat sie …? Wie …?« Ihm fehlten die Worte.

»Sie hat gesagt, dass sie Hilfe braucht! Und dann sofort aufgelegt!« Neue Tränen füllten Elenas Augen. »Oh Rick, sie hat so verzweifelt geklungen! So, als wäre sie in Gefahr …«

Seine Gedanken sprangen hin und her. »Dann … dann müssen wir sofort los!«

Danny ließ sich schwer neben Elena aufs Sofa fallen. »Wohin denn? Wir wissen doch gar nicht, wo sie ist! Sie könnte überall sein!«

»Weißt du die Vorwahl noch?«, fragte Jim.

»Darauf habe ich nicht geachtet …« Elena fing an, nach dem Telefon zu suchen. »Ich glaube es war eine Handynummer.«

»Habt ihr versucht zurückzurufen?«

Danny fuhr sich durch die ohnehin schon zerzausten Haare. »Ja, aber sie scheint das Handy ausgeschaltet zu haben. Die Mailbox springt gleich an.«

Jim nahm Elena das Telefon aus der Hand. »Immerhin hat sie die SIM-Karte nicht zerstört, das ist gut. Wenn ihr mir ein paar

Stunden gebt, kann ich sie ausfindig machen und dann fahren wir hin.«

»Das kannst du?« Elenas Stimme klang voller Hoffnung.

»Das krieg ich hin, ja.«

»Aber wir können doch nicht einfach da hinfahren und sie holen!«, wandte Rick ein.

»Wir müssen, Rick!« Elena griff nach seinem Arm. »Wir haben doch so lange dafür gebetet, dass sie zurückkommt.«

Rick sah in die flehenden Augen seiner Schwester. Wie stellte sie sich das denn vor? Sie wussten nicht, wo sie suchen sollten, und selbst wenn sie Mari mit Jims Hilfe tatsächlich finden würden – wie sollte es dann weitergehen? Er sah Hilfe suchend zu Danny.

Dieser heftete seinen Blick auf Jim. »Wie sicher sind deine Suchergebnisse?«

»Vom GPS ihres Handys könnte ich sie bestimmt auf einen Umkreis von fünfzig Metern orten. Und wenn sie ihren Namen nicht geändert hat, könnte ich auch vielleicht ihre Adresse herausfinden oder wo sie arbeitet.«

Danny runzelte die Stirn. »Ist das legal?«

»Definitiv nicht.« Jim lächelte vorsichtig. »Ich würde es trotzdem machen.«

Alle sahen Danny an.

»Okay. Ziehen wir es durch.« Er drückte Elena kurz an sich und wandte sich dann an Jim. »Wie ist der Plan?«

Jim legte das Telefon weg. »Ich kümmere mich um die Suche. Kommt morgen dann einfach zu mir rüber. Bis dahin wäre es bestimmt nicht schlecht, wenn ihr versucht, ein paar Stunden zu schlafen. Wer weiß, wie weit wir fahren müssen.«

»Gut.« Rick begleitete seinen Freund zur Tür. »Was meinst du, wie lange du ungefähr brauchen wirst?«

»Ihr könnt so um neun vorbeikommen.«

»Danke, Jim!« Elena war ihnen gefolgt und sah ihn aus rot geweinten Augen dankbar an.

»Dank mir noch nicht. Vielleicht wird das auch nichts.« Er

versuchte zu lächeln. »Aber ich werde mein Bestes geben.« Damit zog er sich die Kapuze über den Kopf und verschwand nach draußen. Die Tür schlug hinter ihm zu.

»Sollten wir nicht Mom und Dad benachrichtigen?«, fragte Elena unsicher.

»Das machen wir gleich morgen früh. Sie werden es wissen wollen.« Danny stand auf. »Und jetzt ab ins Bett.«

Rick wurde davon wach, dass Elena durchs Haus tigerte und irgendwelche Sachen hin und her räumte. Er zog die Decke über den Kopf. Die Gedanken rund um Mari – was wohl passiert war, dass sie angerufen hatte und die Sorgen darum, wie es jetzt weitergehen sollte –, hatten ihn wach gehalten. Um kurz vor sechs hatte er das letzte Mal auf die Uhr geschaut, bevor er in einen unruhigen Schlaf gefallen war, und jetzt war es kurz vor neun.

Geräuschvoll wurden unten in der Küche einige Schranktüren geschlossen. Anscheinend hatte Elena auch nicht mehr schlafen können und er konnte es ihr nicht verübeln, dass sie nun sogar schon anfing, das Haus auf den Kopf zu stellen. Jetzt hörte er auch Dannys tiefe Stimme. Dann sollte er wohl auch gleich mal aufstehen …

Er döste noch einmal ein, dann kam Elena um neun in sein Zimmer gestürmt, um ihn zu wecken.

»Komm schon, Rick! Du musst ja auch noch frühstücken und dich anziehen!«

»Hmm, in der Reihenfolge ist das okay.« Er quälte sich aus dem Bett. »Habt ihr schon gegessen?«

Sie schüttelte den Kopf. »Nur ein bisschen Fluff.«

»Pur?«

»Jup. Und Danny hatte Kaffee.«

»Kein Wunder, dass du so aufgedreht bist.« Rick schlurfte ins Bad. »Ich dusche noch schnell.«

»Aber wirklich schnell!«, rief sie ihm hinterher.

Kurz vor halb zehn standen sie mit Danny vor der Tür der Dunlaps. Elena zappelte aufgeregt herum, bis Miss Grace die Tür öffnete.

»Guten Morgen«, begrüßte sie die drei überrascht. »Hallo, Danny! Schön, dich mal wiederzusehen! Wie geht's? Wie läuft dein Studium?«

»Danke, Miss Grace, gut! Ich bin aber auch ganz froh, dass jetzt Ferien sind.«

»Ist Jim schon wach?«, platzte Elena heraus.

»Nein, tut mir leid. Da müsst ihr wahrscheinlich nachmittags noch mal kommen.«

»Nachmittags?«, wiederholte Elena enttäuscht. »Aber wir waren um neun verabredet …«

»Oh … Nun ja, so tief, wie er gerade schläft, kriegt ihn jetzt nicht einmal ein Erdbeben wach. Das kenn ich schon.«

»Sicher?«, hakte Elena nach. »Es ist sehr dringend!«

Miss Grace legte die Stirn in Falten. »Egal, wie dringend es ist, Schätzchen, es muss warten. Jimmy hat in dieser Woche kaum geschlafen und er braucht wenigstens ein paar Stunden.«

»Aber er kann doch im Auto schlafen ...«

Jims Tante schüttelte vehement den Kopf. »Kommt gar nicht infrage«, erwiderte sie streng. »Ich habe ihn erst vor einer Stunde ins Bett geschickt und da konnte er kaum noch geradeaus sehen.«

Elena sah aus, als wollte sie noch was sagen, doch sie wusste es besser. Mit Miss Grace sollte man sich lieber nicht anlegen, vor allem, wenn es um Jims Wohlergehen ging.

»Was gibt es denn so Dringendes?« Neugierig beäugte Miss Grace die Geschwister.

»Ist schon in Ordnung«, beeilte Rick sich zu sagen. »Kann er uns dann anrufen, wenn er wach ist?«

»Ich werde es ihm ausrichten.«

»Okay, danke, Miss Grace!« Er schob Elena von der Veranda, die das nur unwillig zuließ.

»Mann, wieso pennt der jetzt? Wir dürfen doch keine Zeit verlieren!«

»Uns würde auch ein wenig mehr Schlaf guttun«, wandte Danny ein.

Rick sagte nichts dazu. Er musste daran denken, wie fertig Jim ausgesehen hatte, als er ihn in der Nacht getroffen hatte. Wahrscheinlich hatte er die ganze Woche kaum geschlafen. Dass er versprochen hatte, trotzdem gleich Mari ausfindig zu machen, rechnete er ihm hoch an. Ein paar Stunden würden hoffentlich jetzt für ihre Schwester keinen großen Unterschied machen.

»Ich glaub, ich mach gleich mal Telefonterror bei ihm!«

»Nein, Elle. Er saß bestimmt die ganze restliche Nacht wach, um Mari zu finden. Lass ihn wenigstens ein bisschen schlafen.«

»Aber … aber …« Elena zog einen Schmollmund. »Wie soll ich denn die Zeit herumkriegen?«

»Das schaffen wir schon.« Danny vergrub die Hände in den Taschen. »Außerdem sollten wir Mom anrufen und ihr davon erzählen. Ich kann das übernehmen.«

Elena seufzte und ein Teil der Anspannung schien von ihr abzufallen. »Also gut. Aber wenn er um eins immer noch nicht wach ist, dann füll ich ihn mit Kaffee ab.«

»Jimmy?« Grace' leise Stimme holte ihn langsam wieder in die Realität zurück und Jim öffnete mit Mühe die Augen. Er fühlte sich wie gerädert. Er rutschte ein wenig nach hinten, sodass Grace sich auf die Bettkante setzen konnte.

»Bist du wach?«

»Hm«, machte Jim.

Seine Tante strich ihm liebevoll durch die Haare. »Die Andersons waren heute Morgen hier und meinten, sie wären mit dir verabredet.«

»Wie spät?«, nuschelte Jim.

»Halb drei.«

»Oh nee.« Jim schlug die Decke zurück und war schon halb aus dem Zimmer, als ihm schwindelig wurde und er sich am Türrahmen abstützen musste.

Grace stand auf und trat neben ihn. »Wie lange hast du nichts Vernünftiges mehr gegessen?«

Jim presste sich die Handballen auf die Augen. »Weiß nicht.«

»Dann komm erst mal mit in die Küche.«

»Ich muss los …«

»Nein, du musst deinen Kreislauf in Schwung bringen.« Grace schob ihn bestimmt in Richtung Küche. »Die paar Minuten können Rick und Elena jetzt auch noch warten.«

»Okay.« Jim ließ sich schwer auf den Küchenstuhl fallen und nahm dankbar den Kaffee entgegen, den Grace wohl schon für ihn vorbereitet hatte.

»Ich mach dir schnell ein paar Eier und Würstchen und dann hast du meine Erlaubnis zu gehen.« Grace stellte sich an den Herd.

Jim nutzte die Gelegenheit, Rick zu schreiben, dass sie in zwanzig Minuten losfahren konnten.

»Willst du mir erzählen, wo du die Woche gewesen bist?«

Jim nahm einen Schluck Kaffee und genoss die Wärme des Getränks. »Hm, lieber nicht.«

»Hast du denn das Problem klären können?«

»Ich denke schon. Vorerst.«

»Und was habt ihr so Dringendes geplant?«

Jim überlegte kurz und entschied sich dann, seiner Tante vorerst nichts zu erzählen. »Das würde ich dir ungern jetzt schon sagen.«

»In Ordnung.« Seine Tante widmete der Pfanne ihre ganze Aufmerksamkeit, doch Jim konnte sehen, wie sie die Stirn runzelte. Es wunderte ihn ein wenig, dass Grace ihm einfach so vertraute. Schließlich war er tagelang ohne eine ordentliche Erklärung verschwunden, und auch wenn er sich zwischendurch gemeldet hatte, hätte er ganz sicherlich nicht so gelassen reagiert wie sie. An ihrer Stelle hätte er sich noch in der Nacht die größte Standpauke des Lebens gehalten und dann für eine halbe Ewigkeit Hausarrest verhängt. Vielleicht sollte er ihr auch mit etwas mehr Vertrauen entgegenkommen …

»Es ist eine Sache, die Rick, Elena und Danny betrifft«, erklärte er deswegen und nahm noch einen Schluck. »Und ich glaube nicht, dass ich es weitererzählen sollte. Auf jeden Fall noch nicht.«

»Das verstehe ich. Sie stecken doch hoffentlich nicht in Schwierigkeiten, oder?« Sie griff nach dem Pfannenwender. »Wenn ihr nämlich in Gefahr seid, müsst ihr uns das sagen.«

Jim nickte zögerlich.

»Aber ich verstehe nicht, was das die letzte Woche sollte«, fuhr sie fort. Also war es doch nicht so belanglos für sie gewesen. »Du verschwindest einfach tagelang, ohne etwas zu sagen! Weißt du, was wir uns für Sorgen gemacht haben?« Mit etwas mehr Schwung als nötig bearbeitete sie die Rühreier. »Ich habe gedacht, dass wir schon weiter sind in unserer Beziehung, oder nicht?«

Jim rieb sich über die Schläfen. »Es … es gibt einfach ein paar Dinge, mit denen ich euch nicht belasten will.« Er biss sich auf die Unterlippe. »Ich werde es euch irgendwann erzählen, aber nicht heute.«

Seine Tante seufzte tief. »Okay, Jimmy. Walter und ich vertrauen dir, dass du keine Dummheiten machst. Ich wäre nur dankbar, wenn du dich diesmal etwas öfter meldest, ja?« Grace lud die Eier und die Würstchen auf einen Teller und stellte ihn vor Jim hin. Sie sprach das Tischgebet und legte noch Toast aus dem Toaster dazu. »Wann seid ihr denn wieder hier?«, fragte sie dann.

Jim zwang sich, das Essen nicht herunterzuschlingen. »Ich weiß noch nicht genau. Ich schätze, dass es ziemlich spät wird, also macht euch bitte keine Sorgen, wenn wir bei Einbruch der Dunkelheit noch nicht wieder hier sind.« Er hatte Mari gegen acht Uhr morgens in Chicago lokalisiert. Er hatte nicht geplant, danach einzuschlafen, aber er hatte sich gegen die Müdigkeit nicht mehr wehren können.

»Seid ihr so lange mit dem Auto unterwegs?« Besorgt sah Grace ihn an. »Bist du fit genug dafür?«

»Danny kommt ja mit und wird fahren. Ich löse ihn vielleicht auf der Rückfahrt ab, aber ich kann mich auf jeden Fall auf der Hinfahrt ausruhen.«

»Na gut. Aber wenn du merkst, dass du zu müde wirst, dann macht zwischendurch Pausen!« Sie öffnete den Kühlschrank. »Ich mache euch noch ein paar Sandwiches fertig.«

8

Elenas Finger zitterten, als sie auf den Klingelknopf drückte. Rick lächelte ihr ermutigend zu und Danny drückte ihre Hand, doch sie konnte fühlen, dass die beiden genauso nervös waren wie sie. Sie hatten fünf Stunden im Auto gesessen, um nach Chicago zu kommen, doch es hatte sich wie eine halbe Ewigkeit angefühlt und Elena hatte das Gefühl gehabt, dass nicht nur ihre Nerven kurz vor dem Zerreißen waren. Nur Jim hatte die erste Hälfte der Fahrt verschlafen.

Danny hatte Mom am Vormittag angerufen und ihr davon erzählt, dass sie Mari abholen wollten. Sie war völlig außer sich gewesen und hatte gesagt, dass sie sofort nach Hause kommen wollte. Sie musste aber erst einmal jemanden finden, der für sie bei Tante Peggy einsprang, das könnte ein, zwei Tage dauern.

Irgendwo im oberen Stockwerk stritten sich ein paar Leute lautstark, ein Baby weinte. Zwei Männer stießen die Haustür auf und marschierten an ihnen vorbei, ohne sie auch nur eines Blickes zu würdigen. Danny nutzte die Gelegenheit und stellte den Fuß in den Spalt. Etwas unsicher sah Elena zurück zum Auto; Jim nickte ihnen zu. Sie waren sich einig gewesen, dass es für Mari bestimmt besser war, erst einmal mit ihrer Familie zu reden. Die drei schlüpften ins Treppenhaus. Elena verzog das Gesicht, als ihr der kalte, abgestandene Zigarettenrauch und andere undefinierbare Gerüche in die Nase stiegen. Alte Zeitungsfetzen lagen überall herum und die Wände waren von Graffiti überzogen.

Elena wollte nicht zugeben, dass sie Angst hatte, trotzdem krallte sie sich in Dannys Arm, bis sie im vierten Stock angekommen waren. Auf dem Klingelschild stand kein Name, aber an der

Tür klebte ein Blumensticker. Das Babygeschrei kam eindeutig aus dieser Wohnung.

Zweifelnd sah Elena zu ihrem großen Bruder auf. »Meinst du, wir sind hier wirklich richtig?«

Danny sah sich um. »Und wenn nicht, sagen wir einfach, dass wir uns in der Tür geirrt haben.« Er klopfte fest.

Elenas Herz schlug ihr bis zum Hals und vor Aufregung wurde ihr ganz schlecht.

Schritte näherten sich, genau wie das Babygeschrei. Mit einem Ruck öffnete sich die Tür. »Was ist?!« Die junge Frau mit den rotbraunen Haaren klang aggressiv und müde, das Baby auf ihrer Hüfte hatte ein vom Weinen rot geschwollenes Gesicht und streckte ihnen die Fäustchen entgegen.

Elena wich zurück. »Entschuldigung«, stammelte sie. »Wir haben uns in …«

Rick stieß ihr den Ellenbogen in die Seite und sie verstummte. Jetzt erst sah sie der Jugendlichen ins bleiche, ausgezehrte Gesicht mit den dunklen Augenringen. Es dauerte ein paar Sekunden, bis sie ihre große Schwester erkannte. Die wurde noch bleicher, falls das irgendwie möglich war.

»Peanut? Jellybean?«, brachte sie tonlos hervor und brachte den letzten Beweis, dass tatsächlich ihre Schwester vor ihnen stand. »Danny?«

Elena schaffte es nicht, die Tränen zurückzuhalten, obwohl sie mit aller Macht dagegen ankämpfte.

Mari warf einen gehetzten Blick an ihnen vorbei, dann zog sie ihre Geschwister ins Innere der Wohnung. »Was macht ihr hier?« Es klang überhaupt nicht freudig, eher vorwurfsvoll.

Elena brachte keinen Ton durch ihren zugeschnürten Hals, also beeilte Rick sich zu antworten. »Wir … wir wollen dich nach Hause holen …« Er klang ganz rau.

»Das geht nicht.« Mari schob das immer noch schreiende Baby auf die andere Hüfte. Es war wohl ihr Kind. Mari hatte ein Kind! »Ich kann hier nicht einfach weg.«

Elena schluckte hart. »A... aber ...«

»Dein Anruf!«, half Danny ihr weiter. »Du hast doch bei uns angerufen, damit wir ...«

»Es war ein Fehler, euch anzurufen, okay?« Scheinbar ängstlich sah sie zur Tür. »Wie habt ihr mich überhaupt gefunden? Wissen Mom und Dad, dass ihr hier seid?«

»Natürlich! Aber Dad ist in Kanada und Mom besucht Tante Peggy, deswegen konnten sie nicht mitkommen. Ein Freund von uns ist ziemlich gut im Leute-Finden und hat uns begleitet.« Als Mari sie einfach nur stumm ansah, blickte Rick Hilfe suchend zu Elena.

Sie schaute auf den wimmernden Jungen, der mit großen, tränennassen Augen zurückstarrte. Das war also ihr Neffe. Er konnte nicht älter als ein Jahr sein. Sie gab sich einen Ruck und streckte die Arme nach dem Baby aus. »Der ist ja süß! Darf ich ihn mal halten?« Sie ignorierte das Zögern ihrer Schwester und nahm ihr das quengelnde Bündel ab. »Hi! Hey du süßer Fratz! Ich bin deine Tante Jellybean!« Sie zog ihr Scrunchie vom Handgelenk ab und drückte es dem Kleinen in die Hände, der prompt begann, darauf herumzukauen. »Wie heißt er denn?«

Mari stand unschlüssig da. »Noah«, sagte sie schließlich leise.

Elena grinste den Kleinen breit an. »Hey, Noah! Mensch, bist du ein schwerer Brocken!«

Jetzt lächelten auch ihre Brüder den Kleinen an und Rick strich ihm über die weiche Babywange. Elena sah zu Mari. »Kommst du mit?«

»Wohin?«

»Na, nach Hause!« Elena ließ verstohlen ihren Blick durch die kahle Wohnung gleiten. Es war sauber und ordentlich, aber die wenigen Möbel sahen alt und zerschlissen aus. Hier und da hatte Mari versucht, die Wohnung mit aus der Zeitung ausgeschnittenen Bildern und bunten Kissen aufzuhellen, doch das traurige Grau, das den Raum zu beherrschen schien, überwog.

»Ich hab euch doch gesagt, ich kann hier nicht einfach weg.«

»Warum nicht? Was hält dich denn noch hier?«

»Das … das könnt ihr nicht verstehen.«

»Er schlägt dich, oder?« Dannys Stimme klang hölzern, als er auf ihren Arm zeigte. Jetzt sah auch Elena die hässlich verfärbten Blutergüsse.

Mari versteckte sie unter ihrer Hand. »Das war meine Schuld.« Wieder sah sie zur Tür. »Ihr solltet jetzt gehen. Wie kommt ihr überhaupt dazu, euch allein in diese Gegend zu wagen? Habt ihr ne Ahnung, wie gefährlich es hier werden kann?«

Rick verschränkte die Arme. »Für uns? Oder für dich und Noah?«

»Ich komme schon klar.«

»Willst du Noah wirklich hier aufwachsen lassen?«, fragte Elena bestürzt und strich dem Kleinen liebevoll über die Nase.

Mari wandte den Blick ab. »Das ist nur vorübergehend.«

»Und warum hast du dann bei uns angerufen?« Dannys Stimme klang nur mühsam beherrscht.

Mari rieb sich die Arme. »Keine Ahnung.« Irgendwo im Haus knallte eine Tür. Sie zuckte zusammen. »Ihr solltet nun wirklich gehen, bevor er zurückkommt.« Sie nahm Elena Noah aus den Armen, der gleich wieder anfing zu weinen. »Und bitte sagt Mom und Dad nichts hiervon, okay? Sagt einfach, dass … dass ihr mich nicht gefunden habt oder so.«

»Aber Mari …«

»Ich kann hier nicht weg!« Sie ging zur Tür und öffnete sie weit.

Rick rührte sich nicht von der Stelle. »Ich glaube dir nicht. Wir sind nicht Hals über Kopf durch den halben Staat gefahren, nur um von dir zu hören, dass du uns eigentlich gar nicht anrufen wolltest!«

Elena kämpfte erneut mit den Tränen. »Es ist okay, um Hilfe zu bitten!« Flehend blickte sie ihre Schwester an. »Mari, bitte! Komm mit uns!«

Mit jeder Minute, die verstrich, wurde Jim nervöser. Unruhig trommelte er mit den Fingern aufs Lenkrad, während sein Blick auf der Suche nach möglichen Gefahren unablässig umherschweifte.

Schon vor zwei Blocks hatte er gewusst, dass diese Gegend nicht die beste war; in dieser Straße hatte er das Graffiti-Tag von den Skullsplitters entdeckt. Also wurde hier mit Sicherheit gedealt. Um Danny, Rick und Elena nicht zu beunruhigen, hatte er nichts dazu gesagt; die hatten auch so schon verschreckt genug dreingeschaut. Jim zog sich die Cap tiefer ins Gesicht, als ein paar Jugendliche vorbeikamen. Er war froh, dass Dannys Auto kein neues Modell war, so fiel er überhaupt nicht auf.

Auf der anderen Straßenseite entdeckte er einen Jungen, der nicht älter als elf sein konnte. Gerade ging er zu einem der Jugendlichen und steckte ihm etwas zu, bevor er genauso schnell verschwand, wie er gekommen war. Jims Finger krampften sich ums Lenkrad, als er die ihm nur zu vertraute Szene beobachtete. Ungewollte Erinnerungen wollten sich an die Oberfläche kämpfen. Er selbst war noch jünger gewesen, als er zum ersten Mal den Drogenkurier hatte spielen müssen … Jim drängte die Bilder weg und starrte zum Haus hoch, in dem die drei vor fast zehn Minuten verschwunden waren. Er hatte ihnen innerlich eine Viertelstunde gegeben, bevor er reinkommen würde, falls sie sich nicht meldeten. Was eigentlich schon viel zu lang war. Was konnte in zwei Minuten nicht alles passieren? Und in einer ganzen Viertelstunde erst … Vielleicht sollte er lieber schon mal aussteigen und reingehen. Was, wenn sie Hilfe brauchten? Andererseits machte Danny den Eindruck, sich durchaus wehren zu können. Aber alle Fähigkeiten dieser Welt brachten einem nichts, wenn man hoffnungslos in der Unterzahl war, das wusste er nur zu gut. Seine Hand wanderte zum Türgriff. Wenn sie nicht in zwei Minuten wieder ...

Der Gedanke erübrigte sich, als die Haustür im nächsten Moment aufschwang und die drei allein herauskamen. Rick ließ sich schwer auf den Beifahrersitz fallen; Elena kroch schniefend und mit gesenktem Kopf auf den Rücksitz, gefolgt von Danny, dessen Gesichtsausdruck steinern war.

Jim warf Rick einen fragenden Blick zu, auch wenn er sich denken konnte, was los war.

»Wir können fahren.« Rick sagte das so leise, dass Jim es beinahe nicht verstand. »Sie will nicht weg.«

Jim sah in den Rückspiegel. Elenas Gesicht war tränenüberströmt und sie schluchzte unkontrolliert. Ihre Blicke kreuzten sich kurz; Jim hoffte, dass sie sein Mitleid verstand.

Schweigend parkte er aus und fuhr davon.

Grace sah auf, als Jim am nächsten Tag kurz vor dem Mittagessen in die Küche kam, sich ein Glas Saft eingoss und sich auf die Arbeitsplatte setzte.

»Schieß los, was hast du auf dem Herzen?«, fragte sie, ohne das Kneten ihres Zucchinibrotteigs zu unterbrechen.

Jim lächelte gequält. »Ich würde gerne über etwas reden, weiß aber nicht, ob ich dazu berechtigt bin.«

»Meine Lippen sind versiegelt.« Grace schmunzelte, als Jim die Nase krauszog und ein wenig unbehaglich hin und her rutschte. »Willst du mir erzählen, wo ihr gestern und die halbe Nacht wart?«, half sie vorsichtig nach.

Jim nickte. »Chicago.«

»Chicago?«, wiederholte Grace völlig verblüfft. »Na, das hätte ich jetzt nicht erraten. Wie kommt ihr denn darauf?«

Jim kaute auf seiner Unterlippe herum. »Du ... kennst die Andersons doch schon ziemlich lange, oder?«

Grace hielt inne. »Ja, die Mutter von Elena und Rick ist eine langjährige Freundin von mir. Wieso? Was ...?« Sie brach ab und ihre Augen wurden groß. »Geht es um Mari?«

Jim nickte vorsichtig. »Sie hat angerufen.«

Seine Tante ließ den Teig nun doch liegen und wandte sich ganz Jim zu. »Ach ja?«

»Sie hat um Hilfe gebeten. Wir waren da. Rick und Elena waren sich ganz sicher, dass sie sie nach Hause holen würden. Aber ... sie wollte nicht. Sie hat sie wieder weggeschickt.«

Mitgefühl trat in Grace' Augen. »Die Armen.«

»Ja, genau. Ich weiß jetzt überhaupt nicht, was ich tun soll. Elena hat die ganze Rückfahrt über geweint und Rick hat auch kein einziges Wort gesagt.« Er verknotete seine Finger. »Ich hab angeboten, für sie zu beten, aber die haben gar nicht reagiert. Ich mein, ich hab's trotzdem getan, aber es schien nicht so, als würde es ihnen helfen.«

»So etwas ist nicht leicht zu ertragen.« Grace begann wieder, den Teig zu bearbeiten. »Du kannst dir bestimmt vorstellen, wie lange die beiden darauf gewartet haben, dass sich etwas ändert in Bezug auf ihre große Schwester. Und jetzt so eine niederschmetternde Erfahrung zu machen, ist sehr schmerzvoll.«

Nachdenklich nahm Jim einen Schluck aus seinem Glas. »Meinst du, ich sollte sie ein wenig in Ruhe lassen?«

»Heute bestimmt. Sie haben ja auch einander.«

»Okay.«

Grace füllte den Teig in die Form. »Das ist aber nicht alles, was dich beschäftigt, oder?«

Die Gefühle, die Jim die letzten Tage so sehr zurückgedrängt hatte, brachen mit so einer Wucht hervor, dass er den Eindruck hatte, es schnüre ihm die Luft ab. Er versuchte, sie hinunterzuschlucken, doch das funktionierte nicht.

»Jimmy?« Grace legte eine Hand auf seinen Unterarm.

Er würde nicht heulen. Er würde ganz sicher nicht heulen. Verdammt, er hatte nicht mehr geheult, seit er zehn Jahre alt gewesen war! Er schluckte ein paarmal. »Ich habe herausgefunden, dass Alysha doch noch lebt.« Er biss so hart die Zähne zusammen, dass sein Kiefer zu schmerzen begann.

»Du liebe Güte!«

»Und dass sie unerreichbar ist. Sie ist von der Bildfläche verschwunden, hat einen neuen Namen, eine neue Identität ... Ich werde vielleicht nie erfahren, wie es ihr geht.« Er fuhr sich verstohlen über die Augen. »Es ist, als hätte ich sie ein zweites Mal verloren. So ähnlich wie Rick und Elena Mari – nur dass sie wenigstens wussten, dass ihre Schwester irgendwo da draußen ist.«

»Ach, Schätzchen ...« Grace fuhr ihm sanft durch die Haare, was Jim in seiner Selbstbeherrschung nicht gerade bestärkte. »Es tut mir so leid, dass dich das so quält.«

»Ich ... ich verstehe nicht, warum Gott mich so ins offene Messer laufen lässt«, flüsterte er erstickt. »Ich habe ihm doch gesagt, dass ich ihm in allen Bereichen meines Lebens vertrauen will. Was will er mir denn jetzt damit sagen?«

Seine Tante seufzte. »Weißt du, Jimmy, wir müssen nicht immer alles verstehen. Das werden wir nie. Aber es liegt jetzt an dir, wie du damit umgehst.«

»Wie soll ich denn damit umgehen?«

Grace lehnte sich neben ihn an die Arbeitsplatte. »Als Walter seine Frau bei diesem schlimmen Unfall verloren hat, hat er sich vom Glauben, Gott und der Kirche abgewandt. Er konnte es nicht verstehen und wurde verbittert. Heute geht es ihm schon besser, aber damals war es ein harter Kampf für ihn.« Abwesend sah sie aus dem Fenster. »Es wird im Leben immer wieder schwere Zeiten geben, das ist unvermeidlich. Manche werden leichter zu meistern sein als andere. Du hast zwei Möglichkeiten zu reagieren, wenn es hart auf hart kommt. Entweder zu Gott hin oder von ihm weg. Gott vertrauen oder ihm den Rücken zukehren, so wie Walter es damals gemacht hat. Es gibt nichts auf dieser Welt, das Gott nicht in der Hand hält.«

»Aber wenn Gott das in der Hand hat ... Wieso hat er zugelassen, dass ich geglaubt habe, sie wäre tot?«

Grace überlegte einen Augenblick lang. »Vertraust du Gott?«

Jim nickte stumm.

»Dann vertrau ihm auch, dass es gut so war. In der Bibel steht, dass denen, die Gott lieben, alle Dinge zum Besten dienen. Du weißt nicht, wie es um Alysha steht. Vielleicht ist sie noch nicht so weit, dich zu sehen. Oder sie wartet darauf, dass du sie findest, wer weiß? Stell dir vor, du hättest sie schon früher gefunden. Was wäre geschehen, wenn dieser Sam euch zusammen erwischt hätte? Es gibt so vieles, was wir nicht sehen und nicht nachvollziehen können. Es ist aber an uns, Gott zu vertrauen. Er macht es gut. Befiehl ihm deine Wege an und hoffe auf ihn. Er wird's wohl machen.«

»Also soll ich einfach nichts tun?«

»Auch das weiß allein er. Bitte ihn um Weisheit.«

Grace faltete die Hände und begann, für Jim, Alysha, Rick, Elena, Danny und Mari zu beten.

Jim schloss die Augen und lauschte den ruhigen, sicheren Worten seiner Tante, die ihn schon so oft beruhigt und auf den Boden der Tatsachen gebracht hatte. Innerlich betete er mit. Er wollte Gott ja vertrauen. Das mit dem Vertrauen war nur immer noch so eine Sache bei ihm … Er wusste mittlerweile, dass Gott echt vertrauenswürdig war. Er hielt, was er versprach. Er hinterging einen niemals. Und er tat vor allem immer das, was am besten war.

Jim zwang sich, tief einzuatmen und seine Sorgen bewusst im Gebet vor Gott zu bringen. Der Herr wusste, was mit Alysha los war. Und er kümmerte sich um sie.

Jim klammerte sich mit aller Macht an dieses Wissen.

Obwohl sie völlig erschöpft und mitten in der Nacht nach Hause gekommen waren, hatte Elena kaum geschlafen. Stundenlang hatte sie die Decke angestarrt und versucht zu verstehen, was passiert war. Immer wieder war sie aus dem Schlaf aufgeschreckt und hatte sich unruhig von einer Seite auf die andere gedreht.

Jetzt musste es schon elf Uhr sein; der Postbote kam immer um diese Zeit und sie hörte, wie er in den Wagen stieg und wegfuhr.

Jemand schlurfte durch den Flur und in dem Moment klingelte ein Handy.

»Hi, Mom«, hörte sie Danny sagen. »Ja, tut mir leid, wir hätten dir gleich schreiben sollen. Ich … ich wusste nicht, wie wir es dir sagen sollen.« Er seufzte schwer. »Mari ist nicht nach Hause gekommen. – Doch, doch, wir haben sie gefunden, Jim versteht sein Handwerk. Aber sie … sie wollte uns nicht begleiten.«

Dannys erstickte Stimme trieb Elena frische Tränen in die Augen. Sie biss sich auf die Lippe und blinzelte dagegen an.

»Ich weiß nicht, Mom. Ich will dir gar nicht alles erzählen. – Nein, es geht ihr nicht gut. – Das hat keinen Zweck, Mom. Ich glaube nicht, dass sie bei dir anders reagieren würde.« Eine Tür wurde geschlossen und jetzt hörte sie Dannys Stimme nur noch gedämpft.

Elena zog sich die Decke über den Kopf.

Die feuchte Hitze Floridas schwappte wie eine heiße Welle ins Auto, als Sam die Wagentür aufstieß. Wie hatte er das vermisst. Er stieg aus und sog die warme Luft ein. Eigentlich war seit seinem letzten Aufenthalt hier nur knapp ein Jahr vergangen, aber da war er nur für ein paar Stunden in der Stadt gewesen. Jetzt plante er, länger zu bleiben, auch wenn Ray ihm das hatte ausreden wollen. Ihn interessierte es nicht, dass das FBI ihnen hier auflauerte. Schließlich war das hier sein Zuhause und er hatte nicht vor, sich von irgendwelchen dahergelaufenen Bundesagenten sein Geschäft versauen zu lassen.

Diesmal nicht.

Er verriegelte das Auto und schlenderte anscheinend gelangweilt die Straße entlang. Das hier war eine Wohngegend, wo niemand auf die Nachbarn achtete. Es war perfekt gewesen, bis Jonah, Rico und Mike alles zerstört hatten. Ja, bis …

Wie versteinert blieb Sam stehen. Das Haus, das sich hinter den hohen Mauern und dem schmiedeeisernen Tor versteckt hatte, war nicht mehr da.

Nun, die Grundmauern standen noch. Wie ein schwarzes Gerippe ragten die Überreste in den viel zu blauen Himmel. Verkohlte Dachbalken, zersprungene Fenster und verbranntes Buschwerk vervollständigten das Bild der Zerstörung. Der linke Flügel und das Haupthaus waren bis auf das Fundament niedergebrannt, der rechte Flügel stand zum Teil noch, wobei er beim nächsten Wirbelsturm wahrscheinlich auch dem Erdboden gleichgemacht werden würde.

Der Zorn in ihm schwoll an. Wer hatte es gewagt, sein Zuhause niederzubrennen? Er trat näher ans Tor und spähte hindurch. Jetzt konnte er die vielen Graffiti sehen, die die Mauer von innen bedeckten. Feuer. Dämonen. Und in den Flammen – Gesichter. Seine Finger krampften sich zu Fäusten zusammen. Wie konnten sie nur! So etwas hatte Kamney nicht verdient. Er hatte sie stark gemacht, sie zu echten Persönlichkeiten erzogen. Andere hatten sie als minderwertig angesehen, aber nicht er. Er hatte ihr Potenzial gesehen und es gefördert; und dann war alles in nur einer einzigen Nacht zerstört worden.

Der Hass, der in seinem Inneren brodelte, schnürte ihm beinahe die Luft ab. Er würde sie alle bezahlen lassen. Jonah war erledigt, Alysha auch. Rico, Mike … aus dem Weg geräumt. Wer noch? Wer hatte an seinem Leid Schuld?

Oh, da waren doch noch so viele. War Slimmy nicht auch auf ihrer Seite gewesen? Und dieses fromme Ehepaar … dieser Pastor mit seiner Frau!

Ein Lächeln zog über sein Gesicht. Ja, die Liste war noch nicht abgehakt. Er trat vom Tor zurück.

Es war Zeit, Ray aufzusuchen.

9

Jim zuckte zusammen, als es leise klopfte, und mit einer kurzen Tastenkombination ließ er die Bildschirme schwarz werden.

»Du sitzt jetzt schon seit Tagen hier drin.« In Grace' Stimme schwang ein leiser Vorwurf mit. »Und das bei schönstem Sommerwetter!«

Jim kniff die Augen zusammen, als sie die Vorhänge aufzog und gleißendes Sonnenlicht sein Zimmer flutete.

»Du solltest dringend mal für ein paar Stunden an die frische Luft, Jimmy.« Grace stand mit in die Hüften gestemmten Händen vor ihm. »Na los, raus mit dir. Rick wird bestimmt gerne mit dir um die Häuser ziehen.«

»Das glaub ich weniger«, murmelte Jim und legte die Tastatur zur Seite. Seit sie aus Chicago zurückgekommen waren, hatte Rick sich nicht ein einziges Mal bei ihm gemeldet.

Er konnte es ihm nicht verübeln. Dass Mari sie so abgewiesen hatte, hatte sowohl Rick als auch Elena wahrscheinlich mehr verletzt, als wenn sie einfach weiter verschwunden geblieben wäre.

»Ich denke, er könnte jetzt gut einen Freund gebrauchen, der ihn aus seinem Tief reißt.« Grace ließ sich auf seiner Bettkante nieder. »Weißt du noch, wie er dir auf der Brandstelle mit dem Aufräumen geholfen hat?«

Jim runzelte die Stirn. »Das war doch was völlig anderes.«

»Nun ja, nicht völlig. Du warst in einer misslichen Lage und er hat zu dir gestanden. Obwohl du versucht hast, ihn davonzujagen.« Sie nahm das gerahmte Bild von ihm, Rick und Elena in die Hand, das auf seiner Taufe entstanden war. »Kann sein, dass er dich jetzt genauso abweisen wird. Aber zeig ihm, dass du für ihn da bist.«

»Ich weiß gar nicht, was ich sagen soll. Rick weiß das irgendwie immer. Aber … ich bin echt nicht wortgewandt.«

Grace lächelte. »Das musst du auch gar nicht sein. Manchmal reicht es, gemeinsam zu schweigen.«

»Haben das Hiobs Freunde nicht auch gemacht, als der so viel verloren hatte? Die Geschichte war letztens in der Teeny dran.«

Grace nickte, stellte das Bild zurück und stand auf. »Halte dich einfach an solche Vorbilder aus der Bibel, wenn du ihm Mut machen willst.« Sie verließ das Zimmer und Jim sah ein wenig unschlüssig zwischen den schwarzen Bildschirmen und dem Foto hin und her.

Er hatte das Programm, das mithilfe von Gesichtserkennung und Schlagworten, die mit seiner Schwester in Verbindung standen, nach Alysha suchen sollte, schon vor zwei Tagen fertig gehabt und seitdem lief es auch. Er konnte ruhig für ein, zwei Stunden seinen Platz verlassen.

Er stellte die Suche so ein, dass bei einem Treffer eine Nachricht auf sein Handy gesendet werden würde, und zog sich schnell um.

Grace lächelte ihm zu, als er an der Küche vorbeikam. »Viel Spaß.«

Jim blinzelte, als er auf die Veranda trat. Er hatte wirklich ein wenig zu lang im Halbdunkel gesessen. Bevor er losging, ließ er seinen Blick durch die Nachbarschaft streifen und zog sich die Cap tiefer ins Gesicht. Jetzt war er froh, dass er sich diese Angewohnheit nach seinem Fast-Tod nicht abgewöhnt hatte. Alec war sich sicher gewesen, dass Sam damit endgültig aus seinem Leben verschwunden war.

Da hatte er sich wohl geirrt.

Wenn Ray Rick schon länger wieder beobachtete, war es ein Wunder, dass er Jim dabei nicht entdeckt hatte.

Als Jim wenig später bei den Andersons vor der Haustür stand, zögerte er einen Augenblick. Er war es nicht gewohnt, ein Freund zu sein. In seiner Kindheit hatte er nie wirklich Freundschaften geschlossen und in Chicago war es nicht gut ausgegangen. Genau genommen hatte er dort auch nur Feinde zurückgelassen.

Alysha, Mike und Rico. Das waren diejenigen gewesen, die in seinem Leben wichtig gewesen waren. Und bis vor einer Woche hatte Jim in dem Glauben gelebt, dass sie alle tot waren …

Er schüttelte die dunklen Gedanken ab und klingelte.

Niemand öffnete.

Waren sie vielleicht schon irgendwo am Skaten oder Klettern? Jim spähte durch das schmale Fenster und klingelte erneut, diesmal etwas länger.

Elena steckte ihren Kopf aus dem Wohnzimmer und einen Augenblick lang sahen sie einander an. Jim konnte förmlich ihre Gedanken lesen, ob sie ihn einfach draußen stehen lassen sollte oder nicht. Schließlich entschied sie sich für Letzteres und tappte zur Tür.

»Hi«, sagte sie leise und versuchte, ihren wirren Dutt und ihre zerknitterte Kleidung ein wenig zu ordnen.

Jim bemerkte ihre geschwollenen Augen und den leeren Ausdruck darin. »Bist du okay?« Dumme Frage. Ganz dumme Frage!

Elena gelang ein halbherziges Lächeln. »Geht schon.« Sie machte keinerlei Anstalten, die Tür weiter zu öffnen. Im Hintergrund konnte man den laufenden Fernseher hören. »Rick ist beim Klettersteig.«

»Ah, okay. Dann werde ich mal hingehen.«

Sie nickte kurz und wollte die Tür zudrücken.

Fast automatisch schob Jim einen Fuß in den Spalt.

Elena schaute ihn an und er konnte sehen, wie sich in diesem Augenblick so viel in ihrem Inneren abspielte. Sie war wie ein offenes Buch. Er wollte irgendetwas sagen, doch da sah er, wie ihr neue Tränen in die Augen traten. Schnell klappte er den Mund wieder zu. Am Ende würde er alles nur noch schlimmer machen. Er sollte sie einfach in Ruhe lassen.

Kurz entschlossen legte er seine Hand auf ihre, die immer noch die Tür umklammert hielt, und lächelte knapp. »Ich bete für dich.« Dann wandte er sich ab, nicht ohne vorher noch einen kleinen Hoffnungsschimmer in ihren Augen aufblitzen zu sehen.

Im Joggingtempo machte Jim sich zum Waldweg auf, der zum Wasserfall und dann zum Klettersteig führte. Ein paar Familien hatten sich am Ufer des Flusses auf Picknickdecken niedergelassen und beim Klettersteig konnte man hier und da ein paar Kids entdecken.

Rick saß einige Meter unterhalb der Kante mit seinem Skizzenbuch auf dem Schoß und aufgesetztem Kopfhörer. Jim kletterte zu ihm hinunter und ließ sich neben ihm nieder. Auf dem Papierbogen konnte Jim eine Skizze von Elena erkennen, die ein Baby auf den Armen hielt.

»Ist das Maris Kind?«

Rick sah auf, zog sich den Kopfhörer runter und nickte.

»Das habt ihr gar nicht erzählt.«

Rick legte den Bleistift zur Seite und klappte das Skizzenbuch zu. »Er heißt Noah.« Seine Stimme klang dumpf und er sah angestrengt in die Ferne.

Jim zog einen der dünnen Grashalme heraus, die zwischen den Felsen wuchsen. »Habt ihr mit euren Eltern telefoniert?«

Rick schüttelte den Kopf. »Nur Danny. Ist vielleicht echt das Beste, dass sie gar nicht zu Hause waren, als Mari angerufen hat.«

»Tut mir echt leid, Mann.« Jim klopfte ihm ein wenig unbeholfen auf die Schulter. »Elena ist auch ziemlich fertig, oder?«

»Sie trifft es am meisten, ja.« Rick legte die Arme um die angezogenen Knie. »Sie kommt gar nicht damit klar. Dass sie letzten Sommer so ausgeflippt ist, war ja auch, weil sie nicht mit Maris Weggang fertiggeworden ist. Ich habe Angst, dass sie jetzt wieder irgendwas Dummes tut.«

»Das schafft sie schon. Sie ist stark.«

Rick lächelte traurig. »Für andere ja. Aber nicht für sich selbst.« Er tat es Jim nach und begann, die wenigen Halme herauszuzupfen. »Sie war großartig in Chicago. Sie hat Mari sofort anlächeln können, hat Noah auf den Arm genommen … Und das, obwohl alles um uns herum nach Gefahr geschrien hat. Alles war so … so trostlos und hoffnungslos.« Seine Finger krallten sich in den ledernen Einband des Skizzenbuches. »Ich hätte Mari am liebsten geschüttelt oder einfach am Arm gepackt und mitgenommen … Aber … wenn sie es nicht will … Und vor allem: Wenn Gott es nicht will …«

Jim musste schlucken. Waren das nicht genau die Gedanken, die er auch wegen Alysha hatte? »Hast du nicht immer gesagt, dass Gott alles im Griff hat?«, fragte er leise.

Rick warf die zerpflückten Halme in den Wind. »Ist ja auch so. Gott kann machen, was er will. Ist schließlich seine Welt. Ich verstehe nur nicht, warum er unsere Gebete nicht erhört, wenn sie doch eigentlich seinem Willen entsprechen. Er will doch auch, dass Mari gerettet wird, oder nicht?«

»Vielleicht ist sie noch nicht so weit.«

»Wie tief kann man denn noch fallen?«, brauste Rick auf. »Du hättest die Bude sehen sollen! Schimmel in den Ecken, kalt, zugig, abblätternde Tapete …«

»Ich erzähl dir jetzt mal was, okay?« Jim zog die Knie an und schlang die Arme darum. »Als ich bei meinen Adoptiveltern gelebt habe, bin ich ein paarmal abgehauen. Und da habe ich an Orten gelebt, wo du noch nicht mal tagsüber durchlaufen wollen würdest. Objektiv betrachtet war das ziemlich dumm und keiner hat es verstanden. Ich meine, schau dir mal bei Gelegenheit das Haus meiner Eltern an. Das ist ne Vorstadtvilla mit eigenem Kreisel vor dem Haus, damit die ständigen vielen Gäste genug Platz zum Parken haben. Ich hatte kein eigenes Zimmer, ich hatte nen eigenen Flügel des Hauses. Ich hatte eigentlich alles, was ein Teenagerherz begehren kann. Materiell gesehen. Aber ich habe mich dagegen entschieden. Ich bin abgehauen und habe in abbruchreifen Hochhäusern geschlafen. Und das wochenlang.« Jim lächelte schief. »Auch ziemlich unnachvollziehbar, oder? Genau wie Mari. Sie bleibt in ihrem Loch.« Jim drehte einen Grashalm in seiner Hand hin und her. »Es liegt am Inneren, weißt du? Ich wurde von so einer krassen Unruhe umgetrieben, dass ich das Bedürfnis hatte, immer nur wegzulaufen. Egal, wo ich war. Ich habe versucht, die Leere in mir zu füllen, doch nichts hat geholfen. Es ist ne Abwärtsspirale. Das Zeug, womit du es zu füllen versuchst, reißt dieses Loch in dir immer mehr auf.«

»Du meinst, Mari muss Gott finden, bevor sie da raus kann?«

»Ich weiß nicht. Ich weiß nur, wie es bei mir war. Ich hab auf ziemlich harte Tour lernen müssen, dass Gott der einzige Weg ist. Vielleicht wird es bei Mari anders sein. Gott handelt ja bei jedem unterschiedlich. Aber … denk doch an die Geschichte mit dem verlorenen Sohn. Er musste die Erkenntnis haben, wohin und zu wem er gehört, und dafür musste er durch den Dreck.«

Rick rieb sich die Nase. »Wieso kann es nicht das Gleichnis mit dem verlorenen Schaf sein, bei dem Gott das Schaf nach Hause trägt?«

Jim schaute in die Ferne. »Gott wird schon wissen, auf welche Weise Mari zu ihm kommen soll. Vielleicht wird deine Schwester nach Hause zurückkehren. Vielleicht auch nicht …« Seine Stimme verlor sich und er sah zum Wasserfall.

»Hast du nach Alysha gesucht?«, fragte Rick leise, als wüsste er, wohin Jims Gedanken gewandert waren – und wahrscheinlich tat er das wirklich.

»Ich wollte erst nicht, aber ich konnte nicht anders. Die letzten Tage habe ich nur an meinem Programm gesessen.« Jim rieb sich den Nacken. »Ich habe ein, zwei verwertbare Spuren gefunden, aber wenn sogar Ray sie nicht finden konnte …«

»Was denn für Spuren?«

»Es gab einen Jugendpastor, da wo wir gelebt haben, der sich ein bisschen um sie gekümmert hat. Und er hatte wohl Kontakte an der Westküste, wo sie dann bei irgendwelchen Leuten untergekommen ist. Die habe ich gefunden, aber viel weiter bin ich noch nicht gekommen. Dort hat sie zuletzt vor zwei Jahren gelebt.«

»Na, das ist doch schon mal was!«

»Ich habe aber immer noch nicht ihren neuen Namen herausfinden können.«

Etwas überrascht sah Rick auf. »Meinst du, die haben den geändert?«

Jim musste lachen. »Klar! Mein richtiger Name ist ja auch nicht Jim Dunlap.« Er grinste, als er Ricks verblüfften Gesichtsausdruck sah. »Was dachtest du denn? Es heißt ja nicht umsonst ›Zeugenschutz‹. Da wird die alte Identität, soweit es geht, ausgelöscht. Name, Herkunft – sogar Schulnoten, wofür ich ganz dankbar bin.«

»Alec Hyde hat dich Jay genannt«, fiel Rick ein.

»Ist aber nur ein Spitzname gewesen.«

»Und sie haben dir das Tattoo entfernt.«

Jims Lächeln verschwand und er rieb sich über die Narbe am Handgelenk. »Woher …?«

»Ich hab's mir zusammengereimt.« Rick schlug sein Skizzenbuch auf und blätterte zurück. »Hier.« Er hielt ihm die aufgeschlagenen Seiten hin.

Jim starrte auf die viel zu detaillierte Zeichnung der Schlüsseltattoos von Ray, Sam und Chase. Wie hatte Rick sich so viele Einzelheiten einprägen können? Es rieselte ihm kalt den Rücken hinunter, als er auf der anderen Buchseite Sams Augen sah.

»Du hattest auch so eins, oder?«

Jim nickte langsam und gab Rick das Buch zurück. »Das solltest du eigentlich nicht wissen.«

»Ich sag es ja niemandem.«

»Trotzdem. Vergiss es lieber.«

»Wieso, was war das denn für ein Tattoo?«

Jim versuchte, nicht allzu gereizt zu reagieren. »Vergiss es einfach.«

Rick setzte zu einer Antwort an, als Jims Handy zu piepen begann. »Was ist das?«, fragte er alarmiert.

»Das ist was anderes, nicht mein Sicherheitsprogramm.« Trotzdem zitterten Jims Finger leicht, als er sein Handy aus der Tasche zog. Ihm stockte der Atem.

Das Suchprogramm hatte einen Treffer.

»Du hast sie gefunden, oder?«

Jim löste seinen Blick vom Bildschirm und sah zu seiner Tante.

Sie schien die Antwort in seinen Augen lesen zu können und setzte sich seufzend neben ihn. »Ach, Jimmy-Schätzchen. Es tut mir leid, dass du in so einer schwierigen Situation steckst.«

»Es muss dir nicht leidtun.« Jim betrachtete das alte Überwachungsfoto von Alysha. »Immerhin weiß ich jetzt, dass sie wirklich lebt.«

»Aber du willst zu ihr. Das sehe ich dir doch an der Nasenspitze an.«

Jim spielte mit seinem Armband herum. »Würdest du nicht dasselbe wollen?«

»Du meinst, wenn Walter und ich voneinander getrennt worden wären und ich gerade erfahren hätte, dass er nicht, wie ich geglaubt hatte, tot ist?« Gedankenverloren strich sie eine Falte auf seinem Bett glatt. »Ich weiß nicht. Walter und mich verbindet vieles, besonders nachdem er so schnell nach seiner Heirat zum Witwer wurde und wieder zu mir in unser Elternhaus gezogen ist. Aber das ist nicht vergleichbar mit deiner und Alyshas Beziehung, nicht wahr?«

Jim schloss kurz die Augen. »Sie war viel mehr als nur meine Schwester. Sie war Mutter, Schwester, beste Freundin und Beschützerin zugleich.«

»Es war sicher nicht leicht, ohne Eltern aufzuwachsen.«

»Nein. Aber sie war stark und hat mich stark gemacht.« Jim dachte an all die Momente, in denen sie sich für ihn eingesetzt hatte, obwohl es ihr Nachteile gebracht hatte. Sie hätte das nicht tun müssen. Trotzdem hatte sie ihn bedingungslos geliebt und das hatte ihm geholfen zu überleben. »Ich muss sie sehen.«

Grace nickte. »Das verstehe ich.«

»Ich muss sehen, dass es ihr wirklich gut geht. Dass sie lebt und dass ... dass sie geliebt wird.«

»Was hat Mr Hyde gesagt?«

Der dumpfe Schmerz breitete sich wieder in ihm aus, als ihm Alecs Worte durch den Kopf gingen. *Sie weiß es. Sie will dich nicht sehen.*

»Ich soll es lassen.« Er verzog das Gesicht. »Ich glaube aber nicht, dass ich es kann. Ich ... ich will doch nur mit eigenen Augen sehen, dass sie okay ist ...«

»Und was sagt Gott dazu?«

Jim rieb sich die schmerzenden Schläfen. »Ich bete schon seit Tagen dafür. Ich weiß es nicht.« Er fuhr sich übers Gesicht. »Ich würde gerne hinfahren.«

»Dann tu das, Jimmy.«

»Meinst du?«

Sie lächelte leicht. »Ich werde mir nicht länger ansehen, wie du hier den ganzen Sommer in deinem Zimmer hockst und dieses furchtbar verpixelte Bild anstarrst.«

Erleichterung löste den harten Knoten in seinem Bauch. »Dann ... dann fahre ich gleich los!« Er sprang auf und warf ein paar Klamotten in seinen Rucksack, dann stopfte er seinen Laptop hinein. Sollte er Rick schreiben, dass er Alysha suchen fuhr? Er griff nach seinem Handy. Es reichte, wenn Rick wusste, dass er für ein paar Tage weg war.

»Du solltest aber vorsichtig sein.« Grace sah auf die Uhr. »Und versprich mir, dass du spätestens um Mitternacht irgendwo eine Pause machst und ein paar Stunden schläfst! Ich will nicht von der Autobahnpolizei angerufen werden mit der Nachricht, dass du am Steuer eingeschlafen bist und sie jetzt dein Auto aus irgendeinem Graben ziehen müssen.« Sie folgte ihm in den Flur bis zur Tür. »Und achte darauf, dass dein Tank voll bleibt. Und oh, bitte ruf doch alle paar Stunden mal durch, damit ich weiß, dass alles in Ordnung ist!«

Jim lächelte breit. »Mach ich, Grace. Wird Walter das okay finden, dass ich schon wieder unterwegs bin?«

»Ich erklär's ihm.«

Jim war schon fast am Auto, da drehte er sich zu seiner Tante um. »Danke.«

Sie nickte und lächelte. »Geh mit Gott, Schätzchen.«

10

Es klopfte.

Elena sah noch nicht einmal auf, sondern drehte die Musik in Maris iPod noch etwas lauter. Trotzdem hörte sie, wie die Tür leise knarzend aufschwang und Danny sich neben sie vors Bett auf den Boden setzte.

Elena wunderte sich, dass sie bei seinem mitleidigen Blick nicht sofort wieder in Tränen ausbrach, aber wahrscheinlich waren die doch irgendwann mal aufgebraucht.

War es schon so spät? Danny war doch gefühlt gerade erst zur Arbeit gefahren. Elena hatte gar nicht bemerkt, dass so viel Zeit verstrichen war.

»Hey.«

Etwas widerwillig zog Elena die Kopfhörer aus den Ohren. Ihr war nicht nach reden zumute.

»Hast du mal mit Mom telefoniert?«

Sie schüttelte den Kopf.

Danny atmete schwer aus. »Hör mal, wenn du lieber mit ihr darüber reden willst, ist das okay.«

»Ich bin doch nicht blöd, Danny. Das wird sie noch mehr fertigmachen als uns.« Ärgerlich wickelte sie das Kabel um den iPod. »Du siehst das nicht, du bist ja immer weg. Aber ich sehe, wie Mom die letzten zwei Jahre gealtert ist. Wie sie graue Haare bekommen hat und Trauerfalten. Wie sie morgens versucht, die schlaflosen Nächte zu überspielen. Wie sie immer weniger Freunde einlädt, weil die anscheinend kein anderes Thema kennen als Mari, Mari, Mari.«

»Trotzdem solltest du nicht die Last deiner ganzen Welt allein tragen.« Danny rutschte ein wenig herum, sodass er sie besser ansehen konnte. »Es ist nicht deine Schuld, dass Mari abgehauen ist, und auch nicht, dass sie jetzt nicht mit nach Hause kommen wollte.«

»Jetzt weiß ich auch wieder, warum –« Sie brach ab. *Warum ich mit dem Glauben nichts mehr zu tun haben wollte,* hatte sie sagen wollen. Der Gedanke erschrak sie. Nur weil Mari sie abgewiesen und damit ihre Hoffnung zerstört hatte, fiel sie in ihre alte Denkweise zurück?

Danny legte einen Arm um sie. »Es ist okay zu zweifeln. Und es ist auch okay, Gott nach dem Warum zu fragen. Er hat uns nie versprochen, dass wir ein einfaches Leben haben würden, aber er hat zugesagt, dass er die Lasten mit uns trägt.«

»So fühlt sich das aber nicht an.«

»Glaube ist mehr als nur ein Gefühl, Jellybean.« Er seufzte tief. »Es ist nicht leicht. Aber am Ende lohnt es sich.«

»Bist du sicher?«

Er nickte. »Ich habe es schon oft erlebt. Dass ich einfach keinen Sinn in dem gesehen habe, was mir passiert ist. Aber ich habe dann gebetet und gesagt: Gott, ich will dir vertrauen, auch wenn ich es nicht verstehe. Und oft habe ich einige Zeit später zurückgeschaut und gesehen, dass es genau richtig gelaufen ist oder dass ich dadurch etwas grundlegend Wichtiges gelernt habe.«

Elena presste die Lippen zusammen. Danny war durch genau die gleichen Probleme gegangen wie sie. Sie konnte nicht sagen, dass er sie nicht verstehen würde. Also musste doch etwas dran sein. Sie wollte doch auch glauben! Sie wollte darauf vertrauen, dass Gott alles gut werden lassen konnte. Warum war das bloß so schwierig?

»Mir geht es einfach nicht mehr aus dem Kopf, wie sie uns angesehen hat«, flüsterte Elena erstickt. »So viel Verzweiflung, so viel Hoffnungslosigkeit … Sie sah so anders aus und Noah auf ihren Armen …« Sie brach ab. Was sollte sie auch noch dazu sagen?

Danny zupfte gedankenverloren an den Teppichfransen. »Es ist nicht fair, dass es so läuft, Elle. Und wir verstehen nicht, warum. Aber wir sehen auch nur diesen kleinen Ausschnitt auf unser Leben, während Gott alles auf einmal sieht. Wir müssen einfach vertrauen. Gott weiß schon, was er tut.«

Elena spielte mit den Kopfhörern herum. »Du meinst, er wird handeln. Genau wie bei mir?«

»Ganz genauso bestimmt nicht. Aber du liegst schon richtig: Du siehst an deinem eigenen Leben, dass Gott wirkt. Er ist immer da. Und er hat dir ja auch geantwortet, nicht wahr?«

Elena nickte.

»Und deshalb kannst du auch darauf vertrauen, dass Gott Mari auch nicht aus den Augen lässt.«

Jim stand vor dem mannshohen, mit Stacheldraht und Strombändern durchzogenen Zaun und las die Schilder mit den äußerst netten Begrüßungen, die alle paar Meter angebracht waren.

Stopp!

Kein Durchfahren möglich!

Privatgelände!

Lebensgefahr!

Sperrgebiet. Betreten und befahren verboten!

Vorsicht! Schusswaffengebrauch!

Etwas unsicher sah er sich um. Ob er hier wirklich richtig war?

Nun, seine Fähigkeiten diesbezüglich bezweifelte er nicht. Das Signal war ganz sicher von hier gekommen. Aber jetzt hier zu stehen und dieses festungsartige Grundstück zu beobachten, war noch einmal was anderes. Er hatte seinen Laptop im Auto gelassen, nachdem er den Alarm des Grundstücks abgeschaltet hatte. Nun hatte er ein Zeitfenster von etwa sechs Minuten, um außer Reichweite der zahlreichen Kameras zu kommen. Das erschien ihm aber nicht allzu schwierig, da besonders die Zufahrt und der Zaun überwacht wurden. Gleich dahinter ging der Wald weiter und der war ja wohl kaum komplett kameraüberwacht. Das Tor ließ sich seltsamerweise leicht öffnen, nur ein Riegel musste entfernt werden. Jim sah sich noch einmal gründlich um, bevor er hindurchschlüpfte, es hinter sich schloss und sich ins Unterholz schlug. Kurz überlegte er, ganz normal auf dem Weg zu bleiben, aber er war sich nicht sicher, ob es wirklich Alyshas Haus war. Vielleicht hatte er sich bezüglich seiner Theorie geirrt. Vielleicht war das Signal umgeleitet worden, um etwaige Häscher in eine Falle zu locken, und das hier war das Haus eines Wahnsinnigen.

Also würde er vorsichtig sein und erst einmal beobachten.

Es dauerte ein paar Minuten, bis das Haus in Sichtweite kam. Das lag daran, dass Jim sich langsam vorwärtsbewegte, um keine Aufmerksamkeit auf sich zu ziehen, aber auch daran, dass das Grundstück riesig war.

Er blieb stehen und kramte sein Taschenfernglas hervor. Am Haus war keine Menschenseele zu sehen. Nicht einmal der Hund, vor dem am Zaun gewarnt wurde. In der Scheune, die ans Haus angebaut war, brannte jedoch Licht.

Etwas knackte hinter ihm im Unterholz. Er fuhr herum. Nichts war zu sehen. Er kniff die Augen zusammen und ließ seinen Blick durchs Unterholz schweifen, doch auch dort regte sich nichts. Vielleicht nur ein Tier?

Jim ließ mehrere Minuten verstreichen, bis er sicher war, dass da wirklich niemand war, dann sah er mit dem Fernglas noch einmal zum Haus. Immer noch nichts.

Er ging langsam weiter, dann hielt er inne, weil er einen leichten Widerstand am linken Fuß spürte. Jim trat einen Schritt zurück und hockte sich hin. Stirnrunzelnd fuhr er vorsichtig mit dem Finger am Stolperdraht entlang. Was der wohl auslöste? Einfach einen weiteren Alarm? Oder gar eine Sprengfalle? Wer auch immer hier lebte, wollte definitiv in Ruhe gelassen werden.

Etwas Kaltes drückte sich in seinen Nacken und Jim erstarrte, als eine tiefe, raue Stimme hinter ihm ertönte. »Keine falsche Bewegung, Junge.«

Das Blut schien in Jims Adern zu gefrieren.

»Hände so, dass ich sie sehen kann. Gut so. Du hast fünf Sekunden, um mir eine gute Erklärung für dein Eindringen zu liefern, damit ich nicht abdrücke.«

Lähmende Panik legte ihren kalten Griff um ihn.

»Eins.«

Er brachte keinen Ton hervor.

»Zwei.«

Jim versuchte vergeblich, sein rasendes Herz durch seine Atmung zu beruhigen.

»Drei.«

»Ich … ich suche jemanden.«

Der Druck verstärkte sich und das Klicken, als der Mann die Waffe entsicherte, jagte tausend Stromstöße durch Jims Körper. »Falsche Antwort.«

»Meine Schwester!«, brachte Jim hervor. »Ich suche meine Schwester! Ich hab sie verloren …«

Der Druck verringerte sich. »Ich hab hier kein kleines Mädchen rumlaufen sehen, Junge.«

»Nein, ich …« Er schluckte. »Ich bin wegen Alysha hier.« Schwer atmend wartete Jim auf irgendeine Reaktion von dem Kerl. Nichts geschah. »Hören Sie, ich … es kann sein, dass ich auf einer falschen Fährte bin, aber … aber ich bin mir ziemlich sicher, dass sie hier ist.«

»Aufstehen. Aber langsam.«

Jim tat, wie ihm geheißen, obwohl er befürchtete, dass seine Beine einfach unter ihm nachgeben würden.

»Und jetzt dreh dich langsam um. Lass die Hände oben.«

Wie in Zeitlupe drehte Jim sich um. Vor ihm stand ein Bär von einem Mann in einer abgewetzten Armeejacke. Er hielt das Jagdgewehr auf ihn gerichtet, den Finger mit beunruhigender Sicherheit am Abzug. Er fixierte Jim mit eisernem Blick. »Hier wohnt niemand namens Alysha.«

»Ich hab aber ihr Signal hierher verfolgt.«

Der Mann zog überrascht die Augenbrauen hoch. »Du warst das. Dann hast du auch die Alarmanlage lahmgelegt.«

»Ähm … ja …? Aber wieso wissen Sie …?«

Der Anflug eines Lächelns glitt über das Gesicht des Mannes, den Jim auf um die Dreißig schätzte. »Es geht ein stiller Alarm los, sobald es einen Ausfall bei den Kameras gibt oder sonst etwas verändert wird.«

Jim verzog das Gesicht. Daran hätte er denken müssen.

»Warum glaubst du, dass deine Schwester hier wohnt?«

»MJ Cruz.« Jim versuchte dem Typen eine verräterische Reaktion zu entlocken, doch der war gut – oder wusste er wirklich nicht, wovon er sprach? »Das ist ihr Modelabel. Der Name steht für Mike, Jonah und den Christen. Rico.«

Der Mann richtete das Gewehr jetzt auf Jims Kopf. »Das beweist nur, dass du in Kamney House warst.«

Jim wich zurück.

»Zeig mir dein Handgelenk«, forderte der Fremde.

Jim beeilte sich, seinen Ärmel hochzuschieben, wo sich die weiße Narbe abzeichnete, als letzte Erinnerung an das Tattoo, das ihn gebrandmarkt hatte. Er schwieg, als der Mann nähertrat, um es sich besser ansehen zu können.

»Du behauptest also, der kleine Bruder von Alyson zu sein. Jonah.«

Jim nickte. So nannte sie sich jetzt also!

»Beweis es.«

Er überlegte kurz. »Sie hat mich immer JayJay genannt. Ihr Lieblingsplatz war auf den Wellenbrechern.«

»Sag mir etwas, was nicht jeder wusste.«

Jim rieb sich das Handgelenk. »Sie hat … Mikes Sachen und ein paar persönliche Dinge in Ricos Spind in Stephs Werkstatt eingeschlossen.« Fest sah er den Mann an. »Nur sie und Rico hatten einen Schlüssel dazu.«

Sein Gegenüber ließ die Waffe sinken. »Jonah.«

Jim nickte.

»Du bist es wirklich?« Er schüttelte den Kopf und reichte ihm die Hand. »Boaz Crawford.« Sein Händedruck war kräftig und fest. »Ich hätte nicht gedacht, dass du hier wirklich eines Tages auftauchen würdest.«

»Also ist sie *doch* hier.« Jim versuchte, nicht zu hoffnungsvoll zu klingen.

Boaz nickte grimmig. »Hast ihr nen Mordsschrecken eingejagt. Sie ist fest davon überzeugt, dass das Rays Werk war und Sam jeden Augenblick das Anwesen stürmen wird.«

Jim wurde bleich. »Das wollte ich nicht.«

»Schon gut. Das klären wir gleich.« Boaz stieß einen lauten Pfiff aus, woraufhin zwei Dobermänner wie aus dem Nichts auf sie zugeschossen kamen. »So, das hier sind Hood und Pan. Mit denen solltest du dich zuerst anfreunden.«

Beeindruckt ließ Jim sich beschnuppern und streichelte die beiden Wachhunde dann vorsichtig. »Die sind ja perfekt trainiert! Ich hab nicht einen Mucks gehört.«

»Das müssen sie auch sein. Schließlich befinden wir uns im Krieg.« Fragend sah Jim Boaz an, der fortfuhr, während sie auf das Haus zugingen: »Ich weiß über Sam und die anderen Bescheid. Alyson rechnet jeden Tag damit, dass sie hier auftauchen.«

»Ist nicht unwahrscheinlich.« Jim musste an seine eigene Begegnung mit den dreien im Herbst denken.

»Ich dachte mir übrigens gleich, dass du die Wahrheit sagst.« Boaz lächelte. »Alyson hat ein Foto von dir in ihrer Werkstatt stehen.«

»Werkstatt?«

»Die Scheune. Da arbeitet sie an ihren Modeentwürfen.«

Jim runzelte die Stirn. »Und warum hast du mich dann noch vor der Waffe rumzappeln lassen?«

»Bei Alyson gehe ich lieber drei Mal auf Nummer sicher, bevor ich sie in Gefahr bringe.« Er zeigte aufs Haus. »Ich habe mehrere Sicherheitssysteme installiert, sowohl manuell als auch elektronisch.«

»Der Stolperdraht.«

»Richtig. Unter anderem.«

»Und …« Jim blieb stehen. »Wo … wo ist sie jetzt?«

»Das weiß ich nicht. Es gibt mehrere Sicherheitsräume.« Boaz ging in die Scheune, wo an einer riesigen Wand mehrere Bildschirme angebracht waren, die Jims eigene Bildschirmwand zu Hause in den Schatten stellten. Verschiedene Kamerawinkel waren zu sehen. Jim trat näher. »Ihr habt eine Kamera an der Abzweigung drei Kilometer von hier?«, fragte er überrascht.

Boaz nickte. »Auf dieser Straße sieht man nur die Wagen von Holzfällern und Jägern. Was anderes würde sofort auffallen. Wie dein Auto, zum Beispiel.«

Jim schüttelte den Kopf. »Das hab ich nicht mit einberechnet.«

»Solltest du auch nicht. Wir wussten schon zwanzig Minuten, bevor du auch nur in die Reichweite unseres Grundstücks gekommen bist, dass jemand auf dem Weg zu uns ist.«

Jim sah auf all die Bildschirme, die wahrscheinlich jeden Quadratmeter im Radius von zwei Meilen der umliegenden Umgebung erfassten. Vieles lief über Bewegungsmelder, vermutete er.

Boaz beugte sich über eine Tastatur und tippte einen mehrstelligen Code ein. »Sie wird gleich wissen, dass alles in Ordnung ist.« Er richtete sich auf. »Warte bitte hier, okay?«

Jim nickte und vergrub die zitternden Hände in den Hosentaschen. Im nächsten Moment war er allein in der riesigen Scheune, die nicht nur Überwachungszentrum, sondern auch Alyshas Atelier war. Er entdeckte Nähmaschinen, Schaufensterpuppen, Regale voll mit Stoffen, Tische mit Zeichnungen und Mappen und sogar einen 3D-Drucker. Und dann sah er die gerahmten Fotografien, die auf einem Regal standen. Blumen und Kerzen standen rundherum. Jim ging hin und betrachtete sie. Das Bild in der Mitte erkannte er sofort. Es war eins von denen mit der Bank – wie das, was er selbst hatte, nur hier lächelte er mehr und Alysha hatte sich zu ihm herabgebeugt, um ihm etwas ins Ohr zu flüstern. Rechts daneben war ein aus der Zeitung ausgeschnittenes Schwarz-Weiß-Foto von Rico. Sicher aus dem Artikel, der über seinen Tod berichtet hatte. Unwillkürlich fuhr Jim sich über die Narbe über seinem Auge.

Das linke Bild zeigte Alysha mit Mike Arm in Arm am Strand. Erst jetzt fiel Jim auf, wie jung sie damals wirklich gewesen waren. Für ihn waren die beiden immer viel älter gewesen, schon so gut wie erwachsen. Gut, Mike sah mit seinen Surfer-Tattoos, dem roten Iro und den von Weed benebelten Augen älter aus, aber trotzdem war sein Gesicht noch voller Zukunftshoffnung.

Mike und Rico waren gerade mal ein Jahr älter als Jim jetzt gewesen, als sie ermordet worden waren.

Jim blinzelte die inneren Bilder weg und ließ seinen Blick über das Regal schweifen. Rechts außen stand eine verzierte Holzschatulle. Jim sah sich kurz um, um sich zu vergewissern, dass Boaz noch nicht zurück war, dann hob er den Deckel an.

Erinnerungen strömten auf ihn ein, als er Ricos zerlesene Taschenbibel erkannte. Daran, wie sie mit Rico und Alysha auf den Wellenbrechern gesessen hatten und Rico daraus vorgelesen hatte. Wie glücklich Rico gewesen war, obwohl ihn alle deswegen fertiggemacht hatten. Wie ihn dieses Buch verändert hatte, sobald er darin gelesen hatte, und wie viel Hoffnung er daraus geschöpft hatte.

Damals hatte Jim das nicht verstanden; bis vor einem knappen Jahr nicht. Er hatte Rico für völlig durchgeknallt gehalten, wie alle anderen. Und doch war Rico der Einzige gewesen, der Frieden gehabt hatte.

Jim musste schlucken, als die Schuldgefühle wieder hochkamen, und klappte das Kästchen wieder zu. Langsam wurde er nervös. Wieso brauchte dieser Boaz so lange? Es konnte doch nicht so viel Zeit in Anspruch nehmen, ins Haus zu gehen, Alysha die Sache zu erklären und dann mit ihr wiederzukommen!

Er zwang sich, ruhig durchzuatmen, und bemerkte verärgert, dass er leicht zu zittern begonnen hatte.

Ein mulmiges Gefühl kroch in seinem Inneren hoch und Alecs Worte schossen ihm durch den Kopf: *Sie weiß, dass du lebst. Du wirst nicht das finden, was du hoffst.*

Was hatte Alec ihm verschwiegen?

Jim sah wieder auf das Foto, das Alysha und ihn zusammen zeigte. Wie sehr hatte sie sich wirklich verändert?

»Jonah?«

Er drehte sich zu Boaz um, der langsam in die Scheune zurückkam. Allein.

»Was ist los?«, fragte er alarmiert.

Boaz blieb am Tor stehen. »Sie kann dich nicht sehen.« Mitleid flackerte in seinen Augen auf. »Es tut mir leid.«

»W–wie meinst du das?«

»Sie ist nicht in der Verfassung.«

Jim schüttelte den Kopf. »Das glaube ich dir nicht.«

»Jonah …«

»Willst du sie von mir fernhalten?« Jim marschierte aus der Scheune auf den Hof. »Wo ist sie?«

Boaz lief ihm nach. »Warte, Jonah!«

Jim riss sich los, als er ihn am Arm fassen wollte. »Alysha!«, rief er zum Haus. »Alysha! Ich bin's!«

»Hör mir bitte zu!« Boaz stellte sich ihm in den Weg. »Es tut mir wirklich leid. Ich weiß nicht genau, weshalb sie dich nicht sehen will. Ich kann dir nur sagen, wie es ist. Sie ist gerade völlig hysterisch, so habe ich sie schon lange nicht mehr erlebt. Sie sagt, das hätte nie passieren dürfen, du darfst sie nicht zu Gesicht bekommen und ich soll dafür sorgen, dass du verschwindest und nie wiederkommst.« Boaz' bedauernder Tonfall konnte die Wirkung der Worte kaum abmildern.

Langsam schüttelte Jim den Kopf. »Ich gehe nicht, bevor ich sie nicht wenigstens mit eigenen Augen gesehen und mich überzeugt habe, dass es ihr gut geht.«

»Es geht ihr *nicht* gut.« Boaz seufzte schwer und lehnte sich gegen den Türrahmen. »Ich liebe sie, Jonah. Ich liebe sie mehr als alles in meinem Leben. Und so, wie sie gerade zusammenbricht … ich kenne das schon. Ich werde alles für sie tun, was nötig ist, damit sie es schafft, wieder auf die Beine zu kommen, das verspreche ich dir.«

»Und wie …« Jim schluckte hart. »Wie lange wird das dauern?«

»Ich weiß es nicht. Wirklich nicht. Kann sein, dass sie in ein paar Tagen wieder okay ist, es kann aber auch Wochen oder sogar Monate dauern. Das letzte Mal, als sie eine Panikattacke hatte, ist sie in den Bunker gegangen und erst drei Wochen später herausgekommen.«

»Ich … es tut mir leid, das wollte ich nicht«, flüsterte Jim rau. »Ich wollte sie nicht verletzen.«

»Schon gut. Das konntest du nicht wissen.«

Jim trat einen Schritt zurück. »Ich will sie doch nur …« Er brach ab, weil er seiner Stimme nicht mehr traute.

»Ich wünschte, ich könnte dir helfen, Jonah. Ich hätte nicht mit dieser heftigen Reaktion bei ihr gerechnet.« Er kramte in seiner Tasche und reichte ihm eine zerknickte Visitenkarte. »Lass ein wenig Zeit verstreichen und ruf mich dann mal an, okay?«

Jim nahm das Kärtchen entgegen, ohne es anzusehen. »Willst du mir damit sagen, dass ich jetzt einfach wieder fahren soll? Ohne sie zu sehen?«

Boaz sah zum Haus, dann nickte er langsam. »Leider ja.«

Jim stand da, unfähig, auch nur einen rationalen Gedanken zu fassen.

»Jonah, ich werde auf jeden Fall mit ihr reden, in Ordnung?«

Jim nickte mechanisch und drehte sich um. Wie im Schlaf entfernte er sich von dem Ort, von dem er geglaubt hatte, dort endlich Heilung zu finden.

Als er einige Stunden später auf einem Rasthof an einem See stand, wusste er nicht einmal, wie er hierhergekommen war. Und die Leere in seinem Herzen, die für die letzten Tage mit der Hoffnung gefüllt gewesen war, Alysha bald wiederzuhaben, wurde auf einmal noch tiefer, noch dunkler und noch schmerzhafter.

11

Ray starrte auf die Bildschirme vor sich, ohne die Quellcodes darauf zu registrieren. Es war jetzt zwei Wochen her, dass ihm ein Geist erschienen war. Er konnte es immer noch nicht so richtig fassen. Jay lebte und hatte es geschafft, ihn zu finden. Als er ihn damals ausgebildet hatte, war ihm schnell klar geworden, wie viel Talent der Junge hatte, und es hatte ihm Spaß gemacht, Jay das Hacken beizubringen. Er hätte nie gedacht, sein Schüler könnte ihn eines Tages übertrumpfen. Nun ja, übertrumpft hatte Jay ihn noch nicht. Er war in der Szene immer noch ein gefürchteter Black Hat, einer der besten und gefährlichsten Hacker. Vielleicht machte ihn gerade deswegen die Tatsache, wie leicht Jay ihn aufspüren konnte, mehr als nervös. Obwohl er versucht hatte, sich normal zu verhalten, hatten Sam und Chase gemerkt, dass etwas nicht stimmte. Auf Sams Geheiß war Ray wieder zurück nach Florida gekommen, wo Sam ein abgelegenes Haus in den Swamps gemietet hatte. Obwohl sie so weit außerhalb waren, dass sie einen Geländewagen brauchten, um bis vor die Haustür zu kommen, waren sie mit einer Klimaanlage und einigen Servern ausgestattet.

Er hatte es tatsächlich bis jetzt geschafft, Sams Aufmerksamkeit von Rick wegzulenken, aber für wie lange? Sobald Sam seinen Fokus wieder auf den Jungen richtete, würde Jay ihn an Sam verraten. Rays Finger krampften sich zusammen. Es sah so oder so schlecht für ihn aus. Sam war ein wandelndes Pulverfass. Es brauchte nur einen einzigen Funken und alles würde in die Luft gehen.

»Ray.«

Er fuhr zusammen, als er Sams Stimme direkt hinter sich hörte.

»Wie sieht es mit unseren Geldreserven aus?«

Ray entspannte sich etwas und tippte einige Befehle in seine Tastatur. »Wir sind auf jeden Fall flüssig genug. Wenn wir so weitermachen, werden wir noch etwa zwei Jahre damit auskommen.«

Sam zog einen Stuhl heran. »Länger nicht?«

Ray öffnete ein Fenster mit der Übersicht ihrer Geldquellen. »Wir haben einiges an Schmiergeldern zahlen müssen.«

»Was ist mit Kamneys Schuldnern?« Chase schlurfte mit einer Bierdose in der einen und dem Joint in der anderen Hand herein und ließ sich aufs abgewetzte Sofa fallen. »Da waren doch noch genügend Leute, die ihm Geld geschuldet haben.«

Sam nickte bestätigend. »Da fallen mir auch ein paar ein.«

»Ich weiß nicht, ob die zahlen werden. Laut Kamneys Unterlagen waren da wirklich noch einige, aber ...«

»Aber was? Das Geld steht uns zu, wir sind Kamneys Erben!« Chase nahm einen tiefen Schluck aus der Dose. »Und wenn die uns das nicht freiwillig rausgeben, dann holen wir es uns mit Gewalt, oder, Sam?«

»Ja, es wird Zeit, dass wir die Unterwelt daran erinnern, wer wir sind. Wenn wir unser Netzwerk wieder aufbauen wollen, müssen wir noch ein paar Leute mehr aus dem Weg räumen.« Sam ließ die Fingerknöchel knacken und stand auf. »Steel sollten wir auch noch mal dran erinnern, dass er uns ne Menge schuldet, auch wenn er sich bisher ja kooperativ gezeigt hat.«

»Steel stellt kein Problem dar.« Chase schnippte die Asche von seinem Joint auf den Boden. »Der weiß, mit wem er es zu tun hat. Der zahlt doch regelmäßig.«

Sam streifte ihn mit einem leicht verärgerten Blick, dann sah er wieder zu Ray. »Vielleicht zapfst du dir einfach mal wieder ein paar Konten an und räumst die leer. Wie sieht es an der Front aus?«

»Agent Marlene Jones stochert immer noch in unserem Fall herum, hat aber bisher nichts Brauchbares in der Hand, soweit ich das feststellen konnte.«

»Das heißt, du bist dir nicht sicher?«

Ray hob eine Augenbraue. »Du hast Buckley doch umgebracht. Der war unsere verlässlichste Insiderquelle. Es ist gar nicht mal so einfach, sich in die Behörden einzuhacken, auch wenn ihr immer den Eindruck habt, ich schaffe das in ein paar Minuten.«

»Dann grab tiefer. Wir müssen im Vorteil sein.« Sam lehnte sich gegen das Fensterbrett. »Was ist mit Hyde?«

»Der ist schon wieder zurück in St. Louis.« Ray versuchte, ruhig zu bleiben. Er wusste, welche Frage als Nächstes kommen würde.

»Und unser kleiner Freund Rick Anderson? Was macht der grad so?«

»Verhält sich ruhig. Hat Hyde nicht angerufen, ist nicht zur Polizei gegangen, geht regelmäßig zu ner Psychotante namens Erin Creighton …«

»Ach ja?« Sam beugte sich vor. »Kannst du ihre Akten einsehen?«

Ray schüttelte den Kopf. »Nur ihren Terminkalender. Die hat wohl das meiste handschriftlich. Und bei dem Rest war nichts zu finden.«

»Hm.«

»Ich schätze, wenn Rick da was ausplaudern würde, würden wir das schon mitbekommen. Dann würde Hyde sich mit Sicherheit dort wieder blicken lassen.« Ray hoffte, dass sein Tonfall beiläufig genug gewesen war. Wenn Sam erst einmal den Verdacht hatte, Rick könnte ihn verraten haben, würde Ray ihn nicht mehr davon abbringen können.

Chase leerte die Dose und zerknüllte sie dann. »Der ist doch fertig, der Junge. Der wird nie und nimmer reden. Ich kenne solche Hinterwäldler. Das Schlimmste, was er je an Gewalt mitbekommen hat, ist ein überfahrenes Eichhörnchen, und dass er jetzt gesehen hat, was wir mit ihm machen würden, falls er plaudert …« Er warf die Dose in eine Ecke und klemmte sich den Joint zwischen die Lippen. »Besser hättest du es nicht machen können, Sam.«

»Wahrscheinlich. Du checkst ihn aber immer wieder ab, oder Ray?«

Ray nickte und verzichtete darauf, etwas zu sagen; er traute seiner Stimme nicht. Wenn er an Jonah dachte, stellten sich ihm unwillkürlich wieder die Nackenhaare auf.

»Hast du die Akten zu unserem Fall eigentlich zu Ende entschlüsseln können?«

»Die meisten schon.« Schnell tippte er in seine Tastatur. »Ich habe jetzt auch die Namen der Hauptzeugen.«

Sam grinste. »Dann können wir ja mal aufräumen gehen.«

Jim hatte keine Ahnung, ob jetzt nur Tage oder schon Wochen verstrichen waren, seit er Boaz Crawfords Grundstück tief im Wald verlassen hatte.

Er konnte es nicht verstehen. Wieso wollte seine Schwester ihn nicht wiedersehen? Hatte sie ihn nicht auch vermisst?

Er starrte vom Fahrersitz seines Autos auf den See, der die dunkelgrauen Wolken widerspiegelte. Da kündigte sich wohl Regen an.

Mit leerem Blick beobachtete Jim, wie die wenigen Leute schnellen Schrittes vom Ufer des Sees zu ihren Autos liefen und sich der Parkplatz mehr und mehr leerte, bis nur noch eine Handvoll zurückblieb. Jim wusste nicht einmal genau, in welcher Stadt er sich befand.

Dicke Regentropfen klatschten vereinzelt auf die Windschutzscheibe, bevor sich ein wahrer Wolkenbruch über das Tal ergoss. Böiger Wind rüttelte am Auto und entferntes Donnergrollen war zu hören.

Jim schob den Sitz, so weit es ging, nach hinten und versuchte, Worte an Gott zu finden, doch in seinem Inneren war es noch stürmischer als draußen.

Wo bist du?, war das Einzige, das Jim denken konnte.

»Vergiss nicht den Cookie-Geheimvorrat.« Elena schob Danny eine Dose mit Erdnussbutterkeksen zu.

Er grinste breit. »Ohne die würde ich nicht überleben.« Er vergrub sie in dem Klamottenberg, bevor er noch zwei Pullis oben drauf warf.

Elena schüttelte gespielt missbilligend den Kopf. »Das nennst du packen?«

»Klar! Ist doch alles dabei und es passt in meine Sporttasche.« Er sah sich in seinem Zimmer um, das im Chaos versank. »Mensch, ich hoffe, ich hab nichts vergessen.« Er zählte halblaut noch einmal seine Packliste auf.

Danny würde für zwei Wochen auf ein Zeltlager für Kinder fahren, um dort mitzuarbeiten. Vor einer Stunde hatten sie noch mal mit Mom telefoniert und sie hatte gefragt, ob sie für diese Zeit nicht doch lieber nach Hause kommen sollte, doch sowohl Elena als auch Rick hatten abgewehrt. Das würden sie schon schaffen, Miss Grace war ja auch noch da, und sollte etwas schiefgehen, konnten sie anrufen. Aber Elena und Rick hatten nicht das erste Mal sturmfrei, was sollte schon passieren?

»Du wirst in zwanzig Minuten abgeholt, richtig?«

Danny nickte und stopfte noch eine Shorts in eine freie Ecke seiner Tasche. »Ein bisschen früher wahrscheinlich, weil wir uns noch vorher mit dem Team treffen wollen.« Er warf sein Handy aufs Bett. »Im Zeltlager wird es keinen Empfang geben, ich bin dann leider nicht erreichbar. Aber wenn irgendwas ist, könnt ihr ja zu den Dunlaps.«

»Schon klar.« Elena lief in die Küche, wo Rick sich am Herd versuchte. »Ist das Essen schon fertig?«

»So gut wie.«

Elena lief das Wasser im Mund zusammen, als ihr der Duft von Spaghetti Carbonara in die Nase stieg.

Gerade war sie fertig mit dem Tischdecken, als es klingelte. Sie lief zur Tür.

»Hallo, Miss Grace!« Sie strahlte die ältere Dame an. »Hast du Hunger? Wir haben gerade Abendessen gemacht und es ist genug da.«

»Das ist lieb, Elle, aber ich habe bereits gegessen.« Ihr Blick wanderte an ihr vorbei zu Rick. »Darf ich kurz reinkommen?«

»Äh, klar!« Ein wenig perplex machte Elena Platz und geleitete Jims Tante ins Wohnzimmer. »Tee?«, fragte sie höflich.

»Nein, danke, Schätzchen. Ich wollte euch nur kurz was fragen.« Sie sah ernst zwischen ihr und Rick hin und her. »Hat Jim sich bei euch gemeldet in den letzten Tagen?«

Elena schüttelte den Kopf. »Bei mir nicht.«

Rick kramte nach seinem Handy. »Mir hat er auch nicht geschrieben. Das letzte Mal haben wir geredet, als wir am Klettersteig waren, aber das ist ja jetzt auch schon wieder fast eine Woche her.«

Grace nickte verstehend. »Und hat er euch erzählt, was er vorhat? Etwas, das ihn in Gefahr bringen könnte?«

Elena sah zu ihrem Bruder und konnte an seiner Miene sofort ablesen, dass er ganz genau wusste, wovon Miss Grace sprach.

Jims Tante schien es auch zu bemerken. »Rick?«

Er wand sich. »Ich weiß nichts Genaues ...«

»Ich muss nur wissen, ob ich Alec Hyde einschalten sollte. Jim hat sich immer wieder alle paar Stunden gemeldet, doch jetzt habe ich schon seit vier Tagen nichts mehr von ihm gehört.«

»Vielleicht ist sein Akku leer?«, mutmaßte Elena.

»Es gibt immer noch Münzfernsprecher«, widersprach Rick.

»Und Jim ist der Typ, der Kleingeld in der Hosentasche hat?«, spottete Elena.

»Er kann immer noch Leute anquatschen und sie bitten, mal ihr Handy benutzen zu dürfen«, giftete Rick zurück.

»Ricky ...« Grace sah besorgt drein. »Was hat er dir gesagt? Mehr als mir?«

Rick warf Elena einen Blick zu, so als wolle er nicht vor ihr reden. »Glaube nicht, nein.«

»Aber Sorgen sollte ich mir doch machen, ja?«, interpretierte sie seine Reaktion.

Rick vergrub die Hände in den Taschen. »Keine Ahnung.«

»In Ordnung, dann weiß ich Bescheid.« Grace stand auf. »Einen schönen Abend euch noch.«

»Oh, Miss Grace, hallo!« Danny kam mit der gepackten Tasche die Treppe herunter. »Wie geht's?«

Grace lächelte. »Es geht schon. Und du fährst mit aufs Kinder-Camp?«

Danny nickte. »Ich hoffe, es ist okay, wenn du dann bisschen auf meine kleinen Geschwister aufpasst.«

»So klein sind wir gar nicht mehr«, maulte Elena und stieß Danny spielerisch in die Seite.

»Aber ja, das ist wirklich kein Problem!« Grace' Lächeln verbreiterte sich. »Ihr könnt jeden Tag zum Essen kommen, wenn ihr mögt, und auch gern bei uns übernachten, das hatten wir ja schon besprochen.« Sie verabschiedete sich und Elena entging der sorgenvolle Ausdruck in ihren Augen nicht.

Ein Auto hielt vor dem Haus und hupte. Danny schnappte sich seine Tasche und schlüpfte in seine Schuhe. »Ich bin dann mal weg. Wir sehen uns in zwei Wochen!« Er warf Rick einen vielsagenden Blick zu. »Benehmt euch, klar?« Er zwinkerte und ließ es sich nicht nehmen, Elena durch die Haare zu wuscheln, nur um sich dann schleunigst außer Reichweite ihrer Fäuste zu bringen.

Elena winkte ihm hinterher, dann drehte sie sich zu ihrem Bruder um. »Du weißt nicht, ob sie sich wegen Jim Sorgen machen soll? Was war das denn?«

»Was?« Rick schnappte sich den Controller und schaltete die Konsole ein. »Bei Jim weiß man nie.«

»Du hast dich aber so angehört, als würdest du mehr wissen.«

»Oder auch nicht.« Er warf ihr einen genervten Blick zu. »Jetzt blas die Sache nicht auf.«

Elena verschränkte die Arme. »Ich bin nicht blöd, Rick. Ich weiß genau, dass ihr wieder irgendein komisches Geheimnis miteinander teilt! Eure nächtlichen Gespräche, eure Tuscheleien, wie du wie von Taranteln gestochen zu Jim rennst und wie nervös ihr beiden seit Wochen seid ...«

Rick starrte mit zusammengepressten Lippen auf den Bildschirm. »Und wenn schon.«

»Nein, nicht *und wenn schon!* Ich habe nicht gepetzt deswegen und werde es auch nicht tun, aber ich wüsste gerne, ob meine Sorgen berechtigt sind!«

»Mann, ich weiß doch auch nicht, wo er steckt!« Aufgebracht bearbeitete Rick seinen Controller.

»Hat das irgendwas mit der Schlägerei im Herbst zu tun?«

Rick stöhnte genervt auf. »Steck deine Nase nicht in Angelegenheiten, die dich nichts angehen.«

Die Wut in Elenas Bauch kroch bis in ihren Hals und schnürte ihn zu. »Das ist nicht fair.« Sie drängte nur mühsam die Tränen zurück. »Hast du ne Ahnung, was für eine krasse Angst ich hatte, als wir dich gefunden haben? Ich habe versucht, nicht nachzuhaken, als dieser komische Hyde gesagt hat, wir sollen das Thema ruhen lassen, und habe Jim verziehen, als er nach Hause gekommen ist, obwohl ich nicht mal genau weiß, was zwischen euch passiert ist. Und jetzt erwartest du von mir, alles wieder hinzunehmen? Was passiert als Nächstes? Kommt Hyde und nimmt dich mit und ich sehe dich nie wieder?«

Rick war bei ihrem letzten Satz kaum merklich zusammengezuckt, was Elena noch viel mehr beunruhigte.

»Also macht sich Miss Grace berechtigte Sorgen«, flüsterte sie.

»Komm schon, Elle, jetzt steigere dich da bitte nicht so rein, okay? Jim braucht wahrscheinlich einfach nur ein bisschen Zeit für sich.«

»Warum denn überhaupt? Was ist passiert? Und warum will Miss Grace dann diesen Hyde verständigen?«, schniefte sie.

»Weil Jim nicht zum ersten Mal für länger verschwindet und Hyde für ihn zuständig ist.« Rick legte den Kopf schief und klopfte neben sich aufs Sofa. »Komm schon, Elle, mach dich jetzt nicht verrückt«, sagte er versöhnlich.

»Aber du bist doch auch angespannt«, entgegnete sie und blieb stehen, wo sie war.

»Das bedeutet nicht, dass du dich auch verrückt machen sollst. Hör mal, Jim hat ein paar dunkle Geheimnisse und deswegen mache ich mir auch Sorgen um ihn. Das heißt aber nicht unbedingt, dass er in Gefahr ist.« Er hielt ihr den zweiten Controller hin. »Jetzt sei bitte nicht sauer.«

Elena zögerte kurz, dann gesellte sie sich zu ihrem Bruder. »Ich wünschte echt, ihr würdet mich einweihen.«

»Schlechte Geheimnisse sind nicht besonders leicht mit sich herumzutragen.« Er warf ihr einen ernsten Blick zu. »Sei froh, dass du nicht alles weißt.«

Alec Hyde war nicht überrascht, als sein Handy klingelte und er die Nummer der Dunlaps erkannte. Nachdem Jay so überraschend bei ihm aufgetaucht war, hatte er sofort gedacht, dass er irgendwelche Dummheiten machen würde.

»Hyde«, meldete er sich.

»Hier ist Walter Dunlap. Ich rufe wegen Jim an.«

»Ist was passiert?«

Jays Adoptivonkel räusperte sich. »Wir sind uns nicht sicher. Er meldet sich nicht mehr. Das ist zwar nicht das erste Mal, aber er hatte uns fest versprochen, uns diesmal regelmäßig zu schreiben.«

»Hat er gesagt, wohin er wollte?«, fragte Alec, wohl wissend, dass die Chance sehr gering war.

Walter zögerte. »Er ... er wollte zu seiner Schwester.«

Verblüfft blieb Alec stehen. »Das hat er Ihnen erzählt?«

»Ja, er hat mit Grace darüber geredet, weil er nicht wusste, ob das eine gute Idee ist.«

Der Junge war nicht zu fassen. »Wollen Sie damit sagen, er hat es geschafft, sie zu finden?«

»Er hat eine Spur, der er nachgehen wollte. Irgendwo in Oregon.«

Alec unterdrückte einen Fluch. Es sollte eigentlich unmöglich sein, jemanden im Zeugenschutz zu finden. Aber wenn man bedachte, dass Jay seine Fähigkeiten schon seit seiner Kindheit trainierte und zudem von einem der besten Hacker des Landes ausgebildet worden war … Trotzdem. Der Junge war definitiv übertalentiert. »In Ordnung, ich spüre ihn mal auf.«

12

Der Wind zerrte an seiner Lederjacke, aber er spürte die Kälte kaum. Hier auf elf Stockwerken über dem Boden war der Verkehrslärm nur noch ein Rauschen und ab und zu war dazwischen das Heulen einer Sirene zu hören.

Jim hörte die herannahenden Schritte, drehte sich jedoch nicht um.

»Als wir uns das erste Mal auf einem Dach getroffen haben, hast du springen wollen.«

Jim lächelte freudlos. »Ja, stimmt. Das war, als du mich überreden wolltest, für dich Spion zu spielen, kurz nach Mikes Tod. Damit hat alles angefangen.«

Alec trat neben ihn und stützte sich auf der Ummauerung ab, auf der Jim saß. »Ich weiß noch, wie sehr ich daran gezweifelt habe, dass mir ein Grundschüler bei der Festnahme von Kamney behilflich sein könnte. Aber dann hast du angefangen, mit Zahlen und Fakten um dich zu werfen, von denen ich nur die Hälfte kapiert habe. Da hab ich verstanden, warum Mike gesagt hat, wir sollen dich finden und dir sagen, dass du uns helfen sollst. Du warst der Schlüssel zu Kamneys Machenschaften.«

Jim strich über die Narbe an seinem Handgelenk. »Ja, der Schlüssel. Einer von vielen. Er hat mein Talent im Umgang mit Zahlen und Computern gesehen und so viel in mich investiert, bis ich nicht nur Einblick in die Bücher hatte, sondern sie sogar geführt habe. Er hat geglaubt, mich so sehr in der Hand zu haben, dass ich niemals auch nur im Traum daran denken würde, ihn zu verraten.« Jim sah in die Ferne. »Doch dann hat er Mike töten lassen. Und Alysha bedroht.«

»Es hat vieles ins Rollen gebracht.«

Jim nickte langsam. »Kamneys Festnahme. Ricos Tod.« Jetzt sah er zu Alec. »Und Alyshas Zerbruch.«

Alec schien seinen Schmerz und seine Schuldgefühle in seinen Augen lesen zu können. »Jay, das hättest du alles nicht einkalkulieren können.«

»Doch, hätte ich.«

»Du warst neun.«

»Und dank Ray schlau genug, um mich so weit in Kamneys Systeme zu hacken, um ihn zu Fall bringen zu können.« Jim sah wieder weg. »Ich hätte sie sofort mitnehmen sollen. Rico und Alysha. Dann wäre niemand gestorben.«

»Das weißt du nicht.«

»Alles, was ich weiß, ist, dass sie meinetwegen in diese Lage geraten sind. Wäre ich nicht gewesen, wäre Alysha schon längst mit Mike über alle Berge gewesen. Und Rico wäre nicht ins Fadenkreuz geraten.«

Alec schüttelte den Kopf. »Hör auf, dir so was einzureden, Jay! Kamney ist schuld an allem, was aus euch geworden und was euch geschehen ist. Du hast ihn gestoppt.«

»Zu welchem Preis?«, flüsterte Jim bitter. »Ich habe alles verloren. Mein Leben, meine Schwester, meine Freunde, meine Freiheit.«

Alec zog eine Zigarettenschachtel aus der Jackentasche. »Ich habe versucht, es dir zu erklären. Alysha hat noch einiges zu verarbeiten und sie braucht länger als du. Außerdem musste ich ihr damals hoch und heilig versprechen, dir niemals zu verraten, wo sie ist, nachdem ich ihr erzählt hatte, dass du es schaffen würdest und es jemanden gibt, der dich adoptieren will. Und ich hielt es ebenso für besser, euch nicht zusammen unterzubringen, so hätte Ray euch leichter aufspüren können.« Er ließ sein Feuerzeug aufschnappen und zündete sich eine Zigarette an. »Wir werden Sam finden. Und wenn er erst einmal weggesperrt ist, dann wird Alysha vielleicht auch ihre Paranoia überwinden.«

Jim schwang die Beine zurück aufs Dach. »Wieso sind sie

überhaupt nach so wenigen Jahren aus dem Knast rausgekommen? Soweit ich mich erinnere, hatten sie eine lebenslängliche Strafe abzusitzen.«

Alec setzte zu einer Antwort an, doch Jim fiel ihm ins Wort: »Ich weiß, wieso. Da wurden die richtigen Leute geschmiert, sodass plötzlich Verfahrensfehler gemacht wurden und eins führte zum anderen. Schon saßen sie auf der Straße und im nächstbesten Auto nach Wisconsin, sobald sie mich ausfindig gemacht hatten. Also ist das Geld das Problem. Und nach meinem letzten Kenntnisstand habt ihr keine Ahnung, wo ihr danach suchen sollt. Und solange Sam über Kamneys massive Ersparnisse verfügt, wird er immer weitermachen.« Er sah Alec direkt an. »Was bedeutet, dass es für Alysha keine zeitnahe Heilung geben wird, nicht wahr?«

»Jay. Ich weiß, wie Alyshas Zustand vor sieben Jahren war und wie er heute ist. Sie hat sehr große Fortschritte gemacht seit damals und sie ist auf dem Weg der Besserung. Du wirst sie wiedersehen. Vielleicht nicht in den nächsten Monaten, aber vielleicht in ein paar Jahren.« Alec schnippte die Asche der Zigarette weg. »Gib sie nicht auf, okay?«

Jim schluckte hart. »Ich ... ich hab all die Jahre geglaubt, mein Opfer wäre umsonst gewesen. Und dann habe ich erfahren, dass sie noch lebt. Dass es doch etwas wert war ... Dass ich eine Chance hatte, meine Familie zurückzubekommen.« Er brach ab, weil er plötzlich kein Wort mehr durch seinen zugeschnürten Hals bekam.

»Du hast Enormes geleistet, Jay. Lass dir das von niemandem kleinreden. Denk an all die anderen Kids, die aus Kamneys Tyrannei befreit wurden. An all die Auswirkungen.«

Jim lächelte freudlos. »Die Auswirkungen habe ich jeden Tag vor Augen.«

»Wir kriegen Sam.«

»Und dann? Dann geht das alles von vorne los! Wieder wird jemand geschmiert, wieder kommt er frei, wieder darf ich abtauchen.«

»Sam hält dich für tot, er wird nicht mehr nach dir suchen.«

Der Gedanke, dass zumindest Ray die Wahrheit kannte, schoss Jim durch den Kopf und er überlegte kurz, Alec davon zu erzählen, dass er bei ihm gewesen war. Aber Alec würde überreagieren. Er würde ihn sofort in Sicherheit bringen wollen, doch Jim wusste, dass es keine Sicherheit gab. Außerdem hatte Alec das Prinzip nie ganz verstehen können, mit dem sie in Kamney House aufgewachsen waren. Jim hatte einen Deal mit Ray. Und so eine Abmachung war mit Ehre und Blut verbunden. Ray würde ihn nicht verraten, wenn ihm sein Leben lieb war. »Aber Rick könnte er gefährlich werden. Alysha. Vielleicht sogar Grace, wer weiß das schon? Wer checkt schon Sams krankes Gehirn?«

»Wir sind ganz nah an ihm dran.«

Jim schüttelte den Kopf. »Ihr werdet nie nah genug an ihn rankommen. Ray kennt eure Methoden und findet euch, noch bevor ihr auch nur in die Nähe von ihnen kommt.«

»Jeder macht mal einen Fehler. Und wenn Sam seinen macht, dann werden wir bereit sein.« Alec drückte den Stummel aus. »Und jetzt komm schon. Ab nach Hause. Deine Tante ist schon ganz krank vor Sorge um dich. Denk an sie. Sie ist jetzt auch deine Familie.«

Alec bog in die Straße ein und hielt vor dem Haus der Dunlaps. »Da wären wir«, erklärte er überflüssigerweise.

Jim schnallte sich ab, blieb aber sitzen. »Was soll ich denn jetzt machen?«, fragte er leise.

Alec hob die Hände. »Das, was alle in deinem Alter machen. Genieß den Sommer. Sei ein Teenager! Du kannst nichts an der Situation ändern. Alysha muss erst einmal klarkommen, bevor sie dich wiedersehen kann. Immerhin weiß sie jetzt, dass es dir gut geht, und du weißt, dass sie versorgt ist. Das ist doch schon mal was, oder?«

Jim nickte, auch wenn alles in ihm schrie, dass das nicht das war, was er wollte.

»Du hast hier einen sehr guten Platz zum Leben gefunden, Jay. Die Dunlaps lieben dich. Du hast ein Zuhause, du hast Freunde. Du hast einen Glauben. Das sind alles Dinge, die dir Halt geben können. Alysha hat diese Dinge auch, aber sie braucht ein wenig länger als du, um heil zu werden.«

Jim langte nach dem Türgriff, hielt dann aber inne. »Hab ich sie jetzt mit meinem Besuch in Gefahr gebracht?«

Alec schüttelte den Kopf. »Du bist bedeckt geblieben. Sam, Ray und Chase haben keine Ahnung, dass du lebst, und werden deswegen auch nicht nach deinen Spuren suchen.«

Jim biss sich auf die Lippe und überlegte erneut, Alec einzuweihen, dass Ray sehr wohl Bescheid wusste, kam aber wieder zu dem gleichen Schluss. Ray würde sich an seinen Deal halten.

Er stieg aus. »Bis dann, Alec.«

»Ach, Jay?«

Jim beugte sich zum Beifahrerfenster hinunter.

Alec lächelte. »Tut gut, dich mal ohne Ärger absetzen zu können.«

Jims Mundwinkel hoben sich und er nickte ihm zu.

Alec setzte seine Sonnenbrille auf und gab Gas.

Jim sah ihm nach, bis er um die Ecke gebogen war, und wandte sich dann um.

Grace stand auf der Veranda, die Erleichterung stand ihr ins Gesicht geschrieben. »Da bist du ja.«

»Ja …« Er ging langsam auf sie zu. »Tut mir leid, dass du dir Sorgen gemacht hast.«

»Ach, komm schon her und drück deine Tante!«

Jim lächelte zögerlich, schloss Grace dann aber in eine feste Umarmung. »Ich hab's irgendwie nicht hingekriegt, mich noch mal zu melden.«

»Ist schon gut, Jimmy-Schätzchen. Jetzt bist du zu Hause.« Sie strich ihm durch die Haare und bei dieser ihm schon so vertrauten Geste musste Jim plötzlich ein paarmal blinzeln.

Sie schob ihn ins Haus direkt an den Küchentisch, wo sie ihm kurz darauf eine große dampfende Tasse Kakao servierte.

»Wo ist Walter?«

Grace zog einen Stuhl zurück und setzte sich ebenfalls. »Bei einer Hütte weiter außerhalb ist der Strom ausgefallen. Er ist vor etwa drei Stunden los, müsste also bald wieder da sein.«

Jim nahm einen vorsichtigen Schluck und verbrannte sich prompt die Zunge. »Wir müssen mein Auto noch irgendwann holen, wenn es geht. Bin etwa zwei Stunden von hier entfernt liegen geblieben.«

»Das kann doch bestimmt bis heute Nachmittag warten. Du solltest dich erst einmal richtig ausschlafen, du siehst furchtbar aus.«

Jim musste lächeln. »Vielen Dank.« Er nahm noch einen Schluck. »So fühle ich mich auch.«

Mitgefühl trat in Grace' Augen. »Willst du darüber reden?«

Jim zuckte mit den Schultern. »Ich weiß jetzt genau, wie Rick und Elena sich fühlen müssen.«

»Das tut mir leid.«

Jim tauchte die Marshmallows mit dem Löffel unter. »Gott macht es richtig, oder?«, meinte er nach einer Weile.

»Ja, Schätzchen. Und er handelt bei jedem Menschen auf ganz eigene Weise.«

»Wow. So in der Art habe ich es Rick gesagt. Bevor ich zu Alysha gefahren bin.«

»Weißt du, Jimmy … ich bin schon sehr viele Jahre mit dem Herrn unterwegs. Ich habe gesehen, wie er immer wieder Probleme auf seine ganz eigene Art gelöst hat. Und doch kommen immer wieder Zweifel auf, wenn eine neue Herausforderung vor einem steht. Es ist eine harte Lektion zu lernen, alles, und zwar zu hundert Prozent, an Gott abzugeben.«

Jim fuhr sich durch die Haare. »Es wird also nicht einfacher.«

»Das liegt bei dir. Übergibst du Gott die Kontrolle? Immer wieder? Jeden Tag aufs Neue? Dann wird es vielleicht einfacher.

Dafür haben wir auch Gottes Wort. Wir können immer wieder nachlesen, was er im Leben derer bewirkt hat, die es gewagt haben, ihm zu vertrauen. Und Gott bleibt derselbe, gestern, heute, und auch in zwanzig, dreißig, hundert Jahren.«

Jim schüttelte den Kopf. »Es ist so simpel und doch so schwierig.«

»Richtig.« Grace lächelte. »Aber auch damit lässt Gott uns nicht allein.«

»Hast du die Getränke geholt?«, brüllte Elena aus der Küche.

»Ja!« Rick beeilte sich, die Flaschen abzustellen. Sie hatten wieder mal die Teeny zu sich nach Hause eingeladen und abgemacht, dass sie zusammen Hamburger grillen wollten.

Es klingelte und Rick warf einen Blick auf die Uhr. Wer auch immer das war, war eine halbe Stunde eher gekommen.

»Zu früh!«, rief er und öffnete gleichzeitig die Tür. »Oh!« Überrascht lächelte er. »Hi, Jim!«

»Hi.« Ein wenig verlegen sah Jim an ihm vorbei. »Willst du mich nur anstarren oder darf ich auch reinkommen?«

»Sorry!« Rick trat zurück. »Du hast dich ja ewig nicht blicken lassen.« Er warf einen Blick über die Schulter in Richtung Küche. »Wo warst du?«, flüsterte er.

Jim lächelte dünn. »Hab nur ein bisschen Zeit gebraucht.«

»Warst du wieder bei Ray?«

Jim schüttelte den Kopf und sah an ihm vorbei. »Hi, Elle.«

Elena strahlte ihn an. »Mann, Jim! Ich dachte schon, du bist verschollen!« Sie umarmte ihn kurz. »Komm, setz dich doch! Willst du irgendwas trinken?«

»Gern.«

Rick beobachtete Jim verstohlen, wie er sich von Elena ins Wohnzimmer bugsieren ließ. Er sah echt schlimm aus. Irgendwie ausgelaugt und völlig fertig, mit dunklen Ringen unter den

Augen. Rick hatte sogar den Eindruck, dass er dünner geworden war. Und der stumpfe Blick, mit dem er vor sich hinstarrte … Quälte er sich mit dem Gedanken, dass Alysha irgendwo unerreichbar da draußen war?

»Wann bist du nach Hause gekommen?«, fragte Elena und drückte Jim ein volles Glas in die Hand.

»Gestern Abend.«

»Und wo warst du?«

Jim nahm einen Schluck vom Eistee. »Hier und da.«

Elena suchte den Blickkontakt zu Rick, aber er hatte ja auch keine Ahnung.

»Ich werde schon mal den Grill anschmeißen«, verkündete er. »Willst du mir helfen, Jim?«

Der nickte und folgte ihm wortlos in den Garten.

Rick entschied, ihn in Ruhe zu lassen, und erzählte, was für Aktionen sie mit der Teeny in der letzten Zeit gemacht hatten. Jim schien nur zwischendurch mal zuzuhören, aber das störte Rick nicht. Wahrscheinlich brauchte er Ablenkung und die würde er ihm geben.

13

Rick zog sich die Bettdecke über den Kopf, um das penetrante Klingeln des Telefons auszublenden. Wieso gab es Leute, die glaubten, man könnte in den Ferien vor neun Uhr aufstehen? Sicher war das Mom, die dafür sorgen wollte, dass sie nicht »bis mittags« schliefen, wie sie es immer nannte, wenn neun Uhr vorbei war.

Er hörte Elenas schnelle Schritte auf der Treppe und drehte sich auf die andere Seite, als das Läuten schließlich verstummte. Endlich Ruhe ...

Ein Poltern auf der Treppe warnte ihn nur kurz vor, da stürmte Elena auch schon in sein Zimmer. »Rick, Rick, wach sofort auf!«

Rick krallte sich in die Decke, bevor Elena daran ziehen konnte. »Junge, lass mich!«, knurrte er genervt und versuchte, seinen Kopf noch tiefer ins Kissen zu graben.

Etwas Hartes traf ihn an der Schulter. »Mach schon! Mari hat wieder angerufen!«

»Was?« Rick richtete sich auf und blinzelte ins helle Licht. »Was hat sie gesagt?«

Elena schien den Tränen nahe zu sein. »Dass sie uns braucht!« Aufgebracht lief sie auf und ab. »Dass sie unbedingt von Hank wegmuss und ob wir sie abholen können.«

Rick versuchte, der aufsteigenden Hoffnung nicht zu viel Raum zu geben. Das letzte Mal hatte Mari auch verzweifelt geklungen.

»Wir müssen da hin, Rick!« Elena wischte sich über die Augen. »Selbst wenn sie uns wieder wegschickt.«

»Und wie? Danny ist doch gar nicht da!«

»Aber Jim hat doch auch einen Führerschein! Und ein Auto! Komm schon, Rick, es geht hier um Mari!«

»Das wird Miss Grace niemals erlauben.«

»Ist mir egal, und wenn wir mit dem Bus da hin tuckern, ich werde nicht hierbleiben!«

»Okay.« Rick warf die Decke von sich. »Ich versuche, Jim zu erreichen.«

Elena nickte und verschwand auf den Flur; Rick beeilte sich, sich anzuziehen und nebenbei Jims Nummer zu wählen. »Komm schon«, murmelte er, als es nicht aufhörte zu tuten, während er mit seiner Jeans kämpfte.

»Und?« Elena steckte ihren Kopf zur Tür rein.

»Er geht nicht dran.«

»Dann lass uns gleich zu ihm gehen, oder?«

Rick nickte. Sorgfältig schloss er kurz darauf die Haustür ab und folgte Elena in die Garage.

Wenige Minuten später ließen sie ihre Fahrräder ins Gras der Dunlaps fallen.

Grace stand auf der Veranda und goss die Blumen. »Guten Morgen, ihr zwei!«, begrüßte sie die beiden.

»Ist Jim schon wach?«

»Ich denke nicht.« Prüfend sah sie die beiden an. »Was ist passiert?«

Elenas Unterlippe begann zu zittern.

»Mari hat angerufen«, beeilte Rick sich zu sagen.

»Oh!« Grace stellte die Gießkanne so fest ab, dass ein wenig Wasser herausschwappte. »Na dann rein mit dir, Rick, geh und weck ihn! Komm, Elena-Schätzchen. Du siehst aus, als könntest du wenigstens ein Frühstück vertragen.«

Rick beeilte sich, die Schuhe abzustreifen und zu Jims Zimmer zu kommen. Wie erwartet befand dieser sich noch im Tiefschlaf. Rick versuchte, ihn wachzurütteln, doch Jim zuckte noch nicht einmal.

Ein wenig frustriert ging er in die Küche, wo Grace Elena gerade ein paar Waffeln auftischte. »Wie krieg ich den denn wach, ohne dass er mich anfällt?«, fragte er mit einem schwachen Grinsen.

»Oh, das überlass mal mir. Komm, du solltest auch was essen.«

Rick wollte gerade dankend ablehnen, doch der bestimmte Ausdruck in Grace' Blick ließ keinen Protest zu. Gehorsam setzte er sich Elena gegenüber, während Grace auf dem Flur verschwand.

Elena zerschnitt ihre Waffel und ertränkte sie in Ahornsirup, stocherte dann aber nur lustlos darin herum.

»Wenn Miss Grace das sieht, wird sie dich füttern.« Rick lächelte ihr zu und sie erwiderte es leicht.

»Ich bin viel zu nervös zum Frühstücken.« Trotzdem schob sie sich einen Bissen in den Mund. »Ich habe überlegt, Mom anzurufen. Aber ich will ihr das nicht noch einmal antun.«

Rick nickte langsam. »Verschieben wir das lieber.« Er verkniff sich den Kommentar, dass das jetzt vielleicht öfter passieren konnte, dass Mari anrief und dann doch nicht zu ihnen zurückkommen wollte.

Sobald er angefangen hatte zu essen, kam der Appetit und er hatte schon fast zwei Waffeln verdrückt, als Jim völlig verschlafen im Türrahmen erschien.

»Sorry«, murmelte er. »Ich geh noch schnell duschen.«

Rick wollte gerade erwidern, dass sie es eilig hatten, da warf Miss Grace ihm einen so strengen Blick zu, dass ihm die Worte im Hals stecken blieben, also nickte er Jim zu. »Kein Stress.«

»Mhm.« Er verschwand in Richtung Bad und Grace kam wieder in die Küche.

»Ich packe euch ein wenig Proviant ein.« Sie begann, einige Sandwiches zu belegen. »Habt ihr eure Eltern benachrichtigt?«

Rick schüttelte den Kopf. »Wir wollen sie nicht unnötig belasten.«

Grace hielt inne und bedachte ihn erneut mit diesem Blick, bei dem Rick sich nervös auf seinem Platz wand. »Sie nicht unnötig belasten?« Energisch packte sie einige Snacks in einen Beutel. »Sie sind eure Eltern! Übrigens auch die von Mari!«

Elena sah so verzweifelt aus, wie er sich fühlte. Wenn Grace jetzt darauf bestand, Mom und Dad anzurufen, würden die ihnen nie erlauben, allein nach Chicago zu fahren, um Mari zu retten.

»Wir melden uns alle paar Stunden bei dir. Unsere Eltern wären viel zu beunruhigt und was würde es denn bringen, wenn sie sich Sorgen machen und doch nicht helfen können?«

Grace seufzte. »Das gefällt mir gar nicht, dass ihr sie so im Ungewissen lassen wollt. Aber ... vielleicht ist es wirklich besser. Unter der Bedingung, dass ihr mich wirklich auf dem Laufenden haltet.« Sie legte eine Tüte mit ihren selbst gebackenen Keksen zum Proviant dazu. »Seid vorsichtig«, sagte sie ernst. »Und tut bitte nichts Unüberlegtes.«

»Jetzt hör doch mal auf, so herumzuzappeln!« Rick drehte sich genervt zu Elena um. »Das macht mich voll nervös!«

»Ich kann nicht mehr sitzen!«

»Dann gewöhn dich dran! Wir müssen noch fast drei Stunden fahren!«

»Du hast gut reden! Du hast ja auch Beinfreiheit da vorne!«

»Ja, weil ich auch die längeren Beine hab! Jetzt komm mal runter, okay?«

»Komm du doch runter!«, fauchte Elena und wandte sich demonstrativ von ihm ab.

Rick sah kopfschüttelnd zum Fenster hinaus.

Jim warf einen vorsichtigen Blick auf seinen Freund, dann in den Rückspiegel. Er verstand, warum die beiden so angespannt waren. Was, wenn das hier so enden würde wie beim letzten Mal? Er konnte Elena ansehen, wie sie versuchte, nicht zu viel Hoffnung zu haben. Rick ging es genauso. Er reagierte nur anders darauf als seine Schwester: Er versuchte, sich von seinen Gefühlen zu distanzieren, doch das war auch nicht besser.

Oh, Jim konnte sie nur zu gut verstehen. Was, wenn er eines Tages wieder Boaz anrufen würde und er zu hören bekommen würde, dass Alysha immer noch nicht bereit sei? Und wenn er noch ein Jahr wartete, und dann noch eins, und noch eins ... Bis er sich irgendwann eingestehen müsste, dass seine Schwester zwar am Leben war, aber niemals mehr Teil von seinem sein würde?

Jim presste die Lippen zusammen und sah wieder in den Rückspiegel. Elenas Blick begegnete seinem und er konnte die Ungewissheit in ihren Augen sehen. Er nickte ihr ermutigend zu, was ihr ein schwaches Lächeln entlockte.

»Weißt du noch, was du mir letztens gesagt hast, Rick?«

»Was?«, kam es unwillig von der Beifahrerseite.

»Dass Gott alles in der Hand hat und so. Dass er es gut macht.« Jim überholte einen Sattelschlepper. »Und dass wir nur darauf vertrauen müssen.«

»Das ist nicht so einfach.«

»Ich weiß. Glaub mir. Wenn ich eins weiß, dann das. Aber vielleicht will Gott uns das gerade einfach beibringen.« Jim sah wieder zu Elena. »Uns allen. Dass wir auf ihn bauen, selbst wenn Mari euch gleich wieder rausschmeißt. Selbst wenn sie noch ein paarmal bei euch anruft, ihr jedes Mal zu ihr fahrt und sie euch jedes Mal zurückweist. Vielleicht will Gott, dass wir lernen, unseren Sinn bei ihm zu finden.«

»Das wäre Folter«, flüsterte Elena.

»Manchmal fühlt es sich so an. Aber so etwas zu lernen, tut immer weh.«

Rick brummte etwas, sah aber weiter stur aus dem Fenster.

Jim machte das Schweigen, das sich im Wagen ausbreitete, nichts aus. Eigentlich fand er es sogar ganz gut, noch mal selbst darüber nachdenken zu können.

Zeit hatten sie ja gerade genug dafür.

Je näher sie der Straße kamen, in der Mari wohnte, desto aufgeregter wurde Elena. Sie klebte förmlich am Fenster und starrte hinaus, um einen ersten Blick auf das Mehrfamilienhaus zu bekommen. Die Frage, was wohl geschehen war, dass Mari ihre Meinung geändert hatte, hatte sie die ganze Fahrt über beschäftigt. Gleichzeitig versuchte sie, nicht zu viel Zuversicht zu haben.

Endlich bog Jim in die Straße ein. »Ich lasse euch raus und wende direkt. Macht bitte so schnell wie möglich.«

Elena runzelte die Stirn und warf ihm im Rückspiegel einen fragenden Blick zu, doch er sagte nichts mehr dazu. Als sie anhielten, sprang Rick sofort aus dem Auto und Elena beeilte sich, ihm zu folgen. Sie schaute hoch zum vierten Stock und sah, wie Mari gerade vom Fenster zurücktrat. Als sie an die Tür kamen, ging der Summer und Rick drückte sie auf. Immer zwei Stufen auf einmal nehmend, liefen sie hoch.

Mari öffnete die Tür. »Endlich!« Sie reichte Rick eine vollgestopfte Plastiktüte und einen alten Rucksack.

Elena stand da wie erstarrt, als sie die Schrammen und Blutergüsse sah, die Maris Gesicht, Hals und Arme bedeckten. »W-was ist passiert?«, piepste sie.

Mari wich ihrem Blick aus. »Hilfst du mir, Noah zu tragen?« Sie verschwand wieder in der Wohnung und Elena befahl ihren Füßen, ihr zu folgen. Es war unordentlich diesmal. Die Kommode im Wohnzimmer war kaputt, als hätte jemand etwas Großes darauf geworfen. Elena versuchte, sich nicht vorzustellen, dass das vielleicht ihre Schwester gewesen war, die von diesem ekligen Typ durch die Wohnung geschleudert worden war.

Noah schlief in seinem Bettchen. Vorsichtig nahm Elena ihn auf ihre Arme und wickelte ihn in die blaue, weiche Decke. Er regte sich kurz, wachte aber nicht auf. Elena warf einen Blick zu Mari, die noch eine weitere Tüte packte. »Geht es dir gut?«, wagte sie zu fragen, obwohl die Antwort offensichtlich war.

Mari schaffte es zu lächeln, obwohl ihre Stimme bebte: »Jetzt, wo ihr da seid, ja, Jellybean. Wir müssen uns nur beeilen. Ich weiß nicht, wann Hank zurückkommt.«

»Hast du deinen Pass und die Dokumente für Noah?«, fragte

Rick und Elena wunderte sich, dass er in dieser Situation so rational denken konnte.

Maris Augen weiteten sich und sie stolperte in die Küche, wo sie aus einer Schublade einige Papiere hervorzog und sie in die Tüte stopfte. »Okay, und jetzt schnell raus hier!«

Rick war als Erster unten am Auto und riss den Kofferraum auf. Elena sah sich nach Hank um, konnte aber nur ein paar Männer entdecken, die sie aus einiger Entfernung mit unverhohlenem Interesse beobachteten. Rick und Mari warfen die Taschen rein und Rick knallte die Klappe zu.

»Ey, Mari!« Einer der Kerle näherte sich ihnen und die anderen beiden folgten ihm.

Mari drehte sich mit Panik in den Augen zu Elena. »Bringt Noah hier weg! Bringt ihn in Sicherheit!«, flüsterte sie ängstlich.

Rick schob sich sofort vor Elena und Noah.

Die Männer hatten sie erreicht und der mit einer dicken goldenen Kette um den Hals packte Maris Arm. »Wo willst du denn hin?«

»Lass mich los, Antonio!« Mari versuchte sich aus seinem Griff zu befreien. »Das geht dich gar nichts an!«

»Ach ja? So wie das für mich aussieht, willst du abhauen!« Er grinste ein widerliches Grinsen. »Ich glaube kaum, dass Hank das gefallen wird.«

»Was kümmert dich, was Hank gefällt?« Wieder riss sie an ihrem Arm, doch es brachte nichts.

»Lass meine Schwester los!«, forderte Rick laut und machte einen Schritt auf ihn zu.

Die Kerle lachten. »Süß! Was willst du denn, hä?«

Antonio zerrte Mari mit sich. »Ich glaub, wir fragen Hank erst mal, was er von deinem kleinen Ausflug hält!«

Elena hörte, wie sich hinter ihr die Autotür öffnete.

»Lass sie los.« Jims eiskalte Stimme klang so ruhig und bestimmt, dass sich Elena die Nackenhaare aufstellten.

»Oh, noch einer von deinen kleinen ...« Antonio brach ab und sein Lächeln erstarb, als Jim sich zwischen den Zwillingen hindurchschob.

Jims Körper verriet größte Anspannung und er taxierte den Kerl mit stahlhartem Blick.

»Schaut euch das an!« Antonio hatte seine Sprache wiedergefunden. »Jay-Dee! Dich hätte ich hier am wenigsten erwartet!«

Jim nickte leicht. »Antonio. Juan. Miguel.«

Elena fiel wie aus allen Wolken. Jim kannte diese Typen?

»Ich hab gesagt, lass sie los.«

Antonio lachte, ließ Mari aber tatsächlich los, die sich sofort zu Rick flüchtete. »Ich wusste nicht, dass du Interesse an ihr hast, Jay-Dee.«

»Meine Angelegenheiten gehen dich nichts an.«

»Aber Dojan wird sicherlich nicht erfreut sein.«

Jim warf Mari einen schnellen Blick zu. »Was hat Dojan damit zu tun?«

Antonios Hand wanderte in seine Jacke. »Hank ist Dojans Bruder, und wenn der Ärger hat, ist das auch Dojans Problem.« Er schwenkte auf Spanisch um und redete fast aggressiv auf Jim ein, der zu Elenas großem Erstaunen in genauso fließendem Spanisch antwortete.

Schließlich hob Jim das Kinn. »Ich denke, das lässt sich regeln, nicht wahr?« Etwas Bedrohliches schwang in seiner Stimme mit und Elena fragte sich unwillkürlich, wer da plötzlich vor ihr stand.

»Klar.« Antonios Hand schnellte hervor und brachte eine Pistole zum Vorschein.

Noch ehe Elena einen Schreckenslaut von sich geben und Antonio sie auf Jims Kopf richten konnte, hatte der schon reagiert und ihm die Waffe mit einer blitzschnellen Bewegung entwendet. Er wich zwei Schritte zurück und richtete sie wortlos auf die drei Kerle.

»Woah, ganz ruhig, Mann!« Antonio hob leicht die Hände und trat ebenfalls zurück. »Das muss ja nicht gleich eskalieren, oder?« Er lachte nervös.

Jim drehte den Kopf ein wenig, ließ die drei aber nicht aus den Augen. »Steigt ein.«

Elena löste sich aus ihrer Schreckstarre und öffnete hastig die hintere Autotür. Mari folgte ihr mit Noah und Rick rutschte auf den Beifahrersitz.

Jim ging rückwärts bis zur immer noch offen stehenden Fahrertür. »Geht bis zur Ecke«, wies er die drei an.

Miguel grinste. »Du schießt doch eh nicht.«

»An deiner Stelle würde ich es nicht drauf ankommen lassen.«

Es klickte unüberhörbar und die drei trollten sich fluchend.

»Damit kommt ihr nicht davon!«, rief Antonio ihnen noch zu, doch Jim erwiderte nichts, stieg ein und ließ den Motor an. Dann warf er die Waffe ins Handschuhfach und gab Gas.

Keiner wagte, auch nur einen Laut von sich zu geben, bis auf Noah, der vor sich hin quengelte. Die Anspannung im Auto war fast zu greifen, während Jim das Auto in halsbrecherischem Tempo durch die Straßen steuerte.

»Wohin fährst du?«, fragte dann doch Rick irritiert, als Jim nicht Richtung Interstate abbog.

»Zu einem sicheren Versteck.«

»Wieso das? Wir können doch einfach nach Hause fahren!«

Jim schüttelte vehement den Kopf. »Die werden sicherlich direkt Hank anrufen und der weiß, wo Mari gewohnt hat. Dann werden sie sofort die Verfolgung aufnehmen. Ich will nicht von der Straße abgedrängt oder abgeknallt werden.«

Elena konnte sehen, wie Rick schluckte. »Das heißt, wir fahren jetzt wohin?«

»Wie gesagt, zu einem sicheren Ort.« Jim warf einen schnellen Blick in den Rückspiegel. »Keine Sorge. Wir brauchen etwa zwanzig Minuten und dann kann uns erst mal nichts passieren.«

Elena sah auf seine Hände und das Zittern in seinen Fingern strafte ihn Lügen. Und auch wenn sie ihm nur eine Sekunde in die Augen hatte schauen können, hatte sie die Angst darin gesehen.

14

Jim fuhr in die Tiefgarage eines Appartementblocks und stellte den Motor ab.

»Was machen wir hier?«, flüsterte Rick. »Verstecken wir uns?«

Jim nickte und tippte auf seinem Handy herum. »Geht es euch dahinten gut?«, fragte er.

Elena nickte stumm und sah nervös aus dem Fenster.

Jim lächelte ihr beruhigend zu. »Alles okay, hier hinein werden sie uns nicht folgen.«

»Was macht dich da so sicher?«, fragte Rick argwöhnisch.

»Sie scheinen uns nicht gefolgt zu sein und hier kann man nicht einfach so rein. Nur wenn man hier wohnt.« Jim hielt eine Schlüsselkarte hoch und grinste.

Rick hob die Augenbrauen. »Wieso hast du die denn?«

»Weil wir bei unserer Übernachtungsmöglichkeit sind.« Jim stieg aus. »Na, kommt schon.«

Zögerlich taten die Mädels es ihm nach, Mari mit Noah auf dem Arm; und Rick beeilte sich, Maris Sachen aus dem Kofferraum zu holen.

Jim ging voran zu einem Fahrstuhl und hielt die Schlüsselkarte an ein Lesegerät. Sekunden später öffneten sich die Türen.

Schweigend fuhren sie in den achten Stock, wo Jim sie durch einen edel eingerichteten Korridor bis zu einer Tür mit der Nummer 804 führte.

»Das wird ein bisschen eng, aber es ist ja nicht für lange«, meinte er, als er aufgeschlossen hatte und die drei ihm hinein gefolgt waren.

Elena fiel beim Anblick der luxuriösen Einrichtung die Kinnlade herunter. »Was ... wem gehört das?«, fragte sie verblüfft und strich vorsichtig über die Lehne eines Samtsessels.

Jim verschloss die Tür. »Für die nächsten paar Tage uns.« Er ignorierte Ricks fragenden Blick. »Es gibt nur ein Schlafzimmer mit Doppelbett. Ich würde sagen, das bekommen die Ladys.« Er zeigte auf eine geschlossene Tür, die nach links abging. »Da ist das Bad und die Küche seht ihr ja. Bedient euch ruhig. Rick, wir können es uns auf den Sofas bequem machen, oder?«

Mari öffnete zögerlich die Tür zum Schlafzimmer, Elena folgte ihr.

Rick sah sich ein wenig unschlüssig um und ging dann in die Küche, wo er in den Kühlschrank spähte. »Was ist das für eine Wohnung?«

»Das ist die Gästewohnung meiner Eltern.«

»Gästewohnung?«

Jim nickte und ließ sich auf dem Sofa nieder. »Wenn meine Eltern Gäste haben, die zu Besuch in die Stadt kommen und ein wenig mehr Privatsphäre haben wollen, bringen sie sie hier unter. Ist halt auch näher zum Zentrum. Manchmal übernachtet Will selbst hier, wenn es zu spät wird bei der Arbeit, weil der Weg hierher kürzer ist.«

»Und du hast die Schlüsselkarte.« Rick warf Jim eine Coladose zu.

»Richtig. Na ja, nicht offiziell. Aber ich kläre das noch.«

»Wir brauchen einen Anwalt.« Elena war wieder zu ihnen gestoßen und riss eine Tüte mit Macadamianüssen auf, die sie im Küchenschrank gefunden hatte. »Und das am besten gestern.«

Beim Wort »Anwalt« war Jim kurz zusammengezuckt. Warum hatte er nicht selbst daran gedacht?

Rick öffnete seine Coladose. »Wofür?«

»Na, um Hank auf rechtlicher Ebene fernzuhalten. Und für den Sorgerechtsstreit. Wenn sie Noah behalten will, braucht sie einen guten Anwalt.«

»Aber als Mutter stehen die Chancen doch gut für sie, oder?«, wandte Rick ein.

Elena schob sich ein paar Nüsse in den Mund. »Schon«, meinte sie kauend. »Aber ich glaube, es hängt viel davon ab, ob sie für ihn sorgen kann.«

Die Coladose zischte, als Jim sie öffnete. »Und streng genommen ist sie im Moment obdachlos und ohne Job.« Dafür würde sie einen der besten Anwälte der Stadt brauchen. Er versuchte, den Knoten in seinem Bauch zu ignorieren.

»Woher weißt du, dass ich keinen Job habe?« Mari stand im Türrahmen, die Arme verschränkt.

Jim warf ihr einen kurzen Blick zu. »Als ich deine Spur verfolgt habe, habe ich gesehen, dass du zuletzt vor einem Jahr in einem Supermarkt gearbeitet hast. Das muss wohl kurz vor Noahs Geburt gewesen sein, oder? Danach warst du nirgends mehr gemeldet.«

Mari nickte zögerlich. »Ich … ich habe aber kein Geld für einen Anwalt.«

»Wir könnten Mom und Dad fragen. Sie helfen dir bestimmt«, schlug Rick vor.

»Nein. Ich will sie da nicht mit reinziehen.«

Elena zog fragend die Augenbrauen in die Höhe. »Früher oder später müssen wir es ihnen eh sagen.«

»Mir wäre später lieber.«

Jim rang mit sich. Er wollte nicht, aber er wusste, dass es das Richtige war … und Maris beste Chance noch dazu. »Dann sollte ich wohl bei meinen Eltern vorbeischauen.«

»Bei deinen Eltern?« Rick nahm den Sessel in Beschlag. »Wieso? Es reicht doch, wenn du anrufst und Bescheid gibst, dass wir die Wohnung belegt haben, oder?«

Jim schüttelte den Kopf. »Ich muss mit meinem Vater reden. Er kann Mari helfen.«

Elena schlug sich mit der flachen Hand an die Stirn. »Stimmt! Er ist doch Anwalt, oder?«

Jim nickte stumm. Er fühlte sich alles andere als wohl dabei, seinem Adoptivvater gegenüberzutreten. Schließlich hatte er seit Monaten nicht mehr mit ihm geredet. Aber wenn das Mari half …

»Ich will keine Umstände machen.«

»Noah braucht seine Mutter und die braucht wiederum den besten Schutz, den sie bekommen kann. Will ist ein erstklassiger Anwalt, der dafür bekannt ist, auch fast aussichtslose Fälle zu gewinnen. Ich bin mir sicher, dass er deinem Fall Priorität gibt, wenn ich ihn darum bitte.«

Mari sah ihn lange an, Tränen schimmerten in ihren Augen. »Danke. Dass ... dass du meine Geschwister hierher begleitet hast und ... na ja, für alles.«

Jim nickte nur. Seinen Adoptivvater um einen Gefallen zu bitten, würde ihn eine ziemliche Überwindung kosten ...

Mari war auf dem Bett mit Noah eingeschlafen. Elena zog leise die Tür zum Schlafzimmer zu und gesellte sich zu den Jungs, die beide auf Jims Laptopbildschirm starrten. »Was gibt es da Spannendes?«

Beide sahen ertappt drein und Jim klappte den Laptop zu. »Schläft Mari?«, fragte Rick.

»Du lenkst ab!«

»Richtig.« Rick grinste sie an. »Wollen wir beide noch einkaufen gehen?«

»Wieso ihr?« Jim runzelte die Stirn. »Ihr kennt euch nicht aus.«

»Aber sowohl Mari als auch du steht auf der großen Fahndungsliste, oder nicht?« Rick stand auf. »Auf uns achten die bestimmt nicht so sehr. Außerdem hab ich einen halben Block von hier einen Supermarkt gesehen.«

»Ich weiß nicht.« Jim sah zwischen ihnen hin und her. »Wenn euch was passiert …«

»Wird es schon nicht.« Rick winkte mit dem Handy. »Wir bleiben einfach in Kontakt.«

Jim nickte wissend und Elena hatte mal wieder das Gefühl, nicht eingeweiht zu sein. Sie ignorierte den Stich in ihrem Inneren und öffnete ihre Notiz-App. »Wollen wir nicht erst einmal eine Liste machen? Was brauchen wir überhaupt?«

»Es wäre gut, wenn ihr für zwei, drei Tage Essen einkauft.«

Rick sah ihn verdutzt an. »So lange bleiben wir hier?«

»Mindestens. Es muss ja einiges geklärt werden. Ich werde Grace auch gleich schreiben, damit sie Bescheid weiß und sich keine Sorgen macht.«

»Okay. Dann besorgen wir am besten auch ein paar Wechselklamotten, Zahnbürsten und so.«

Rick und Jim warfen noch ein paar Dinge ein, die Elena mit aufschrieb, dann zogen sie los.

Ein wenig mulmig war es Elena schon, als sie auf die Straße trat, doch nachdem sie sich ein wenig umgesehen und niemanden Bedrohliches entdeckt hatte, ging sie mit sichereren Schritten neben ihrem Bruder her.

Der Supermarkt war wirklich nur ein paar Minuten entfernt und nach einigem Hin und Her hatten sie auch alle Sachen beisammen.

Auf dem Rückweg fragte Elena: »Sollten wir nicht lieber Mom und Dad anrufen?«

Rick nahm ihr die Einkaufstüten ab. »Ich weiß nicht recht. Wäre vielleicht wirklich gut. Aber das sollte Mari entscheiden, oder?«

»Hm, ich weiß nicht. Stell dir mal vor, du bekommst einen Anruf und erfährst, dass deine Tochter schon vor ein paar Tagen wieder aufgetaucht ist.« Elena schob die Hände in ihre Jackentaschen. »Mom wird richtig sauer sein.«

»Und was bringt das, wenn wir sie jetzt anrufen? Dann regt sie sich nur auf und kann sich nicht mehr auf Tante Peggy konzentrieren. Sie kann hier eh nicht helfen und Dad schon gar nicht. Der kriegt so schnell nicht frei.«

»Hast ja recht ...« Elena kaute auf ihrer Unterlippe herum. »Aber zu lange würde ich nicht warten. Wir sollten gleich mal mit Mari reden.«

»Wo sind meine Geschwister?«

Jim sah von seinem Laptop auf. »Einkaufen.«

»Allein?«

»Der Supermarkt ist hier um die Ecke.« Jim nahm noch einen Schluck aus seiner fast leeren Coladose. »Nimm dir ruhig auch was.«

Mari schüttelte den Kopf. »Nein, danke.« Sie lehnte sich an das Sideboard und musterte ihn prüfend. »Woher kennen Antonio und die anderen dich?«

Jim warf ihr einen Blick zu. »Ich denke, du weißt, woher.«

»Bist du auch einer von den Skullsplitters?«, fragte sie misstrauisch und klang, als hätte sie Angst vor der Antwort.

Jim schüttelte den Kopf. »Keine Sorge, mit denen habe ich nichts mehr zu tun.«

»Aber du hattest mit ihnen zu tun. Und das ist noch nicht lange her.«

Da es keine Frage gewesen war, schwieg Jim dazu. Was sollte er auch sagen? Dass er mit ihnen und für sie gearbeitet hatte? Dass er dazu beigetragen hatte, dass Dojan noch mächtiger geworden war? Dass die Skullsplitters nach dem Brand im letzten Jahr zu seinen Feinden geworden waren?

Auf diesen Teil seiner Vergangenheit war er alles andere als stolz. Seine Zeit in Kamney House war etwas anderes, da hatte er keine Wahl gehabt. Aber hier in Chicago hatte er sich wissentlich selbst in Gefahr gebracht; er war von der Opfer- in die Täterrolle gewechselt.

»Hör zu, ich habe gesehen, wie Jellybean dich anhimmelt. Ich will nicht, dass sie das Gleiche durchmachen muss wie ich, verstehst du? Halt dich von ihr fern. Ich kenne Typen wie dich. Du bist nicht gut für sie!«

Jim biss die Zähne zusammen. »Glaub mir, das weiß ich.« Er schloss den Laptop und wandte sich Mari dann zu. »Es ist viel passiert, seit du abgehauen bist. Auch wenn du dir wünschst, dass Elena nicht deine Fehler wiederholt – zum Teil hat sie das schon.« Maris Augen wurden groß und Jim fuhr fort. »Sie hat die andere Seite kennengelernt. Hat Party gemacht, sich mit dem falschen Typen eingelassen und sich sowohl mit euren Eltern als auch mit Rick verkracht.«

Mari senkte den Blick. »Da war ich ja ein super Vorbild für sie.«

Er nickte. »Kannst Gott danken, dass sie die Kurve gekriegt hat. Sie hat es verstanden.«

»Sie hat *was* verstanden?«

»Dass sie da nicht hingehört. Mari, sie ist nicht mehr die kleine Dreizehnjährige, die du zurückgelassen hast. Sie hat ihre Lektionen gelernt und ist eine starke, kluge und fröhliche junge Frau geworden.« Jim verzog das Gesicht. »Klingt jetzt echt altbacken, aber so ist es nun einmal. Sie ist ein Kind Gottes und ist sich dessen vollkommen bewusst.«

Mari rieb sich die Schläfen, als habe sie Kopfschmerzen. »Liebe macht bekanntlich blind. Du scheinst ein guter Kerl zu sein, immerhin riskierst du hier einiges für sie und Rick. Aber du hast es ja selbst gesehen: Die Vergangenheit lässt einen niemals los. Sie wird einen immer wieder einholen. Und ich will nicht, dass Jellybean mit Typen wie Hank oder Dojan in Berührung kommt.« Sie lachte freudlos. »Das war auch der Grund, warum ich sie das letzte Mal weggeschickt habe. Diese Welt ist böse, dunkel und klebrig. Sie bleibt an einem haften, wenn man erst einmal in ihre Fänge gerät.« Die Verzweiflung und Resignation in ihrer Stimme kannte Jim nur zu gut. Er suchte nach Worten, um ihr zu sagen, dass man frei werden konnte, aber glaubte er das überhaupt noch selbst? Hatte er nicht auch gedacht, dass er Sam, Ray und Chase ein für alle Mal los war? Nur um herauszufinden, dass Ray seinen besten Freund immer noch überwachte und damit nach wie vor die Gefahr bestand, dass sie wiederkommen würden?

Er musste an Grace' Worte denken, als er einmal mit ihr darüber geredet hatte.

»Wir können innerlich frei werden«, wiederholte er laut. »Wenn der Vater euch frei macht, dann seid ihr wirklich frei.«

»Ich wünschte, es wäre so«, flüsterte Mari und fuhr sich über die Augen.

Jim wandte den Blick ab und tastete nach der Kreuzkette, die er von Rick bekommen hatte. »Ich hab es erlebt. Ich weiß, wie es ist, gefangen zu sein, aber es ist wirklich wahr, dass Jesus Fesseln sprengt. Und was kann die Welt einem noch anhaben, wenn man innerlich frei ist?«

Mari sah ihn an, als wüsste sie, dass er sich längst nicht so sicher war, wie er vorgab. »Vielleicht kann man innerlich frei werden. Aber das interessiert Typen wie Hank und Dojan nicht.«

Das Türschloss klickte und Mari ging, um ihren Geschwistern die Einkäufe abzunehmen.

Jim konzentrierte sich wieder auf seinen Laptop, als er Elena und Rick hereinkommen sah. Er hatte heute noch einiges an unschönen Besuchen zu erledigen ...

15

Mari nahm Elena die Einkaufstüte ab und spähte hinein. »Danke, dass ihr auch an Babynahrung gedacht habt.«

»Klar.«

Sie machten sich gemeinsam daran, das Essen im Kühlschrank zu verstauen.

Elena überlegte, ob sie noch etwas sagen sollte. Ihre Schwester wirkte wie eine Fremde. Sie war doch nur zwei Jahre von zu Hause fort gewesen! Das war anscheinend lang genug, um sich völlig zu verändern.

»Rick und ich haben überlegt, Mama und Papa anzurufen«, begann sie.

Maris Kopf fuhr herum. »Und was wollt ihr ihnen sagen? Dass ihr mich und mein uneheliches Kind vor meinem gewalttätigen Ex gerettet habt? Und wir jetzt von seiner Gang verfolgt werden? Ja, viel Erfolg dabei!«

Elena biss sich auf die Lippe. Ihr war klar, dass ihre Schwester unter Strom stehen musste und die Reaktion ihrer Eltern fürchtete. Wenn sie nur verstehen würde, wie sehr Mom und Dad sie liebten und wie gerne sie ihr vergeben würden! Elena wusste selbst ja noch gut, wie es gewesen war, als sie nichts mit ihrer Familie zu tun haben wollte, und wie viel Geduld ihre Eltern gehabt hatten. Klar, Maris Situation war anders. Sie hatte Noah, um den sie sich kümmern musste, und außerdem die ganzen Probleme mit Hank.

Ein Quengeln ertönte aus dem Nebenzimmer und ihre Schwester griff nach einem Gläschen Babybrei, nahm Noahs Milchflasche und verschwand nach nebenan. Sie schloss die Tür hinter sich und sofort wurde das Kindergeschrei leiser.

Elena verräumte die restlichen Einkäufe und ließ sich dann in den Sessel fallen, der dem Sofa gegenüberstand, auf dem Jim und Rick hockten und auf den Laptop starrten.

»Und was machen wir jetzt?« Sie überkreuzte die Beine und sah die Jungs abwartend an.

Jim schaute kurz auf und fuhr dann fort, auf der Tastatur herumzuhämmern.

Warum musste er jetzt wieder so geheimnisvoll tun?

Rick antwortete, ohne den Blick von Jims Laptop zu nehmen. »Wir suchen eine gute Route, um zu Jims Eltern zu kommen.«

»Ich fahre gleich hin und kläre das«, erklärte Jim.

»Ich komme mit«, sagte Rick schnell.

»Ich auch.« So leicht ließ sie sich nicht wieder ausschließen.

Rick funkelte sie an. »Jemand muss bei Mari bleiben.«

»Dann bleib du doch hier!«

Rick seufzte und verdrehte die Augen, dann schaute er wieder auf den Bildschirm.

Elena presste die Lippen aufeinander, damit sie keinen unnötigen Streit anfing. Wieso wollte er sie nie bei irgendwas dabeihaben? Und was schaute er überhaupt so gespannt auf Jims Laptop? Er verstand doch sowieso nichts davon, was Jim da machte!

Am liebsten wäre sie wütend aus dem Zimmer gestürmt, aber wo sollte sie hin? Im Schlafzimmer war Mari mit Noah und allein das Appartement zu verlassen war bestimmt wieder zu gefährlich.

Gerade wollte sie aufstehen und ans Fenster gehen, da klappte Jim seinen Laptop zu.

»Wir drei müssen in sieben Minuten die Metro erwischen.«

»Wir *drei?*« Elenas Herz machte einen kleinen Satz.

Jim nickte und stand auf. »Hier sind Mari und Noah erst mal sicher. Und wo wir hingehen, werden die Skullsplitters uns eh nicht suchen. Also könnt ihr beide auch mitkommen, wenn ihr wollt.« Er öffnete eine der Küchenschubladen.

Elena sprang auf und griff nach ihrer Handtasche. »Also, ich bin bereit.«

Rick warf Elena einen Blick zu, dann sah er zu, wie Jim in der Schublade wühlte und schließlich eine Metro-Card für das Liniennetz von Chicago hochhielt. »Mit dem Auto können wir nicht fahren, danach halten sie Ausschau.«

Elena lächelte zuversichtlich, ihre schlechte Laune wie fortgeweht. Jim hatte einen Plan. Und er kannte sich mit Leuten wie Dojan und Hank aus.

Rick sah immer noch zweifelnd aus. »Und in der Metro werden sie uns nicht suchen, oder wie?«

Jim zuckte die Schultern. »Dojan nutzt die Überwachungskameras, aber darüber wird er uns heute nicht finden.«

Elena begriff. Das hatte er also die ganze Zeit am Laptop gemacht.

»Und wenn er seine Leute da runterschickt, werden wir eben vorsichtig sein.« Jim griff nach seiner Jacke, die er über die Stuhllehne geworfen hatte. »Kommt schon.«

Elena beeilte sich, ihre Schuhe anzuziehen, bevor Jim es sich anders überlegte.

Rick schien ähnlich zu denken, denn in Sekundenschnelle hatte er seine Jacke übergeworfen. »Ich sage Mari Bescheid, dass wir noch mal weggehen«, meinte er und öffnete leise die Schlafzimmertür.

Elena bemerkte, dass Jim sie musterte. »Was ist los?« Wollte er doch nicht, dass sie mitkam?

»Deine Jacke. Fällt sofort unter Hunderten auf.«

Sie blickte an ihrem knallroten Regenmantel herunter. Er hatte natürlich recht. »So kalt ist es nicht. Ich lasse sie lieber hier.«

»Nimm einfach meine.« Jim zog seine Jacke wieder aus und gab sie ihr.

Da würde sie nicht Nein sagen. »Aber wird dir dann nicht kalt?« Sie schlüpfte in seine Jacke und wurde in Gedanken an den Abend zurückversetzt, an dem Jim sie vor den betrunkenen Angreifern gerettet hatte. Sein Geruch war unverkennbar.

Jim winkte ab und lächelte schief.

»Danke.« Sie steckte ihre Hände in die Jackentaschen und lächelte ebenfalls. Ihre Finger stießen in der Tasche an ein kaltes Ding. Sie zog es heraus und musste grinsen.

Jim nahm ihr das Klappmesser ab. »Das nehme ich mal lieber.«

Ihr fiel etwas ein. Beinahe hätte sie es vergessen! Schnell holte sie ihren Rucksack, nahm einen kleinen, länglichen Gegenstand heraus und schloss zu den anderen auf.

Es war schrecklich eng in der Metro, da sie genau in den Feierabendtrubel geraten waren, und Rick stöhnte innerlich auf, als sich an der nächsten Haltestelle wieder ein großer Strom in die Bahn quetschte. Jemand stieß ihn von hinten und er wurde gegen Elena gedrückt, die zwischen ihm und Jim stand. Sie murmelte etwas Undeutliches und drückte ihn ein Stück weg.

Er wollte schon eine passende Bemerkung machen, als ihm Jims Blick auffiel. »Was ist los?«, flüsterte er, was eigentlich unsinnig war, denn bei dem Lärm, den die Räder des Wagens auf den unterirdischen Schienen machten, verstand man kaum sein eigenes Wort.

Jim nickte unmerklich in die Richtung hinter Rick. Dann drehte er den Kopf so, als wolle er Elena etwas zuflüstern, wobei er sich geschickt den Schatten seiner Cap aufs Gesicht fallen ließ. Mittlerweile fielen Rick diese Gesten auf.

»Eine von Dojans Leuten.«

Rick bemühte sich, nicht zu auffällig über seine Schulter zu schauen.

»Die platinblonde Anzuglady mit der schwarzen Brille.«

Rick entdeckte sie. Sie starrte scheinbar gelangweilt auf ihr Handy und schien nichts von ihrer Umgebung mitzubekommen. War Jim sich sicher?

»Wir werden an der nächsten Station aussteigen und für den restlichen Weg ein Taxi nehmen«, teilte Jim ihnen mit und schob sich langsam näher an den Ausgang.

Rick und Elena taten es ihm gleich. Durch die winzigen Boxen an der Wagendecke drang die elektronische Ansage, die den nächsten Stopp verkündete. Rick quetschte sich an einer älteren Dame vorbei, die wahrscheinlich ihren dicksten Wintermantel trug, und warf dabei einen unauffälligen Blick zurück. Die Anzuglady hatte ihr Handy weggesteckt und schob sich ebenfalls Richtung Ausgang. Alarmiert suchte Rick Jims Blick, doch natürlich hatte sein Freund es auch schon bemerkt. Er schob den Arm um Elenas Schultern und stellte sich dicht vor die Ausgangstüren. Rick zog seine Kapuze hoch.

Jim drehte seinen Kopf gerade weit genug, dass Rick verstand, was er sagte: »An der nächsten Station führen die Treppen auf beiden Seiten vom Gleis nach oben. Sobald die Türen aufgehen, gehen du und Elena die rechte Treppe hoch. Ich laufe nach links und versuche, sie abzulenken. Verhaltet euch unauffällig und mischt euch unter die Leute. Wir treffen uns an dem asiatischen Imbiss an der Ecke West.«

Rick nickte. Der Zug wurde langsamer und immer mehr Leute drückten sich von hinten an ihn heran. Adrenalin schoss durch Ricks Venen. Jetzt durfte er bloß keinen Fehler machen. Er widerstand der Versuchung, sich noch einmal nach der Frau umzudrehen, und fokussierte sich auf den Plan. Die Bahn wurde immer langsamer, jetzt kam das unterirdische Gleis in Sicht.

»Entschuldigung.« Eine Frauenstimme erhob sich über das Rattern der Räder. »An dieser Station muss ich aussteigen.«

Rick wollte sich umdrehen, aber Jim packte seinen Arm. Die Bahn kam mit einem Ruckeln zum Stehen. Es dauerte eine gefühlte Ewigkeit, bis die Türen mit einem erschöpften Zischen aufgingen. Rick trat in dem Moment auf das Gleis, in dem er eine Hand an seiner Schulter spürte. Er versuchte, sich loszumachen. Von überall drückten und schoben ihn die Menschen.

»Haltet ihn fest! Der Typ hat meine Handtasche!«

Rick drehte sich gerade noch rechtzeitig um, um zu sehen, wie Elena blitzschnell ihre Hand aus der Jackentasche zog und der

Frau die Faust in den Unterleib rammte. Die Hand von seiner Schulter verschwand mit einem Ruck. Die Frau zuckte wie von einem Stromschlag getroffen und taumelte zurück.

»Lauft!« Jim schob Elena in seine Richtung und verschwand blitzschnell in der Menge.

Viel zu schnell hatte die Frau sich wieder gefangen und ließ ihren Blick suchend umherschweifen.

Rick fasste seine Schwester an der Hand und sie rannten, so schnell es zwischen den vielen Fahrgästen möglich war, zu der Treppe.

»Stopp! Haltet sie fest!«

Ohne einen Blick zurück zu riskieren, stürmten Rick und Elena die Treppenstufen hoch. Oben brauchten sie einen Moment, um sich zu orientieren. Wo war der Ausgang? Wo die Ecke West mit dem Imbiss?

»Hier lang!« Elena zog ihn nach links und Rick stolperte hinterher. Verfolgte die Frau sie immer noch oder hatte sie es aufgegeben? Er hatte keine Zeit, es herauszufinden.

»Elena!«, keuchte Rick. »Was war das denn eben?«

Sie warf ihm im Laufen ein scheues Grinsen zu. »Mein Taser.«

»Dein *was?«*

»Da vorne ist der Ausgang. Wenn wir uns beeilen, schaffen wir es, bevor ...«

Die Menschenmenge wurde dichter und machte ein schnelles Vorankommen schier unmöglich.

»Warte, Elena. Wir sind zu auffällig. Passen wir uns normal der Menge an.« Er legte den Arm um ihre Schultern und glich seine Geschwindigkeit den anderen an, während er sich die Kapuze vom Kopf schob. Hoffentlich funktionierte es!

Er spürte, wie Elena neben ihm vor Anspannung zitterte, und zog sie etwas näher. »Keine Sorge. Gott passt auf uns auf.«

Sie lächelte und legte den Kopf an seine Schulter. Rick war erleichtert, dass sie so gut mitspielte.

Dort war schon die Ecke West mit dem Asia-Imbiss. Auf einmal rempelte ihn jemand von der Seite an und lief an ihm vorbei.

Die Anzuglady!

Rick hielt die Luft an. Die Frau schaute nach links und rechts und eilte schließlich auf die Ecke Ost zu.

Er atmete auf. Das war knapp gewesen!

Je näher sie der bekannten Siedlung kamen, desto mehr schnürte sich Jims Kehle zusammen. Die Straßenlaternen verbreiteten in der einsetzenden Dämmerung ein friedliches Licht, aber jeder weiße Gartenzaun, jeder sorgfältig gestutzte Busch und jede sauber gefegte Auffahrt versetzten ihn zurück in seine Jahre der Einsamkeit.

Merkwürdig, er lebte noch gar nicht so lange bei Walter und Grace und doch schien es ihm wie eine Ewigkeit vorzukommen. Aber jetzt war alles wieder auf einen Schlag da. Die Charity-Events. Seine Kumpels von der Straße. Die zwei Welten, die ständig aufeinanderstießen und von beiden Seiten an ihm zerrten. Er, der irgendwo in der Mitte hing und nirgendwo dazugehörte.

Jim atmete tief durch, um seine aufwühlenden Gedanken zu beruhigen. Das lag jetzt alles hinter ihm. Er musste nur noch ein paar Dinge in Ordnung bringen.

Das Taxi bog um die Kurve und plötzlich lag sein sogenanntes Elternhaus vor ihm. Es sah genauso aus wie immer. Ganz im Stil der Neureichen von Chicago gebaut, eine beeindruckende Auffahrt und perfekt auf die Saison abgestimmte Dekoration. Das war Shakira schon immer besonders wichtig gewesen. Jim fragte sich, wie sie reagieren würde, wenn er plötzlich vor der Tür stand. Vielleicht war sie gar nicht zu Hause …

Das Taxi hielt und der Fahrer nannte den Preis. Jim kramte ein paar Dollarscheine aus seiner Hosentasche und gab sie ihm.

»Behalten Sie den Rest.« Sie stiegen aus.

Jim betrat den gepflasterten Weg zur Haustür. Er hoffte, dass Will schon zu Hause war. Es würde die Dinge so viel leichter machen.

Aus dem Augenwinkel sah er, wie Rick und Elena alles mit großen Augen betrachteten. Er wusste, dass der großartig zur Schau gestellte Reichtum beeindruckend wirkte, aber wenn man die Welt dahinter kennengelernt hatte, wich die Begeisterung schnell einer aushöhlenden Ernüchterung.

An der Tür hielt Jim einen Moment inne und biss die Zähne zusammen. War er etwa nervös? Hatte er vielleicht sogar Angst, seinen Adoptiveltern gegenüberzutreten?

Er schüttelte diese Gedanken ab und drückte den Klingelknopf. Nie hätte er gedacht, dass es ihn solche Überwindung kosten würde.

Das Hausmädchen Katie öffnete die Tür. Shakira hatte immer von der *Haushaltsverwalterin* gesprochen, aber Jim wusste, welche Aufgaben die Frau eigentlich erledigte. Und dass sie unterbezahlt wurde.

Falls sie ihn wiedererkannte, zeigte sie es jedenfalls nicht, sie setzte nur das eingeübte Lächeln auf und sagte: »Willkommen bei den Dunlaps, was kann ich für Sie tun?«

»Ich möchte gerne mit meinem Vater sprechen. Ist er zu Hause?«

»Haben Sie einen Termin?« Ihr Lächeln wackelte keine Sekunde.

»Nein, aber … wenn Sie ihm sagen, dass ich da bin, wird er wohl ein paar Minuten Zeit finden.«

Ihr Blick wanderte zu Elena und Rick hinter ihm und tatsächlich öffnete sie die Tür weiter. »Bitte kommen Sie doch herein. Ich werde Mr Dunlap Bescheid geben.«

Katie führte die drei ins Wohnzimmer, als wüsste Jim nicht mehr, wie es in seinem Elternhaus aussah, und verschwand in den ersten Stock.

Jim ließ sich auf die Couch fallen und Rick setzte sich etwas zögerlich zu ihm. Elena schaute sich in dem großen Raum um, der eher einer Empfangshalle glich, und trat an die Wand, an der ein paar gerahmte Fotos hingen. Zum Glück war Jim nur auf einem davon zu sehen. Er hasste Fotos von sich selbst.

»Die waren in Paris?« Elena deutete auf ein Bild von Will und Shakira an der Seine mit dem Eiffelturm im Hintergrund.

Jim zuckte die Schultern. »Auf irgendeiner von Wills Geschäftsreisen denke ich.«

»Cool«, hauchte sie.

Rick rutschte auf dem Sofa hin und her und sah unbehaglich aus.

»Bleib locker, Mann. Das sind nur meine Eltern.«

»Du hast uns nicht erzählt, dass sie so reich sind.«

Er verdrehte die Augen. »Was hätte ich denn sagen sollen? Mein Vater fährt einen Bugatti und meine Mutter fliegt zum Shoppen nach Dubai?«

Elenas Kopf fuhr herum. »Echt jetzt?«

Jim lachte nur freudlos.

Plötzlich stand ein Junge in der Tür. Er hatte gegelte schwarze Locken, trug eine Goldkette über einem Marken-Shirt und lehnte lässig Kaugummi kauend im Türrahmen. »Was geht?«

»Hi«, antwortete Rick höflich.

»Hey«, sagte auch Jim nach einer Pause.

Elena starrte den Typen nur an. Und der kleine Möchtegernplayer zwinkerte ihr zu! Wer war der Hänfling?

»Du bist also der Bruder.«

Jim durchbohrte ihn förmlich mit seinem Blick. »*Was* sagst du?«

Der Typ stieß sich vom Türrahmen ab und trat ein. »Ich bin Silvio. Will und Shakira haben mich vor 'n paar Monaten adoptiert. Haben mir erzählt, dass ich noch irgendwo einen Adoptivbruder in Wisconsin hab.« Er lachte. »Lebst du wirklich in nem Dorf? Mann, das ist zu heavy. Könnte nie auf dem Land leben, Alter. Da geht ja gar nichts ab.«

Jim setzte sich auf. Will und Shakira hatten ein neues Charity-Kid?

Silvio schlenderte zum Mini-Kühlschrank in der Anrichte und holte eine Colaflasche heraus. »Wollt ihr einen Drink oder so? Die guten Sachen stehen leider in Daddys Büro. Aber das weißt du bestimmt noch, Bro.«

Bro.

Alles klar.

Rick und Elena sahen genauso verwirrt aus, wie Jim sich fühlte.

»Ich nehme ne Coke«, sagte er schließlich.

Silvio warf ihm eine Flasche zu. Jim öffnete sie und nahm einen großen Schluck.

Seine Computer. Die Schachtel. Die wenigen Dinge aus seiner Vergangenheit. Wahrscheinlich hatten sie hinter ihm aufräumen müssen.

»Also, was machst du hier? Und wer sind die beiden anderen? Sehen richtig lost aus.«

Jim seufzte innerlich. Wie alt war der Kleine eigentlich? Zwölf?

»Das sind Rick und Elena. Und ich bin hier, weil ich mit Will reden muss.«

Silvio musterte die Geschwister. Zu seiner Überraschung sah Jim ein amüsiertes Grinsen auf Elenas Gesicht. Sie schien die Situation irgendwie zu genießen.

Plötzlich fiel ihm etwas ein. »Ist Shakira zu Hause?«

Silvio schüttelte den Kopf. »Ist zum Shoppen in Dubai.« Er grinste über das ganze Gesicht.

Katie erschien wieder in der Tür. »Mr Dunlap entschuldigt sich in aller Form, aber eine dringende Angelegenheit zwingt ihn, sofort wieder in die Kanzlei zu fahren.«

Jim stand auf. Der Klassiker. Es gab doch immer irgendwelche dringende Angelegenheiten.

»Er hat jedoch für morgen Mittag um ein Uhr einen Termin frei, wenn ihr es noch mal versuchen wollt.«

»Danke, Katie. Wir finden selbst zur Tür.«

Die junge Frau nickte und verließ den Raum.

Jim wandte sich zu Silvio. Dieser streckte ihm die Hand hin. »Hau rein, Mann. Komm mal wieder vorbei.«

Jim schlug ein. »Will und Shakira können dir viel im Leben ermöglichen. Mach was draus.«

Silvio sah ihm in die Augen und nickte. Er schien zu verstehen, was Jim sagen wollte.

Gut.

Kaum waren sie wieder draußen, bekam Jim eine Nachricht auf sein Handy. Er wählte eine Nummer und bedeutete Elena und Rick, ihm zu folgen.

Elena war noch ganz in Gedanken an die seltsame Situation eben bei Jim zu Hause. Zuerst war da der unglaubliche Reichtum, über den er nie auch nur eine Silbe verloren hatte. Und dann sein Adoptivbruder Silvio, von dem noch nicht einmal Jim selbst etwas gewusst hatte. Wie musste es ihm damit gehen, dass er sozusagen ersetzt worden war?

Rick stieß ihr mit dem Ellenbogen in die Seite. »Wollen wir nicht doch lieber Mom und Dad anrufen? Lass uns das schnell hinter uns bringen, oder?«

Sie seufzte. »Du hast recht.«

»Machst du's?«, fragte er.

Natürlich. Das überließ er wieder mal ihr. Sie warf ihm einen genervten Blick zu und wählte die Nummer ihrer Mutter auf dem Handy.

Es dauerte einen Moment, bis sie abnahm. »Elena?« Sie klang gestresst.

»Hey, Mom.«

»Alles in Ordnung bei euch? Ihr seid nicht ans Haustelefon gegangen.«

Sie zögerte kurz. »Ja, alles gut. Wir ... wir sind gerade unterwegs ...«

»Ach, schön! Sind Rick und Jim dabei?«

Elena schloss die Augen. »Ja, die sind hier bei mir.«

»Na dann viel Spaß euch noch. Grüß die Jungs von mir!« Jemand sagte etwas im Hintergrund. »Elle, ich muss auflegen. Wir können demnächst mal quatschen, okay?«

»Okay.«

»Bis dann, Schätzchen!« Sie legte auf, noch bevor Elena etwas sagen konnte.

Rick sah sie mit hochgezogenen Augenbrauen an. »Du hast geflunkert.«

»Hab ich nicht!«

»Hast du wohl.«

»Nein, ich habe ihr nur die Wahrheit gesagt.«

»Aber nicht die ganze.«

»Warum hast du dann nicht angerufen?«, fauchte sie. »Mari hatte recht. Wie soll ich ihr das denn sagen? Sie wird sich nur unnötig Sorgen machen und von Tante Peggy aus kann sie eh nichts machen.« Innerlich war ihr jedoch ganz mulmig zumute.

»Es wird bald dunkel«, unterbrach Jim ihr Wortgefecht. »Wäre gut, wenn wir dann schon runter von den Straßen und zurück im Appartement sind.«

Elena nickte stumm und sah sich unwillkürlich um, doch es war niemand Verdächtiges zu sehen.

Sie gingen bis zur Schranke der Gated Community, wo das Taxi bereits auf sie wartete.

16

Rick wusste nicht genau, was ihn geweckt hatte, aber als er um kurz nach Mitternacht hochschreckte, war Jims Sofa leer. Verwirrt setzte er sich auf, schaltete die Leselampe ein und sah sich um.

Jims Rucksack war weg und von ihm selbst war auch nichts zu sehen.

Jetzt war Rick hellwach. Alarmiert sprang er auf und spähte ins Bad, was jedoch auch leer war. In der Küche summte der Kühlschrank und ein paar Uhren tickten vor sich hin. Sonst war nichts zu hören oder zu sehen, alles war dunkel.

Wo war er hin? Wie lange war er schon weg?

Rick überlegte fieberhaft. Hatte das was mit den Skullsplitters zu tun? Jim hatte doch angedeutet, dass er das in Ordnung bringen würde …

Verärgert biss Rick die Zähne zusammen. Wieso hatte Jim ihn nicht eingeweiht?

Er musste ihn unbedingt finden. Sofort. Rick zog sich an und griff nach seinem Handy. Kurz überlegte er, Jim anzurufen, aber der würde garantiert nicht drangehen. Unruhig wanderte er im Zimmer auf und ab. Was tun? Alec Hyde anrufen?

Nein. Er konnte doch keinen Bundesagenten einspannen, nur weil Jim nachts draußen herumstreifte. Der hatte sicher Besseres zu tun. Außerdem war nicht klar, ob Jim in Gefahr war … Vielleicht war er ja nur spazieren oder so. Doch sollte er jetzt einfach gar nichts tun? Jim würde sich für ihn jederzeit in Gefahr bringen, das wusste er. Das Mindeste, was er tun konnte, war, ihm ebenfalls den Rücken zu stärken. Nur, wie sollte er ihn finden? Rick kannte sich in Chicago nicht aus, und obwohl Jim ihnen den

Weg zur Kanzlei erklärt hatte, würde er wahrscheinlich nicht einmal dorthin finden ...

Die App! Klar doch! Rick schalt sich selbst, dass er nicht sofort darauf gekommen war. Genau wie die anderen relevanten Nummern war doch auch Jim auf seinem Handy eingespeichert! Aufgeregt öffnete er die App und wartete ungeduldig, bis die Karte sich aufgebaut hatte. Ihm stockte der Atem, als er erkannte, dass Jims blauer Punkt sich den roten Punkten näherte. Das waren doch Gangmitglieder!

Vielleicht brauchte er Hilfe.

So leise Rick konnte, schlich er sich zur Haustür, die sich fast geräuschlos öffnen ließ. Gerade machte er einen Schritt auf den Flur, als plötzlich eine Stimme ertönte. »Wohin soll's denn gehen zu so später Stunde?«

Rick fuhr zusammen. »Mann, Elena!« Sein Herz wäre ihm beinahe aus der Brust gesprungen. »Warum bist du noch wach?«

»Dasselbe könnte ich dich auch fragen«, schoss sie halb verschlafen, halb schnippisch zurück.

»Ich muss frische Luft schnappen?«, schlug er vor.

Elena hob eine Augenbraue. »In ner Großstadt. Nachts. Allein.«

Genervt verdrehte Rick die Augen. Seit dem Vorfall im Herbst witterte sie überall Verschwörungen. Dummerweise war ihr Instinkt gar nicht mal so schlecht. »Na und?« Rick verschränkte die Arme. »Was dagegen?«

»Eigentlich schon, ja.«

»Beruhig dich mal, ich geh ja nur vor die Tür. Du brauchst nicht Mama zu spielen.«

Elena zuckte gekränkt zurück und Rick bereute seine Worte.

»Nimm doch wenigstens Jim mit, der kennt sich zumindest aus.« Elena kniff die Augen zusammen. »Ihr seid doch sonst so unzertrennlich.«

Rick zögerte einen Augenblick zu lang mit seiner Antwort, denn Elenas Augen wurden groß, als sie zu Jims Couch sah. »Ist er weg?«

»Jetzt hör doch mal auf zu nerven, meine Güte. Ich bin bald zurück.« Das hoffte er zumindest.

»Du bist mein Zwillingsbruder.« Sie hob das Kinn. »Ich weiß, wann du lügst.«

Rick schloss resigniert die Augen. »Das war keine Lüge.«

»Jaja, je nachdem, wie man ›bald‹ definiert. Ich weiß schon. Aber weißt du was? Ich komme mit.« Sie hob die Hand, als er zum Protest ansetzte. »Wenn du es wagst, ohne mich rauszugehen, dann werde ich dich suchen gehen und du darfst es verantworten, wenn mir was passiert.« Damit verschwand sie im Schlafzimmer, nur um eine Minute später wieder fertig angezogen vor ihm zu stehen. »Na los!«

Rick wollte widersprechen. Er wollte sie nicht in Gefahr bringen, wer wusste schon, was nachts auf Chicagos Straßen so los war. Ihm war aber klar, dass jeder Versuch, es ihr auszureden, zwecklos war. Außerdem war er eigentlich sogar ganz froh, nicht allein losziehen zu müssen.

»Ich finde das nicht gut!«, versuchte er trotzdem schwach, sie abzuhalten.

»Nicht schlimm.«

»Und wie soll ich das Mom erklären, wenn dir was passiert?«

Elena schnaubte. »Dieselbe Frage muss ich mir umgekehrt auch stellen, Bruderherz. Wir passen aufeinander auf.« Damit schritt sie vor ihm her auf den Flur.

Rick beeilte sich, die Tür ins Schloss zu ziehen und seiner Schwester nach draußen zu folgen.

»Und wie finden wir ihn jetzt?«, fragte Elena, als sie unten auf der dunklen Straße standen.

Rick hielt sein Handy hoch. »Damit. Die U-Bahn war doch dahinten. Ich nehme jetzt seinen Standpunkt und gucke mit einer Navi-App, wie wir am besten hinkommen.«

Neugierig betrachtete Elena die Karte mit den Punkten. »Ist ja leicht.«

Rick nickte und tippte auf seinem Handy herum. »Die nächste

Bahn kommt in acht Minuten, das müssten wir schaffen.« Er beschleunigte seinen Schritt, als sie in Richtung U-Bahn marschierten. Dabei warf er immer wieder einen Blick auf die App, wo Jims blauer Punkt sich nicht weiterwegbewegt hatte.

Genau rechtzeitig liefen sie die Treppe hinunter, als die Bahn gerade einfuhr.

Sie war nicht besonders voll, doch das änderte sich von Station zu Station. Immer mehr Menschen füllten den stickigen Wagen und Rick umklammerte seinen Rucksack. Elena suchte unterdessen die beste Verbindung heraus und teilte ihm mit, dass sie zuerst bis zum Hauptbahnhof fahren würden, um dort in die nächste Bahn umzusteigen.

Verstohlen musterte Rick die Menschen um sich herum. Eigentlich sahen sie ganz normal aus. Manche waren schick gekleidet, so als würden sie entweder feiern gehen oder davon nach Hause fahren. Andere sahen ein wenig abgerissen aus, so wie er sich die typische Nachtbevölkerung Chicagos vorgestellt hatte. Fast alle waren mit ihrem Handy beschäftigt oder hatten zumindest Kopfhörer auf. Einige schliefen.

»Wie kommt es, dass du Jim orten kannst?«, riss Elena ihn aus seinen Beobachtungen.

»Hat er mir erlaubt.«

»Aber er sagt nicht, dass er mitten in der Nacht abhaut?«

»Du kennst Jim doch.«

»Stimmt.« Sie sah nach draußen. »Die nächste Station ist unsere.«

Die Bahn verlor an Geschwindigkeit und fuhr mit kreischenden Bremsen in den Bahnhof ein. In dem Gedränge, das entstand, mussten sie wahnsinnig aufpassen, sich nicht zu verlieren. Sie zogen sich an den Rand zurück und Rick checkte sein Handy. Der blaue Punkt hatte sich weiterbewegt, aber immer noch nicht sehr weit. Wahrscheinlich war Jim zu Fuß unterwegs.

Elena lotste ihn zur nächsten Bahn und sie stiegen ein, als sie nur zwei Minuten später einfuhr. Rick bemerkte, dass sich die

Fahrgäste mit jeder Station veränderten. Immer weniger elegant gekleidete Menschen, immer mehr finster aussehende Typen, denen er lieber aus dem Weg gehen würde.

Elena warf einen Blick aufs Display. »Lass uns bei der übernächsten aussteigen.«

Rick lehnte sich zurück, als sich die Türen zischend öffneten. Dann sah er, dass Elenas Augen ganz groß wurden. »Was ist?«, fragte er leise und wollte sich umdrehen. Doch sie schüttelte den Kopf und sah angestrengt zum Fenster hinaus. Jetzt hörte Rick, was los war. Eine größere Gruppe Jugendlicher stieg lärmend und grölend ein.

Rick wollte gerade vorschlagen, doch schon hier auszusteigen, da schlossen sich die Türen und die Bahn setzte sich in Bewegung. Er begann innerlich zu beten, dass sie nicht angepöbelt werden würden; er wüsste überhaupt nicht damit umzugehen. Zum ersten Mal, seit sie vor über einer halben Stunde aufgebrochen waren, bekam er Zweifel an dieser Aktion. Da draußen liefen mit Sicherheit noch viel mehr zwielichtige Gestalten herum.

Endlich hielt die Bahn an ihrer Station und sie beeilten sich hinauszukommen. Elena atmete erleichtert auf und entspannte sich sichtlich. Sie schwiegen beide, als Rick wieder auf die App sah und dann losging.

Dafür, dass es so spät war, waren die Straßen relativ bevölkert. Vielleicht, weil sich in dieser Straße einige Nachtclubs und Bars aneinanderreihten. Elena drückte sich nah an Ricks Seite. Er straffte die Schultern. War vielleicht gar nicht so schlecht, mit ein wenig mehr Selbstbewusstsein aufzutreten. Hoffentlich wurden sie nicht von der Polizei erwischt. Um diese Zeit hatten Minderjährige hier nichts verloren.

Zu Ricks Erleichterung bemerkte er, dass die meisten keine Notiz von ihnen nahmen.

»Da!« Elena packte ihn am Arm. »Da vorne ist er!«

»Wo?« Rick reckte den Hals. »Ich sehe ihn nicht!«

»Na, da! Der blaue Hoodie! Neben dem Starbucks!«

Rick kniff die Augen zusammen. »Sicher? Der Typ mit der Cap und der Kapuze?«

»Jim erkenne ich doch überall!« Elena errötete. »Also … also doch, ich bin mir sicher.« Sie verschränkte die Arme. »Und was machen wir jetzt?«

»Erst mal beobachten.«

Elena runzelte die Stirn. »Du meinst, wir sind mitten in der Nacht durch halb Chicago gefahren, nur um zu gucken?«

»Ich vermute, dass er zu den Skullsplitters will.«

Elenas Kinnlade klappte nach unten. »WAS?! Aber …«

»Er hat angedeutet, dass er das klären will. Ich weiß nur nicht, wie genau.«

»Und du bist jetzt … warum genau hinter ihm her? Um ihn zu beschützen?«

Rick ärgerte sich über die Belustigung in Elenas Stimme. War es denn so abwegig? »Was, wenn die auf ihn losgehen? Dann ist wenigstens jemand da, der die Polizei ruft.«

»Aber …«

Rick schob Elena schnell hinter eine Bushaltestelle, als Jim in ihre Richtung sah. Vorsichtig spähte er um die Ecke.

Gerade kam ein hagerer Typ aus dem Café und hätte Rick die beiden nicht beobachtet, hätte er den Moment verpasst, in dem der Typ Jim im Vorbeigehen einen Gegenstand in die Hand gedrückt hatte. Jim blieb noch ein, zwei Minuten so stehen, dann löste er sich aus dem Schatten und mischte sich unter den Strom von Menschen.

»Komm, schnell hinterher.« Rick lief los, dicht gefolgt von Elena, und versuchte, Jim nicht aus den Augen zu verlieren, was gar nicht so einfach war.

»Warum schaust du nicht weiter aufs Handy?«

»Weil das den Standort nur mit einer Genauigkeit von fast zehn Quadratmetern Umkreis zeigt.«

Jims blauer Hoodie blitzte immer wieder mal in der Masse auf, doch er verschmolz so gut mit der Menge, dass er ihnen immer wieder entwischte.

Nach zwei Blocks bogen sie in eine Seitenstraße, wo abrupt Stille herrschte. Niemand war zu sehen und die spärliche Straßenbeleuchtung versuchte vergeblich, in alle Ecken und Winkel vorzudringen.

Elena blieb stehen. »Sicher, dass wir hier lang müssen?« Ihre Stimme klang so beklommen, wie er sich fühlte.

»Ich war mir sicher, dass er hier abgebogen ist.« Ratlos sah Rick auf sein Handy, doch das Programm schien abgestürzt zu sein. »Hm, vielleicht gehen wir doch noch mal in die andere Richtung, und ...« Er zuckte zusammen, als er sich umdrehte.

Jim stand direkt vor ihm und starrte ihn aus wütend blitzenden Augen an. »Was – zum – Henker – macht – ihr – hier?«, presste er durch zusammengebissene Zähne hindurch.

Unwillkürlich trat Rick einen Schritt zurück. »I–ich dachte, du bist in Gefahr, und ...«

»Und da bringst du Elena mit? Deine *Schwester,* Rick? Bist du jetzt komplett durchgeknallt, oder was?«

Elena trat zaghaft vor. »Das war meine Schuld, wir ...«

»Gerade du solltest doch wissen, dass man nachts manche Gegenden meiden sollte!« Jims Augen funkelten vor Zorn. »Ihr habt hier absolut nichts verloren! Es ist ein Wunder, dass ihr nicht schon in der Bahn überfallen worden seid! Mann, alles an euch schreit doch nach Freiwild!«

Elena hatte Tränen in den Augen. »Du gehörst doch auch nicht hier hin, Jim ...«

»Ich weiß, wie ich mich verhalten muss, um zu überleben, das habe ich schon immer gemacht!« Wie ein eingesperrter Tiger wanderte er auf und ab. »Wie habt ihr mich überhaupt gefunden?«

Schuldbewusst hob Rick sein Handy in die Höhe. »Durch die App ...«

Ungläubig blieb Jim stehen. »Ist nicht dein Ernst.«

»Ich hab gesehen, wo du bist. Ich dachte, du bist in Schwierigkeiten ...«

»Dank dir bin ich das jetzt auch! Ich hab eigentlich absolut keine Zeit, euch wieder nach Hause zu bringen! Das wirft meinen ganzen Plan durcheinander!«

Rick schluckte. »Aber du bist doch voll in Richtung Skullsplitters gelaufen und da dachte ich ...«

»Da dachtest du *was*, Rick?« Jim trat näher und stieß ihm den Zeigefinger vor die Brust. »Ich weiß ganz genau, wo ich hinlaufe! Dafür habe ich das Programm doch! Dojan weiß, dass ich komme!«

Rick biss sich auf die Lippen. Er fühlte sich ziemlich dumm. »Es tut mir leid, Jim. Ich … ich wollte nur ein guter Freund sein.«

Dieser alte, spöttische Gesichtsausdruck trat auf Jims Gesicht. »Jetzt weiß ich auch wieder, warum ich nie welche hatte.«

Rick fühlte die verbale Faust in den Magen fast körperlich. Er spürte Elenas Hand, die tröstend seinen Arm drückte.

»Sollen … sollen wir wieder verschwinden?«, fragte Elena vorsichtig.

Jim schüttelte den Kopf. »Ich lasse euch garantiert nicht noch länger allein rumlaufen.« Er fuhr sich gestresst übers Gesicht. »Ich bringe euch zur nächsten Station.« Er spähte um die Ecke. »Na los, kommt schon. Und tut mir den Gefallen und haltet die Klappe.« Er marschierte wütend voran, blieb dann aber nach wenigen Metern abrupt stehen. Seine ganze Körperhaltung verriet äußerste Anspannung.

»Was ist?«, fragte Rick leise.

Jim antwortete nicht, sondern sah sich nur weiter angestrengt um.

Plötzlich löste sich ein Schatten von der Wand schräg vor ihnen und ein Typ in einem grauen Hoodie stellte sich ihnen in den Weg. »Sieh an, wen haben wir denn hier?«

17

Wie aus dem Nichts tauchten von allen Seiten eine Handvoll Typen auf, die sie umzingelten. Elenas Hand krallte sich in Ricks Oberarm und sie wunderte sich, dass Jim nach außen so cool bleiben konnte.

Sie erkannte Antonio wieder, der auch vor Maris Wohnung gewesen war. Er sah besonders sauer aus, wie er sich da so vor Jim aufbaute. »Ich glaub, wir zwei sollten uns mal etwas ausführlicher unterhalten.«

Jim hob das Kinn. »Beruhig dich, Mann. Ich bin mit Dojan verabredet.«

»Ist das so?« Ein widerliches Lächeln umspielte seine Lippen, als er seinen Blick an ihm vorbei zu Rick und ihr wandern ließ. »Sind die zwei Süßen ein Versöhnungsgeschenk?«

»Nimm deine Augen von denen und bring mich zu Dojan. Du weißt, dass er ungern wartet.«

Antonio starrte Elena noch einen Augenblick lang an, dann nickte er und gab den anderen, die bisher ruhig gewartet hatten, ein Zeichen.

Die Kerle schoben sie die Gasse hinunter und dann in einen ehemaligen Supermarkt, wo flackernde Leuchtstoffröhren für kaltes, spärliches Licht sorgten. Hip-Hop-Musik tönte blechern aus einem alten Ghettoblaster. Ein paar abgewetzte Sofas standen um einen mit Fastfood-Schachteln übersäten Couchtisch herum, wo noch ein paar mehr Jugendliche saßen und an einer Wasserpfeife zogen. Einige andere hatten sich vor einen Fernseher gepflanzt und sahen sich irgendeine Talentshow an.

Antonio ging schnurstracks zu einem der Sofas, die ein wenig abseits standen. Ein Typ mit weißem Sakko über dem schwarzen Shirt und einer schweren Goldkette saß dort, belagert von zwei ein wenig zu knapp bekleideten Mädels.

Elena wusste nicht, warum, aber sie merkte sofort, dass das der Boss sein musste. Dojan.

Antonio beugte sich zu ihm hinab und flüsterte ihm etwas zu.

Wie in Zeitlupe drehte der Boss den Kopf zu den Neuankömmlingen und ein breites, hartes Grinsen zog über sein Gesicht. »Jay-Dee, unser Pyromane. Lange nicht gesehen!« Er stand auf und sah zwischen Jim und ihnen hin und her. »Gehören die zu dir?«

»Ja«, antwortete Jim knapp. Sein Blick streifte Rick und sie kurz, dann fixierte er Dojan. »Ich bin hier, um zu verhandeln.«

Dojan lachte verächtlich. »Ich habe eine bessere Idee. Wenn du mir schon mal die Arbeit ersparst, dich aufzuspüren, kann ich dich auch gleich hier und jetzt zu Kleinholz verarbeiten.«

Jim zuckte nicht einmal mit der Wimper, als sich die Kerle bedrohlich vom Sofa erhoben. »Dann wird das mit dem Reden nichts mehr.«

»Oh, wir können dich danach immer noch zum Singen bringen, glaub mir. Darin bin ich gut.«

Ein spöttisches Lächeln umspielte Jims Lippen. »Das haben schon andere bei mir versucht. Hat nicht geklappt.« Er legte den Kopf schief. »Wie wär's, wenn wir uns zuerst ganz in Ruhe unterhalten? Danach kannst du immer noch entscheiden, was du machen willst.«

»Ich glaub, du vertust dich hier gewaltig.« Dojan machte eine ausschweifende Bewegung. »Du bist sowas von in der Unterzahl, so ganz allein.«

»Er ist nicht allein«, sagte Rick.

Jim durchbohrte in mit einem Blick; er schüttelte leicht den Kopf.

Dojan lachte laut auf. »Oh Mann, Jay, ist das deine neue Gang, oder was? Diese zittrigen Loser?«

»Die gehen eher in die Kategorie Freunde.«

Ungläubig sah Dojan zu Jim. »Ich hab mich wohl verhört. Jay-Dee? Freunde? Ha! Nie und nimmer!«

Jim hob lässig die Schultern und schob die Hände in die Hosentaschen. »Kommt vor, dass sich Menschen ändern.«

Dojan starrte ihn lange an. Dann zog er einen Joint aus der Tasche, fischte ein Feuerzeug heraus und zündete ihn an, während er Jim nicht aus den Augen ließ. Er zog ein paarmal daran, dann reichte er den Joint an Jim weiter. Dieser zögerte nur einen winzigen Augenblick, dann nahm er ihn entgegen und zog ebenfalls zwei Mal daran. War das vielleicht eine Art Friedenspfeife oder so? Jim reichte den Joint zurück an Dojan, der sich ihn in den Mundwinkel klemmte und grinste. »Gut, dann reden wir.« Er deutete mit dem Kinn auf eine Tür. »Hinten.« Er sah zu den Umstehenden. »Und die beiden Freunde hier behandelt ihr wie Gäste, verstanden?«

Rick machte Anstalten, Jim zu folgen, doch der brachte ihn mit einem einzigen Blick dazu, zu bleiben, wo er war.

Die Atmosphäre im Raum veränderte sich fast schlagartig. Die Jugendlichen machten es sich wieder auf den Sofas mit ihrer Shisha bequem; einer der anderen bot Rick und Elena sogar etwas vom Bier an. Antonio verschwand mit einem bulligen Kerl durch die Verbindungstür, durch die Jim gerade mit Dojan gegangen war. Elena hätte zu gern gewusst, was dahinten gesprochen wurde.

Jim stand unter Strom, als Dojan ihm im hinteren Bereich den Sessel anbot. Seine Gedanken rasten. Er hatte keine Schwierigkeiten darin gesehen, hier rein- und wieder rauszukommen. Doch jetzt hatte er Rick und Elena, die auf ihn angewiesen waren. Er selbst konnte einiges einstecken. Aber was Dojan und seine Jungs mit seinen Freunden machen würden, war ganz und gar nicht egal.

»Wieso schleppst du den Kindergarten da draußen mit?« Dojan zog an seinem Joint und lehnte sich lässig in seinem Sessel zurück. »Du warst doch nie der Typ für Freunde.«

»War nicht geplant, dass die mitkommen.«

»Aha.« Dojan schnappte sich eine der Bierflaschen, die auch hier überall herumstanden. »Erklär mal, wie du hier deinen Kopf aus der Schlinge ziehen willst.«

Jim atmete langsam aus, was ihn leider überhaupt nicht beruhigte. »Ich war das mit dem Brand hier letztes Jahr nicht.«

»Natürlich nicht.« Der Spott in Dojans Stimme war nicht zu überhören. »Niemand wollte das. Schließlich seid ihr auch fast gegrillt worden. Fakt ist aber, dass ich durch dich ne Menge Geld verloren habe.«

Jim versuchte, ruhig zu bleiben. Das Gespräch entwickelte sich in eine Richtung, die ihm nicht gefiel. »Ist mir bewusst.«

»Also, was kannst du mir anbieten, damit ich die Geschichte vergesse und ich meine Jungs überrede, dich und deine zwei Anhängsel in einem Stück hier rauszulassen?«

»Eigentlich bin ich nicht wegen des Feuers hier.«

»Richtig.« Dojan nippte an dem Bier. »Das Anderson-Mädchen. Antonio hat mir erzählt, wie rührend du dich darum gerissen hast, sie da rauszuholen.« Er beugte sich vor. »Das gefällt meinem Bruder Hank so gar nicht.«

»Kann ich mir vorstellen.«

»Und?«

»Und was?«

»Und warum kommst du dann hier angekrochen? Hast du schon vergessen, dass ich dir versprochen habe, dich fertigzumachen, solltest du noch einmal einen Fuß auf unser Territorium setzen?«

Jim ignorierte Antonios nach Gewalt lechzenden Blick. Der Kerl wartete nur auf einen Wink von Dojan, damit er sich auf ihn stürzen konnte.

»Erstens komme ich nicht gekrochen.« Jim holte Antonios Waffe hervor und schob sie betont langsam über den Tisch in

Dojans Richtung. »Zweitens dachte ich, dass wir meine Schuld wegen des Brandes und Maris Freiheit in einem Deal begleichen können, wenn ich schon mal hier bin.«

Dojan nahm einen tiefen Zug vom Joint. »Ach was.«

»Ihr habt damals einen finanziellen Verlust erlitten, weil beim Brand ein paar Kilo Partydrogen unbrauchbar wurden. Das könnte ich ausgleichen.« Jim beugte sich vor und stützte die Unterarme auf seinen Knien ab. »Und Hank soll sich von Mari und dem Baby fernhalten. Dafür könnte ich ein paar eurer Konkurrenten ... sagen wir ... ein wenig zurückwerfen.«

Dojan nickte. »Wenn du meinen Erzkonkurrenten an die Polizei lieferst, sind wir im Geschäft.«

»Nein. Du kennst meine Prinzipien.« Jim sah ihn fest an. »Ich kann denen ein paar Lieferungen vermiesen und Schmiergelder hin und her schieben, aber mehr ist nicht drin. Hank lässt Mari und ihre Familie in Ruhe, und zwar für immer. Deal oder nicht?«

Dojan schnippte die Asche von seinem Joint. »Gefällt mir nicht.«

Elena scharrte neben ihm nervös mit den Füßen, was genauso an Ricks Nerven zerrte wie die Blicke, die ihnen immer wieder zugeworfen wurden. Als »Freiwild« hatte Jim ihn und Elena bezeichnet. Was würden die wohl mit ihnen machen, sollte das Gespräch mit Dojan dahinten ausarten?

Er zuckte zusammen, als die Eingangstür aufging und zwei Typen hereinkamen. Sie wurden laut von ihren Kumpels begrüßt und nur einer von ihnen schaute irritiert zu ihnen herüber.

»Was ist das für'n Schulausflug hier?«, fragte der eine seine Freunde.

»Die sind mit Jay-Dee hier.«

»Was? Der ist hier? *Der* Jay-Dee?« Er fluchte. »Sind wir in Schwierigkeiten?«

Jemand antwortete, aber so leise, dass Rick es nicht verstehen konnte. Er konnte nur im laufenden Gespräch ein paar Fetzen auffangen wie »... hat uns letztes Mal komplett lahmgelegt«, »hatte ja halb Chicago in der Hand« und »dass der sich traut, noch mal herzukommen«. Einerseits schienen alle wütend auf ihn zu sein, aber andererseits wurde mit Respekt, ja fast mit Angst über ihn geredet. Was Jim wohl in Chicago alles angestellt hatte? Eigentlich wusste Rick nur von irgendeinem Brand, weswegen Jim ja auch zu Walter und Grace hatte ziehen müssen. Vielleicht hatte er hier noch viel mehr solcher Aktionen abgezogen wie die, Brians Account zu hacken. Mit der Leichtigkeit, mit der Jim das gelungen war, konnte Rick sich das gut vorstellen.

Ein paar der weiteren Gesprächsschnipsel bestärkten seine Vermutung, aber irgendwann wandten die Gangmitglieder sich anderen Themen zu. Er war froh, dass niemand Elena und ihn beachtete, und betete innerlich, dass Gott Jim die richtigen Worte gab, damit sie alle heil aus dieser Situation rauskamen.

Rick hatte sich innerlich darauf eingestellt, die halbe Nacht hier herumstehen zu müssen, aber Jim kam tatsächlich etwa eine halbe Stunde später wieder, gefolgt von Dojan, Antonio und dem dritten Typen.

Dojan lehnte sich an den Türrahmen. »Die drei dürfen gehen.«

Jim nickte ihm zu, dann schob er Rick und Elena zur Tür hinaus.

»Was haben sie gesagt?«, fragte Rick, kaum dass sie auf der Straße waren.

»Geht weiter«, knurrte Jim.

Schweigend liefen sie durch die Nacht.

Das schlechte Gewissen nagte an Rick. Er hatte das Gefühl, Jim ganz schön in Schwierigkeiten gebracht zu haben, die der ohne ihn nicht gehabt hätte.

»Es tut mir leid«, brachte er schließlich schuldbewusst hervor. »Ich hab nicht nachgedacht.«

Jim blieb abrupt stehen und fuhr herum. »Nicht nachgedacht?«, wiederholte er zornig. »Weißt du, was in dieser Stadt mit Leuten passiert, die nicht nachdenken? Wie blöd kann man bitte sein? Selbst als der größte Hinterwäldler, der du bist, hättest du ahnen müssen, dass –«

»Jim«, unterbrach ihn Elena fast flehend. »Mach ihn bitte nicht so fertig.«

Jims Blick flog zu ihr und er verstummte.

»Wir sind beide schuld«, fuhr Elena leise fort. »Du aber irgendwie auch. Du hättest uns ja auch was sagen können. Was hättest du denn getan, wenn du nachts aufgewacht wärst und dein bester Freund verschwunden wäre?«

Einen Augenblick lang starrte Jim sie an. Rick konnte beim besten Willen nicht erraten, was er wohl gerade dachte.

»Los jetzt«, sagte Jim schließlich und ging weiter. »Bevor Mari noch aufwacht und feststellt, dass wir alle weg sind.«

18

Das Taxi hielt kurz vor dreizehn Uhr vor einem der riesigen Wolkenkratzer und spuckte sie in den Menschenstrom, der die Bürgersteige überflutete. Jim lotste Rick, Elena und Mari mit Noah hindurch zu einem nobel aussehenden Eingang, wo sogar ein Türsteher bereitstand.

»Kommt schon!« Jim winkte sie hinter sich her und schritt zielstrebig hindurch.

Bei all dem zur Schau gestellten Prunk mit den dicken Teppichen, dem Marmortresen, den dunklen Holzmöbeln und teuer aussehenden Ledercouches kam Rick sich ziemlich schäbig vor in seiner Freizeitkleidung. Er konnte sehen, dass seine Schwestern auch anfingen, unbehaglich an sich herumzuzupfen.

Der geschniegelte Typ am Empfang quittierte ihre Ankunft mit einem herablassenden Lächeln. »Ich glaube, ihr seid hier falsch.«

Ein fast identisches Lächeln huschte über Jims Gesicht. »Sicher nicht. Wir haben einen Termin.«

Noah fing an zu weinen und der Portier warf Mari einen missbilligenden Blick zu. »Das hier ist die *Rutherford, Dunlap und Partner-Kanzlei.* Die ihr«, er machte eine Handbewegung, mit der er die vier samt Noah einschloss, »euch sicher nicht leisten könnt.«

Jim setzte ein überlegendes Lächeln auf, stützte seinen Ellenbogen auf den Tresen und sagte: »Bitte werfen Sie doch einmal einen Blick in den Kalender des Herrn Rechtsanwalts Dunlap. Da werden Sie mit Sicherheit einen Eintrag finden, der die Andersons hier berechtigt, ihren Termin bei ihm wahrzunehmen. Oder ...« Jim zog sein Handy hervor. »Soll ich meinen Vater, den«, er betonte jedes einzelne Wort, »Herrn Rechtsanwalt William Dunlap direkt anrufen?«

Der Portier erbleichte und seine Finger flogen über die Tastatur. »Ich entschuldige mich in aller Form.« Er zeigte in Richtung Fahrstühle. »Dort geht es lang.«

Jim schob die Zwillinge und Mari weg vom Portier und drückte auf den Knopf. »Oben wird euch die Empfangsdame sagen, wo ihr hinmüsst. Mein Vater weiß Bescheid, ich hab ihm geschrieben, worum es geht. Ich hole euch dann wieder hier ab.«

»Du kommst nicht mit?«, fragte Elena überrascht.

Jim schüttelte den Kopf. »Ich hab noch was zu erledigen.«

Rick musste an den Deal mit Dojan denken. »Ich komme mit dir.«

Die Fahrstuhltüren glitten fast lautlos zur Seite und Jim bedeutete ihnen einzutreten. »Nein, das muss ich allein machen.«

»Aber Jim ...«

»Nein, du bleibst hier.«

Rick senkte die Stimme. »Das solltest du nicht allein machen.«

Jims Blick war unnachgiebig. »Du bist für deine Schwestern hier, nicht für mich.« Er trat zurück und die Türen schlossen sich.

Rick dachte an letzte Nacht und gab nach.

Elena war schwer beeindruckt von der imposanten Einrichtung der Kanzlei und noch mehr von Jims Auftritt beim Portier. Dass er so einen auf Macho machen konnte, hätte sie nicht gedacht. Sie musste grinsen, als sie daran dachte, wie der Kerl geguckt hatte, als Jim den reichen Anwaltssohn hatte raushängen lassen.

Noah hatte sich endlich einigermaßen beruhigt. Jetzt saßen sie mit Rick und Mari im Vorraum zu Mr Dunlaps Büro und warteten.

Elena ließ ihren Blick gedankenverloren über die Ölgemälde schweifen, die auch hier die Wände schmückten. Sie brauchte einige Augenblicke, um in dem abstrakten Bild eine Segelregatta zu erkennen. Ob Mr Dunlap wohl gerne segeln ging? Was war er überhaupt für ein Typ Mensch? Alles, was sie über Jims Adoptiveltern wusste, war, dass er sich mit ihnen verkracht hatte. Umso mehr hatte es sie gewundert, dass sie gleich heute einen Termin bekommen hatten.

Die Tür öffnete sich und Mr Dunlap erschien. »Hallo!« Er sah sie nacheinander freundlich an. »Die Andersons, richtig?« Er gab ihnen die Hand. »Und Sie müssen Marina sein.«

Mari nickte.

Mr Dunlap lächelte und seine Zähne blitzten weiß in seinem dunklen Gesicht. »Dann kommt doch mal rein in mein Büro, da können wir in Ruhe reden.«

Elena ging als Letzte hinein und sah sich auch hier verstohlen um. Die Einrichtung war ebenso elegant wie im Vorraum, wenn auch irgendwie gemütlicher. Jims Vater war groß und sah aus, als hätte er in seiner High-School-Zeit viel Football gespielt. Irgendetwas an ihm vermittelte ihr das Gefühl, dass sie bei ihm an der richtigen Adresse waren und er wirklich den Wunsch hatte, Mari zu helfen.

Sie setzten sich und Mr Dunlap lehnte sich zurück.

»Mein Sohn hat mir nicht viel erzählt, nur dass Sie dringend eine einstweilige Anordnung benötigen.«

Mari nickte ein wenig verschüchtert. »Ich wollte schon länger weg von Hank – dem Vater meines Sohns, aber er hat mir sehr deutlich gemacht, dass das keine Option ist. Einmal hab ich schon meine Sachen gepackt gehabt, da hat er ...« Sie brach ab und warf einen schnellen Blick zu Elena und Rick. »Er ... er hat mich verprügelt und seitdem immer dafür gesorgt, dass jemand das Haus im Auge behält, wenn er nicht zu Hause ist. Ich durfte nicht einmal mehr allein einkaufen gehen.«

Elena schluckte hart und versuchte, nicht zu geschockt dreinzuschauen. Mari brauchte jetzt ihre Unterstützung, nicht ihr Entsetzen.

»Letztens ist er dann wieder auf mich losgegangen, als Noah nicht aufgehört hat zu weinen. Er hat gegen das Kinderbett getreten und ihn angeschrien und ich glaube, wäre ich nicht dazwischengegangen, hätte er ihn noch verletzt.«

Mr Dunlap nickte verständnisvoll. »Haben Sie die Polizei gerufen oder waren Sie beim Arzt?«

Mari schüttelte den Kopf. »Ich habe sofort meine Geschwister angerufen und die waren dann auch am selben Tag bei mir. Dann bin ich so schnell es ging da weg.«

Mr Dunlap machte sich einige Notizen. »Es wäre gut, wenn ich dazu einige Details bekommen könnte. Was genau hat er gemacht? Gibt es Zeugen dafür? Gab es einen polizeilichen Einsatz?«

Maris Blick wanderte zu Elena und Rick. »Mir wäre es lieber, wenn die beiden nicht so viel davon mitbekommen.«

Rick stand sofort auf. »Wir können ja im Vorraum warten.«

Elena folgte zögernd seinem Beispiel. »Soll ich Noah so lange nehmen?«

»Das wäre lieb, Jellybean, danke.« Mari übergab ihr den schlaftrunkenen Kleinen und Rick öffnete die Tür.

»Wenn ihr irgendetwas braucht, scheut euch nicht, meine Assistentin darum zu bitten.«

Rick nickte Mr Dunlap dankend zu.

Fast eine Stunde verging, bis die Tür zu Mr Dunlaps Büro sich wieder öffnete. Elena und Rick hatten alle Hände voll zu tun gehabt, um Noah zu unterhalten, der dann aber irgendwann auf Elenas Schoß eingeschlafen war.

Mr Dunlap schüttelte Mari die Hand und sah zu den Zwillingen. »Wir sehen uns dann in drei Tagen wieder. Und würdet ihr mir den Gefallen tun und Jim sagen, er soll nächstes Mal auch hochkommen?«

»Okay, Sir.« Rick stand auf. »Danke noch mal.«

»Kein Problem.« Er lächelte knapp und verschwand dann wieder in seinem Büro.

»Und?«, fragte Elena gespannt, sobald die Aufzugstüren sich hinter ihnen schlossen. »Wird er was für dich tun können?«

Mari nickte und schob Noah, den sie Elena abgenommen hatte, auf die andere Seite. »Er wird noch heute einen Antrag auf eine einstweilige Anordnung bei Gericht einreichen, dass Hank sich mir und dem Baby auf hundert Meter nicht nähern darf. Er wird sich auch dafür einsetzen, dass ich das alleinige Sorgerecht bekomme. Ich soll heute erst einmal zum Arzt gehen, damit er eine Bescheinigung und damit einen Beweis hat, was die Gewalttätigkeit von Hank betrifft.«

»Und was ist in drei Tagen?«, wollte Rick wissen.

»Er hat einen guten Freund bei Gericht sitzen, der das Verfahren etwas beschleunigen könnte. Der Gerichtsbeschluss könnte in drei Tagen schon in seinem Büro sein.«

»Krass!«

»Mr Dunlap meinte, dass das in solchen Fällen schneller geht, weil akute Gefahr besteht oder so.« Mari hob die Schultern. »Solange soll ich mich bedeckt halten.«

Die Aufzugtüren öffneten sich in der Lobby, wo Jim bereits auf sie wartete. Elena fand, dass er ziemlich gestresst aussah, aber das schien bei ihm seit ihrer Ankunft in Chicago ein Dauerzustand zu sein.

»Alles okay?«, fragte Rick.

Jim nickte. »Passt schon. Habt ihr alles klären können?«

Elena wiederholte, was Mari gesagt hatte, und Jim sah ein wenig entspannter aus. »Gut, wir nehmen uns ein Taxi und fahren zuerst zum Arzt und dann auf direktem Wege zurück ins Appartement. Und da bleiben wir, wenn es nur geht.«

Das Tattoostudio sah noch fast genauso aus wie vor sieben Jahren. Verblichene Fotos der Eigenkreationen im Schaufenster, das blinkende »Open«-Schild und der süßliche Geruch der Wasserpfeifen, der auf die Straße wehte. Sam verharrte einen kurzen Augenblick vor der Tür, dann stieß er sie auf. Ray folgte ihm schweigend ins Innere. Das Radio lief; in der Warte-Lounge war niemand. Hinter der Theke, wo es nach hinten in den Tätowierbereich ging, hörten sie das Summen der Nadel. Slimmy hatte also gerade einen Kunden.

Sam ließ sich auf eines der Sofas fallen, Ray zog den Stecker des »Open«-Schildes und hängte das »Sorry, we're closed«-Schild an die Tür, bevor er sich ebenfalls setzte. Er zog seinen Laptop aus der Tasche und machte sich an die Arbeit: Überwachungsaufzeichnungen überspielen, Notrufe blockieren, falsche Spuren legen. Darin war er inzwischen Profi.

Zwanzig Minuten später verließ der Kunde das Studio, ohne sie auch nur eines Blickes zu würdigen. Ray stand auf und drehte den Schlüssel der Eingangstür herum. Es dauerte ein paar Augenblicke, bis Slimmy nach vorne kam.

»Was kann ich für euch tun?« Er sah von Ray zu Sam, sein geschäftsmäßiges Lächeln verschwand. »Lange nicht gesehen«, sagte er schließlich. Sein Blick flackerte zur Tür, die durch Ray versperrt wurde.

Sam grinste. »Ein paar Jahre ist es her, seit wir das letzte Mal hier waren. Erinnerst du dich, Ray? Wir haben die Inneneinrichtung ein wenig umgestaltet.«

Slimmy nickte langsam. »Ja, das war unmissverständlich.« Er schob die abgegriffenen Prospekte auf seinem Tresen hin und her. »Was führt euch in die Stadt?«

Sam lehnte sich zurück. »Weißt du, wer Kamney House niedergebrannt hat?«

Slimmy runzelte die Stirn. »Soweit ich weiß, hat die Polizei niemanden verhaften können.«

»Das habe ich nicht gefragt.« Sam sah ihn durchdringend an. »Wer war das?«

»Ich weiß es nicht. Es gibt Gerüchte, klar. Aber wer genau … Auf jeden Fall jemand von euch Kamney-Kids.«

»Wer?«, fragte Sam mit schneidender Stimme.

Der fast zwanzig Jahre ältere Mann zuckte kaum merklich zusammen. »Billy wurde genannt.«

Sam schnaubte. »Nie und nimmer.«

»Das war der einzige Name, der fiel. Ansonsten geht noch das Gerücht um, dass das Kamneys Mädchen waren.«

»Das wiederum könnte ich sogar glauben.« Sam stand auf. »Dabei sollten sie doch wissen, dass das Konsequenzen haben wird.« Er starrte Slimmy an. »Jeder Verrat hat Konsequenzen. Jeder Verrat wird bestraft.«

Slimmy hatte Mühe, seinem Blick standzuhalten. »Ja, das habt ihr mehr als deutlich gemacht.«

»Und seinem Schicksal kann man nicht entfliehen.« Die Haut über seiner Narbe spannte sich, als er den Mund zu einem kalten Lächeln verzog. »Wir haben Jonah gefunden.« Er machte eine bedeutungsvolle Pause. »Leider konnte ich seinen Tod nicht so ganz genießen, da es viel zu schnell ging.«

Slimmy brach sichtlich der Schweiß aus und er wurde aschfahl. Er öffnete den Mund, um etwas zu sagen, doch er brachte keinen Ton hervor.

»Ich habe noch eine ganze Menge Leute auf meiner Liste. Deswegen bin ich jetzt hier, falls du dich das gerade fragst.« Er trat näher an Slimmy heran. »Und du stehst ganz oben.«

Slimmy rannte los, um den Tresen herum und in den Tätowierraum. Er stieß die Hintertür auf.

Im nächsten Moment wurde er zu Boden geschlagen. Benommen tastete er nach der Wand, um sich aufzurappeln. Er blickte zu dem Mann auf, der mit einer Schlagkette breitbeinig über ihm stand.

»Sehr gut, Chase.« Sam lehnte im Türrahmen und grinste auf Slimmy hinab, der überflüssigerweise versuchte, die Blutung seiner Nase zu stoppen.

»Komm schon, Sam, ich hab euch nie verraten, ich schwör's!«, flehte er panisch.

»Hab was anderes gehört.«

»Nein, ehrlich! Ich … ich hab euch doch immer rechtzeitig bezahlt! Ich würde mich doch nie mit euch anlegen!«

Sam sah zu Ray. »Na los, sag's ihm.«

Ray klappte seinen Laptop zu. »Hab die FBI-Datenbank gehackt und die Akten eingesehen. Du hast als einer der Ersten ausgesagt. Noch vor der Kamney Night.«

»D–das muss ein Fehler sein!«

»Das glaub ich aber nicht.« Sam packte den Mann und zerrte ihn hoch. »Und jetzt wirst du deine Schuld begleichen.«

Gemeinsam mit Chase schleiften sie ihn wieder zurück ins Innere.

Die Tür fiel ins Schloss.

19

Rick hatte Rückenschmerzen, als er am nächsten Morgen aufwachte. Die Couch war definitiv nicht zum Schlafen gebaut worden! Er streckte sich ein wenig und blinzelte. Jim schlief noch; er sah Elena, wie sie versuchte, so leise wie möglich in der Küche das Frühstück vorzubereiten. Verschlafen schaute Rick auf seine Uhr und es wunderte ihn nicht, dass es schon fast zehn war.

Eine Weile blieb er noch liegen und ließ die Ereignisse des vergangenen Tages Revue passieren. Sein schlechtes Gewissen meldete sich, als er daran dachte, dass ihre Eltern immer noch nicht Bescheid wussten. Aber Mari hatte sie schließlich gebeten, es ihnen noch nicht zu sagen.

Nun ja, was genau gab es auch zu erzählen? Konnten sie sagen, dass Mari wieder nach Hause kam? War das denn so? Mari hatte kein Wort darüber verloren, was sie jetzt vorhatte. Wollte Rick überhaupt, dass sie wieder zurückkam? Es hatte irgendwann nur noch Streit mit ihr gegeben, und als sie weg gewesen war, war es zuerst nicht besser geworden, weil dann das ganze Theater mit Elena angefangen hatte. Mari hatte so viele Probleme zurückgelassen und anscheinend auch einen Haufen davon mitgenommen. Rick konnte sich nicht vorstellen, dass sie einfach wieder nach Hause kommen würde. Wie sollte das funktionieren?

Er seufzte tief. Die bessere Frage war: Wieso konnte er dabei nicht Gott vertrauen? Hatte dieser ihm nicht gerade mal ein halbes Jahr vorher bewiesen, dass er alles im Griff und einen Plan für ihn hatte? Wieso fiel es ihm so schwer, daran festzuhalten?

Tut mir leid, Gott, betete er im Stillen. *Bitte hilf mir, dir zu vertrauen.*

Eine halbe Stunde später saßen sie alle zusammen am schmalen Esstisch zum Frühstücken. Rick fiel auf, dass Jim immer wieder nervös auf sein Handy sah. Ob er noch etwas für Dojan erledigen musste? Oder fürchtete er, dass die Skullsplitters sie hier trotz aller Sicherheitsvorkehrungen finden würden?

»Ich finde ja, dass ein paar Kartenspiele zur Standardausstattung in allen Häusern gehören sollten«, brummte Elena nach einer Weile und streute ein paar Blaubeeren über ihre Pancakes. »Ich meine, wir müssen ja bestimmt noch bis morgen oder sogar übermorgen hier sitzen!«

»Hier ist bestimmt irgendwo Papier, wir können ja ein wenig basteln und selbst Unokarten gestalten.« Rick grinste, als sie die Augen verdrehte. »Was? Ist doch besser als gar nichts.«

»Können wir nicht wenigstens ein bisschen spazieren gehen?«

»Davon würde ich abraten«, meinte Jim abwesend, während er auf seinem Handy herumtippte. »Die haben ihre Augen überall. Ich werde heute noch was erledigen müssen, danach können wir das ein bisschen entspannter angehen. Wobei ich erst sicher wäre, wenn der Beschluss auch da ist.« Er stand auf und setzte sich mit seinem Laptop wieder aufs Sofa.

»Nun gut, so schlimm ist es nicht.« Elena nahm einen Schluck von ihrem Orangensaft. »Vielleicht kann ich mich ja ans Bücherregal wagen, auch wenn die Titel alle furchtbar langweilig klingen!«

Noah begann, im Nebenraum zu quengeln, und Mari beeilte sich, ihr Rührei aufzuessen.

»Soll ich ihn wickeln?«, fragte Elena.

Mari schüttelte den Kopf. »Ich mach das schon, danke.« Sie verschwand im Schlafzimmer und Rick nahm sich einen Nachschlag.

Elena schaltete den Fernseher auf der Anrichte ein. »Vielleicht läuft ja wenigstens was Spannendes.« Sie zappte durch die Kanäle, bis sie einen Sender fand, der ihr gefiel. Sie bestand darauf, das Frühstücksgeschirr aufzuräumen, wahrscheinlich nur, damit sie sich mittags rausreden konnte und Rick den Abwasch machen musste.

Sollte ihm recht sein.

Er ließ sich neben Jim nieder und kramte sein Skizzenbuch hervor. Er blätterte zurück zu einer Zeichnung von Noah und begann, sie zu verbessern.

Rick spürte, wie Jim sich plötzlich neben ihm verkrampfte. Er folgte seinem Blick zum Fernseher. Eine Nachrichtensprecherin berichtete über einen brutalen Mord in Miami, Florida, an einem Tätowierer, der wohl in die Fänge von Kartellen oder Gangs geraten war. Das Führerscheinfoto des Opfers war im Hintergrund eingeblendet; ein zwielichtiger, hagerer Typ mit Glatze und diversen Tattoos am Hals.

Jim saß wie versteinert da und starrte auf den Fernseher, seine Hände zu Fäusten geballt.

»Was ist?«, wisperte Rick ihm zu.

Jim schüttelte den Kopf. »Nichts.« Er zog sein Handy wieder hervor und Rick bemerkte, dass seine Finger zitterten.

Stirnrunzelnd sah er noch mal zum Bildschirm, doch da wurden schon die letzten Ergebnisse der NFL eingeblendet. Er setzte zu einer erneuten Frage an, doch Jims Blick befahl ihm, es bleiben zu lassen.

»Ich komme gleich wieder«, murmelte Jim und war schneller zur Tür hinaus, als Rick gucken konnte.

Ein wenig beunruhigt sah Rick ihm nach.

»Was hat der denn?«, fragte Elena verwirrt.

»Weiß ich nicht genau …« Er überlegte, ihm nachzugehen, entschied sich dann aber dagegen. Im letzten halben Jahr hatte er gelernt, wann er Jim in Ruhe lassen und wann er nachbohren sollte. Na, jedenfalls in einigen Fällen.

Der Tattoostudio-Besitzer ging ihm jedoch nicht mehr aus dem Kopf. Hatte Jim ihn gekannt? Oder hatte ihn der Mord an etwas anderes aus seinem Leben erinnert? War es vielleicht sogar möglich, dass Jim ursprünglich aus dieser Gegend um Miami kam?

Kurz entschlossen legte Rick sein Skizzenbuch weg und

schnappte sich sein Handy, dann suchte er nach der Seite des lokalen Nachrichtensenders, der immer noch im Fernseher lief. In den News fand er schnell den kurzen Bericht über den Miami-Mord und überflog die wenigen Zeilen, die dazu geschrieben worden waren. Viel konnte er dadurch nicht herausfinden; nur, dass der Mord gestern Abend geschehen und der Mann zu Tode gefoltert worden war.

Ein ungutes Gefühl machte sich in Rick breit. Welche Verbindung hatte Jim zu diesem Fall?

»Jay, wir arbeiten daran. Wir kriegen das hin.«

»Bevor oder nachdem Sam alle umgebracht hat?« Aufgebracht schritt Jim auf dem Dach des Hochhauses auf und ab und versuchte, Alec durch das Handy nicht anzubrüllen. »Slimmy hatte es nicht verdient, so zu sterben.«

»Wir haben ihm Schutz angeboten, den er abgelehnt hat.« Alec atmete tief durch. »Sam ist wie ein Geist, das weißt du. Jedes Mal, wenn wir auch nur den Hauch einer Spur haben, ist er längst weg.«

Jim kletterte auf die Brüstung und ließ die Beine in den Abgrund baumeln. »Wegen Ray.«

»Vor allem wegen Ray, ja.« Er hörte Alec seufzen. »Und noch ein paar anderen Faktoren.«

Jim konnte heraushören, was Alec ungesagt ließ: dass Kamneys Geldreserven es ihnen noch viel zu leicht machten, immer wieder unterzutauchen. Er schüttelte resignierend den Kopf. »Kamney macht uns tot also genauso viele Schwierigkeiten wie lebendig.«

»Wir arbeiten dran. Mehr kann ich dir nicht sagen.«

Jim sah zum wolkenverhangenen Himmel hinauf. »Also … wenn ihr Ray finden würdet, wäre es einfacher für euch, alles aufzudecken, richtig?«

»Komm jetzt nicht auf dumme Gedanken, Jay. Es ist ein Wunder, dass sie nicht herausgefunden haben, dass du noch lebst. Mach jetzt nichts, was dich in ihre Schusslinie bringt.«

»Sam wird weitermachen«, sagte Jim leise. »Er ist besessen von Blut, das weißt du. Er hat mich jahrelang gejagt und das hat ihm nicht gereicht. Jetzt sucht er sich neue Ziele.«

»Ich kann dir versichern, dass wir alles tun, was in unserer Macht steht.«

Jim nickte schweigend, wusste aber genau, dass das bisher nicht genug gewesen war. Vielleicht sollte er seine Talente einsetzen, um das Geld zu finden.

»Versprich mir, dass du dich nicht einmischst, Jay«, bat Alec eindringlich.

»Du weißt, dass ich das nicht versprechen kann. Ich werde nicht zulassen, dass sie Alysha auf ihre Liste setzen. Oder Rick. Grace. Elena.«

»Dazu hat Sam keinen Grund.«

»Slimmy hatte auch nicht direkt mit seiner Verhaftung zu tun.«

»Ich weiß, dass das schwer für dich ist, aber überlass uns das. Sei weiterhin vorsichtig und melde dich bei mir, wenn sich was Neues ergibt.«

»Okay.«

Elena schloss vorsichtig die Schlafzimmertür hinter sich, als sie sah, dass Mari schon auf dem Bett eingeschlafen war. Leise zog sie sich um und kroch neben ihre Schwester und Noah ins Kingsize-Bett. Obwohl es schon relativ spät war, bekam sie kein Auge zu. Die Gedanken in ihrem Kopf wirbelten so schnell durcheinander, dass sie nicht zur Ruhe kam.

Es war alles so anders gekommen, als sie es sich vorgestellt hatte. Sie hatte gedacht, dass sie Mari abholen, nach Hause kommen und dann mit ihren Eltern und Danny ein fröhliches Wiedersehen feiern würden, so wie bei dem verlorenen Sohn in der Bibel.

Stattdessen waren ihre Eltern und Danny meilenweit entfernt und ahnten noch nicht einmal, in was für einer Situation sie hier steckten – dass Mari in Gefahr war und eine kampflustige Gang es auf sie abgesehen hatte.

Elena starrte an die Decke. Warum fühlte sie sich so komisch? Sollte sie nicht froh sein, dass Mari es endlich geschafft hatte, um Hilfe zu bitten? Dass sie weg war von Hank, der sie und Noah so brutal behandelt hatte? Stattdessen fühlte sie sich irgendwie so, als wäre Mari alles andere als gerne in ihrer Gesellschaft. Als würde sie nicht wollen, dass sie ihr und Noah halfen.

Sie hatte nicht das Gefühl eines Happy Endings. Allerdings waren sie ja auch noch lange nicht am Ziel.

Aber wo würde das hinführen? Und war das alles überhaupt Gottes Plan? Oder versuchten sie hier, etwas auf eigene Faust zu regeln, und das lief ganz gewaltig schief? Hätten sie nicht doch lieber ihre Eltern anrufen sollen? Die hätten sicherlich Rat gewusst. Es konnte doch nicht sein, dass es für Mari keine andere Möglichkeit gab, als sich zu verstecken.

Elena drehte sich auf die Seite und betrachtete im Halbdunkel die Umrisse ihrer Schwester. Wollte sie einfach nur weg von Hank? Oder wollte sie zurück zu ihrem alten Leben – zu ihr, Rick, Danny, ihren Eltern ... und zu Gott?

Bisher hatte Elena nicht gewagt, Mari nach alldem zu fragen.

Weil ich Angst vor ihrer Antwort habe, dachte sie ernüchtert. Weil Mari ihr genau das sagen konnte, was sie befürchtete. Dass sie Rick und Elena nur als Rettungsleine benutzte, um dann wieder abzutauchen.

Vielleicht war genau das der Grund, warum Elena ihre Eltern nicht einweihen wollte. Sie wusste, wie sehr ihre Mom darunter litt, dass Mari sich nicht meldete und sie nicht wusste, wo sie war. Was, wenn sie erfuhr, dass sie Kontakt zu ihnen aufgenommen hatte, nur um dann wieder zu verschwinden? Das würde ihr das Herz brechen.

Elena schluckte hart. Sie wollte Mari nicht verlieren. Nicht noch einmal. Damit konnte sie nicht umgehen. Das hatte sie ja erlebt, als Mari sie abgewiesen hatte. Was wäre, wenn sie eines Morgens aufwachen würden und Mari wäre mit Noah wieder auf und davon?

Elena setzte sich auf und schwang die Beine aus dem Bett. All diese Gedanken klebten an ihr wie das Laken an ihrer bloßen Haut. Es war stickig in dem kleinen Schlafzimmer.

Leise schlich Elena sich an das Fenster, das auf den kleinen Balkon hinausging, und öffnete die Tür. Angenehm kühle Nachtluft schlug ihr entgegen und Elena schlüpfte ins Freie. Die Skyline Chicagos funkelte im Licht von Tausenden Straßenbeleuchtungen, Reklametafeln und Scheinwerfern. Die immer noch geschäftigen Geräusche der niemals schlafenden Stadt hatten etwas merkwürdig Beruhigendes.

Gottes Wege sind nicht unsere Wege. Das hatte Danny ihr doch gerade erst gesagt. Egal, was Mari vorhatte und was noch alles passieren würde: Gott wusste es jetzt schon und er hatte es in der Hand. Und darauf zu hoffen, zu vertrauen und zu bauen war doch das, was den Glauben ausmachte, oder?

Elena hielt ihr Gesicht in den milden Nachtwind und schaute zu den kaum sichtbaren Sternen hoch.

»Gott«, flüsterte sie, »ich weiß, dass du alles siehst, egal, ob es jetzt gerade geschieht oder noch kommen wird. Ich habe Angst um Mari und Noah. Ich weiß nicht, was Mari vorhat. Aber bitte halte sie ganz nah bei dir, damit sie erkennt, dass nur du sie wirklich retten kannst. Hilf mir bitte, die richtigen Worte für sie zu finden, aber auch still zu sein, wenn es sein muss. Und schenk mir Kraft, dass ich dir vertrauen kann, egal, was noch kommt.«

Jim betrat die Wohnung erst wieder, als die Dunkelheit schon eingebrochen war. Die anderen hatten sich wahrscheinlich bereits zurückgezogen; bei den Mädels sah er kein Licht mehr unter dem

Türschlitz und Rick lag mit geschlossenen Augen und leicht geöffnetem Mund auf dem Sofa. Jim ging in die Küche, holte sich eine Flasche Wasser aus dem Kühlschrank und leerte sie in einem Zug.

Es war viel zu warm in dieser winzigen Wohnung. Hatte denn niemand daran gedacht, die Klimaanlage anzuschalten? Mit einem leisen Surren sprang der Lüfter an, als Jim den Knopf drückte. Aber schlafen würde er trotzdem noch nicht können.

Er erinnerte sich an den kleinen Balkon, den man vom Schlafzimmer aus betreten konnte. Ein paarmal hatte er ihn schon als Notausgang benutzt, also war es für ihn eine Kleinigkeit, vom Fensterbrett des Küchenfensters über die Brüstung auf den Balkon zu springen.

Kaum war er mit einem leisen Geräusch gelandet, da nahm er aus dem Augenwinkel eine Bewegung wahr. Er fuhr herum – und erblickte Elena, die ihn mit einem scheuen Lächeln ansah.

Jim atmete auf. »Hast du mich erschreckt«, flüsterte er.

»Sorry«, antwortete sie wispernd. »Aber du bist derjenige, der hier einfach aus dem Nichts auftaucht.«

Jim grinste schwach und legte die Unterarme auf die Balkonbrüstung. Er schaute auf die hell erleuchteten Straßen hinab. Wie gut die kühle Nachtluft tat. Es half nicht viel, die düsteren Gedanken aus seinem Kopf zu verwehen, aber hier konnte er immerhin etwas freier atmen.

»Kannst du auch nicht schlafen?« Elena trat neben ihn und lehnte sich ebenfalls an das Geländer.

Jim drehte seinen Kopf zu ihr. Der Wind spielte mit ihrem Haar. Sie war eine schöne und willkommene Ablenkung.

»Mhm.« Sie schwiegen ein paar Augenblicke lang, aber es war nicht unangenehm.

»Machst du dir Sorgen wegen Mari?«, fragte er schließlich.

Sie zuckte mit den Schultern. »Ja, schon … Ich habe mir das Ganze irgendwie anders vorgestellt. Ich dachte, sie würde sich mehr freuen, uns zu sehen. Und ich dachte …« Sie lachte trocken auf. »… dass alles wieder gut werden würde.«

»Ich weiß genau, was du meinst.« Wieder durchfuhr ihn ein Stich, als er daran dachte, wie Alysha ihn einfach abgewiesen hatte.

Elena zog die Schultern hoch. »Wir werden wohl einfach abwarten müssen. Und Gott vertrauen natürlich.«

Er lächelte schief. Das mit dem Vertrauen war so eine Sache.

Eine Weile war es wieder still, bevor Jim das Wort ergriff. »Chicago bringt irgendwie ganz alte Seiten in mir wieder zum Vorschein.«

Er spürte Elenas Blick auf sich, aber sie drängte ihn nicht, weiterzureden, wofür er ihr dankbar war. Er wusste selbst nicht, warum er das gesagt hatte. Aber genauso fühlte er sich. Jede Straßenecke, jedes Graffiti und selbst der Geruch des Flusses versetzten ihn zurück in seine Zeit in der »Windy City«.

»Ich hatte eigentlich gehofft, dass das alles hinter mir liegt«, fuhr er fort. Elenas stille Gegenwart ließ ihn ruhiger werden. »Als ich Gott mein Leben übergeben habe, hab ich ihm eigentlich versprochen, meine Fähigkeiten nie wieder für etwas Kriminelles einzusetzen.«

Sie legte eine Hand auf seinen Arm. »Und das hast du jetzt brechen müssen?«

»Weiß nicht. Irgendwie schon.«

»Was genau musstest du denn machen?«

»Das würde ich dir ungern sagen. Aber ich glaube, was ich bei Dojan raushandeln konnte, ist grenzwertig. Übrigens …« Jim überlegte fieberhaft, wie er es sagen sollte. »Es … es tut mir leid, dass ich dich da so angeschnauzt habe. Das war nicht in Ordnung.«

»Schon okay.«

»Nein, das …« Er fuhr sich durch die Haare. »Ich hatte echt Angst um euch. Besonders um dich, wenn ich ehrlich bin. Ich musste an letztes Jahr denken, als da diese schmierigen Typen auf dich losgegangen sind, und davon gibt es in Chicago leider echt zu viele. Ich wollte einfach nicht, dass du in Gefahr bist.« Er sah ihr in die Augen und schluckte hart. Sie sah so vertrauensvoll aus. »Ich könnte mir niemals verzeihen, wenn dir was geschehen würde.«

Elena sagte nichts, aber in ihrem Blick lag auch keinerlei Verurteilung. Sie drückte seinen Arm.

»Danke.« Langsam nahm sie ihre Hand wieder weg und plötzlich sah sie betroffen aus. »Hast du … das mit dem Deal jetzt nur wegen uns machen müssen? Weil wir dich verfolgt haben und du das umplanen musstest?«

Er wandte sich ihr voll zu. »Nein«, sagte er fest. Er wollte nicht, dass sie ein schlechtes Gewissen haben musste. »Ich glaube, es wäre so oder so darauf hinausgelaufen.«

Sie nickte langsam. »Und jetzt haben wir dich mit Mari in Probleme reingezogen, die du ohne uns nicht gehabt hättest, oder?«, fragte sie zerknirscht.

Jim schüttelte den Kopf. »Nein, Elena. Mit Dojan habe ich es mir schon letztes Jahr verscherzt.«

»Der Brand?«

Er hob die Augenbrauen. »Du bist gut.«

Sie lächelte leicht. »Ich dachte, du warst nicht schuld?«

»Na ja, vielleicht doch ein bisschen. Ich habe in einem Versteck für uns den Strom angezapft und da kam es angeblich zu einem Kabelbrand. Bei dem Feuer hat Dojan einiges an Drogen verloren, weil einer seiner Dealer auch da übernachtet hat und natürlich damit beschäftigt war, sein eigenes Leben zu retten, anstatt den Rucksack mitzunehmen.«

»Oh.« Elena runzelte die Stirn. »Deswegen denkt Dojan, dass er deinetwegen Geld verloren hat?«

»Genau. Aber unwichtig, das habe ich ja jetzt geklärt.« Jim sah wieder zur Skyline. »Ich hoffe, dass der Antrag bei Gericht morgen durch ist, dann können wir schon die nächste Nacht im eigenen Bett schlafen.«

»Das wär schön.« Ihre Stimme zitterte.

»Hey.« Jim griff nach ihrer Hand und hielt sie fest. In ihren

Augen schimmerten Tränen. »Es wird schon alles gut gehen. Gott passt auf uns auf, okay?«

Sie nickte und drückte seine Hand.

Kurz entschlossen zog er sie in eine Umarmung. Er konnte nicht sagen, wer von ihnen den Trost gerade dringender brauchte, aber er erlaubte es sich, sie einige Momente lang einfach nur festzuhalten, bevor er sich wieder von ihr löste und sie mit einem – wie er hoffte – zuversichtlichen Grinsen ansah. »Geh schlafen. Gott hat uns alle in der Hand.«

Sie lachte leise. »Danke«, flüsterte sie, schenkte ihm noch ein Lächeln und verschwand nach drinnen.

Rick drehte sich auf seinem Sofa herum, als Jim sich mit leisem Geraschel hinzulegen versuchte.

»Bist du okay?«

Jim hielt kurz inne. »Klar.«

Rick legte sich auf die Seite und stützte den Kopf mit seinem Arm ab. »Ich hatte schon Angst, dass du plötzlich Sam begegnet bist.«

Jim warf ihm einen irritierten Blick zu. »Wieso denn Sam?«

»Na, mit dem hattest du doch die krassesten Schwierigkeiten und jetzt läufst du nachts stundenlang durch Chicago ...«

»Hast du jemanden über Sam reden hören?« Jetzt klang Jim alarmiert, was Rick verwirrte.

»Nein ... aber ... ich dachte, Sam war der Grund, warum du aus Chicago wegmusstest?!«

»Ach so.« Jim entspannte sich wieder. »Nein, das hast du falsch verstanden. Sam kenne ich nicht aus Chicago, sondern aus Florida. Dem begegnen wir ganz sicher nicht zufällig auf Chicagos Straßen. Hier sind die Skullsplitters unser Problem. Aber das habe ich jetzt geklärt.«

»Also die Sache mit Dojan?«

»Ja. Schlaf jetzt. Wenn alles glatt läuft, sind wir morgen wieder zu Hause.«

Rick gähnte. »Da hätte ich nichts gegen.« Er drehte sich auf den Rücken. »Jim … der Typ, der in Miami umgebracht wurde …«

»Gute Nacht, Rick«, unterbrach Jim ihn.

20

»Ich habe echt kurz geglaubt, dass du dem Kerl gleich die Kehle aus dem Hals reißt.« Chase grinste breit, als sie das Chinarestaurant hinter sich ließen, dessen Besitzer ebenfalls einer von Kamneys ehemaligen Geschäftspartnern war.

Ray stimmte ihm innerlich zu. Obwohl sie jetzt für eine längere Zeit nicht in Florida gewesen waren, hatten die Leute Sam nicht vergessen. Der alte Respekt war nach wie vor da. Dafür, dass sie alle drei noch nicht mal die 25 geknackt hatten, war das beachtlich. Es lag wahrscheinlich mitunter daran, dass Sams erster nachweislicher Mord damals landesweit durch alle Medien gegangen war. Seitdem war es um Sam herum niemals ruhig gewesen, selbst als er im Gefängnis gesessen hatte.

»Hat er wohl auch gedacht, sonst hätte er nicht kooperiert.« Sam steuerte ihr Auto an, das auf der anderen Straßenseite geparkt war. »Ray, ich will, dass du trotzdem mal seine Kontakte und Konten abcheckst. Und alle, die auf seiner Gehaltsliste stehen. Sollte er es sich doch noch anders überlegen, brennen wir sein Haus nieder.«

Ray nickte und machte sich in Gedanken Notizen, wie er vorgehen würde, sobald sie wieder in ihrem Versteck waren.

»Ich hab Hunger.« Chase sah sich um. »Soll ich uns was holen?«

»Keinen Chinafraß.« Ray verzog das Gesicht. »Ich wäre für mexikanisch.«

Sam hob die Schultern. »Von mir aus. Ein paar Blocks von hier gibt es ...« Abrupt blieb er stehen.

Ray sah auf. »Was ist?« Er folgte Sams Blick und das Adrenalin schoss durch seine Venen. Alec Hyde stieg gerade schräg gegenüber aus einem Taxi und sah sich jetzt suchend um.

Und entdeckte sie.

Ray riss die Tür ihres Autos auf. »Chase! Weg hier!«

Chase reagierte sofort und stieß Sam, der wie gebannt auf Special Agent Alec Hyde starrte, auf den Rücksitz. Ray hatte kaum Zeit, auf den Beifahrersitz zu hechten, da fuhr Chase auch schon mit durchdrehenden Reifen los.

Ray klammerte sich an den Türgriff, während Chase im halsbrecherischen Tempo durch die Straßen raste.

Jetzt erwachte Sam aus seiner Starre und zerrte fluchend seine Waffe hervor. »Chase! Bring uns hier raus!«

»Bin dabei!« Chase überholte in einer waghalsigen Aktion einen Bus und hinterließ ein Hupkonzert, als er die nächste Kreuzung bei Rot überquerte.

Ray schnallte sich an und klappte seinen Laptop auf. Er musste die Überwachungskameras austricksen, und zwar so schnell wie möglich.

Sam sah nervös nach draußen. »Fahr langsamer, sonst werden die Bullen noch auf uns aufmerksam!«

»Sicher, dass Hyde uns nicht auf den Fersen ist?«

»Ja!«, knurrte Sam. »Und jetzt tu, was ich dir sage! Wir müssen das Auto wechseln, also halt nach einem Parkhaus Ausschau!«

Chase drosselte das Tempo und bog ein paarmal ab.

Fast eine Stunde später kamen sie zu ihrem Versteck, nachdem sie zwei Mal das Auto ausgetauscht und Ray ihre Route verschleiert hatte.

Sam war auf der Rückfahrt ungewöhnlich still gewesen, was Ray fast noch nervöser gemacht hatte als der Anblick des Agenten, der sie seit Jahren jagte.

Chase stellte den Motor aus und es wurde ruhig. Keiner der drei rührte sich.

»Er hat geredet«, murmelte Sam plötzlich leise.

Chase wandte ihm den Kopf zu. »Wer?«

»Rick Anderson.«

Rays Puls beschleunigte sich wieder und der Schweiß brach

ihm aus. Seine Gedanken rasten. »Wie kommst du denn da drauf? Dass Hyde hier auftaucht, muss nichts bedeuten«, meinte er abschätzig. »Der war damals auch schon hier am Werk, um Kamney zu Fall zu bringen. Und nach Slimmys Tod ist es doch kein Wunder, dass sie den Fall wieder neu aufrollen. Diese Marlene Jones hat ja auch nie aufgegeben. Sie hat ihn sicherlich nur um Hilfe gebeten, weil er den Fall kennt. Ich glaube nicht, dass Rick geredet hat. Der hatte viel zu viel Schiss.«

»Meinst du echt, ja?«, spottete Sam. »Du kennst Hyde. Er ist hartnäckig. Wer weiß, was er Ricky erzählt hat, um ihn zum Reden zu bringen. Nein, nein. Ich denke, da müssen wir mal wieder unser Versprechen einhalten.«

»Welches Versprechen?« Chase legte den Kopf schief. »Dass du zurückkommst und ihn und seine Schwester kaltmachst?«

»Ganz genau.«

»Ist das nicht zu riskant?«, wandte Ray ein. »Wir haben zu viel Staub da oben aufgewirbelt. Hyde wird doch sofort wissen, dass wir das gewesen sind, wenn wir Rick jetzt einen Besuch abstatten. Ich denke, es ist wichtiger, unser Untergrundnetzwerk auszubauen. Und keine Aufmerksamkeit mehr auf uns zu lenken.«

Sam schwieg einen Moment, dann stieß er die Tür auf und stieg aus.

Chase folgte ihm und Ray blieb nichts anderes übrig, als ebenfalls auszusteigen.

Kurz vor der Veranda hielt Sam an und drehte sich zu ihm um. »Ray. Wieso war Alec da?«

Ray schluckte hart. »Ich ... habe doch gerade gesagt, dass ...«

»Ich will wissen, wieso du uns nicht gewarnt hast!«, unterbrach Sam ihn.

Rays Blick flackerte zu Chase, doch der sah jetzt genauso misstrauisch aus wie Sam. »Vielleicht hat er sein Handy gewechselt. Ich weiß es nicht!« Er beschloss, in die Offensive zu gehen. »Was glaubst du denn? Dass ich ihn absichtlich so nah an uns habe herankommen lassen?! Ich bin doch nicht blöd!«

»Nein, das bist du ganz und gar nicht.« Sam trat näher und fixierte ihn mit seinen kalten Augen. »Aber ich frage mich langsam, ob du schwach wirst.«

Ray suchte fieberhaft nach Worten, doch Sam fuhr fort.

»Wieso«, er legte eine Hand auf Rays Schulter, »versuchst du, Rick Anderson zu schützen?«

Ray zögerte einen Moment zu lang.

Sam stieß ihn hart zu Boden und kniete sich auf Rays Brustkorb. »Denkst du, ich merke es nicht, wenn du mich hintergehst?«, brüllte er ihn an.

Ray rang nach Luft und versuchte, seine Panik zu unterdrücken. »Sam, warte! Was hab ich getan?«

»Sag du es mir!«

Ray hörte das Aufschnappen des Klappmessers und spürte die Klinge an seinem Hals. Er keuchte, als Sam zudrückte. »I–ich weiß nicht, was du meinst!«, brachte er erstickt hervor. Ray zog scharf die Luft ein, als Sam den Druck erhöhte. Er spürte, wie ein dünnes Rinnsal an seinem Hals herunterfloss.

»Mir kommt das inzwischen ziemlich verdächtig vor, was hier alles schiefläuft! Hyde erwischt uns beinahe und du versuchst, mich von Rick Anderson abzulenken, obwohl ganz klar ist, dass er ebenfalls zum Verräter geworden ist! Wieso?«

Ray wusste nicht, was er antworten sollte. Egal, was ihm einfiel, es klang fadenscheinig. Hilfe suchend sah er zu Chase, doch der beobachtete die Szene unbeweglich. Ray schluckte. »S–Sam …«

Sam ließ das Messer hinunter bis zu seinem Bauch wandern und drückte zu. »Ich höre!«

»Ich hatte nichts damit zu tun, dass Hyde hier aufgetaucht ist!«, winselte Ray und stöhnte gequält auf, als Sam das Messer ein wenig drehte.

»Ich bin mir deiner Loyalität nicht mehr sicher«, fuhr Sam unbeirrt fort. »Und das macht dich zur Gefahr.«

»Aber Hyde war doch gar nicht auf uns vorbereitet!« Rays Stimme überschlug sich und er wand sich unter Sam.

»Kann sein. Das erklärt aber immer noch nicht, warum du Anderson schützt.«

Ray presste die Lippen zusammen und ließ sich von seiner Wut leiten. »Vielleicht weil er einfach gar nichts mit der Sache zu tun hat! Willst du jetzt jeden umbringen, der sich jemals mit Jonah, Mike und Rico unterhalten hat?«

Sam zog überrascht das Messer ein wenig zurück. »Du bist ja wirklich einfach nur weich geworden.« Er lachte ungläubig. »Wann ist das denn passiert?«

Ray klammerte sich an den Strohhalm, den er entdeckt zu haben glaubte. »Ich will endlich nach Hause. Keine Motels mehr, keine tagelangen Autofahrten mehr, kein ständiges Auf-der-Flucht-Sein ...«

Sam starrte ihn aus zusammengekniffenen Augen an. »Schwäche ist gefährlich, Ray. Das weißt du doch ganz genau.«

Ray zwang sich, den Blickkontakt nicht abzubrechen. »Ich bringe das in Ordnung«, brachte er mit mehr Festigkeit in der Stimme hervor, als er fühlte.

Sekunden verstrichen, bis Sam schließlich langsam lächelte und das Messer zurückzog. »Gut. Such mir die verletzlichste Stelle von Rick Anderson. Und dann schlagen wir zu.« Seine Stimme schwang plötzlich zu Fürsorglichkeit über. »Ich bin es auch leid, solche Nebensächlichkeiten klären zu müssen, anstatt einfach nach Hause zu gehen. Aber du weißt, dass wir das tun müssen.« Er stand auf und hielt Ray die Hand hin. »Und ich muss wissen, dass ich mich auf dich verlassen kann.«

Ray zögerte kurz, bevor er sich von Sam auf die Füße ziehen ließ.

Sam klopfte ihm den Staub vom Rücken. »Wir müssen zusammenhalten«, sagte er eindringlich. »Wir sind alles, was wir haben.«

Ray nickte wortlos und presste eine Hand auf die nur leicht blutende Wunde an seinem Bauch. Sam wusste genau, was er tat. So, dass es höllisch wehtat, aber nicht lebensbedrohlich war.

»Bist du auf meiner Seite?«

Ray blickte ihm starr in die Augen. »Ja, das weißt du.«

Und er wusste auch, dass das seine letzte Chance war.

Elena war gerade dabei, das Geschirr vom Mittagessen zu spülen, als Maris neues Handy klingelte. Alle hielten inne in dem, was sie gerade taten, denn diese Nummer hatten bisher nur sie und Mr Dunlap.

»Hallo?«, meldete Mari sich. Angestrengt hörte sie zu, dann lächelte sie erleichtert. »Vielen Dank, wir werden da sein!« Sie legte auf. »Wir können die Anordnung um sieben abholen, dann wird sie auch schon Hank zugestellt worden sein.«

»Was heißt das konkret eigentlich? Diese Anordnung, meine ich?«

Mari rieb sich über die Schläfen. »Dass Hank sofort verhaftet wird, wenn er sich nicht strikt an die Regeln hält, also wenn er mir zu nahe kommt oder mich auch nur kontaktiert.«

»Aber was ist mit den Skullsplitters?«, fragte Rick misstrauisch.

»Wenn wir erst einmal raus sind aus der Stadt«, antwortete Jim, »sind wir auch die los, denke ich. Außerhalb ihres Territoriums haben sie kaum Verbündete, die ihnen helfen würden. Ich würde zwar weiter die Augen offen halten, aber dass die die Stadt verlassen, damit müssen wir nicht rechnen.«

Elena jubelte erleichtert auf. »Endlich!« Stürmisch umarmte sie Mari, wobei sie alles mit ihren nassen Händen bespritzte. »Wir sind in Sicherheit und können nach Hause! Du bist frei, Mari!«

»Ja … das bin ich wohl.« Maris Lächeln wackelte und sie machte sich von Elena los. »Ich schaue mal nach Noah.« Sie verschwand im Schlafzimmer.

Verständnislos blickte Elena ihr nach. Hatte sie was Falsches gesagt?

»Lass ihr Zeit«, meinte Jim und griff nach dem Geschirrhandtuch. »Gute Nachrichten lösen nicht immer gute Gefühle aus.«

»Du musst es ja wissen«, murmelte sie.

»Richtig.« Er lächelte leicht. »Sie weiß, was jetzt noch alles auf sie zukommt, und ich denke, das nimmt sie sehr schwer. Ich wusste bei meinem Umzug zu Walter und Grace auch nicht, was ich davon halten sollte.«

Beschämt versenkte Elena ihre Hände im Seifenwasser. Sie hatte ihre Schwester schon fast zwei Jahre nicht mehr gesehen, sie konnte nicht erwarten, dass jetzt alles so schnell in Ordnung kommen würde.

Um kurz nach sechs hatten sie die Wohnung wieder in ihren ursprünglichen Zustand versetzt und ihre wenigen Sachen zusammengepackt.

Mit dem Fahrstuhl fuhren sie hinab in die Tiefgarage. Erst nach einigen Versuchen gelang es Rick, den neuen Kindersitz richtig zu befestigen, den er und Elena am Nachmittag besorgt hatten, doch dann konnten sie endlich losfahren.

Fast eine halbe Stunde brauchten sie zur Kanzlei und von ihrer Parkgelegenheit noch einmal zehn Minuten zu Fuß, sodass sie pünktlich um sieben im Vorraum zu Mr Dunlaps Büro standen. Jim hatte nicht gerade begeistert reagiert, als Rick ihm erzählt hatte, dass sein Vater ihn gerne sprechen wollte, war aber mit nach oben gekommen.

Allerdings drückte er sich im Flur herum, bis Mari in Mr Dunlaps Büro verschwunden war und Elena sich mit Noah auf dem Schoß auf einen der Wartestühle gesetzt hatte.

Jim trat zum Fenster und starrte auf die Wolkenkratzer, die das Blickfeld füllten.

Rick zögerte kurz, dann gesellte er sich zu ihm. »Nervös?«

Jim lächelte dünn. »Ein wenig.«

»Dein Vater scheint doch gut auf dich zu sprechen zu sein.«

Jim schüttelte leicht den Kopf. »Wir hatten nie ein gutes Verhältnis, also weiß ich nicht, worauf ich mich einstellen soll.«

»Er wird dir schon nicht den Kopf abreißen.« Rick klopfte ihm auf die Schulter. »Wir stehen hinter dir.«

Jim schloss die Tür hinter Rick, Elena und Mari und sah seinen Adoptivvater abwartend an.

»Setz dich doch bitte.« Will deutete auf den Besuchersessel und Jim folgte seiner Anweisung.

Prüfend betrachtete sein Vater ihn eine ganze Weile, dann meinte er: »Es tut mir leid wegen ... wegen der ganzen Sache mit Silvio.«

Das hatte Jim nicht erwartet. Erstaunt öffnete er den Mund, doch Will fuhr bereits fort. »Wir hätten es dir sagen sollen. Immerhin ist er jetzt dein Adoptivbruder und ... nun ja. So hätte es nicht laufen sollen.«

Jim hob die Schultern. »Ist schon in Ordnung.«

»In Ordnung ist das ganz und gar nicht.«

»Grace und Walter sind jetzt meine Familie.«

»Ja.« Will räusperte sich verhalten.

»Wie lange ist er denn schon bei euch?«

»Seit Februar.«

Jim nickte. »Deswegen habt ihr mir alle meine Sachen geschickt.«

»Richtig.«

»Und? Kommt ihr klar mit ihm?«

Will nickte langsam. »Shakira ist ganz vernarrt in ihn und der Kleine blüht voll auf.«

Jim sah zu den wenigen gerahmten Fotos an der Wand. Auf einem war er zusammen mit seinen Adoptiveltern zu sehen; die Rebellion und den Trotz ins Gesicht geschrieben. »Ihr habt es versucht. Ich war einfach zu geschädigt.«

»Aber du hast dich gut gemacht.« Anerkennung blitzte in den Augen seines Vaters auf. »Du hast es geschafft. Grace erzählt nur Gutes über dich, genauso wie Walter. Und sieh dich an. Du setzt dich für deine Freunde ein und sogar für jemanden, den du gar nicht kennst. Ich bin wirklich stolz auf dich.«

»Gott hat mich verändert«, sagte Jim nur.

»Ja, das sehe ich.« Will spielte mit seinem Füllfederhalter herum. »Wenn du irgendwas brauchst, egal was, dann zögere bitte nicht, damit zu mir zu kommen.« Ernst sah er ihn an. »Egal was«, betonte er.

Jim erwiderte seinen Blick. »Danke, Will.« Er rang kurz mit sich. »Auch dafür, dass du dich um meine Freunde kümmerst.«

Die Aufregung in Elenas Bauch verknotete sich mehr und mehr, je näher sie ihrem Zuhause kamen. Mari schien es nicht anders zu gehen; angespannt starrte sie aus dem Fenster in die dunkle Nacht hinaus. Es war fast ein Uhr und die Straßen waren weitestgehend leer gefegt, nur hier und da trieb sich noch eine Nachteule herum und vereinzelte Fenster waren erleuchtet.

Jim drosselte das Tempo, als er in ihre Straße einbog.

»Es hat sich ja gar nichts verändert«, flüsterte Mari. »Es sieht alles aus wie ...« Sie brach ab und Elena folgte ihrem Blick, der auf ihr Fenster gerichtet war. Wie immer, seit Mari weggegangen war, brannte die Lampe auf der Fensterbank. Mari schluckte und Elena meinte, ein verdächtiges Schimmern in ihren Augen zu sehen.

Jim stellte den Motor ab und stieg aus. Elena lächelte dankbar, als er ihr die Tür öffnete, und folgte ihm zum Kofferraum.

Rick kramte bereits nach seinem Hausschlüssel und schulterte Maris Rucksack; Elena griff nach zwei Tüten.

»Ich mach das schon.« Jim nahm sie ihr wieder ab und deutete wortlos mit dem Kinn zu ihrer Schwester.

Mari stand ein wenig verloren mit Noah in den Armen vor der Veranda und schien nicht zu wissen, wohin mit sich.

»Komm!« Elena lächelte sie ermutigend an und ging voraus ins Haus, das Rick bereits aufgeschlossen hatte.

Mari folgte ihr zögernd hinein.

»Möchtest du noch was essen oder trinken?«, fragte Elena.

Mari schüttelte den Kopf. »Ich will einfach nur schlafen.« Sie machte jedoch keine Anstalten, sich zu rühren.

Verstohlen sah Elena ihre Schwester von der Seite an. Sollte sie irgendetwas sagen, um die offensichtliche Anspannung zu lösen? Sie hatte eher den Eindruck, dass Mari jetzt einen Moment für sich allein brauchte.

»Ich beziehe schnell das Bett oben, setz dich ruhig so lange!« Sie eilte die Treppe hinauf und wühlte im Wäscheschrank nach frischer Bettwäsche. In Maris Zimmer atmete sie kurz durch. War es wirklich so weit? Mari war wieder zu Hause! Gott hatte ihre Gebete erhört. Er würde sie auch durch die kommende schwierige Zeit führen.

Ein Rumpeln im Flur holte sie wieder in die Gegenwart zurück.

Rick versuchte gerade zusammen mit Jim, das alte Kinderbett, das sie vom Dachboden geholt hatten, durch die Tür zu kriegen.

Rick grinste schwach. »Meinst du, das ist okay?«

»Ich denke schon.« Elena faltete die Tagesdecke zusammen. Sie beeilte sich, das Bett fertig zu beziehen, und Rick holte ein Staubtuch fürs Kinderbett.

»Ich werde dann mal verschwinden«, meinte Jim leise, als er ihnen eine Weile schweigend zugesehen hatte. »Wenn ihr irgendwas braucht, ruft mich an.«

Rick nickte. »Danke, Mann! Ich melde mich morgen bei dir.«

»Ich komme noch mit runter.« Elena sah im Erdgeschoss nach Mari, die im Wohnzimmer vor der Fotowand stand.

An der Haustür drehte Jim sich noch einmal um. »Ach, Elle ...« Er trat einen Schritt zurück. »Wenn du das Gefühl hast, irgendwas stimmt nicht, oder wenn du dich nicht sicher fühlst, dann sag es mir und ich komme sofort.«

Elena nickte. »Okay, mach ich.« Dann, ohne lange zu überlegen, umarmte sie ihn. »Danke«, flüsterte sie.

Jim erwiderte die Umarmung. »Für euch tu ich alles.« Er löste sich von ihr, lächelte ihr zu und verschwand dann im Dunkel der Nacht.

Elena sah den Rückleuchten nach, bis der Wagen um die Ecke gebogen war, und versuchte, nicht zu viel in Jims Lächeln hineinzuinterpretieren. Er mochte sie bestimmt nur als Ricks Schwester. Sie schloss die Tür, aber ein kleines Lächeln verblieb trotzdem in ihrem Mundwinkel.

Im Wohnzimmer stand Mari an den Türrahmen gelehnt und beobachtete sie.

Elena entging die Sorge in ihren Augen nicht, doch Mari sagte nichts dazu. »Dein Zimmer ist fertig.« Sie versuchte, ganz locker zu klingen.

Mari lächelte müde und folgte ihr nach oben.

Rick hatte gerade das Babybett fertig bezogen. »Ich hoffe, das ist in Ordnung so.«

Mari nickte. »Das ist super, danke.« Ihr Blick schweifte im Zimmer umher. »Mom hat ja fast alles so gelassen.« Sie sah kurz zu Elena. »Ich hätte echt erwartet, dass die hier schon komplett renoviert haben.«

Elena schüttelte vehement den Kopf. »Sie wollte, dass du dich wohlfühlst, falls ... wenn du wiederkommst.«

»Das ist ... lieb.« Mari legte den schlafenden Noah vorsichtig ins Kinderbettchen. »Passt du kurz auf, damit ich ins Bad gehen kann, Elena?«

Elena nickte und setzte sich aufs Bett.

»Ich gehe dann mal pennen«, meine Rick gähnend, als Mari im Bad verschwunden war.

»Okay. Gute Nacht.«

Ihr Neffe – *ihr Neffe!* – seufzte leise im Schlaf und sein winziger Mund bewegte sich dabei. Er sah so süß aus und Elena meinte, Maris Züge in seinem Gesichtchen zu erkennen. Sie strich mit dem Finger über seine Wange, und als die Mundwinkel dabei leicht zuckten, schmolz ihr Herz dahin. Was für ein perfekter kleiner Junge! Sie dankte Gott, dass er nun in einem sichereren Zuhause aufwachsen durfte, und betete, dass auch Mari bald so friedlich wie ihr Sohn würde schlafen können.

Der Weg von Rick und Elena nach Hause schien noch mal fast so lange zu dauern wie von Chicago hierher. Jim musste sich stark konzentrieren und er war froh, als er endlich die Einfahrt von seinem Zuhause erreichte.

Im Dunkeln tastete er sich leise seinen Weg durch den Flur bis in sein Zimmer und ließ sich todmüde ins Bett fallen.

Doch der Schlaf wollte nicht über ihn kommen. Sein Kopf dröhnte und fühlte sich an, als wäre er immer noch auf der Schnellstraße unterwegs. Eine Weile drehte er sich ruhelos hin und her, dann tat er das, was Grace ihm immer empfahl, wenn er nicht schlafen konnte.

»Gott«, flüsterte er ins Dunkel des Zimmers in dem Wissen, dass der Herr direkt bei ihm war. »Mir geht Alysha nicht mehr aus dem Kopf, und dass sie am Leben ist.« Frustriert schlug er die Bettdecke zurück und ließ sich auf dem Teppich nieder. »Die ganze Sache mit Mari hat mich noch mal mehr aufgewühlt. Rick und Elena haben ihre Schwester zurückbekommen. Was ist mit mir? Werde ich Alysha auch wiedersehen? Wenn ja, wann? Und wenn nicht … warum nicht?«

Jim lauschte auf das leise Ticken der Uhren im Haus und forschte in seinem Gedächtnis nach einem passenden Vers, doch ihm wollte keiner einfallen, bis auf den, in dem es hieß, dass denen, die Gott liebten, alle Dinge zum Besten dienten.

Jim wusste, dass es nicht das Happy End war, das Elena und Rick sich erträumt hatten. Schließlich war Mari jetzt in einen dicken Sorgerechtsstreit verwickelt, ob Hank und die Skullsplitters sich wirklich fernhalten würden, war ungewiss, und wirklich erpicht auf das Zusammentreffen mit ihren Eltern schien Mari auch nicht zu sein. Aber war es nicht immerhin ein Schritt in die richtige Richtung?

Würde Jim damit umgehen können, dass Alysha krank war und ihn vielleicht an einem Tag sehen wollte und am anderen nicht mehr?

Er schluckte. Alysha war nie so stark gewesen wie Rico oder Mike, aber sie hatte sich auch nicht unterkriegen lassen. In seiner Erinnerung war sie diejenige, die für ihrer beider Freiheit und Überleben kämpfte. Nicht er. Sie hatte ihn beschützt, nicht umgekehrt.

»Würdest du sie bitte festhalten, Gott?«, betete Jim leise. »So, wie du mich festhältst? Bitte zeig ihr, dass sie alles, was sie braucht, bei dir finden kann. Sicherheit, Liebe, Geborgenheit …« Er brach ab, als ihm bewusst wurde, was das auch heißen konnte: dass er Alysha vielleicht nie wiedersehen würde.

Gott sollte alles in seinem Leben sein. Seine Gnade allein sollte genügen.

Und wenn Gott entschieden hatte, dass es das Beste war, dass er Alysha nicht wiedersah?

Jim kaute auf seiner Unterlippe herum. »Dann ist es gut so, oder, Gott?«

Sein ganzes Inneres stemmte sich dagegen. Es konnte doch nicht richtig sein! Oder?

Jim tastete nach dem Löwenarmband und strich vorsichtig darüber. Vielleicht war genau das Gottes Geschenk an ihn gewesen. Wissen zu dürfen, dass sie am Leben war, und jemand, der sie über alles liebte, sich um sie kümmerte.

Aber ob Jim darüber Frieden finden konnte? Zu wissen, Alysha war in greifbarer Nähe und doch so weit weg, dass er sie niemals erreichen konnte?

»Ich will dir vertrauen«, flüsterte Jim. »Hilf mir, mich auf dich zu verlassen und Alysha in deine Hände zu geben. Und sie loszulassen.«

21

Elena wurde von Noahs Weinen wach und wusste sofort, was los war.

Mari war wieder zu Hause. Ihre Schwester war wieder da!

Ein Lächeln zog über ihr Gesicht und vertrieb ihre Müdigkeit, obwohl sie mit einem kurzen Blick auf ihre Uhr feststellen musste, dass es gerade mal kurz vor acht Uhr war.

Sie blieb noch eine Weile in ihre Decke gekuschelt liegen und dankte Gott im Stillen, dass er ihr Gebet erhört hatte. Als sie hörte, wie Mari ins Bad ging, sprang sie voller Tatendrang aus dem Bett und lief die Treppe hinunter in die Küche, um Frühstück zu machen. Etwas unschlüssig löffelte sie Kaffeepulver in die Maschine, in der Hoffnung, ihre Eltern richtig beobachtet zu haben und ihn jetzt nicht zu dünn zu kochen. Dann suchte sie die Zutaten für Pancakes zusammen, stellte eine zweite Pfanne für Bacon und Rührei auf und deckte den Tisch.

Es war kurz nach acht, als Mari mit einem fröhlich brabbelnden Noah auf den Armen in die Küche kam. »Schon auf?« Ihr Blick schweifte über den reich gedeckten Frühstückstisch.

Elena wurde ein wenig unsicher, als sie keinerlei Reaktion auf Maris Gesicht entdecken konnte. »Ja, ich … dachte, ich mach schon mal Frühstück.«

»Hab ich dich geweckt?«

»Ich glaube, das war eher Noah.« Sie lächelte und streckte die Arme nach ihm aus, doch er versteckte sein Gesicht an Maris Hals. »Aber das ist okay. Ich habe Kaffee gekocht. Willst du einen?«

Mari nickte und ließ sich auf einen der Stühle fallen.

Elena holte die Kanne und schenkte ihr ein. »Milch? Zucker?«

Mari griff nach der Zuckerdose, die Elena ihr hinhielt. »Danke.«

»Willst du schon was essen?«

Mari sah noch einmal zum Tisch. »Gerne.« Jetzt lächelte sie. »Das sieht gut aus.«

»Ich hoffe, es schmeckt auch.«

Eine Weile aßen sie schweigend, dann fragte Mari unvermittelt: »Du bist in Jim verknallt, oder?«

Elena ließ beinahe ihre Gabel fallen. »Ähm, also … irgendwie schon, ja.«

»Ist mir nicht entgangen.«

Verlegen schob Elena ihr Rührei auf dem Teller umher. »Na ja … und mir ist nicht entgangen, dass du ihm gegenüber ziemlich misstrauisch bist. Obwohl er der Hauptgrund ist, dass du hier sitzt.«

Mari schüttelte den Kopf. »Mag sein. Aber ich bin schon vielen solcher Kerle begegnet. So nett sie auch sein mögen, sie bringen nichts als Ärger.«

»Woher willst du das wissen? Du kennst ihn doch gar nicht!«

»Tust du es denn?« Mari zerschnitt ihren ersten Pancake in winzige Stücke. »Typen wie er sind immer charmant und aufregend. Sie würden alles für einen tun – bis sie dich haben.«

»Jim ist anders.«

Mari lächelte traurig. »Das dachte ich bei Hank auch. Aber glaub mir: Irgendwann wird er sein wahres Gesicht zeigen und dann ist es zu spät.«

Elena schmierte etwas vom Marshmallow-Aufstrich auf ihre Pancakes. »Jim ist erst vor Kurzem Christ geworden. Ich weiß, wie er vorher drauf war. Na gut, vielleicht weiß ich nur über einen Bruchteil von seinem alten Leben Bescheid, aber ich weiß, dass er sich verändert hat.« Sie hob die Schultern. »Ich denke, dass die ganze Sache in Chicago auch zu seinem alten Leben gehört.«

Mari runzelte die Stirn. »Vielleicht«, meinte sie schließlich, »hat er sich wirklich geändert. Aber dass seine Vergangenheit ihn immer wieder einholen wird, ist Fakt, und das hast du auch in Chicago gesehen.«

»Guten Morgen«, unterbrach Rick ihre Unterhaltung und ließ sich auf den freien Stuhl fallen. »Ihr seid ja früh dran!« Er gähnte herzhaft. »Ich hätte noch stundenlang schlafen können, wenn die Sonne nicht so ins Zimmer geknallt hätte!«

Elena war froh, dass Rick die Spannung im Raum nicht bemerkte, und lächelte. »Du kannst ja später mit Noah sein Mittagsschläfchen halten.«

Rick grinste breit. »Vielleicht mache ich das sogar wirklich!«

Das Telefon klingelte und Elena sprang auf. »Ich gehe schon.« Sie lief in den Flur und ihr Magen verknotete sich ein wenig, als sie den Namen ihrer Mutter auf dem Display las. »Hi, Mom«, meldete sie sich.

»Hallo, Elle, na, seid ihr schon wieder zurück von eurem Ausflug?«

»Ja, wir sind gestern spät nach Hause gekommen.« Elena warf einen Blick zurück in die Küche, wo Mari gerade Noah das Fläschchen gab. »Tut mir leid, dass ich dir nicht geschrieben habe.«

»Ach, schon in Ordnung. Ihr wart ja gemeinsam unterwegs, nicht wahr? Da muss ich mir ja keine Sorgen machen.«

»Ja …« Elenas schlechtes Gewissen meldete sich wieder. Sie wollte ihre Mutter nicht anlügen. »Mom, warte mal bitte, ich schalte dich kurz stumm.« Sie lehnte sich an den Türrahmen zur Küche. »Mari, würdest du jetzt mit Mom sprechen?«

Mari verzog das Gesicht. »Noch nicht … Ich … ich brauche noch ein wenig Zeit, um anzukommen, okay?«

Elena stöhnte. »Ich will sie echt nicht belügen, Mari!«

»Musst du ja nicht. Verschweig ihr einfach, dass ich da bin. Ich werde mit ihr reden. Versprochen! Aber … aber noch nicht jetzt. Bitte!«

Elena kaute einen Moment lang auf ihrer Unterlippe herum, dann hielt sie sich das Telefon wieder ans Ohr. »Mom?«

»Ja, ich höre dich.«

»Kann ich dich morgen noch mal anrufen?«

»Ist alles in Ordnung?«

Elena konnte die Sorge in ihrer Stimme heraushören und wand sich innerlich. »Ja, alles okay.« War das jetzt eine Lüge? Hoffentlich nicht. »Wie geht's Tante Peggy?«

Ihre Mutter schwieg kurz, als wollte sie eigentlich noch weiter nachhaken. »Okay«, sagte sie dann aber. »Es geht bergauf mit ihr. Sie wird aber noch ein wenig Hilfe brauchen in der nächsten Zeit. Ich muss jetzt auch weiter. Grüß Rick von mir. Ich hab dich lieb!«

»Ich dich auch, Mom.« Elena legte auf und versuchte, nicht zu vorwurfsvoll zu Mari zu schauen, doch die schien auch so ein schlechtes Gewissen zu haben.

»Ich ...« Mari strich sich die Haare zurück und stand auf. »Ich muss ein bisschen allein sein. Ist es okay, wenn ihr kurz auf Noah aufpasst und ich spazieren gehe?«

»Klar!« Rick griff nach den restlichen Pancakes.

Mari verließ das Haus und Elena und Rick blieben mit Noah zurück.

Es würde sicherlich nicht einfach werden. Für niemanden von ihnen.

Ray starrte aus dem Fenster auf die Chicagoer Straßen, durch die Chase den Wagen lenkte. Er hatte Sams Anweisungen befolgt und Rick gründlich unter die Lupe genommen. Dabei war ihm eine Verbindung von Rick zu den Skullsplitters aufgefallen. Marina Anderson hatte Schwierigkeiten – es war perfekt. Eine weitere Schwester, die Rick anscheinend über alles liebte, wenn er alle Hebel in Bewegung setzte, um sie zu retten, und dann auch noch eine Gang.

Sam hatte die Idee gefallen, die Skullsplitters mit einzuspannen. So konnten sie sie als Sündenbock hinstellen, falls etwas schiefgehen sollte.

Und Ray hoffte insgeheim, dass es die ganze Sache so weit verkomplizieren würde, dass Jonah nicht darauf kam, dass sie dahintersteckten und nicht die Skullsplitters selbst. Dann wäre er fein raus, ohne dass Jonah ihn an Sam verraten würde.

Chase hielt den Wagen vor dem heruntergekommenen Wohnkomplex, wo einige der Gangmitglieder im Vorgarten saßen. Laute Musik dröhnte aus dem Haus, zwei der Kerle standen an einem Grill. Misstrauische Blicke wurden ihnen zugeworfen, als Sam ausstieg und von Chase und Ray gefolgt ihr Revier betrat.

Ein besonders kräftig gebauter Kerl stellte sich ihnen in den Weg. »Was willst du hier, *Loco?* Verschwinde von unserem Land.«

Sam zuckte nicht einmal mit der Wimper, als die anderen ihre Waffen hervorzogen. Er lächelte nur. »Ich will mit Dojan sprechen.«

»Er aber nicht mit dir.«

»Da wäre ich mir an deiner Stelle nicht so sicher.« Sam kam ihm so nah, dass sich ihre Nasenspitzen beinahe berührten. »Sag ihm, Sam Crimson ist hier.«

Einige der anderen begannen zu tuscheln.

Ray meinte Unsicherheit gemischt mit Respekt in den Gesichtern der Skullsplitters lesen zu können, als der Kerl sich langsam umdrehte und die Stufen zum Haus hochging.

Es dauerte ein paar Minuten, bis er wiederkam und sie mit einem Kopfnicken aufforderte, ihm zu folgen.

Ray war nicht das erste Mal Zeuge von Sams Autoritäts- und Machtspielchen, trotzdem war er immer wieder fasziniert davon, wie selbst die härtesten und erfahrensten Männer vor ihm zurückwichen.

Sie traten ins Wohnzimmer, wo Dojan mit einigen seiner Leute zusammensaß. Die Anspannung im Raum war fast zu greifen, weswegen Dojans begrüßendes Lächeln noch aufgesetzter wirkte.

»Welche Ehre, Kamneys Erben in meinen Hallen begrüßen zu dürfen.«

»Spar dir das Geschwafel!«, herrschte Sam ihn an. »Wir müssen übers Geschäft reden.«

Dojans Lächeln wackelte kaum merklich. »Aber sicher doch. Kann ich euch was anbieten? Bier? Whiskey? Oder etwas zum Entspannen?«

Sam starrte ihn so durchdringend an, dass er ein wenig in seinem Sessel zusammenschrumpfte. »Schick deine Leute raus.«

Dojan nickte und winkte seine Männer weg; bis auf zwei verließen alle den Raum. »Setzt euch doch«, forderte er seine Gäste auf.

Sam ging zur Anrichte und goss sich einen Whiskey ein, bevor er den einzigen freigebliebenen Sessel belegte. »Du weißt, wer ich bin.«

Dojan nickte.

»Dann weißt du auch, dass ich nicht mit mir spaßen lasse.«

»Hab ich gehört, ja.« Dojan sah zwischen Sam, Ray und Chase hin und her. »Ich wüsste nicht, wie ich dir in die Quere gekommen sein sollte.«

»Bist du nicht. Ich bin hier, um dir ein Geschäft vorzuschlagen.«

Dojan griff nach seiner Bierflasche. »Ich weiß nicht, ob ich das will.«

»Oh, ich denke schon. Du wirst auch deinen Vorteil daraus ziehen.« Sams stechender Blick richtete sich auf einen der zwei, die im Raum geblieben waren. Dojans rechte Hand. »Es geht um dein Mädchen.«

»Mari?«, fragte Hank verblüfft.

Sam lächelte kalt. »Ja, das Anderson-Mädchen. Ich hab eine Rechnung mit ihrem Bruder offen und damit überschneiden sich unsere Interessensgebiete.« Sam nahm einen langsamen Schluck aus seinem Glas, als wolle er die Worte wirken lassen. »Wir könnten uns dabei gegenseitig helfen.«

Dojan schüttelte den Kopf. »Die Andersons sind gerissen. Sollten wir auch nur in ihre Nähe kommen, gehen alle unsere Geldquellen futsch.«

Ray horchte auf. Das musste Jonahs Werk sein. Er spürte, wie ihm der Schweiß ausbrach. Wenn Dojan sich jetzt verplapperte, dann war es um Jonahs Tarnung geschehen und Sam würde sofort wieder Jagd auf ihn machen. Und wenn dann auch noch herauskam, dass Ray davon gewusst hatte ...

»Das wird Ray in Ordnung bringen können, nicht wahr?«, riss Sam ihn aus seinen Panikgedanken.

Schnell nickte er und setzte seine lockere Maske auf. »Klar.«

Dafür erntete er einen argwöhnischen Blick von Dojan. »Wir werden sehen. Wenn das Problem wirklich von euch beseitigt werden kann, bin ich sofort dabei.«

Sam fixierte Ray. »Das wird es.«

22

Elena wälzte sich hin und her und fragte sich, warum sie in einem fremden Bett besser geschlafen hatte als in ihrem eigenen. Stöhnend setzte sie sich auf und bearbeitete ihr Kissen, bis es wieder aufgebauscht war.

Im Nebenzimmer konnte sie Noah nölen hören und dann, wie Mari aufstand und ihn wohl aus dem Bettchen holte. Elena lauschte weiter, wie sie leise mit ihrem Baby sprach, dann erklangen Maris Schritte auf dem Flur. Dort lief sie langsam auf und ab, bestimmt, um Noah wieder in den Schlaf zu wiegen, doch er beruhigte sich nicht und begann zu weinen.

Elena schlug die Bettdecke zurück und schlüpfte in ihre Hausschuhe, dann öffnete sie leise ihre Tür.

Mari war vor den spärlich beleuchteten Fotos stehen geblieben, Noah sanft hin und her wiegend.

»Soll ich ihn nehmen?«, flüsterte Elena.

Mari sah sie ein wenig überrascht an, dann nickte sie und reichte ihr das weinende Bündel.

Elena nahm ihren Neffen vorsichtig auf die Arme und schaukelte ihn, wie sie es sich bei Mari abgeguckt hatte. »Ist er oft nachts wach?«

Mari dehnte ihre Schultern. »Nicht mehr so häufig. Er hatte Hunger und ich hab ihn jetzt schon gefüttert, aber er schläft nicht immer sofort wieder ein.«

»Ich stehe auch oft hier«, meinte Elena nach einer Weile. »Und schau mir die Fotos an. Manchmal vermisse ich die Kindheit.«

Mari lachte tonlos. »Ja, die Kindheit ...«

»Weißt du noch, als wir im Wasserpark waren?« Elena zeigte auf ein Foto. »Da haben mich Danny und Rick doch so geärgert und dann hast du dich auf meine Seite gestellt und wir haben sie durch den ganzen Park gejagt.«

Mari lächelte leicht. »Stimmt. Danny ist ausgerutscht und hat sich das Kinn aufgeschlagen.«

Elena lachte. »Das hab ich nicht vergessen! Ich hab die ganze Zeit geheult, weil ich dachte, dass er jetzt in eine Nähmaschine eingespannt werden muss.«

»Weil du nur das Wort *nähen* gehört hast.« Maris Lächeln wurde breiter. »Und dann habe ich dich mit Süßigkeiten bestochen.«

»Mit Jellybeans. Seitdem hast du mich so genannt.«

Mari nickte. »Und dann wollte Rick auch unbedingt einen Spitznamen.«

»Und weil du noch ein paar M&Ms hattest, kam Peanut dabei raus.«

Maris Lächeln wurde wehmütig und sie strich über den Bilderrahmen. »Und so schnell kann sich das Leben wenden ...«, flüsterte sie. »Ein paar falsche Entscheidungen und man ist plötzlich komplett woanders.«

Elena schwieg. Sie wusste nicht, ob sie Mari trösten sollte oder ob sie das nerven würde.

Mari starrte aufs Foto und schüttelte den Kopf. »Sei vorsichtig, welche Wege du einschlägst, Jellybean. Guck mich an. Mein Leben ist so gut wie vorbei.«

»Das stimmt nicht«, widersprach Elena heftig. »Du hast doch gerade das Steuer rumgerissen! Du hast dich entschieden, auszusteigen und hast Hank verlassen!«

Mari lächelte traurig. »So einfach ist das nicht.«

»Nein, einfach nicht, aber möglich. Du hast eine neue Chance ergriffen und du kannst das schaffen!« Elena überlegte kurz, dann sagte sie: »Ich habe auch schlechte Entscheidungen getroffen letztes Jahr. Und ich dachte auch nicht, dass Gott daraus etwas Gutes entstehen lassen kann ... aber ich habe es mit seiner Hilfe geschafft, einen neuen Weg einzuschlagen.« Sie lächelte. »Und mit der Hilfe meiner Familie und meiner Freunde. Du kannst dich darauf verlassen, dass wir dir als Familie genauso den Rücken stärken werden!«

Mari sah sie nachdenklich an. »Ja. Vielleicht.« Sie gähnte. »Wir sollten wieder schlafen gehen.« Sie nahm Elena Noah wieder ab, der sich ein wenig beruhigt hatte, und ging zurück in ihr Zimmer.

»Mari?«, hielt Elena sie zurück. Sie wartete, bis ihre Schwester ihren Blick auf sie richtete. »Gott wird niemals müde, neue Chancen zu geben.« Sie nickte nachdrücklich. »Er wartet auf dich, genau wie Mom und Dad. Und er kümmert sich um dich.«

Maris Lächeln erreichte ihre Augen nicht. »Danke, Elle.«

Ein durchdringender Alarmton riss Jim aus einem unruhigen Schlaf. Sofort saß er aufrecht im Bett und starrte wie elektrisiert auf seine Bildschirme, die mit Warnmeldungen übersät waren.

Er brauchte nur Sekunden, um zu begreifen, was los war. Er sprang auf und stolperte zum Schrank, wo sein Notfallrucksack verstaut war, und riss ihn heraus. Hastig zog er sich an und griff nach seinem Handy. Die vier verpassten Anrufe von Alec bestätigten Jims schlimmste Befürchtungen. Er tippte eine kurze Nachricht an ihn und versuchte dann, Rick anzurufen.

»Jimmy?« Grace stand im Türrahmen, mit verschlafenem Gesichtsausdruck und in ihren Morgenmantel gehüllt. »Was ist das für ein Lärm?« Ihr Blick wanderte zu den Bildschirmen und sie kniff die Augen zusammen.

»Ich muss weg.« Er stopfte einen Pullover in den Rucksack. »Ich muss Rick und seine Schwestern holen. Sie kommen.«

Grace schien zu verstehen, ihre Augen weiteten sich. Seit letztem Herbst wusste sie genug über die Gefahr, die Jim ständig umgab. »Wohin wollt ihr?«

»Ich weiß noch nicht ...« Jim stand einen Augenblick lang unschlüssig vor seinen Bildschirmen, dann griff er nach seinem Laptop und dem Kabel.

»Warte.« Grace verschwand auf dem Flur, während Jim sich beeilte, alles Notwendige zusammenzuraffen. Er war schon unterwegs in Richtung Tür, als Grace ihm eine Tüte hinhielt. »Ein wenig Proviant.« Sie steckte ihm ein paar Geldscheine zu. »Und das wirst du auch brauchen.«

»Grace, ich kann doch nicht ...«

»Doch, du kannst! Nimm schon! Und pass auf dich auf!« Sie schloss ihn in eine feste Umarmung, dann schob sie ihn nach draußen. »Beeil dich, Schätzchen! Und Gott mit euch! Hast du diesem Agenten Bescheid gegeben?«

Jim nickte und spürte plötzlich einen dicken Kloß im Hals. Er hatte keine Ahnung, wann und ob er sie wiedersehen würde ...

»Fahr bitte zu Walter auf die Wache«, bat er inständig. Er war zwar immer noch davon überzeugt, dass Sam nur hinter Rick her war, aber er würde ruhiger sein, wenn er sie in Sicherheit wusste.

Er warf seine Sachen auf den Beifahrersitz, das Handy immer noch in der Hand, womit er zum fünften Mal versuchte, Rick zu erreichen, und startete den Motor. Die Reifen drehten durch, als er Gas gab, und er schaffte den sonst fünf Minuten langen Weg zu den Andersons in zwei.

Das Auto stand kaum, als er schon heraussprang und die Stufen zur Haustür hochjagte. Gerade wollte er gegen die Tür ballern, da fiel ihm ein, dass es ja mitten in der Nacht war. Schnell schob er den Blumentopf auf der linken Fensterbank zur Seite und griff nach dem Schlüssel, dann schlüpfte er ins Haus. In wenigen Sätzen war er oben und in Ricks Zimmer.

»Rick!« Er schüttelte seinen Freund. »Rick, wach auf! Schnell!«

Rick öffnete schlaftrunken die Augen und war sofort hellwach, als er Jim sah. »Was ist?«, fragte er alarmiert.

»Sie sind auf dem Weg. Wir müssen sofort los!« Jim griff nach Ricks Klamotten und warf sie ihm zu. »Schnell! Ich wecke Elena und du Mari! Packt das Nötigste zusammen und kommt! Wir fahren in fünf Minuten.«

Ohne eine Antwort abzuwarten, lief Jim ins nächste Zimmer und schaltete das Licht ein. »Elena!«

Sie zuckte zusammen, riss die Augen auf und gab einen Schrei von sich. »Jim! Was machst ...«

»Keine Zeit für Erklärungen! Los, los, steh auf und pack ein paar Sachen! Wir müssen hier weg!« Jim nahm ihren Schulrucksack, kippte ihn aus und reichte ihn ihr.

»Aber ...«

»Bitte frag nicht, mach einfach und beeil dich!«

Sie nickte mit großen Augen. »Okay.«

Jim verließ ihr Zimmer und lief nach unten. Rick hatte Mari bereits geweckt und zum Glück war Noah dabei nicht aufgewacht. Jim riss den Kühlschrank auf und stopfte alles an Babynahrung in eine Tüte, was ihm in die Finger kam. Oben hörte er Mari laut flüsternd protestieren, da flog auch schon Ricks Rucksack nach unten. Jim schnappte sich die Sachen und lief nach draußen, um alles im Kofferraum zu verstauen.

Elena kam gerade mit ihrem Rucksack die Treppe herunter. Jim nahm ihn ihr ab und fing im nächsten Moment auch noch die Tasche auf, die Rick ihm von oben zuwarf.

»Wir müssen los«, rief er.

»Wohin?«, fragte Mari verwirrt, die Rick mit Noah auf den Armen nach draußen folgte.

»Erst mal weg.«

»Wieso?«

Jim warf ihr einen ungeduldigen Blick zu. »Können wir das unterwegs klären?«

Rick nickte. »Ja, los jetzt.« Er schob seine Schwestern zum Auto und die beiden quetschten sich zu Noahs Kindersitz auf die Rückbank. Rick knallte den Kofferraum zu und lief dann zur Beifahrerseite, während Jim schon den Motor startete.

»Eure Handys habt ihr nicht mitgenommen, nein?«

Kopfschütteln war die Antwort.

»Gut.« Jim gab Gas und ihr Zuhause verschwand innerhalb von Sekunden hinter ihnen.

»Kannst du uns jetzt mal erklären, was das soll?«, fragte Mari. »Du kommst in unser Haus, und das mitten in der Nacht, wirfst uns aus dem Bett und verlangst dann auch noch, dass wir in null Komma nichts aufbrechen, und das ohne eine Erklärung?«

Jim warf ihr einen kurzen Blick im Rückspiegel zu. »Sie kommen.«

Sie erbleichte. »Hank?«

Jim nickte. »Und er bringt Freunde mit.«

Kurz war es still und Jim versuchte, sich nichts anmerken zu lassen. Trotzdem spürte er Ricks wachsamen Blick auf sich.

»Woher weißt du das?«, fragte Elena leise.

»Ich hab Hank überwacht.«

»Du meinst sein Handy?«

Wieder nickte Jim. »Er hat einen bestimmten Radius zu uns überschritten und das hat meinen Alarm ausgelöst.«

»Wie weit sind sie entfernt?«, fragte Rick alarmiert.

»Zwanzig Meilen.«

»Was?! Dann wären sie ja ...«

Jims Hände krampften sich um das Lenkrad. »In weniger als einer halben Stunde da gewesen«, beendete er Elenas Satz.

Sie keuchte und sah erschrocken zum Fenster hinaus, doch kein anderes Auto war hier zu dieser Nachtzeit unterwegs.

»Wieso hat dein Programm so spät reagiert?«, flüsterte Rick verwirrt.

Jim starrte geradeaus. Er wusste ganz genau, warum.

Ray.

Er hatte sich nicht an ihre Abmachung gehalten.

»Was für Freunde bringt er mit?«, fragte Mari. Furcht schwang in ihrer Stimme mit. »Die Gang?«

Jim nickte. »Unter anderem.« Er trat das Gaspedal durch.

»Aber du hast doch gesagt, dass sie die Stadt nicht verlassen werden!«

»Weil sie keine Verbündeten hatten. Da habe ich mich wohl geirrt. Jemand, der sehr viel mächtiger ist als sie, hilft ihnen.«

»Wo sollen wir denn jetzt hin?«, piepste Elena ängstlich.

»Alles gut.« Jim versuchte, ihr durch den Spiegel beruhigend zuzulächeln. »Wenn wir jetzt ein paar Meilen zwischen uns und euer Haus bekommen, hilft das schon mal.«

Rick sah nach draußen. »Sollen wir vielleicht zu unserem Onkel in die nächste Stadt fahren?«

»Nein. Das ist zu nah.«

»Dann zu Mom und Tante Peggy?«, schlug Elena vor.

Mari schüttelte den Kopf. »Ich will sie nicht da mit reinziehen.«

»Aber wo sollen wir denn dann hin?« Elena klang verzweifelt.

Jim starrte auf die dunkle Straße und seine Gedanken rasten.

»Ich habe einen Plan«, antwortete er schließlich.

Es gab nur einen Ort, an dem sie vor den Skullsplitters und Sam sicher waren.

23

Langsam wurde es hell. Sie waren seit einigen Stunden unterwegs und Elena und Mari waren wieder eingeschlafen.

Rick zappelte die ganze Zeit auf seinem Sitz herum und drehte sich zum wiederholten Mal zu seinen Schwestern um, um sich zu vergewissern, dass sie wirklich schliefen. Er spürte Jims Anspannung, die auch in den letzten Stunden nicht abgeklungen war, obwohl sie schon einen beachtlichen Abstand zu ihrem Zuhause hatten. Außer dass sie an einen sicheren Ort fahren würden, hatte er nichts mehr gesagt und seitdem geschwiegen.

»Es ist Sam, oder?«, fragte Rick schließlich vorsichtig.

Jim drehte kurz den Kopf in seine Richtung und er konnte die Antwort in seinen Augen lesen.

Die Angst kroch Rick den Rücken hinauf. »Aber wieso? Ich dachte, du hast einen todsicheren Deal mit Ray.«

Jim schnaubte. »Als würde das Sam abhalten.«

»Aber du hast doch gesagt …«

»Ich weiß, was ich gesagt habe!«, fiel Jim ihm gereizt ins Wort. »Bei Sam kann man sich nie sicher sein! Aber ich dachte, ich hätte einen Weg gefunden. Ich hab zu gefährliche Infos gegen Ray in der Hand. Aber wenn er es nicht geschafft hat, ihn aufzuhalten, dann kann das niemand. Sam würde sogar selbst Ray umbringen, wenn er den Verdacht hätte, dass er sich querstellt.«

»Echt?«, fragte Rick zweifelnd. »Aber die sind doch voll eingeschworen.«

Jim lachte bitter. »Das würde Sam nicht bremsen, wenn er sich verraten fühlt. Im Gegenteil.«

»Aber wie kommt es, dass Sam sich mit den Skullsplitters verbündet hat?«

»Keine Ahnung. Sie müssen rausgefunden haben, dass du durch Mari über Hank zu denen in Verbindung stehst, und das nutzen sie jetzt aus.«

»Aber wozu?«

»Ich weiß es nicht, okay?«, sagte Jim laut. »Wenn ich es wüsste, wären wir nicht hier!«

»Was ist denn los?«, kam es verschlafen von Elena.

»Gar nichts«, meinten Rick und Jim gleichzeitig.

Jim warf ihm einen grimmigen Blick zu und konzentrierte sich wieder auf die Straße.

Zwei Stunden später nahm er eine Ausfahrt, um zu tanken, und die Mädels nutzten die Gelegenheit, um aufs Klo zu laufen. Rick holte das Essen aus dem Kofferraum, das Miss Grace ihnen mitgegeben hatte, und breitete es provisorisch auf der Motorhaube aus.

»Wir machen zehn Minuten Pause«, verkündete Jim, als Mari und Elena wieder zu ihnen stießen.

»So kurz?«, fragte Elena enttäuscht und streckte sich.

»Wir haben gerade mal eine halbe Stunde Vorsprung gehabt. Ich will so viele Meilen wie möglich zwischen uns und Hank bekommen, selbst wenn sie keine Ahnung haben, wo wir hinfahren.« Er zog sein Handy aus der Tasche. »Esst ruhig schon mal. Ich muss telefonieren.«

Er entfernte sich und Mari zog die Augenbrauen hoch. »Also er darf sein Handy dabeihaben, aber wir nicht?«

»Jim kennt sich aus mit Technik.« Rick griff nach einer Packung Kekse und fischte einen davon heraus. »Das wird er nicht zurückverfolgen können.«

»Wer, Hank?« Mari lachte auf. »Ich bezweifle, dass er sein eigenes Handy finden könnte, wenn er es verlöre.«

Rick biss schnell in den Keks, um sich nicht noch mehr verplappern zu können. Jim war deutlich gewesen, als er gesagt hatte, dass die beiden nichts von Sam, Ray und Chase erfahren sollten.

Elena nahm die Toastpackung und belegte ein paar Scheiben mit Truthahnaufschnitt. »Mit wem telefoniert Jim?«

Rick hob die Schultern. »Keine Ahnung. Vielleicht mit jemandem, der uns Zuflucht geben kann.«

»Ich weiß nicht, Rick.« Mari schob Noah von einer Hüfte auf die andere. »Ich trau dem Kerl nicht. Er hat genauso Verbindungen zu Gangs wie Hank und du siehst doch, wo mich das reingeritten hat! Wieso sollte es mit ihm anders laufen?«

»Jim ist nicht so einer«, verteidigte Elena ihn. »Er ist gut!«

»Das spielt er euch auf jeden Fall vor.«

»Nein«, meinte Rick mit Nachdruck. »Das ist echt. Wir wissen, wie er vorher war und wie er jetzt ist, nachdem er sich bekehrt hat. Dazwischen liegen Welten, glaub mir.« Trotzdem hatte selbst Rick ein wenig Zweifel. Wen konnte Jim denn von früher kennen, der nicht eine ähnliche Vergangenheit hatte wie er selbst? Das hatte er doch selbst behauptet, dass nichts von damals gut war. Er sah zu, wie Jim energisch auf und ab schritt, während er sichtlich aufgebracht ins Telefon redete. Was würde jetzt wohl auf sie zukommen?

»Das ist mir bewusst!« Jim schloss frustriert die Augen, als Alec ihn weiter darüber belehrte, wie unklug es gewesen war, sich wieder mit den Skullsplitters anzulegen.

»Jay, das hätte so was von ins Auge gehen können! Und überhaupt, wieso wusstest du, dass Sam auf dem Weg zu Rick war?«

»Weil ich ihn überwacht habe.«

Alec war kurz still. »Willst du mir damit sagen, dass du die ganze Zeit gewusst hast, wo Sam sich befindet?«, fragte er ungläubig.

»Nein, natürlich nicht! Ich habe ihn immer wieder verloren, Ray ist gut. Aber ich auch. Ich kenne seine Methoden. Aber Ray ist diesmal irgendwie durchs Netz gekommen, deswegen habe ich es erst so spät bemerkt.«

»Du hattest Sams Spur?«, brüllte Alec. »Und hast mir nichts davon gesagt? Weißt du eigentlich, was das bedeutet?«

»Ich hatte Sams Spur meist verzögert und auch nicht immer korrekt«, verteidigte Jim sich. »Ray verschleiert die Spuren. Wenn mir mein Programm sagt, dass Sam in Mexiko sitzt, kann es auch sein, dass er schon längst wieder in Florida ist.«

»Jay, das hättest du mir trotzdem weitergeben können!«

»Ich sage es dir ja jetzt, okay? Sie dürfen Rick und seine Schwestern nicht in die Finger kriegen. Ich werde dafür sorgen, dass sie niemand findet.«

»Ray wird dich immer wieder finden, das weißt du.«

»Das ist Fort Knox, wo ich die hinbringe. Sollen sie es versuchen. Sie werden nicht weit kommen.«

Alec knurrte frustriert. »Jay, wir sollten das nicht kopflos angehen.«

»Mache ich auch nicht.«

»Nein, ich meine, dass wir das sorgfältigst planen sollten.«

Jim warf einen Blick zu den Andersons. »Was willst du damit sagen? Dass du sie als Köder einsetzen willst?«

»Wir müssen Sam endlich dingfest machen; und das weißt du. Sonst werdet ihr nie zur Ruhe kommen. Willst du, dass Rick und Elena ein Leben wie du führen müssen? Immer einen Blick über die Schulter werfend? Wir hätten die drei mit deiner Hilfe längst verhaften können!«

»Nein, hättet ihr nicht. Ray ist euch immer einen Schritt voraus. Er weiß, wann du auch nur in die Nähe kommst.«

»Melde dich, sobald ihr da angekommen seid, wo ihr hinwollt. Ich setze mich bis dahin mit Marlene zusammen.«

»Okay.«

»Und … Jay?«

»Ja?«

»Passt auf euch auf. Ich will keine Wiederholung vom Herbst.«

»Die wird es nicht geben.« Jim legte auf und rieb sich die Augen. Der zweite Anruf war für ihn noch schwieriger. Er sah wieder zu den Andersons, die ihn beobachteten, und wandte sich ab, während es klingelte.

»Ja?«, meldete sich Boaz' tiefe Stimme.

Er zögerte kurz, dann entschloss er sich, es hinter sich zu bringen. »Wir müssen untertauchen. Sam ist uns auf den Fersen. Wir sind auf dem Weg zu euch.«

»Jonah?«

Jim atmete tief durch. »Ja. Hör zu, ich weiß, dass es wegen Alysha kompliziert ist, aber ich wäre euch sehr dankbar, wenn ich meine Freunde bei euch verstecken könnte. Bei euch sind sie in Sicherheit und ich würde ihren Schutz sonst niemandem in die Hände legen. Ich bin dann auch sofort weg, um eine falsche Spur zu legen, sie muss mich nicht sehen. Ich kann die drei auch am Tor absetzen und dann ...«

»Jetzt halt doch mal endlich die Luft an, Jonah!«, unterbrach Boaz ihn. »Eins nach dem anderen, hör mir erst einmal zu. Ich habe sehr viel und lange mit meiner Frau geredet. Wir hatten gehofft, dass du dich bald melden würdest.«

Jims Herz zog sich zusammen. »Was soll das heißen?«

»Dass sie dich sehen will. Ich glaube, es wäre sehr heilsam, sowohl für sie als auch für dich.«

Das konnte alles Mögliche bedeuten.

»Ihr seid auf der Flucht, hast du gesagt?« Boaz klang besorgt, als Jim bejahte. »Ich habe die letzten Monate damit zugebracht, diese Gefahr von Alyson abzuwenden, und du willst die, vor denen sie am meisten Angst hat, jetzt direkt hierherführen?«

»Sam weiß nicht, dass wir auf dem Weg zu euch sind.«

»Aber soweit ich gehört habe, braucht Ray nicht viel, um das herauszufinden.«

Jim schloss die Augen. »Du hast recht, das war eine dumme Idee.«

»Ich denke nicht. Vielleicht ist Angriff jetzt wirklich mal die beste Verteidigung.«

»Wie meinst du das?«

»Ich bin Ex-Soldat, Jonah, ich laufe normalerweise nicht davon. Wir haben hier eine Festung mit einem Sicherheitssystem, das selbst Ray nur schwer knacken kann. Sollen sie nur kommen, dann werden wir sie vielleicht ein für alle Mal los.«

Genau das Gleiche hatte Alec auch gerade schon angedeutet. War das vielleicht die Lösung, nach der sie gesucht hatten? Aber er versuchte doch, seine Freunde außer Gefahr zu bringen, und nicht mitten hinein …

»Wir können das alles hier klären. Ich kontaktiere Agent Hyde, der wird Interesse daran haben. Mit wie vielen Leuten kommst du?«

Jim wusste, dass es keine anderen Optionen gab, die sicher waren. »Wir sind zu viert, plus Baby«, beeilte er sich zu erklären.

»Na, da bin ich auf eure Geschichte gespannt! Braucht ihr Unterstützung? Soll ich euch entgegenkommen?«

»Nein, wir kommen klar.« Das hoffte er auf jeden Fall.

»Okay. Wie lange braucht ihr noch?«

»Wir müssten morgen etwa um diese Zeit da sein.«

Elena hatte jedes Zeitgefühl verloren, als sie das nächste Mal aufwachte. Draußen war es dunkel und sie bemerkte erst ein paar Sekunden später, dass das Auto stillstand. Jim hatte es sich auf dem Fahrersitz gemütlich gemacht und schlief, so wie auch alle anderen. Wann hatten sie denn gehalten? Wie spät war es überhaupt? Es dämmerte bereits und nach und nach konnte Elena erkennen, dass sie an einem Waldrand parkten. Jim hatte die Fenster alle ein paar Finger breit heruntergelassen, sodass die frische Morgenluft ins Auto strömen konnte. Ein wenig kalt war es allerdings schon und Elena breitete ihre Jacke über sich aus.

Sie versuchte gar nicht erst, wieder einzuschlafen. Sie hatte auf der ganzen Fahrt so viele Nickerchen gemacht, dass sie jetzt das Gefühl hatte, zu Fuß weiterlaufen zu können. Vom vielen Sitzen tat ihr alles weh.

Sie wartete noch ein paar Minuten, dann öffnete sie vorsichtig die Autotür. Leise, um die anderen nicht zu wecken, schlüpfte sie nach draußen und fing an, sich ein wenig zu dehnen und zu strecken. Dann sah sie sich neugierig um. Wo waren sie bloß? Alles, was sie sehen konnte, war Wald. Waren sie vielleicht schon da und warteten nur noch darauf, bis es spät genug war, um bei Jims Bekannten zu klingeln?

Sie sah noch einmal zum Auto zurück, dann entschied sie sich, der Straße ein Stück zu folgen. Vielleicht konnte sie ja irgendwo sehen, um welchen Ort es sich handelte.

Jim war nur so weit in den Waldweg hineingefahren, dass man das Auto nicht von der Hauptstraße aus sehen konnte, deswegen brauchte Elena nur ein paar Minuten, bis sie die ersten Häuser sah. Als ihr Blick auf eine Bäckerei fiel, überlegte sie, ob sie Frühstück besorgen sollte, dann fiel ihr aber ein, dass sie nur ihre Kreditkarte dabeihatte. Es war sicherlich nicht ratsam, die auf der Flucht zu benutzen. Sie folgte der Straße weiter, vorbei an einer Bank, einem kleinen Supermarkt, einer Apotheke und einem Zahnarzt und machte dann kehrt.

Zurück beim Auto erwartete Rick sie bereits, in dessen Stirn sich eine tiefe Sorgenfalte grub.

»Wo warst du?«

»Mich nur kurz umsehen.«

Er grummelte etwas, doch Mari lenkte ihn von ihr ab, als sie mit Noah auf dem Arm aus dem Auto kletterte.

»Wo sind wir hier?«, fragte sie verschlafen.

Rick hob die Schultern, doch Elena antwortete: »Scheint eine ziemlich kleine Stadt zu sein. Ich bin grad bis zur Straße gelaufen, aber viel gibt es hier nicht zu sehen.« Sie streckte die Arme nach Noah aus, doch der vergrub sein Gesichtchen an Maris Schulter. »Habt ihr ne Ahnung, wie spät es ist?«

Beide schüttelten die Köpfe.

»Bestimmt so um die sieben Uhr.«

»Seit wann stehen wir hier eigentlich?«

Rick lächelte schief. »Jim ist irgendwann fast eingepennt am Steuer, da hab ich ihn überredet, dass wir kurz rausfahren und ein bisschen schlafen. Das war so um kurz nach drei.«

Mari schob Noah auf ihre andere Hüfte. »Und du hast nicht gesehen, wo wir sind?«

»Na ja, irgendwo in Idaho, aber mehr weiß ich auch nicht.«

»Idaho?«, echote Elena ungläubig. »Krass! So weit war ich noch nie von zu Hause weg.«

»Wo will er denn mit uns hin?«

»Nach Oregon. Er hat da irgendwo Bekannte, mehr hat er nicht dazu gesagt.«

Mari setzte zu einer Antwort an, da unterbrach sie das Geräusch der Autotür, die Jim gerade öffnete.

Elenas Herz hüpfte, als sie seinen verschlafenen Ausdruck und die verwuschelten Haare betrachtete. Schnell sah sie zu Boden, um sich nicht zu verraten.

»Wollen wir weiter?« Jims Stimme klang vom Schlaf noch rau und half ihrem Herz nicht gerade, sich zu beruhigen.

»Wie lange müssen wir noch fahren?«, fragte Mari.

Jim sah auf sein Handy. »Ich denke, dass wir spätestens um fünf da sind.«

»Puh, so lange noch?« Elena sah mitleidig auf Noah, der wieder am Nölen war.

Jim hob als Antwort nur die Schultern.

Rick streckte seinen Rücken durch. »Wollen wir im Ort noch ein paar Snacks kaufen? Ich glaub, wir haben gestern schon ziemlich viel von unserem Vorrat weggefuttert.«

Jim nickte. »Gute Idee. Aber es wäre besser, bar zu zahlen und die Kameras zu meiden.«

»Ich würde gerne gehen.« Elena band ihre Haare zu einem Pferdeschwanz hoch und zog die Kapuze über. »Wer will mit?«

»Ich würde lieber hierbleiben«, meinte Mari und ließ sich auf einem nahegelegenen Baumstamm nieder.

»Dann bleib ich auch hier.« Rick sah zu Jim. »Gehst du mit ihr mit?«

»Klar.« Jim zog sich die Cap tiefer ins Gesicht. »Irgendwelche Sonderwünsche?« Er sah zu Mari. »Brauchst du noch was für Noah?«

»Nein.«

»Okay, dann komm, Elena.«

24

Jim schien plötzlich ziemlich nervös zu werden, je näher sie ihrem Ziel kamen. Zuerst dachte Rick, es läge an seiner Müdigkeit und der langen Fahrt, aber seine Fingerknöchel waren ganz weiß ums Lenkrad gekrampft, und als er sich fahrig die Cap aus der Stirn schob, zitterten seine Finger.

Rick überlegte, ihn darauf anzusprechen, ließ es aber bleiben. Wenn Jims Nerven blank lagen, wollte er sich lieber nicht mit ihm anlegen ...

Nachdem Noah die letzten zwei Stunden fast durchgeschrien hatte, war das eigentlich bei ihnen allen der Fall.

Jim bog auf einen Holzfällerweg ab und drosselte das Tempo, damit sie nicht völlig durchgeschüttelt wurden. Trotzdem hielt Rick sich am Griff über der Tür fest.

Nichts als Wald war rundherum zu sehen. Zu beiden Seiten war er so dicht, dass es unter den Bäumen völlig dämmrig war. Rick erhaschte einen Blick auf ein Reh, dessen weißes Schwänzchen beim Weglaufen aufblitzte.

Sie fuhren fast eine halbe Stunde. Rick hatte das Gefühl, dass Jim trotz der schlechten Straße langsamer fuhr als notwendig.

Schließlich bog er nach rechts auf einen Schotterweg ab, der bis zu einem eisernen Tor in einem mannshohen Zaun führte.

Wie von Geisterhand öffnete es sich und Rick musste schlucken, als er die Schilder, den Stacheldraht und die Strombänder im Zaun sah. Was war das bloß für ein Ort?

Zu beiden Seiten des Weges war immer noch dichter Wald und etwas langsamer fuhren sie nun den holprigen Pfad entlang, bis endlich ein Haus in Sicht kam.

»Wo sind wir hier?«, fragte Elena leise.

Jim antwortete nicht, sondern stellte den Motor ab. War das Angst in seinen Augen?

»Ähm, werden wir erwartet?« Mari sah sich unsicher um.

»Wenn nicht, hätte sich sicher nicht das Tor geöffnet, oder?« Rick spähte nach draußen. Es war niemand zu sehen. Nur zwei Hunde, die sich ihnen mit tiefem Knurren näherten.

Jim stieß die Fahrertür auf und stieg aus. »Wartet hier.«

Die Hunde näherten sich ihm und umkreisten ihn. Doch er hielt ihnen seine Hand zum Beschnuppern hin und sie ließen von ihm ab.

Ein paar Minuten stand Jim einfach nur da und sah zwischen Haus und Scheune hin und her.

»Was macht er denn da?«, fragte Elena ungeduldig. »Wieso klingelt er nicht?«

»Ich bezweifle, dass es hier eine Klingel gibt.« Rick warf einen Blick auf die Hunde, die jetzt wachsam das Auto umkreisten. »Wart's ab. Wir saßen jetzt zwei Tage im Auto, da können wir auch ein paar Minuten sitzen bleiben.«

Elena wollte gerade protestieren, da trat ein Mann aus der Scheune. Rick schätzte ihn auf Nathans Alter, doch der Fremde war um einiges breitschultriger und grimmiger. Er kam auf Jim zu und die beiden gaben sich die Hand. Jim zeigte zum Auto und der Kerl sah zu ihnen und nickte ihnen zu. Rick hob schwach die Hand und versuchte ein Lächeln, doch es misslang ihm. Wer war der Kerl?

Jetzt winkte er ihnen auszusteigen. Elena traute sich als Erste und Rick beeilte sich, ihr nachzukommen. Mari folgte ihnen zögerlich zu den beiden Wartenden.

»Das sind Elena, Mari und Rick«, stellte Jim sie vor. »Und das ist Boaz Crawford.«

Boaz gab ihnen nacheinander die Hand. »Freut mich, auch wenn das hier keine erfreulichen Umstände sind. Ihr seid uns willkommen.«

»Uns?«, wiederholte Mari aufmerksam.

Boaz nickte. »Mir und meiner Frau Alyson.« Er sah zu Jim. »Sie kommt auch gleich.«

Rick bemerkte, wie bleich Jim aussah. Was war nur los mit ihm?

»Kommt rein, ihr seid sicher müde. Wir haben zwei Gästezimmer für euch.« Er sah in die Runde. »Die Jungs kommen in das eine Zimmer und die Mädels mit Baby in das andere. Ist das so in Ordnung?«

»Das ist vollkommen in Ordnung, vielen Dank!« Elena lächelte schüchtern.

Boaz ging zu Jims Auto und holte ihre Taschen aus dem Kofferraum. »Folgt mir. Ich zeige euch, wo alles ist. Ihr könnt duschen und danach gibt es auch was zu essen.«

Rick holte Noah mitsamt dem Kindersitz aus dem Auto und trug ihn hinter Boaz, Mari und Elena her. An der Haustür drehte er sich noch einmal um. »Was ist los, Jim? Kommst du nicht?«

Jim vergrub die Hände in den Taschen. »Geht ruhig schon mal vor. Ich komme gleich.«

Die Tür fiel hinter den anderen ins Schloss und Jim blieb allein mit Hood, Pan und der Dämmerung zurück.

Ihm fehlte der Mut, ins Haus zu gehen. Er hatte keine Ahnung, was ihn da erwartete und wie er Alysha begegnen sollte. Wenn sie ihm denn überhaupt begegnen wollte ...

Er sah zu den Fenstern im ersten Stock hoch, ob sie vielleicht irgendwo hinter den Gardinen stand, doch nichts rührte sich.

Sein Blick wanderte zur Scheune und da stand sie.

Unbeweglich und stumm wie ein Geist, nur der leichte Wind, der ihre Haare bewegte, verriet, dass sie echt war.

Jim wagte es nicht, sich zu bewegen, sondern starrte sie einfach nur an und versuchte, sich all ihre Details einzuprägen. Ihre dunklen langen Haare, die sie jetzt zu Braids geflochten trug. Ihre Augen, die sie älter wirken ließen, als sie war.

So viele Erinnerungen strömten auf ihn ein. Ihre Stimme, ihr Lachen, ihr Weinen. Ihr Blick, der so voller Liebe für ihn gewesen war. Mit dem sie ihn jetzt mit einer Mischung aus Vorsicht und Zurückhaltung bedachte.

Jim versuchte, den Gedanken festzuhalten, der ihm wie ein Flummi durch den Kopf sprang.

Sieben Jahre.

Er hatte sie sieben Jahre lang nicht gesehen.

Sieben Jahre lang hatte er geglaubt, sie wäre tot und er würde sie nie wieder sehen.

Aber da stand sie.

Sie war am Leben. Sie war hier und sie war wohlauf.

Er wollte lächeln, wollte ihren Namen sagen, zu ihr gehen und sie umarmen, doch sein Körper wollte ihm nicht gehorchen. Die Gefühle in seinem Inneren zerfleischten sich beinahe in ihrem heftigen Kampf, während er sie so ansah. Er hatte so viele Fragen, doch keine wollte ihm einfallen.

Ihr schien es nicht anders zu gehen.

Stumm starrten sie sich an, Stürme der Angst und verzweifelten Hoffnung in den Augen.

»Ich habe die ganze Zeit geglaubt, du wärst tot.«

Es dauerte eine Weile, bis Jim verstand, dass er das gerade gesagt hatte. Seine Stimme klang in seinen eigenen Ohren furchtbar fremd.

Alysha schwieg. Tränen rannen ihr über die Wangen.

»Es ist das Schuldenprinzip, das Kamney uns von klein auf injiziert hat, oder?« Jim atmete zitternd ein. »Er hat es uns so tief eingehämmert, dass er bis jetzt noch seine Macht auf uns ausübt, obwohl er schon vor fünf Jahren im Knast ermordet wurde.«

»Ich musste dich von mir fernhalten.« Alyshas Stimme klang unsicher und dünn, und doch war sie das Schönste, was Jim an diesem Tag gehört hatte. »Nach allem, was dir wegen mir passiert ist …«

»… warst du mir das schuldig?« Jim schüttelte den Kopf. »Siehst du, was ich meine?«

»Ich habe nichts als Tod über euch alle gebracht«, wisperte sie fast unhörbar. »Verstehst du nicht? Wäre ich nicht so feige gewesen, um mit Mike und dir von dort abzuhauen, hätte Mike nicht sterben müssen. Er hat einen anderen Weg gesucht, um Kamney loszuwerden, und sie haben ihn erwischt. Ermordet. Weil ich mich nicht getraut habe auszureißen!« Jim wollte etwas erwidern, doch sie sprach schnell weiter: »Und du doch genauso! Du bist Mikes Spuren gefolgt, wolltest zu Ende bringen, was er begonnen hat, um mich zu retten, und auch dich haben sie erwischt! Und Rico …« Ihre Stimme brach und sie schluchzte. »Ich habe ihn gebeten, dich zu finden, anstatt mich selbst auf die Suche zu machen! Und damit ist er direkt in den Tod gelaufen! Ich bin schuld, dass er tot ist! Und ich bin schuld an dem, was sie dir angetan haben! Ich … ich bringe nur Tod über euch alle!«

Endlich überbrückte Jim die Distanz zwischen ihnen und schloss sie fest in die Arme. Es war so krass ungewohnt, dass sie ihr Gesicht an seiner Schulter vergraben und er seinen Kopf auf ihren legen konnte. Das letzte Mal war es noch umgekehrt gewesen.

Sie ließ es geschehen, während unkontrollierte Schluchzer sie schüttelten. Jim schnürte es den Hals zu und er hielt sie fest. Er wusste ganz genau, wie sie sich fühlte. Bis vor Kurzem hatte er doch genauso gedacht, hatte sich von diesen Gefühlen leiten lassen, hatte jeden auf Abstand gehalten … Doch das war eine Lüge. Eine Lüge, die ihre klebrigen Fangarme immer enger um die Seele schlang, die kein Licht, keine Freude, keine Freiheit zuließ, sondern immer wieder ihre giftigen Zähne ins Fleisch schlug und kein anderes Denken mehr zuließ.

Irgendwann spürte er Alyshas Finger, die sich in seinen Pullover krallten, als würde sie ihn nie wieder loslassen wollen.

Jim hatte nicht vor, sie je wieder zu verlassen. Nicht jetzt, wo er sie endlich wiedergefunden hatte.

»Du weißt, dass es Kamney war«, flüsterte er leise. »Kamney hat Mike umbringen lassen. Kamney hat immer den Befehl gegeben und Sam hat ihn ausgeführt. Du trägst diese Schuld nicht. Du nicht und ich ... ich auch nicht. Nicht mehr.« Er spürte, wie sie zitterte, und schlang die Arme noch fester um sie. »Jesus hat den Tod besiegt. In der Welt haben wir Angst, aber wir können getröstet sein, denn er hat die Welt überwunden. Und damit auch alles, was Kamney getan hat. Und Sam. Chase. Ray. Wir sind befreit. Sie haben keine Macht mehr über uns.« Jim dachte an den Vers, den Grace immer zitierte, wenn er Albträume hatte. »Fürchte dich nicht, denn ich bin mit dir! Habe keine Angst, denn ich bin dein Gott! Ich stärke dich, ja, ich helfe dir, ja, ich halte dich mit der Rechten meiner Gerechtigkeit.«

»Amen«, wisperte sie und Jim spürte, dass sie es von Herzen sagte.

»Also hast auch du Ricos Gott gefunden?«

Er nickte. »Er hat *mich* gefunden. Und er hat die Macht, uns beide ein für alle Mal von Kamney zu lösen.«

Er wusste, dass sie nicht von heute auf morgen von Gedankenketten frei werden konnte, die sie ihr halbes Leben lang versklavt hatten; die Lügen, die sie all die Jahre gehört und geglaubt hatte. Aber dass sie sich hier und jetzt in den Armen lagen, war ein Schritt nach vorn.

Und das war nur Gottes Gnade zu verdanken.

Rick folgte Boaz und seinen Schwestern in ein gemütlich eingerichtetes Wohnzimmer. Warme und helle Farben, ein knisterndes Kaminfeuer und flauschige Sofas luden geradewegs dazu ein, hier viel Zeit zu verbringen. Der Anblick ließ sich nur schwer mit dem Zaun draußen vereinbaren, der einem den Eindruck vermittelte, dass es sich bei diesem Haus um ein Hochsicherheitsgefängnis handeln musste.

Boaz wandte sich nach rechts, wo eine schmale Treppe ins Obergeschoss führte. Oben zeigte er auf die erste Tür links. Er öffnete sie und gab den Blick auf ein großes Doppelbett frei. »Hier können die Damen schlafen. Es hat ein eigenes, angrenzendes Bad, ich denke, das ist für euch am praktischsten.« Er stellte die Taschen neben dem Schrank ab. »Alyson hat hier ein provisorisches Babybett aufgestellt, Mari. Wenn es dir nicht passt, können wir das umbauen. Sag einfach, was du brauchst.«

Mari strich vorsichtig über den riesigen Flechtkorb, der mit weichen Decken ausgelegt war. Er war mit bunten Seilen an einer Holzkonstruktion aufgehängt worden und darüber baumelten einige aus Stoff geflochtene Blümchen, Sterne und Tiere. »Das reicht auf jeden Fall«, sagte sie leise und lächelte.

»Rick, ihr schlaft im Büro, weil wir nur ein Gästezimmer haben. Ich habe da zwei Matratzen auf den Boden gelegt.«

»Danke, das ist mehr als ausreichend. Wir machen euch wahrscheinlich sowieso schon viel zu viele Umstände.«

Boaz winkte ab. »Und wenn schon.« Er zeigte auf eine Tür. »Das Bad ist am anderen Ende des Flurs. Macht euch in Ruhe erst mal frisch und kommt dann runter zum Essen.«

»Essen? Sollten … sollten wir uns nicht lieber auf einen Angriff oder so gefasst machen?«

»Keine Sorge. Ihr habt einen ordentlichen Vorsprung und euer Freund hat eine besondere Fähigkeit, nicht entdeckt zu werden. Selbst wenn euch der landesweit beste Hacker sucht, wird der mindestens ein paar Stunden brauchen, um euch zu finden, also entspannt euch.«

Er verschwand wieder die Treppe hinunter.

Elena sah Rick achselzuckend an und ging ins Bad.

Eine halbe Stunde später versammelten sie sich im Wohnzimmer am reich gedeckten Esstisch. Von Jim und Alyson war nichts zu sehen.

»Ist Jim nicht wiedergekommen?«, flüsterte Elena ihm zu.

Rick hob die Schultern. »Ich hab ihn nicht gesehen.« Er sah zum Fenster, doch draußen war es bereits dunkel. War Jims Auto überhaupt noch da? War er vielleicht schon längst wieder weg? Daran hatte er gar nicht gedacht ... So, wie er Jim einschätzte, würde er das vielleicht sogar bringen, um irgendwo eine falsche Spur zu legen. Hoffentlich machte er nichts Unüberlegtes.

Boaz kam mit einer dampfenden Auflaufform zu Tisch und Rick lief das Wasser im Mund zusammen, als er die Lasagne darin erspähte. Boaz betete und dankte fürs gute Essen, bat um Bewahrung und Weisheit und schöpfte dann allen ein.

Ricks Blick wanderte zu den beiden freien Plätzen. Wo waren Jim und Alyson?

Über dem Kamin hing ein großes Hochzeitsbild von Boaz und Alyson. Boaz sah nicht viel jünger darauf aus als jetzt, also waren sie vielleicht noch gar nicht so lange verheiratet. Alyson war eine dunkle Schönheit mit schwarzen, lockigen Haaren, die ihr bis zur Hüfte reichten und in die Blumen und Schmuck eingeflochten waren. Ein Feldblumenstrauß lag locker in ihren Händen und sie lehnte sich an Boaz. Ihr Blick ließ Rick stutzig werden. Er war zwar noch nicht auf sehr vielen Hochzeiten gewesen, aber ihre dunklen Augen waren für den schönen Anlass seltsam ernst. Irgendwie kam sie Rick bekannt vor, doch ihm fiel nicht ein, woher.

»Woher kennen Sie Jim eigentlich?«, wagte Elena irgendwann zu fragen.

Boaz hob die Augenbrauen. »Er hat euch nichts erzählt?«

»Nein, er hat nur gesagt, dass das hier ein sicherer Ort ist.«

Boaz nahm einen Schluck von seinem Eistee. »Nun, dann solltet ihr es von ihm selbst hören.«

»Sind Sie einer von den Skullsplitters?«, platzte Mari heraus.

Boaz lachte laut auf und Elena zuckte zusammen. »Wie

kommst du denn darauf? Nee, nee. Mit Gangs habe ich nie was zu tun gehabt.« Er knallte das Eisteeglas zurück auf die Tischplatte und dieses Mal fuhr Mari zusammen.

»Und warum dann der Gefängniszaun?«, fragte Elena neugierig.

Boaz' Lächeln verschwand. »Aus Sicherheitsgründen. Meine Frau hatte in der Vergangenheit Ärger mit einigen sehr gefährlichen Menschen. Deswegen haben wir ein äußerst effektives Sicherheitssystem entwickelt, um auf alles vorbereitet zu sein.«

Mari zerknüllte ihre Serviette. »Das heißt, wir sind hier nicht nur vor den Skullsplitters, sondern auch noch vor anderen Verbrechern in Gefahr?«

»Oh, die sollen nur mal versuchen, hier reinzukommen«, antwortete Boaz gelassen. »Das hat ja noch nicht einmal Jim geschafft, als er vor ein paar Wochen hier war. Und der Junge ist gut in dem, was er tut.«

Rick runzelte die Stirn. Hier war Jim also gewesen ... Hatte er ihre Flucht schon damals arrangiert? Aber das war doch gewesen, bevor sie Mari geholt hatten ...

»Und Sie sind jetzt wer für Jim?« bohrte Mari nach.

»Hört erst mal auf, mich zu Siezen. Und da ihr sowieso nicht lockerlassen werdet ...« Er grinste flüchtig. »Ich bin Jims Schwager.«

Elena verschluckte sich an ihrer Lasagne und fing an zu husten.

»Schwager?«, echote Rick. Er sah wieder zum Hochzeitsbild und wusste plötzlich, woher er Alyson kannte. »Dann ist Alyson Jims Schwester?«

»Jim hat mit euch über sie gesprochen?«

Elena schüttelte immer noch hustend den Kopf und griff nach ihrem Glas.

»Nein, nur mit mir. Und auch nicht viel ...« Elenas ungläubiger Blick ließ Rick verstummen. Von ihm sollten sie eigentlich nichts erfahren, also hielt er lieber den Mund. Dass er wusste, dass sie eigentlich Alysha hieß, war wahrscheinlich schon eine Information zu viel.

»Und sie hat auch Probleme?«, hakte Mari nach.

Jetzt war es an Boaz dichtzumachen. »Ob sie darüber reden will, ist ihre Sache. Und ich bitte euch, sie nicht zu drängen.« Er lehnte sich zurück. »Für heute Nacht seid ihr auf jeden Fall sicher, macht euch da keine Sorgen. Morgen früh sprechen wir dann über die Angelegenheit, wegen der ihr hier seid. Auf dem Gelände könnt ihr euch frei bewegen, nur würde ich an eurer Stelle nicht zu nah an den Zaun kommen.«

»Was ist mit den Hunden?«, fragte Elena und wischte sich über die von ihrem Hustenanfall tränenden Augen.

»Mit denen mache ich euch gleich bekannt. Pan und Hood müssen nur wissen, dass ihr Freunde seid, dann ist alles gut.« Boaz zeigte auf die Lasagne. »Hat noch wer Hunger?«

»Kamney wusste immer genau, wo unsere Schwächen lagen und wie er die gegen uns ausspielen konnte. Du warst meine, JayJay. Ich war deine. Wir beide waren Mikes und Rico hatte seinen Glauben an Gott, den er trotz Kamneys Verbot ausgelebt hat. Und das hat Kamney ausgenutzt.«

Jim nickte stumm. Hatte Kamney ihm nicht immer gesagt, dass er sein Talent verbessern musste, um Alyshas willen? Dass er für seine große Schwester sorgen konnte, wenn er sich nur noch mehr anstrengte? Kamney hatte bei allen seinen Schützlingen ganz genau gewusst, wo er anzusetzen hatte, um sie dorthin zu lenken, wo er sie haben wollte. Er hatte jeden von ihnen geformt, geprägt, ja konditioniert. Er war tief in Gedanken und Gefühle eingedrungen und hatte Lüge, Hass und falsche Loyalität gepflanzt, genau da, wo sie am ehesten gedeihen würden.

Alysha verbarg ihr Gesicht in ihren Händen. »Wäre ich nicht gewesen, wären Mike und Rico noch am Leben und du hättest auch nicht durch die Hölle gehen müssen!«

»Wärst du nicht gewesen, dann wäre ich genauso geworden wie

Sam, Chase und Ray. Mike ebenso. Du warst diejenige, die Hoffnung und Liebe in mein Leben gebracht hat, Alysha. Du warst meine Familie. Ohne dich wäre ich zu einem weiteren Schlüssel in Kamneys Hand geworden. Ich war auch so schon auf dem besten Weg dahin, das weißt du genau.«

Jim konnte vom Bach, an den er sich vor einigen Stunden mit Alysha gesetzt hatte, nur noch das Plätschern hören, so dunkel war es inzwischen. Alysha hatte dieses Fleckchen Erde als ihren Lieblingsplatz bezeichnet, da er sie an die Wellenbrecher erinnerte.

Jim hatte ihr alles erzählt.

Alles.

Von der Sekunde an, als er mitten in der Nacht Kamney House verlassen hatte, um mit all den Beweisen zu Alec Hyde zu gehen, und einfach so vieles schiefgegangen war. Wie er durch Verrat in Sams Hände geraten war und der versucht hatte, ihm Informationen zu entlocken, die Jim ihm nicht hatte geben können. Über seine Zeit in der Reha, seine Adoption und die damit verbundenen Schwierigkeiten, den ganzen Müll, den er in Chicago gebaut hatte, seinen Umzug zu Walter und Grace, und wie es sein Leben verändert hatte. Was die beiden ihm bedeuteten, was Rick ihm für ein guter Freund war, dass Sam, Ray und Chase ihn dort gefunden und zu töten versucht hatten und wie er zum Glauben an Gott gefunden hatte.

Und von seiner Begegnung mit Ray, nachdem er entdeckt hatte, dass der Rick ausspionierte. Nur bei der Sache mit Mari und Hank hatte er sie gebeten, Mari selbst danach zu fragen.

Alysha wiederum hatte ihm erzählt, wie Rico sie rechtzeitig aus Kamney House geholt und in Sicherheit gebracht hatte und wie sie in den Park gefahren waren, nur um Ricos Leiche zu finden und Jonah, wie er halbtot am Boden lag. Ja, sie war durchgedreht in der Nacht und es hatte Jahre gedauert, bis sie sich davon erholt hatte. Und dann hatte sie Boaz kennengelernt. Er hatte ihr mit seiner unglaublich geduldigen Art aus dem tiefsten Loch herausgeholfen, hatte er doch als Ex-Soldat ähnlich traumatische Erfahrungen gemacht.

Es hatte lange gedauert, bis sie gelernt hatte, ihm zu vertrauen, doch jetzt verband sie so ein unglaublich starkes Band miteinander, dass sie sich nicht mehr vorstellen konnte, ohne ihn zu leben.

»Und dann seid ihr hierhergezogen?«, fragte Jim.

Im schwachen Mondschein konnte er sie nicken sehen. »Boaz hat das Haus von seinem Onkel geerbt.« Sie lachte leise. »Er war wohl ein ziemlich komischer Kauz mit einem Hang zu Verschwörungstheorien und zum Verfolgungswahn, aber Boaz und er haben sich super verstanden. Das Grundstück war schon damals gut gesichert und die Saferooms auch, es war also perfekt. Alle in Boaz' Familie haben es Fort Crawford genannt und das ist es bis jetzt geblieben. Marlene Jones hat dann noch die ganzen Sicherheitsmaßnahmen verstärkt und ausgebaut.«

Jim nickte beeindruckt. »Selbst ich bin da nicht durchgekommen.«

»Das tröstet mich wirklich ungemein. Ich hoffe, Ray hat ebenfalls seine Schwierigkeiten.«

»Die wird er auf jeden Fall haben.«

»Als der Alarm losging ...« Alyshas Blick suchte den seinen. »Ich habe wirklich geglaubt, sie sind hier. Wer sonst sollte sich Zugang verschaffen wollen, ohne vorher zu klingeln?«

»Tut mir echt leid.«

Sie schüttelte den Kopf. »Ich habe mich in eines der Geheimverstecke zurückgezogen. Doch als Boaz nach einer Weile wiederkam und mir sagte, dass du es bist ... da habe ich Panik bekommen. Mir kamen all die Erinnerungen und Bilder hoch und ich hatte das Gefühl, der Tod lauere wieder direkt hinter mir und warte darauf, die zu verschlingen, die mir nahestehen.« Ihr Versuch eines Lächelns misslang. »Du musst mich für verrückt halten. Manchmal tue ich das ja auch schon selbst.«

»Tue ich nicht. So sind wir nun mal. Du versteckst dich. Ich haue ab. Einmal ... einmal in Chicago bin ich komplett durchgedreht.

Ich saß bei nem Kumpel im Auto hinten und er hat die Zentralverriegelung betätigt. Da sind bei mir alle Sicherungen durchgebrannt. Hab die Scheibe eingeschlagen, bin durchgeklettert und dann gerannt und gerannt, quer über die Fahrbahn und durch die Häuserschluchten. Ich bin gelaufen, bis meine Knie unter mir weggeknickt sind und dann auf ein Hochhaus geklettert. Da habe ich mich nicht mehr runtergetraut, bis Alec mich gefunden hat.«

Sie senkte den Blick. »Dann kannst du dir vorstellen, in welcher Verfassung ich war, als ich dich weggeschickt hatte.«

»Deswegen hast du dich auch nie gemeldet.«

Sie nickte. »Ich war so froh zu wissen, dass eine Pflegefamilie für dich gefunden wurde und du in Sicherheit warst, deswegen habe ich es für besser gehalten, aus deinem Leben zu verschwinden.« Sie schluckte und rang sichtlich mit ihren Gefühlen. »Ich wollte, dass du einen Neuanfang machst. Ohne mich. Ohne irgendwelche Einflüsse von Kamney House.«

Jim lächelte traurig. »Man kann dem Einfluss nicht entkommen, Alysha. Egal, wo wir hingehen, wie wir uns nennen, wie wir uns entscheiden – wir nehmen immer uns selbst mit, hat meine Tante gesagt. Wir können vielleicht lernen, damit umzugehen, aber wir können nichts daran ändern, wie wir unser halbes Leben lang geprägt wurden.«

Sie strich über sein Löwenarmband. »Ray wird wahrscheinlich nicht auf die Idee kommen, mich über meinen Beruf zu finden, so wie du.«

»Wenn Sam genug Druck macht, wird er dich so oder so finden, egal wie lange es dauert. Mich haben sie schließlich auch gefunden.« Jim schluckte, als er daran dachte, dass seine Schwester in genau der gleichen Gefahr schwebte wie er.

»Keine Sorge, Jonah. Gott hat uns starke Menschen an die Seite gestellt, die wissen, was zu tun ist. Und der Herr selbst kämpft unsere Kämpfe, daran halte ich fest.«

Jim drückte sie kurz an sich und betete innerlich, dass der Glaube seiner Schwester nicht erschüttert werden würde.

25

Rick wurde endgültig wach, als er bestimmt zum fünften Mal mit dem Kopf gegen den Schrank stieß. Grummelnd rieb er sich die Stirn und blinzelte ins Morgenlicht, das durchs Fenster fiel. Eigentlich hatte er ganz gut geschlafen, aber der Schrank war einfach im Weg.

Er drehte sich auf die andere Seite und entdeckte Jim, der zusammengerollt auf seiner Matratze schlief. Wann er wohl ins Zimmer gekommen war? Rick war ja selbst erst gegen Mitternacht eingeschlafen, da war er noch nicht da gewesen.

Grübelnd sah er zur Decke. Wenn Alyson wirklich Alysha war ... dann ergab plötzlich vieles Sinn.

Dass Jim so lange weg gewesen war.

Dass er so fertig war in letzter Zeit.

Wenn er schon einmal hier gewesen war, war das Treffen dann nicht gut verlaufen? Hätte Jim ihm das nicht erzählt, wenn es ein freudiges Wiedersehen gegeben hätte?

Und wenn Sam ihnen auf den Fersen war, war es dann nicht leichtsinnig hierherzukommen? Brachten sie Alysha damit nicht in Gefahr?

Andererseits war das hier wirklich eines der bestgesichertsten Grundstücke, die Rick je gesehen hatte. Aber Moment. Hatte Jim nicht gesagt, er hatte dank Ray Schwierigkeiten, Sam auf dem Schirm zu behalten? War das vielleicht auch der Grund, warum Jim erst so spät alarmiert worden war, als die Skullsplitters mit Sam, Ray und Chase angerückt waren?

Würden sie dann überhaupt irgendwo sicher sein?

Rick überlegte, Jim zu wecken und mit ihm darüber zu reden, entschied sich dann aber dagegen. Jim war die letzten zwei Tage

Auto gefahren und war bestimmt völlig k. o. Zum Reden war später immer noch Zeit.

Ein paar Minuten blieb er noch liegen, dann zog er sich leise an und machte sich auf die Suche nach seinen Schwestern. Noah wies ihm mit seinem Gequengel den Weg hinunter ins Wohnzimmer, wo Mari mit Noah und Elena auf dem Sofa saß.

»Morgen«, begrüßte er die drei und setzte sich auf die Armlehne. »Gut geschlafen?«

Elena schüttelte den Kopf. »Ich wusste nicht, dass Babys nachts so oft wach sind.«

Mari grinste ein wenig. »Willkommen in meiner Welt.«

Rick senkte die Stimme. »Sind Boaz und Alyson schon auf?«

Elena nickte. »Die machen Frühstück. Ich hab schon gefragt, ob ich helfen soll, aber sie meinten Nein.«

Neugierig sah Rick zur Küche. Er war furchtbar gespannt auf Alyson. Jim hatte nicht viel von seiner Schwester erzählt, aber dem Wenigen zufolge war sie der wunderbarste, mutigste und liebevollste Mensch in seinem Leben gewesen.

Vielleicht zehn Minuten später kam sie ins Wohnzimmer. »Hallo!« Ihre Augen lächelten mit, als sie ihm die Hand reichte. »Du musst Rick sein.«

Rick erwiderte ihren erstaunlich kräftigen Händedruck. »Richtig. Und du bist Jims Schwester.«

Ihr Blick flackerte. »Genau.« Kurz sah sie aus, als wolle sie noch etwas sagen, doch dann wandte sie sich an Mari und Elena. »Das Frühstück ist fertig. Ihr könnt gerne schon zu Tisch kommen.«

»Ich geh Jim wecken«, bot Rick an.

»Ach, lass ruhig. Er ist ziemlich lange wach gewesen.« Ein friedliches Lächeln huschte über Alysons Gesicht.

Elena sah fragend zu Rick, doch er hob nur die Schultern und sie folgten Alyson zum Frühstückstisch.

Boaz dankte wieder fürs Essen und betete für Weisheit, dann langten alle kräftig zu.

Rick griff gerade nach seiner dritten Waffel, als Jim verschlafen im Türrahmen erschien. »Morgen«, murmelte er und ließ sich auf den letzten freien Platz neben seinem Schwager fallen.

Boaz klopfte ihm auf die Schulter. »Gut geschlafen?«

Jim nickte und Rick konnte sehen, wie er seinen Blick auf Alyson heftete. Wie es Jim wohl jetzt ging, wo er seine Schwester endlich wiederhatte? War zwischen den beiden alles in Ordnung?

Als alle fertig waren, ergriff Boaz das Wort. »Ihr seid hier in Sicherheit, das will ich noch einmal betonen.« Er sah in die Runde. »Trotzdem werden wir noch einige Maßnahmen ergreifen, um auf alle Eventualitäten vorbereitet zu sein. Eine Bekannte von uns, die das Sicherheitskonzept für unser Zuhause hier entwickelt hat, habe ich schon angerufen und sie wird heute im Laufe des Tages ankommen, wenn alles glatt läuft. Sie ist übrigens auch beim FBI und mit Jims und Alysons Geschichte vertraut.«

»Marlene kommt hierher?«, fragte Jim überrascht.

»Richtig. Die kennst du ja auch.«

»Alec Hyde hat sich daraufhin auch zurückgemeldet«, ergänzte Alyson. »Er wird ebenfalls kommen.«

Jim nickte. »Das ist gut.«

Rick war erleichtert. Hyde war doch für solche Fälle ausgebildet worden, er würde bestimmt eine Lösung finden.

»Ich mache mich dann mal daran, das Sicherheitssystem abzuchecken und mit meinem Programm zu synchronisieren.« Jim stand auf. »In der Scheune ist doch alles vom System oder habt ihr noch etwas im Haus?«

Boaz schüttelte den Kopf. »Es ist alles in der Scheune. Im Haus kann man vom Computer und Tablet zwar auch drauf zugreifen, aber das war's.«

»Ich zeige dir mal, wie Marlene das aufgebaut hat.« Alyson stand ebenfalls auf und die beiden verließen das Esszimmer.

Elena bot an, den Abwasch zu machen, und Rick überlegte kurz, auch in die Scheune zu gehen, aber er wollte die beiden nicht stören und entschied sich, stattdessen das Gelände ein wenig zu erkunden.

Draußen kamen sofort Hood und Pan auf ihn zugelaufen und kontrollierten gewissenhaft, ob es sich bei ihm um Freund oder Feind handelte, bevor sie sich wieder in die Scheune verzogen. Rick schlug den Weg links am Schuppen vorbei ein, der, wie Boaz erklärt hatte, runter zum See führte. Er achtete etwas nervös darauf, auf dem Weg zu bleiben, und hielt Ausschau nach den Fallen, vor denen Boaz ihn noch gewarnt hatte.

Unter den Bäumen war es relativ kühl, und als er sich umsah, stellte er überrascht fest, dass man kaum etwas vom Zaun sah, der das gesamte Gelände umspannte. Wenn er es nicht besser gewusst hätte, hätte er geglaubt, irgendwo im tiefsten Wald zu sein. In einiger Entfernung hörte er einen Specht hämmern, im Unterholz raschelte es von Mäusen oder anderen Kleintieren und er sah zwei Eichhörnchen umherspringen.

Am See angekommen setzte er sich auf den schmalen Bootssteg. Eigentlich war das hier eher ein Weiher oder Teich, in den der Bach, der hinterm Haus entlangfloss, mündete, aber zumindest groß genug für ein kleines Ruderboot war er trotzdem. Ein Bootsschuppen, dessen Fassade dringend einen neuen Anstrich benötigte, war direkt an eine kleine Felswand gebaut worden.

Rick ließ die Beine ins Wasser baumeln und versuchte, seine Gedanken zu ordnen. Er konnte immer noch nicht fassen, wie sein Leben innerhalb von so wenigen Tagen auf den Kopf gestellt worden war. Schon wieder.

Der bloße Gedanke, dass Sam, Chase und Ray ihnen auf den Fersen waren, versetzte ihn in blanke Panik. Und wenn er daran dachte, wie knapp sie ihnen und den Skullsplitters entkommen waren, wurde ihm schlecht. Zwar waren sich Jim und Boaz sicher, dass ihnen hier nichts passieren würde, aber was, wenn doch? Schließlich war Jim im Herbst theoretisch auch absolut sicher gewesen und Ray hatte ihn trotzdem gefunden. Was, wenn diese Typen sich wieder einen Weg bahnen würden, mit dem sie nicht rechneten? Sam heckte doch garantiert einen Plan aus und hatte dafür jetzt auch noch die Unterstützung einer Gang.

Waren sie dem gewappnet? Würde sie das Sicherheitssystem von Jim und Boaz wirklich schützen können? Oder war Ray am Ende doch in der Lage, es zu knacken?

Frustriert seufzte Rick auf. Das hielt man ja nicht aus! Wie hatte Jim bloß mehrere Jahre so leben können? Kein Wunder, dass er immer so geheimnisvoll und unnahbar gewesen war. Er hatte immer damit gerechnet, dass Sam plötzlich vor ihm stehen konnte.

»Ich hoffe, du hast alles in der Hand, Gott«, flüsterte Rick in die Stille des Waldes hinein.

Eine ganze Weile blieb er noch am Steg sitzen, in der Hoffnung, dass sich so etwas wie Frieden in ihm breitmachen und die Nervosität weichen würde.

Doch als er sich nach etwa einer halben Stunde zum Haus zurückbegab, war er noch genauso nervös wie zuvor.

Das quietschende Tor und dann das Geräusch eines Autos, das sich näherte, lockten Rick zum Fenster.

Es war bereits Nachmittag. Mari hatte sich ein wenig hingelegt und Elena und er hatten angeboten, im Wohnzimmer so lange auf Noah aufzupassen. Rick beobachtete, wie ein dunkelblauer Jeep vor dem Haus hielt, Alec Hyde ausstieg und der Frau auf dem Beifahrersitz die Tür aufhielt.

»Sind sie schon da?«, flüsterte Elena und versuchte, über seine Schulter ebenfalls hinauszuspähen.

Rick zuckte zusammen. Er hatte sie gar nicht näher kommen hören. »Ja. Mr Hyde kennst du ja schon und das muss diese Marlene Jones sein.«

»Sie sieht nett aus.«

In dem Augenblick schaute Hyde zum Fenster hin. Rick widerstand dem Drang, sich zu verstecken, nur mühsam und starrte einfach nur zurück.

»Ich werde direkt nervös, wenn ich diesen Typen sehe.« Elena verzog die Lippen zu einem Schmollmund. »Das letzte Mal hätte er dich fast nicht mehr nach Hause gebracht.«

»Aber er *hat* mich nach Hause gebracht.« Rick stieß sich von der Wand ab und ging nach draußen, wo Boaz die beiden Neuankömmlinge begrüßte. Er überlegte kurz, Mari zu wecken, aber sie konnte die Erholung dringend brauchen.

»Wie war der Flug?«, fragte Boaz gerade.

Marlene lächelte breit. »Ich habe geschlafen wie ein Stein.«

»Kein Wunder bei den Reisetabletten, die du geschluckt hast«, brummte Alec. Er selbst hingegen sah aus, als hätte er schon länger keinen Schlaf mehr bekommen. »Hallo Elena. Rick.« Er kam zu ihnen und gab ihnen die Hand. »Alles okay so weit?«

Rick nickte stumm und erwiderte seinen Händedruck.

Marlene trat ebenfalls vor, um sie zu begrüßen. »Hi! Ich bin Marlene Jones und unterstütze Alec Hyde im Fall.« Sie lächelte warm und Rick bekam sofort das Gefühl, dass sie eine gute Seele war.

Marlene sah sich zu Boaz um. »Tja, so wie ich das verstanden habe, stehen wir ein wenig unter Druck. Ich gehe dann mal sofort in die Scheune und mach mich ans Überwachungssystem.«

Jim sah nicht auf, als er Stimmen näher kommen hörte, und tippte weiter unentwegt auf der Tastatur herum. Die Zeile musste er noch zu Ende schreiben. Erst, als er die letzte Klammer gesetzt hatte, drehte er sich zu den anderen um und stand auf.

»Alec. Marlene.« Er gab den beiden die Hand.

Marlene strahlte ihn so breit an, dass er lächeln musste. »Meine Güte, bist du groß geworden! Als ich dich das letzte Mal gesehen habe, gingst du mir gerade mal bis zur Schulter!«

»Hast du alles im Griff?«, fragte Alec und deutete auf die Überwachungsanlage. »Boaz meinte, du hast schon einiges an Vorarbeit geleistet?«

Jim nickte und wandte sich wieder der Bildschirmwand zu. »Ich bin grad dabei, das bestehende Sicherheitsprogramm mit meinem zu verbinden.«

»Hört sich spannend an. Lass mal sehen!« Marlene setzte sich auf den zweiten Stuhl und richtete ihre Aufmerksamkeit auf den Code.

Boaz sah zu Alec. »Ich würde Ihnen dann zuerst das Gelände und unsere Sicherheitsvorkehrungen zeigen, damit Sie wissen, woran wir sind. Rick, Elena, kommt auch am besten noch mal mit.«

»Gute Idee. Danach sollten wir hier eine Besprechung abhalten, wie wir weiter vorgehen.« Alec wartete Marlenes abwesendes Nicken ab und folgte Boaz dann wieder nach draußen.

Marlene kniff die Augen zusammen, als sie den Quellcode überflog. »Wie hast du ...« Sie brach ab und scrollte weiter. »Das ist ...« Sie warf Jim einen kurzen Seitenblick zu. »Hast du etwa ...?«

Jim rutschte ein wenig unbehaglich auf seinem Platz herum. »Ich nutze das nur für mich selbst, ehrlich, Marlene. Ich weiß, dass das nicht legal ist.«

»Du hast einen Algorithmus geschrieben, der Überwachungskameras und Mobilfunknetze in den Staaten anzapft und mit von dir eingegebenen Daten vergleicht?«

Jim nickte. »Für die Leute, die ich im Auge behalten will. Dank der Handys weiß ich, wo die sich ungefähr befinden. Ich hab das Programm so geschrieben, dass Kameras in der Umgebung, in der sich das Handy mit den Mobilfunkmasten verbindet, darauf reagieren und dann die Gesichtserkennung läuft. Dann weiß ich, wo sich die Leute befunden haben.«

»Du warst ja schon damals so clever. Sollte mich eigentlich nicht wundern, dass du so was zustande bekommst. Du übertrumpfst deinen Lehrer langsam.« Die Agentin schüttelte ungläubig den Kopf. »Ich besorg dir sofort ein Stipendium am MIT oder an der Harvard University, wenn das hier vorbei ist.«

Jim lachte verlegen. »Klar.«

»Ich mein das ernst. Ich habe Mitstudenten im fünften Semester gehabt, die nicht einmal die Basics deines Programms hinbekommen hätten.« Sie warf ihm ein schiefes Lächeln zu. »Und es funktioniert auch?«

»Nicht immer. Die Abgleichungen dauern und deswegen sind die Standorte nicht immer korrekt. Vor ein paar Tagen hat es mir die Daten um ein paar Stunden verspätet zugeschickt. Ich glaube, ich bräuchte dafür mehr Server oder am besten Zugriff auf einen Satelliten.«

»Wäre von Vorteil.« Sie deutete auf einen der Bildschirme. »Und was hast du hier gemacht?«

»Ich habe eine falsche Spur nach Kanada gelegt. Wenn alles klappt, sind Sam, Chase und Ray dabei, die Hinweise nach Ottawa zu verfolgen.«

»Hast du eine Ahnung, wo sie gerade sind?«

Jim hob die Schultern. »Wenn ich es richtig sehe, folgen sie der Spur und sind kurz vor der Grenze.« Er öffnete eine Datei. »Hier, das ist eine Aufnahme von einer Motelkamera in Wisconsin. Da waren sie wohl gestern Abend.«

Marlene nickte beeindruckt. »Sehr gute Arbeit.«

»Aber die Info habe ich erst heute Vormittag bekommen.«

Sie schnappte sich die zweite Tastatur. »Na, dann wollen wir das Ganze doch mal optimieren.«

26

Als Rick und Elena mit Mari in die Scheune kamen, waren die anderen schon versammelt. Jim und Marlene waren in ein angeregtes Gespräch vor der Bildschirmwand vertieft; Alec und Boaz standen über eine Karte gebeugt, auf der der Grundriss des Hauses und die umliegende Umgebung eingezeichnet waren.

Elena bekam sofort das Gefühl, in guten Händen zu sein. Zwar hatte sie immer noch einen Mordsrespekt vor diesem Hyde-Typen, aber Marlene Jones war echt nett und hatte sie sofort mit einbezogen, als wäre sie schon erwachsen.

Boaz hob den Kopf, als er sie bemerkte. »Gut, ihr seid da! Dann können wir starten.«

Alec trat vor. »Ich denke, es wäre das Beste, wenn wir alle auf demselben Stand sind. Wir haben es hier mit zwei Gegnern zu tun. Die Skullsplitters haben es auf Mari und ihr Baby abgesehen.« Er zeigte zur Bildschirmwand, wo Marlene eine digitale Akte öffnete und ein Foto auf einen weiteren Schirm warf. »Das ist Hank, die rechte Hand von Dojan, dem Kopf der Skullsplitters. Rechtsanwalt Dunlap hat bereits eine einstweilige Anordnung gegen ihn erwirkt, die es ihm verbietet, sich Mari zu nähern oder Kontakt zu ihr aufzunehmen. Dass er auf dem Weg zu den Andersons nach Hause war, zeigt, dass er sich nicht daran halten wird.« Er nickte Mari zu. »Du hast gesagt, dass es ihm hauptsächlich um Noah geht und er ihn um jeden Preis wiederhaben will.«

Mari nickte stumm.

»Das werden wir auf jeden Fall gegen ihn verwenden können. Wir haben Beweise, dass er dir gefolgt ist, um dir vorsätzlich zu schaden und das Kind an sich zu bringen. Wir könnten ihn verhaften, aber ob wir damit die ganze Skullsplitters-Gruppe bremsen können, wissen wir nicht. Wir haben aber gute Chancen.« Er sah von einem zum anderen. »Wir gehen davon aus, dass in Bezug auf sie von Hank die Hauptgefahr ausgeht und dass Dojan ihm nur einen Gefallen tut, weil er sein Bruder ist.«

Elena atmete auf. Dann waren sie ja hoffentlich bald in Sicherheit.

»Die sehr viel größere Gefahr geht aber von dem zweiten Gegner aus.« Alecs Gesicht wurde noch grimmiger. »Die Skullsplitters haben sich mit Sam Crimson zusammengeschlossen.«

Boaz schaute kurz hinüber zu seiner Frau. Er sah beunruhigt aus.

»Dieser ist uns bereits bekannt.« Alec tippte auf seinem Tablet herum. »Er geht brutal vor und schreckt nicht vor roher Gewalt zurück. Wir wissen nicht genau, wie Dojan und er dazu gekommen sind, sich zusammenzuschließen, aber die Kombination ist explosiv.«

Marlene blendete das nächste Foto ein. Elena erstarrte, als sie den Typen erkannte. Das war ... das war doch der Kerl von Ricks Zeichnungen! Der Typ mit der blutigen Schnittwunde im Gesicht und den mordlustigen Augen! Die Schnittwunde war einer rissigen Narbe gewichen, doch die Augen waren dieselben ...

»Wer soll das sein?«, fragte Mari verwirrt. »Den habe ich noch nie gesehen! Wieso sollte er hinter Noah oder mir her sein?«

»Sam Crimson ist der Grund, warum ich hinter einem Zaun lebe.« Alysons Stimme war ebenso klar wie angsterfüllt. »Und der Grund, warum ich jahrelang von Jay-Jay getrennt war.«

»Was?« Mari sah von ihr zu Jim. »Dann … dann ist dieser Psychopath auch hinter uns her, nur weil du dich eingemischt hast? Wegen dir ist Noah in Lebensgefahr?« Tränen traten ihr in die Augen.

Elena wollte protestieren, doch Rick war schneller. Er straffte die Schultern. »Sam ist hinter mir her.« Rick senkte den Blick. »Ich bin schuld, dass das ganze Chaos ausgebrochen ist.«

Mari runzelte die Stirn. »Was redest du denn da für einen

Blödsinn? Du willst doch nur deinen Freund in Schutz nehmen!«

Rick sah auf einmal völlig fertig aus. »Nein, das ... das geht auf mich.« Er warf einen Hilfe suchenden Blick zu Jim, dann zu Alec.

Letzterer nickte ihm zu. »Respekt erst einmal dafür, dass du es geschafft hast, dieses Geheimnis so lange für dich zu behalten. Es ist folgendermaßen: Sam war in eurer Heimatstadt, um Jay zu töten. Rick ist zwischen die Fronten geraten und als Zeuge zurückgeblieben. Jetzt ist Sam hinter Rick her. Er scheint es als gute Gelegenheit gesehen zu haben, dass Mari vor den Skullsplitters flieht, und hat sich mit ihnen verbündet, um Jagd auf ihn zu machen.«

»Warum sollte er das tun?«, fragte Elena fassungslos. »Rick hat ihm doch gar nichts getan!«

»Sam ist ein kranker Psychopath«, sagte Marlene mit zusammengebissenen Zähnen. »Er handelt nicht besonders nachvollziehbar, ist aber bei klarem Verstand und geht überlegt und raffiniert vor. Genau das macht ihn so gefährlich.«

Alec nickte zustimmend. »In seinen Augen ist dein Bruder mit schuld daran, dass er ein Leben auf der Flucht führt. Und dafür soll Rick nun bezahlen.«

»Wieso ist er nicht schon längst hinter Gittern?« Elena schaffte es nicht, ihre zitternde Stimme zu beruhigen.

»Das ist eine lange, komplizierte Geschichte.« Alec sah zu Sams Foto. »Fakt ist, dass wir Sam unbedingt erwischen müssen. Dass er euch verfolgt, wir davon wissen und im Heimvorteil sind, könnte endlich dazu führen, ihn endgültig dingfest zu machen.«

»Wir spielen also die lebenden Köder«, stellte Mari fröstelnd fest.

»Theoretisch ja«, schaltete Jim sich ein. »Aber sie folgen einer falschen Spur, die Marlene und ich legen. Sie verfolgen ein Auto, das es gar nicht gibt, zu einem Haus, das voller FBI-Leute sitzt, die nur darauf warten, sie festzunehmen.« Er sah zu Marlene. »Das könnte aber auch schiefgehen. Ray ist besser als wir.«

»Das heißt, sie könnten uns trotzdem hier aufspüren«, sagte Rick leise. »Und wir sitzen auf dem Präsentierteller.«

»Das gefällt uns ebenso wenig wie euch«, stellte Marlene klar. »Aber es ist nun einmal so, dass Sam immer wiederkommen wird, egal wo ihr seid. Ray ist einer der besten Hacker des Landes und er ist hartnäckig. Sollten sie uns hier aufspüren, sind wir wenigstens darauf vorbereitet. Hier haben wir gute Karten, weil es alles andere als einfach wird, überhaupt aufs Gelände zu kommen. Der Plan ist, sie schon vorher zu schnappen, aber spätestens bei dem Versuch, das Gelände zu betreten.«

»Und im Worst-Case-Szenario haben wir immer noch unsere Saferooms«, warf Boaz ein. »Wir werden auf Nummer sicher gehen und euch dort hineinschicken, sollten sie auch nur in die Nähe kommen. Und die sind so konzipiert, dass man darin eine Bombardierung überlebt.«

Mari sah nicht überzeugt aus, schwieg jedoch.

Alec schob einige Papiere auf dem Tisch zur Seite, um die Karte frei zu machen. »Gut, also, hier ist der Notfallplan.«

»Ich wusste es! Es war also gar nicht Jim, der dich im Herbst verprügelt hat.«

Rick sah zu ihr auf, als sie neben ihm zum Stehen kam und legte seufzend den Zeichenblock weg. »Richtig. Aber das habe ich ja auch versucht anzudeuten.«

Elena ließ sich neben ihm ins weiche Gras nieder. »Das heißt ... du wurdest beinahe umgelegt? Und Jim auch?« Sie war immer noch fassungslos von dem Kommentar, den Alec Hyde fast nebenbei hatte fallen lassen. Jetzt ergab alles so viel Sinn! Dass Jim spurlos verschwunden gewesen war, dass Rick da zusammengeschlagen im Regen gelegen hatte und völlig traumatisiert gewesen war ...

»Was genau ist denn passiert?«, fragte sie vorsichtig.

Rick griff wieder nach dem Block, schlug ihn aber nicht auf.

Sichtlich nervös spielte er mit dem Bleistift in seiner Hand. »Ich weiß nicht, Elle ... ich habe kein gutes Gefühl dabei, dir das zu erzählen. Mir wurde verboten, darüber zu reden.«

»Ich hab's ja verstanden. Bis jetzt.« Sie verschränkte die Arme. »Aber du hattest doch nichts sagen dürfen, weil es eurer Sicherheit gedient hat. Und das ist ja gründlich schiefgegangen, so wie ich das sehe.«

Rick schnaubte. »Da hast du recht.« Er begann, ein leeres Blatt zu bekritzeln, machte aber keine Anstalten, mehr zu erzählen.

»Komm schon«, versuchte sie, ihren Bruder zu überreden. »Wieso erzählst du es mir nicht?«

»Frag doch Jim.«

»Weil der so viel redseliger ist als du?«

Rick musste grinsen. »Genau.«

Elena runzelte ärgerlich die Stirn. »Ich finde das nicht fair. Ihr seid die ganze Zeit in Gefahr gewesen und habt niemandem etwas davon gesagt.«

»Wieso, *niemandem* ist nicht korrekt. Die Dunlaps wussten auf jeden Fall, dass Jim bedeckt bleiben muss. Und Hyde wusste es auch.«

»Ja, aber Mom und Dad?«

»Alec Hyde wollte sie nicht auch noch einweihen und ich denke, das war richtig so. Ihr hättet euch doch nur unnötig Sorgen gemacht.«

»Unnötig?«, echote Elena ungläubig. »Wir sitzen hier fast zweitausend Meilen von zu Hause entfernt auf einem Knastgrundstück fest und warten darauf, dass irgendwelche Psychopathen auftauchen! Das nennst du unnötig?!«

Rick sah frustriert aus. »Denkst du, ich habe keine Angst? Ich habe gesehen, wozu diese Typen fähig sind, und habe nicht vor, so was noch einmal durchzumachen. Aber wir sind hier in guten Händen, oder nicht? Besser, als wenn wir in unseren Zimmern sitzen würden, die unser Haus stürmen würden und ...« Er brach ab und sah weg, die Fäuste geballt.

Zum ersten Mal konnte Elena erahnen, was für eine Bürde es die ganze Zeit gewesen war zu wissen, dass dieser Sam ihn bedrohte. Hatte er deswegen nichts vom Überfall erzählt, weil er Angst um sie und ihre Eltern gehabt hatte? Hatte er sie nur beschützen wollen?

Und sie hatte die ganze Zeit geglaubt, dass die Jungs sie einfach nicht hatten einweihen wollen.

»Warum war Jim dann so lange weg? Er ist ja erst knapp drei Monate nach dem Überfall wieder aufgetaucht ... Musste er sich wieder verstecken?«

Rick schüttelte langsam den Kopf. »Wenn Sam geahnt hätte, dass Jim noch lebt, wäre Jim nie wieder nach Hause gekommen.«

Elena brauchte einen Moment, um zu verstehen, was das bedeutete. »Das heißt ... du hast auch geglaubt, er wäre tot?«

Ricks Schweigen war ihr Antwort genug.

»Deswegen warst du so fertig! Du konntest ja noch nicht einmal darüber reden!« Elena hatte nicht gedacht, dass sie heute noch irgendetwas schockieren würde. »Oh Mann, Rick ... das tut mir so leid!«

»Du kannst doch nichts dafür. Und Alec hat das ja dann auch aufgeklärt.«

Elena schlang die Arme um ihre Knie. »Und als er dich abgeholt hat, da hast du es dann erfahren?«

Rick nickte. »Ich habe Jim besuchen dürfen. Und eigentlich hatten wir gedacht, wir sehen uns da zum letzten Mal. Alec hat es aber irgendwie hingebogen bekommen, dass Jim wieder zu seiner Tante und seinem Onkel ziehen konnte.«

»Und das war an Weihnachten«, schlussfolgerte Elena. »Deswegen warst du so aus dem Häuschen.«

»Jup.«

Elena schüttelte ungläubig den Kopf. »Eins muss man euch wirklich lassen: Ihr könnt echt Geheimnisse für euch behalten.«

Rick hob die Schultern und lächelte schief. »Ging nicht anders. Hat nur leider nicht funktioniert.« Sein Lächeln erstarb. »Es ist echt meine Schuld, dass wir in diesem Schlamassel sitzen. Mit den Skullsplitters wären wir bestimmt noch mithilfe des Sheriffs fertig geworden, aber nicht mit Sam. Und die haben sich ja nur verbündet, weil Sam es auf mich abgesehen hat.«

»Dass dieser durchgeknallte Typ meint, er müsse dich auf seine Liste setzen, nur weil du das Richtige getan hast, ist nicht deine Schuld.« Sie stieß Rick den Ellenbogen in die Seite. »Ehrlich. Hör auf, die Last der ganzen Welt auf deine Schultern zu nehmen. Wir schaffen das schon.«

Rick lächelte, sah aber nicht überzeugt aus.

Elena fragte sich, was damals am Wasserfall geschehen war, dass Rick geglaubt hatte, Jim sei tot. Vielleicht würde sie Jim wirklich mal fragen. Aber erst, wenn das Ganze hier vorbei war.

»Hier bist du.«

Jim sah auf, als Alysha sich zu ihm an den Bach setzte.

Sie stupste ihn mit der Schulter an. »Du bist nervös.«

Jim musste lächeln. »Sind wir das nicht alle?«

»Mhm.« Sie legte die Arme um ihre angezogenen Beine. »Aber du hast nicht nur Angst. Du hast Panik.« Ihr Blick fiel auf die Narben an seinem Unterarm. »Wovor genau fürchtest du dich?«

Jim sah gedankenverloren zum plätschernden Wasser. »Dass ich euch nicht beschützen kann. Dass Rick, Elena oder dir etwas geschieht. Oder den anderen.« Er schluckte. »Dass Sam mich entdeckt und alles von vorne losgeht. Dass ich in eine Situation komme, wo ich jemanden töten muss.«

»Töten? Du meinst Sam?«

»Oder Chase. Oder Ray.« Jim rieb sich die Schläfen. »Ich ... ich weiß nicht, ob ich das kann. Vor allem will ich das gar nicht. Ich weiß es klingt komisch, aber ... Jesus hat mein Leben gerettet, trotz all meiner Fehler. Er hat mir so vieles vergeben. Wie kann ich da jemandem das Leben nehmen? Gott ist doch Herr über

Leben und Tod. Ich kann es mir nicht anmaßen, ein anderes zu beenden, selbst wenn die Person nichts anderes verdient. Ich hab es ja auch nicht anders verdient ...«

Einen Augenblick lang schwieg Alysha, dann fragte sie leise: »Du fühlst dich schuldig, oder?«

Jim antwortete nicht, doch Alysha durchschaute ihn.

»Du lässt also auch zu, dass Kamney dich immer noch beherrscht, obwohl er schon seit Jahren tot ist.«

Jim zog die Augenbrauen zusammen. »Wie meinst du das?«

Alysha lachte freudlos. »Das ist es doch, was du gemeint hast. Er hat so sehr unseren sogenannten Zusammenhalt gefördert, dass es ein Hochverbrechen war, da ausbrechen zu wollen. Und genauso hat er auch deine Gedanken vergiftet: Seinetwegen drehst du immer alles so, dass du selbst an deinem von ihm zugefügten Leid schuld bist.« Sie hob den Kopf und sah ihm in die Augen. »Du denkst, dass du schuld bist an Ricos Tod.« Es war keine Frage.

Und Jim hatte immer noch mit der Antwort zu kämpfen. »Wäre ich nicht gewesen ...«

»Dann hätte Kamney weitergemacht. Rico war ihm schon länger ein Dorn im Auge, das weißt du.«

»Er hätte ihn aber nicht getötet.«

»Das weißt du nicht. Wir hätten auch nie gedacht, dass er Mike würde töten lassen. Und Mike war einer seiner Keys.« Sie strich ihm vorsichtig über die Narbe am Handgelenk. »Du musst das alles loslassen, Jay-Jay. Sonst wird dich das kaputt machen.«

Jim schwieg dazu und er war froh, dass Alysha nicht nachbohrte. Sie hatte recht. Er hatte doch fast dieselben Worte benutzt, um es ihr zu erklären. Hatten sie also im Grunde mit demselben Problem zu kämpfen?

Alysha legte ihren Kopf an seine Schulter und so saßen sie eine Weile da.

»Was machen wir, falls Sam hier auftaucht? Wie sollen wir ihn aufhalten?«

»Aber, das haben wir doch schon alles durchgesprochen.«

»Pläne können schiefgehen. Das haben wir doch oft genug erlebt.«

Alysha löste sanft seine zur Faust geballten Finger. »Wir haben Gott auf unserer Seite, Jay-Jay. Und wenn Gott für uns ist, wer kann gegen uns sein?«

»Das hat Rico auch nicht geschützt.«

Alysha seufzte leise. »Rico hat es jetzt sehr viel besser, das weißt du. Er ist in Gottes Armen und wieder mit seiner Familie vereint.«

Jim blieb stumm.

»Ich weiß, dass es dir schwerfällt, das so zu sehen. Aber ... Rico wusste, was er da tat.«

Jim lächelte wehmütig. »Er hat dich echt gerngehabt. Und deswegen auch mal was einstecken müssen, das stimmt.«

»Das meine ich nicht. In der Nacht, in der … in der das alles passiert ist … Er hat angerufen, als er euch gefunden hat, bevor er dazwischengegangen ist.«

Die Bilder schossen wieder in Jims Kopf und sein Inneres krampfte sich zusammen.

»Er hat gesagt, dass Tobias und Kelly sich um mich kümmern werden.«

Jim spürte Tränen von Alyshas Wangen auf sein Shirt tropfen, doch ihre Stimme war immer noch fest. »Er war sich sicher. Und er hat einen Brief hinterlassen. Er wusste, wohin Gott ihn führt.«

Jims Atem beschleunigte sich. Was sollte das bedeuten?

»Ich denke«, fuhr Alysha fort, als hätte er die Frage laut ausgesprochen, »dass Gott Rico wegen uns nach Kamney House geschickt hat. Er hat uns Hoffnung gebracht und uns gezeigt, dass Gott ein Gott der Liebe ist. Das war es, was mich zu Jesus geführt hat. Rico hat es uns vorgelebt. Und heute stehen wir hier und haben beide den Weg zu Gott gefunden.«

»Aber das war es doch nicht wert!«, widersprach Jim heftig.

»Rico hatte noch sein ganzes Leben vor sich! Und denk doch mal dran, wie qualvoll er gestorben ist!«

»Rico wusste, was auf ihn zukommt, und er hätte sich weigern können. Aber er hat sich selbst in Gottes Hand gelegt und sich gebrauchen lassen.«

Jim biss sich auf die Unterlippe. Damit konnte er nicht umgehen. Er schuldete Rico sein Leben, aber diese Schuld konnte er niemals begleichen ...

»Hast du Frieden gefunden?« Die Frage war schneller über seine Lippen gekommen, als er sie hatte aufhalten können.

Alysha überlegte einen Moment. »Noch nicht ganz. Dass du hier aufgetaucht bist, hat mir sehr geholfen.« Sie lächelte ihn liebevoll an. »Gott hat mein Gebet erhört. Ich habe ihn gebeten, sich um dich zu kümmern und dass er mich wissen lässt, ob es dir gut geht. Und da standst du plötzlich auf dem Hof.« Sie strich ihm eine Haarsträhne zurück. Ihr Lächeln erstarb. »Dass ich womöglich schon bald Sam gegenübertreten muss, wird vielleicht genauso heilsam sein.«

»Das wirst du nicht.« Jim versuchte, seinen Ton zu mäßigen. »Er darf keinen von uns beiden zu Gesicht bekommen!«

Alysha lächelte. »Hab doch nicht solche Angst, Jonah. Gott ist auf unserer Seite. Wenn Gott will, dass wir sterben, dann können wir nichts dagegen tun. Und wenn er will, dass wir leben, dann kann Sam so viele Fallen stellen, wie er will – er wird nicht siegen.«

Jims Gedanken wanderten zu Rico zurück. »Ich würde es nicht ertragen, sollte Gottes Plan sein, dass du oder Rick oder jemand von den anderen hier sein Leben lässt.«

Alysha schüttelte den Kopf. »Lass diesen Gedanken nicht zu. Gott ist gut. Alles andere ist unwichtig.«

»Würdest du das auch sagen, wenn Sam Boaz eine Kugel in den Kopf jagt?«

Alysha zuckte zusammen und Jim bereute seine harten Worte sofort. Er öffnete den Mund, um sich zu entschuldigen, doch sie kam ihm zuvor.

»Ich würde damit leben lernen.« In dem Blick, mit dem sie seinem begegnete, lag eine ungeheure Stärke. »So, wie ich damit leben lernen muss, dass Mike und Rico ermordet wurden. Und auch, dass Kamney und Sam dich mir für lange Zeit genommen haben. Ich habe deswegen viel mit Gott gehadert, aber er hat meinen Blick verändert. Natürlich will ich nicht, dass Boaz etwas passiert. Oder dir. Oder deinen Freunden. Aber Gott hat alles in der Hand. Und das ist es, was zählt.« Ihr Lächeln war schmerzerfüllt. »Ich weiß, dass das nicht so einfach ist und ich mich wiederhole, wenn ich immer wieder sage, dass es Gottes Sache ist. Aber das ist auch das, was mich hält, trägt und tröstet. Gott sagt, die Rache ist sein. Und daher wird er sich um Sam kümmern, der eines seiner Kinder getötet hat.«

Jim atmete schwer aus. »Das ist ganz schön schwierig.«

Alysha nickte. »Aber auch mit dem Lastentragen lässt Gott uns nicht allein. Ich bin ihm unglaublich dankbar dafür, dass wir uns wiedersehen konnten. Egal, was noch passiert.« Sie drückte seine Hand und legte wieder ihren Kopf auf seine Schulter.

Jim schloss die Augen und versuchte, diesen Moment für immer in sein Gedächtnis und sein Herz einzugravieren.

Ray zuckte zusammen, als sein Programm einen Piepton von sich gab.

»Was ist das?«, fragte Chase sofort.

Ray biss die Zähne zusammen. Dass Sam ihm misstraute, konnte er nachvollziehen und er tat es ja auch zu Recht. Aber dass er Chase jetzt als Babysitter beauftragt hatte, gefiel ihm ganz und gar nicht.

»Eine mögliche Übereinstimmung.« Ray klickte auf die Aufnahme von der Überwachungskamera eines Geldautomaten. »Könnte aber genauso gut wieder eine Fehlermeldung sein, wie die letzten zwölf.«

Jonah hatte sie geschickt ausgetrickst. Ray wäre beinahe der falschen Spur nach Kanada gefolgt. Hätte er nicht gewusst, dass Jonah noch im Spiel war, hätte er Sam ohne Bedenken angewiesen, den Hinweisen zu folgen. Doch dann hatte er sich das Material genauer angesehen. Der Junge war echt gut. Er hatte Teilaufnahmen von Rick genommen und sie in fremde Kameras eingespeist, sodass es aussah, als ob Rick zum Beispiel in ein Diner in Ottawa gegangen wäre. Die Taktik hatte Ray gleich für sich übernommen. Wenn Jonah sie suchte, würde er sie genau dort vermuten.

Jetzt hatte Ray sich aber Agent Hydes Bewegungen vorgenommen. Das war nicht ganz einfach gewesen; diese FBI-Typen wussten auch, wie man sich vor Kameras versteckte. Doch gerade Flughäfen waren voll davon und so hatte er doch noch eine Aufnahme von ihm gefunden. Eine, bei der er nach sorgfältiger Prüfung nicht Jonahs Handschrift erkennen konnte. Hyde war zu diesem Zeitpunkt mit seiner Kollegin nach Oregon unterwegs gewesen – eine vielversprechende Spur.

»Und?« Chase blies ihm den Rauch seiner Zigarette ins Gesicht und Ray versuchte, keine Miene zu verziehen.

Er sah auf den Zeitstempel des neu gemeldeten Videos. Es war zwei Tage alt und hatte wirklich nicht die beste Qualität, aber er erkannte Rick Andersons Zwillingsschwester trotzdem.

Chase beugte sich über seine Schulter. »Das ist die Kleine.«

Ray vergrößerte die Aufnahme. Tatsächlich, das war sie. Hatte Jonah sie nicht vor Kameras gewarnt?

»Wo ist das?«

Ray tippte auf seiner Tastatur herum. »In einer Kleinstadt in Idaho.«

»Na, der rennt ganz schön weit weg.«

»Wer rennt weit weg?« Sam war lautlos ins Zimmer getreten.

»Wir haben die kleine Anderson auf dem Schirm.« Chase zeigte auf das Foto. »Idaho.«

»Ach. Wieso? Wen kennen die da?«

Ray hob die Schultern. »Keiner ihrer Verwandten lebt da und ihr Freundeskreis hat sich auf ihre Heimatstadt beschränkt. Vielleicht versucht Rick einfach, ihre Spur zu verwischen, indem er willkürliche Wege wählt.«

Sam starrte auf den Bildschirm. »Und das ist sie ganz sicher?«

»Ich kann noch die anderen Kameras in dieser Gegend checken, um sicherzugehen.«

»Mach das. Und mach es schnell. Ich will heute noch aufbrechen, wenn sie das sind.«

»Wie geht es dir?«

Jim sah nur kurz auf, als Alec die Scheune betrat und sich zu ihm setzte. »Geht so. Die Erinnerungen, die ich so erfolgreich weggepackt hatte, kommen alle wieder hoch.« Er schüttelte den Kopf. »Ich werde mich wohl ein wenig öfter mit Erin Creighton treffen müssen. Die Frau hat's drauf, dafür bin ich Gott echt dankbar.«

Eine Weile war Alec still und Jim konzentrierte sich wieder auf seinen Code.

»Das ... wollte ich dich schon immer mal fragen«, begann Alec schließlich zögerlich und zog damit Jims ganze Aufmerksamkeit auf sich. »An was erinnerst du dich? Die Ärzte meinten, dass du wahrscheinlich eine Teilamnesie haben würdest, weil das eine Schutzreaktion des Körpers ist.«

Jim sah ihn lange an, den aufbrodelnden Sturm in sich mühsam unterdrückend. »An alles«, sagte er schließlich geradeheraus. »An jede einzelne Sekunde, in der ich bei Bewusstsein war.«

Alec schloss frustriert die Augen. »Das hatte ich befürchtet. Es tut mir so schrecklich leid, Jay. Ich weiß, dass es meine Schuld war, dass sie ...«

»Damit fangen wir gar nicht erst an«, unterbrach Jim ihn. »Du konntest es nicht wissen.«

»Ich hätte dich persönlich in Sicherheit bringen sollen«, fuhr Alec unbeirrt fort. »Dann wäre das nicht passiert.«

»Das weißt du nicht.« Jim blickte ihn fest an. »Wir können niemals wissen, was passiert wäre. Aber was passieren wird, ist eine andere Sache.«

Alec grinste schief. »Hat dir das auch Erin Creighton beigebracht?«

»Ja, das hat sie.« Jim lehnte sich zurück. »Ich kann dich gerne mal mit ihr bekannt machen, sie hat ein Händchen für verwundete Seelen.«

»Ach«, winkte Alec ab. »Ich komme klar.«

»Das habe ich mir auch immer vorgemacht.« Bedeutungsvoll sah Jim auf die Zigarettenschachtel, die Alec schon wieder in der Hand hatte. »Es ist okay, um Hilfe zu bitten.«

»Hast du Ray lokalisieren können?«, lenkte Alec ab und stopfte die Schachtel zurück in seine Tasche.

Jim ging auf den Themenwechsel ein. »Nicht genau. Ich habe eine Teilaufnahme ihres Autos gefunden, aber das war gestern. Da waren sie noch in Ottawa, Kanada.«

»Das ist mehr als nur ungenau.«

»Es ist besser als nichts.« Jetzt konnte Jim sich ein Grinsen nicht verkneifen. »Aber ich habe noch etwas anderes gefunden.«

Alecs Augenbrauen schossen in die Höhe. »Was?«

»Also ... wir haben doch festgestellt, dass das größte Problem bei Sam das Geld ist, das Kamney ihm hinterlassen hat, richtig?«

»Richtig«, wiederholte Alec gedehnt. Dann wurden seine Augen groß. »Jetzt sag nicht ... du ... du hast die Geldquelle lokalisiert?«

»Jup.«

»Und das sagst du so einfach?!« Alec sprang auf. »Wieso rückst du nicht gleich damit raus?«

Jims Lächeln erstarb. »Weil es nicht einfach wird, da dranzukommen.« Er verzog das Gesicht. »Und ehrlich gesagt habe ich es die ganze Zeit gewusst.«

27

Jim wurde von Alec geweckt, als das Flugzeug zur Landung ansetzte. Alec hatte nur Marlene eingeweiht und sie hatten entschieden, den anderen nichts über den Grund ihrer Reise zu sagen, nur, dass es ihrer Sicherheit diente. Es war nicht einfach gewesen, sie im Dunkeln zu lassen, aber es war besser so.

Da Sam, Ray und Chase allem Anschein nach immer noch in Kanada unterwegs waren, hatten sie bedenkenlos fahren können. Marlene und Boaz hatten die Sicherheit von Fort Crawford im Griff und sollte es unerwartete Komplikationen geben, würden sie sofort Unterstützung anfordern und sie kontaktieren.

Jim sah aus dem Fenster auf die Stadt, die er vor fast sieben Jahren verlassen hatte. Die Luft flimmerte vor Hitze, der Himmel war strahlend blau und machte zusammen mit den Palmen dem Auge vor, in eine idyllische Urlaubsgegend zu kommen. Sein Magen verknotete sich und das lag nicht an der etwas unsanften Landung der Maschine.

Für Jims Geschmack dauerte es viel zu lange, bis sie endlich das Flugzeug verlassen und zu ihrem Mietwagen konnten. Nervös zog er sich die Cap tiefer ins Gesicht. Er war es nicht mehr gewohnt, von so vielen Kameras umgeben zu sein, seit er bei Walter und Grace wohnte.

»Fahren wir direkt hin?«, fragte er, als er endlich neben Alec im Auto saß.

»Ja, ich würde keine Zeit verlieren. Es wird bald dunkel und da wird der Club ja am besten besucht sein.«

Jim nickte bestätigend. »Dann wird Steel auf jeden Fall dort sein. Die Geschäfte im Hintergrund sind so am unauffälligsten.«

»Und jetzt erklär mir das noch mal ganz genau. Kamney hat

einen Teil seines Geldes in Sicherheit gebracht, indem er es auf einem Konto auf den Cayman Islands versteckt hat?«

»Jup.«

»Aber wieso ist es bei der Sicherstellung von Kamneys Finanzen nicht aufgetaucht?«

»Weil es nicht auf seinem Namen oder den einer seiner Scheinfirmen läuft, sondern auf dem von Steels Nachtclub. Und Sam tritt in Bezug auf Kamneys Gelder als sein Erbe auf. Steel kann nichts machen, weil Ray seine Finger da mit im Spiel hat und Steel erpresst, indem er die Konten des Clubs unter Kontrolle behält.«

»Und du bist sicher, dass alle restlichen Geldreserven von Kamney auf diesem einen Konto sind?«

»Ich bin nicht nur sicher, ich weiß es ganz genau.«

Alec warf ihm einen langen Seitenblick zu. »Und du wusstest das die ganze Zeit? Seit damals?«

»Nicht direkt. Es hat aber als einzige Option Sinn ergeben, weil Steel auch schon damals Geschäfte mit Kamney gemacht hat.«

»Steel hast du nie verraten.«

»Nein. Du weißt, wie ich erzogen wurde. Steel habe ich zu viel geschuldet, ein Verrat kam da für mich nicht infrage.«

Alec wechselte die Spur und gab Gas. »Wir können hier wahrscheinlich nicht mit Verstärkung rechnen, das läuft inoffiziell.«

»Ist auch besser so. Wenn du da mit nem Durchsuchungsbeschluss reinmarschierst, wirst du direkt abgeknallt. Also lass die Marke lieber stecken.«

Alec schüttelte den Kopf. »Mir gefällt das nicht. Du solltest da nicht reingehen.«

»Wenn Steel mit jemandem verhandeln wird, dann mit mir.« Jim sah hinaus und war froh, dass Alec ein Auto gewählt hatte, das auch vorne getönte Scheiben besaß. Langsam kam ihm die Gegend bekannt vor. Es war komisch: Die Straßen waren ihm gleichzeitig vertraut und fremd. Vieles war so geblieben, wie es gewesen war, und doch war irgendwie alles anders. Jim konnte noch nicht einmal festmachen, woran das lag.

»Aber ganz ohne Waffen da reinzugehen ...«

»Du kannst es ja versuchen, aber die werden dir sowieso abgenommen, wenn die dich durchsuchen.«

Alec nahm die Ausfahrt von der Interstate. »Wir haben Steel nie aus den Augen verloren, aber er hat sich immer ziemlich bedeckt gehalten. Ich hätte nie gedacht, dass er auch mit Kamney zu tun hatte! Aber einschätzen kann ich den Typen überhaupt nicht. Scheint ein ganz normaler Kerl zu sein, der sich ein bisschen was dazuverdient, aber trotzdem gibt es Gerüchte von brutalen Überfällen in seinem Auftrag.«

Jim warf Alec einen vorsichtigen Seitenblick zu. Er wusste es also gar nicht.

Alec parkte eine Querstraße von Steels Nachtclub entfernt. »Hier.« Er reichte Jim eine Sonnenbrille.

Jim sah ihn schief an. »Das ist nicht dein Ernst. Glaubst du wirklich, dass mich das davor bewahren wird, erkannt zu werden?«

Alec hob die Schultern. »Deine Augen sind zu auffällig.«

Jim gab nach. Vielleicht half es ja doch.

Sie schlenderten durch die Straßen, scheinbar interessiert an all den Restaurants, Souvenirshops und Straßenkünstlern, die die Promenade säumten.

Als sie in die schmale Nebenstraße einbogen, in der der Nachtclub lag, wanderte Jims Blick unwillkürlich zum gegenüberliegenden Park.

Das Geräusch der Zentralverriegelung des Autos hallte durch seine Erinnerungen. Dunkle Gestalten, die auf ihn zukamen. Die Panik, die durch seinen Körper gejagt war, als er verstanden hatte, dass ...

»Jay?« Alec trat näher zu ihm und sah ihn wachsam an. »Schaffst du das?«

Jim schluckte ein paarmal, bevor er antwortete. »Passt schon.«

»Sicher?« Er sah ebenfalls zum Park, der jetzt bei Tageslicht so gar nichts Furchtbares ausstrahlte. »Hör mal, ich kann da auch allein reingehen.«

»Nein, Steel wird nicht mit dir reden.« Jim wischte seine feuchten Handflächen an seiner Jeans ab. »Komm. Bringen wir es hinter uns.« Er schüttelte die Erinnerungsfetzen ab und straffte die Schultern, als er die Straße überquerte und direkt zum VIP-Eingang ging.

»Wir wollen zu Steel.«

Der Gorilla am Eingang würdigte ihn nicht einmal eines Blickes. »Verschwinde.«

Jim ließ sich nicht beirren. »Wir sind wegen Kamney hier.«

Jetzt hatten sie definitiv die Aufmerksamkeit des Türstehers. Er winkte sie mit einer Kopfbewegung rein und griff gleichzeitig nach seinem Headset.

Jim ging voran und war froh, dass Alec ihm Rückendeckung gab. Zuckende Lichter und dröhnende Musik begrüßten sie gemeinsam mit Dutzenden von tanzenden Schatten. Jim fühlte sich mit einem Schlag in die Situationen zurückversetzt, wie er hier als kleiner Junge durchmarschiert war, den Blick fest auf die Tür im hinteren Bereich gerichtet und das Geschehen um sich herum ignorierend. Der Mann, der davor stand, schien sie bereits zu erwarten, denn er trat auf sie zu, um sie abzutasten, und öffnete dann die Tür ohne ein weiteres Wort.

Der Raum dahinter hatte sich kaum verändert. Der VIP-Bereich war mit schick gekleideten Menschen gefüllt, die ihnen, wenn überhaupt, nur flüchtige Blicke zuwarfen. Die nächste Tür wurde geöffnet und ein weiterer Türsteher winkte sie heran.

Dämmriges Licht empfing sie, als die Tür ins Schloss fiel und der Riegel vorgeschoben wurde.

Jim schloss kurz die Augen. *Keine Angst zeigen. Zeig deinen Stolz.*

Er sah sich um. Bis auf einige Dekorationen sah auch das Hinterzimmer aus wie damals.

Am Spieltisch in der Mitte saß niemand bis auf den Glatzkopf, genauso wie vor sieben Jahren. Einige breitschultrige Männer standen in der Nähe, bereit, einzuschreiten, sobald er auch nur mit dem kleinen Finger zuckte.

An der Bar war niemand.

Jim wurde nervös. Wo war Steel?

Der Glatzkopf spielte mit einer großen silbernen Münze. »Ihr seid nicht diejenigen, die ich erwartet habe.«

Alec trat vor. »Wir sind wegen des Geldes hier.«

»Ich kenne dich nicht.« Der Glatzkopf lächelte kalt. »Und deswegen werde ich auch nicht mit dir darüber reden.«

»Es wäre aber zu Ihrem Vorteil, Mr Steel.«

Das Lächeln glich dem eines Hais. »Soll das eine Drohung sein?«

Jim hörte, wie jemand eine Waffe entsicherte, und schluckte hart.

Alec hob leicht die Hände. »Wir wollen doch nichts überstürzen, oder?«

Eine verborgene Tür öffnete sich und eine Frau in einem eleganten silberfarbenen Kleid kam herein. Ihr Haar war glatt, kinnlang und schneeweiß gefärbt. Ihre Augen funkelten geheimnisvoll und sie ließ sich grazil neben dem Glatzkopf nieder.

Jim entspannte sich etwas.

»Was ist denn hier los, Darling?«, säuselte sie und legte dem Mann eine Hand auf die Brust.

»Die sind wegen Kamneys Geld hier.« Er strich ihr sanft über den Arm. »Obwohl ich keine Ahnung habe, wer das sein soll.«

Ihr Lachen klang glockenhell. »Oh, Geschäfte über Geschäfte«, seufzte sie theatralisch. »Du wirst sie doch nicht deswegen erschießen, oder?«

Der Glatzkopf wandte ihnen wieder seinen Blick zu. »Wenn sie nicht sofort verschwinden, dann schon.«

Alec nickte. »Okay.« Er zog sich Richtung Tür zurück und bedeutete Jim, dasselbe zu tun, doch er blieb stehen, wo er war.

Nicht, dass er scharf darauf war, noch mal eine Kugel zu kassieren, aber er würde das hier sicherlich nicht einfach abbrechen. Zu viel hing davon ab, Steel auf ihre Seite zu kriegen.

»Warum legen wir nicht die Karten auf den Tisch?«, fragte Jim herausfordernd. Er zog seine Cap und die Sonnenbrille herunter und fixierte die Frau. »Steel.«

Die Frau nickte ihm zu. »Key Seventeen.« Der Glatzkopf wollte etwas sagen, doch Steel winkte ab. »Lasst uns allein.«

Ohne weiteren Widerspruch verließen alle den Raum.

Steel lächelte kühl. »Du bist wirklich der Letzte, den ich heute hier erwartet hätte.« Sie deutete auf einen der Stühle und Jim nahm Platz.

Alec tat es ihm gleich und Jim entging nicht die Überraschung auf seinem Gesicht. Die Frau, die gerade tänzelnd zur Tür hereingekommen war, war vollkommen verschwunden und hatte der eiskalten Geschäftsfrau Platz gemacht.

»Eine Cola?«, fragte sie mit einem Augenzwinkern.

Jim schüttelte den Kopf. »Ich mache immer noch keine Schulden.«

Sie nickte und musterte Jim eingehend. »Habe gehört, sie hätten dich umgebracht.«

»Versucht haben sie es.«

Ihre stahlgrauen Augen blitzten auf. »Gut zu wissen, wie verlässlich sie sind. Aber das ist eigentlich nichts Neues für mich.« Steel deutete auf Jims Handgelenk. »Du hast dich also wirklich voll und ganz von Kamneys Erbe getrennt.«

Jim nickte.

Sie legte die Fingerspitzen aneinander. »Warum bist du dann hier? Du hast keinen Anspruch auf das Geld.«

»Sam aber auch nicht.«

»Da war Kamney anderer Meinung.«

»Kamney ist aber tot.«

»Das ist bekannt.«

Jim sah kurz zu Alec, der ihm zunickte. »Und ich habe gehört, dass Sam dich in der Hand hat, Steel.«

Ihre Augen wurden hart. »Das kannst du nicht wissen. Ray hat ...«

»Ray hat mich trainiert«, unterbrach Jim sie. »Er hat mir das alles beigebracht. Konten finden, Konten hacken, Geld verschieben. Da war ich gerade mal neun und du kannst dir denken, was ich seitdem alles dazugelernt habe.«

Sie trommelte mit ihren perfekt lackierten Nägeln auf die Tischplatte. »Was willst du damit sagen?«

Jim lehnte sich vor und faltete die Hände. »Dass ich deine Konten alle freischalten kann, die Ray blockiert hat.«

»Und im Gegenzug verlangst du Zugang zu Kamneys Geld.«

»Nein.« Jim hob das Kinn. »Ich verlange, dass Kamneys Geld verschwindet. Für immer.«

Steel nickte langsam. »Verstehe. Du willst Sam trockenlegen.« Sie legte ihre Arme aufeinander und sah ihn lange an. »Ich dachte, du hättest aus deinen Fehlern gelernt. Mit Kamneys Erben sollte man sich nicht anlegen. Ich hatte erst kürzlich Besuch von Sam. Du kannst dir vorstellen, dass selbst ich leicht nervös geworden bin, als er hier hereingekommen ist, wo Slimmys Leiche noch nicht einmal kalt war.«

Alec runzelte die Stirn. »Sie wissen, dass er nur so mächtig ist, weil er Kamneys Geld hat?«

»Sam ist skrupellos«, erwiderte Steel scharf. »Selbst wenn er keinen Penny in der Tasche hätte, würde er einen Weg finden, seine Rache zu bekommen.« Sie richtete ihren kalten Blick auf Jim. »Und ich habe nicht vor, Slimmys Schicksal zu teilen.«

Jim starrte ihr ebenso eisern in die Augen. »Wenn ich mit ihm fertig bin, wird er weder Mittel noch Macht haben, um dir zu schaden.«

Ihre Augen verengten sich. »Und woher soll ich wissen, dass du mir nicht in den Rücken fällst?«

Jim neigte leicht den Kopf. »Hätte ich einen Grund dazu?«

So etwas wie Sorge flackerte über ihr Gesicht. »Ich habe es damals nicht gewusst«, sagte sie leise.

Jim lächelte bitter. »Natürlich. Sonst hättest du sicherlich etwas dagegen getan.«

Sie presste die Lippen aufeinander, dann fing sie sich wieder. »Tja, das werden wir wohl nie erfahren.«

»Nein. Werden wir nicht.«

Sie maßen sich mit Blicken, bis Steel abrupt aufstand. »Tut mir leid, ich kann euch nicht helfen.«

»Das ist ein einmaliges Angebot.« Jim lehnte sich zurück. »Ich werde, wenn nötig, das gesamte Untergrundbanknetzwerk lahmlegen, um Sam aufzuhalten. Das bedeutet aber, dass nicht nur Sam untergehen wird.« Er hob das Kinn. »Dann wird es sich nicht vermeiden lassen, das FBI darauf aufmerksam zu machen, wie die Geldgeschäfte in diesem Teil der Stadt laufen. Und dann wird auch dein Club sich einen neuen Weg suchen müssen.«

Steel lachte ungläubig auf. »Drohst du mir etwa, Key Seventeen?«

Jim schüttelte den Kopf. »Ich werde nur alles tun, um Sam hinter Schloss und Riegel zu bekommen. Das hier ist ein Höflichkeitsbesuch, ich habe nämlich nicht vergessen, was ich dir verdanke.«

Steel ließ sich wieder auf den Stuhl nieder. »Nun gut, du hast meine volle Unterstützung. Mit der Bedingung, dass du meinen Namen und das FBI da raushältst.« Sie warf Alec einen vielsagenden Blick zu. »Auch wenn ich es überhaupt nicht schätze, dass du einen Agenten in mein Haus gebracht hast.«

Alec beugte sich vor. »Ich bin inoffiziell hier und nur daran interessiert, Sam die Geldquelle zuzuschütten, damit wir ihn endlich zu fassen kriegen.«

Steels Gesicht nahm spöttische Züge an. »Und was hier so läuft, interessiert Sie überhaupt nicht.«

»Im Moment nicht, nein.« Er hielt ihrem stahlharten Blick stand. »Und sollte es darauf hinauslaufen, dass wir Sam endgültig festsetzen können, werde ich um Ihre Einrichtung zukünftig einen Bogen machen.«

»Also?«, fragte Jim und hielt ihr die Hand hin. »Sind wir im Geschäft?«

»Sind wir.« Sie schlug ein und erwiderte seinen festen Händedruck. »Und damit du weißt, dass ich es ernst meine, kriegst du von mir noch eine Information, die dich interessieren könnte.« Sie hielt seine Hand fest. »Sam ist auf dem Weg zu euch. Nach Oregon.«

Jim konnte sich kaum auf seine Arbeit an seinem Laptop konzentrieren. Es hatte ihn mehr aufgewühlt, seine alte Heimat wiederzusehen, als er zugeben wollte. Und dann die Nachricht, dass Steel durch irgendeinen ihrer zahlreichen Kontakte erfahren hatte, dass Ray sie schon längst gefunden hatte und sie auf dem Weg zu ihnen waren.

Alec hatte sofort Marlene angerufen, die sich mit der örtlichen Polizei kurzgeschlossen hatte, um auf einen Angriff vorbereitet zu sein. Wenn Jim seinem Programm Glauben schenken konnte, hatten sie noch elf Stunden, bis Sam, Ray und Chase in Oregon vor Fort Crawfords Toren standen.

Und sechs Stunden davon musste Jim in diesem viel zu langsamen Flugzeug verbringen!

Sie waren erst seit einer Stunde in der Luft und Jim wurde schier wahnsinnig.

»Beruhige dich«, flüsterte Alec ihm bestimmt zum hundertsten Mal zu. »Du musst Marlene und Boaz jetzt vertrauen. Konzentrier dich auf deinen Part.«

Jim nickte, zuckte aber im nächsten Moment zusammen, als jemand im vorderen Bereich der ersten Klasse laut nieste. Er spürte Alecs vielsagenden Blick auf sich, aber er schwieg.

Jim schloss kurz die Augen. *Herr,* betete er. *Bitte sei du meine Stärke, meine Ruhe, mein Mut. Ich schaffe es nicht ohne dich. Bitte bewahre die anderen und lass Sam nicht vor uns dort ankommen …*

Hoffentlich war es noch nicht zu spät.

28

»Da ist er.« Alec reichte das Fernglas an Jim weiter. »Mit seinen Freunden.«

Sie saßen in einem Auto, von dem aus sie den Supermarkt im Blick hatten, in dem Mari und Elena gerade einkaufen waren.

In den frühen Morgenstunden hatten sie Fort Crawford erreicht; Jim war unendlich erleichtert gewesen, alle wohlauf vorzufinden. Sie hatten von der örtlichen Polizei die Nachricht bekommen, dass die Skullsplitters sich in einem Motel eingemietet hatten. Von Sam, Chase und Ray gab es dagegen noch keine Spur, aber Jim stimmte Alecs Vermutung zu, dass sie bereits ganz in der Nähe sein mussten.

Jim knirschte mit den Zähnen, als er Hank in dem Diner schräg gegenüber entdeckte. »Dojan hatte mehr Ehrgefühl, als ich das letzte Mal mit ihm zu tun hatte.«

Prüfend betrachtete Alec ihn von der Seite. »Du hast wieder auf eigene Faust versucht, alles zu regeln.«

Jim hob die Schultern und gab ihm das Fernglas zurück. »Hätte klappen sollen. Dojan steht normalerweise zu seinem Wort.«

»Mit Hank hattest du aber nicht zu tun, oder?«

Er schüttelte den Kopf. »Kann sein, dass der gerade einen Alleingang macht. Ich habe meinen Teil des Deals erfüllt.«

»Und was genau hast du für die Skullsplitters gemacht?«

Jim hob die Augenbrauen. »Willst du das wirklich wissen?«

Ein Seufzer entfuhr dem Agenten. »Wahrscheinlich nicht. Aber wieso pfeift Dojan Hank dann nicht zurück?«

Jim zog sein Handy hervor. »Ich frag ihn mal.« Er wählte die Nummer und ignorierte Alecs ungläubigen Blick. Er hatte keine Lust, Dojans Spiel nach dessen Regeln zu spielen.

»Ja?«, meldete sich Dojan am anderen Ende.

»Wieso steht Hank vor meiner Haustür?«

»Jay-Dee?« Dojan lachte leise. »Ich habe mein Bestes gegeben.«

»Das bezweifle ich.« Jim zog seinen Laptop hervor und schaltete sein Handy auf Lautsprecher, damit er beide Hände frei hatte. »Soll ich dir noch mal demonstrieren, was passiert, wenn ich mein Bestes gebe?«

Dojan schwieg einen Moment, dann fragte er leise: »Willst du dich etwa mit mir anlegen?«

»Ich fordere lediglich das ein, was mir zusteht. Wenn Hank nicht in der nächsten Viertelstunde von hier verschwindet – und zwar für immer –, dann pulverisiere ich einen Dollar nach dem anderen weg, bis nichts mehr von deinem Vermögen übrig ist.«

Dojan schnaubte. »Du weißt ja gar nicht, mit wem du dich anlegst, Kleiner. Ich bin gut abgesichert.«

»Ich weiß, du glaubst Ray würde dir das Geld wiederbeschaffen, aber dann kennst du ihn schlecht. Sam wird sich holen, was er braucht, und euch dann links liegen lassen, weil er weiß, dass du dich niemals mit ihm anlegen würdest. Sieh es ein. Er benutzt euch nur.«

»Du bluffst.«

Dojan fluchte laut. »Was soll das? Du willst mich nicht zum Feind!«

»Du mich auch nicht, offensichtlich.« Jim versuchte, nicht laut zu werden. »Ich hätte große Lust, dich auszuliefern, aber ich bin kein Verräter. Es sei denn, du lässt mir keine andere Wahl.«

»Okay, okay, beruhigen wir uns doch, in Ordnung?«, stimmte Dojan einen versöhnlicheren Tonfall an. »Ich werde sehen, was ich bei Hank ausrichten kann.«

»Deine Viertelstunde läuft.« Jim legte auf und warf das Handy aufs Armaturenbrett.

»Bist du eigentlich vollkommen übergeschnappt?!« Alec sah aus, als würde er ihn am liebsten schütteln. »Du erpresst den Anführer der Skullsplitters?«

Jim tippte weiter einige Codes ein und verbiss sich den Kommentar, dass er auf diese Art und Weise die halbe Chicagoer Unterwelt in der Hand gehabt hatte. Mit fünfzehn. »Ich kann nichts dafür, wenn er seinen Teil der Abmachung nicht einhält.«

Alec fuhr sich frustriert übers Gesicht. »Genau aus dem Grund bist du immer wieder in Schwierigkeiten geraten!« Er hob das Fernglas wieder an die Augen und richtete es aufs Diner. »Hank hat sein Handy am Ohr.«

»Das hoffe ich doch. Wenn er klug genug ist, dann verschwindet er jetzt.« Jim kniff die Augen zusammen, konnte aber auf die Entfernung nicht erkennen, wie Hank reagierte.

»Das sieht nicht gut aus«, klärte Alec ihn auf. »Hank redet wild gestikulierend und wirkt ziemlich sauer. Oh, jetzt hat er aufgelegt.«

»Dann hängt Dojans Reichtum jetzt davon ab, ob Hank in sein Auto steigt oder nicht.«

Alec schüttelte missbilligend den Kopf. »Kannst du nächstes Mal solche Aktionen vorher mit mir durchsprechen?«

»Du hättest Nein gesagt.«

»Eben! Sich mit den Skullsplitters anzulegen, ist zu gefährlich!«

»Ich lege mich nicht mit ihnen an, ich fordere meinen Anteil. Das ist was anderes.«

»Ich habe keine Lust, dich in ein paar Tagen wieder ins Programm stecken zu müssen!«

»Wirst du nicht. Dojan hat einen Ruf zu verlieren.« Jim lehnte sich zurück. »Und er kennt mich. Er weiß, dass zumindest ich zu meinem Wort stehe.«

Alec setzte zu einer Antwort an, doch Jims Handy unterbrach ihn mit leisem Vibrieren. »Stell auf laut!«, forderte er ergeben.

»Ja?«, meldete Jim sich.

»Ich hab's ihm gesagt.« Dojan klang aufgebracht. »Ihn kümmert das Geld nicht.«

»Schade für dich.«

»Nein, nein, warte.« Dojan lachte unsicher. »Hör mal, ich weiß nicht, warum er so versessen auf die Kleine und das Baby ist. Ich habe ihm gesagt, dass er nicht mehr unter meinem Schutz steht, was das betrifft.«

»Was soll das heißen?«

»Dass du mit ihm machen kannst, was du willst. Ich werde dich nicht dafür zur Rechenschaft ziehen.«

Jim runzelte die Stirn. »Du verkaufst mir deinen Bruder?«

»Nein, das hat er sich selbst zuzuschreiben. Ich habe gesagt, dass unser ganzes Geld futsch ist, wenn er sich da nicht raushält, und das ist ihm egal. Also ist er auf sich allein gestellt.«

»Warte kurz.« Jim schaltete auf stumm und sah fragend zu Alec. »Was machen wir?«

»Wenn er Mari zu nahe kommt, können wir ihn verhaften. Wenn die Skullsplitters sich nicht rächen, ist Mari raus. Könnte also klappen. Aber dafür müssen die anderen auch weg.«

Jim nickte und schaltete wieder auf laut. »Sag deinen restlichen Jungs, sie sollen abziehen, sonst gilt für sie das Gleiche wie für Hank.«

»Ich kann nicht garantieren, dass sie dem Folge leisten werden.«

»Ist nicht mein Problem. Hank wird im Knast landen, wenn er nicht verschwindet. Und die anderen sicherlich auch.«

»Wenn sie mir nicht gehorchen, haben sie nichts anderes verdient.«

»Gut. Ich gebe denen zehn Minuten, dann will ich keinen von ihnen mehr hier sehen.«

»Ich werde es ihnen sagen.«

»Das Konto gebe ich frei, sobald sie weg sind. Oh, und noch was: Sollte sich in Zukunft jemand von deinen Leuten auch nur in die Nähe von Mari und ihrer Familie wagen, dann mache ich kurzen Prozess mit deinen Konten.«

»Verstanden«, knurrte Dojan. »Aber merk dir eines, Jay-Dee: Solltest du noch mal in meinem Territorium auftauchen, erwarte keine Gastfreundschaft und lass dir hinten ein paar Augen wachsen.«

»Das beruht auf Gegenseitigkeit. Die Zeit läuft.« Jim legte auf.

Alec schüttelte den Kopf. »Bin ich froh, dass du dein Talent nicht für dunkle Machenschaften einsetzt.«

Jim lachte trocken. »Und was habe ich gerade gemacht?«

»Der Weg zur Gerechtigkeit ist nicht immer sauber.« Alec hob wieder das Fernglas. »Hank rührt sich keinen Millimeter.«

»Also Plan B?«

»Du meinst den eigentlichen Plan. Dass du hier noch einen auf Mafiaboss machst, war nicht vorgesehen.«

Jim grinste. »Ich rufe Elena an.«

»Und ich gehe in Position.« Alec stieg aus. »Du bleibst im Auto!«

Jim nickte. »Das hast du jetzt schon zum fünften Mal gesagt.«

»Bei dir weiß man nie.«

Elena versuchte, sich nicht allzu ängstlich umzusehen. Sie wusste zwar, dass Mr Hyde, Ms Jones und sogar einige der örtlichen Polizisten ganz in der Nähe waren, doch der Knoten in ihrem Magen wollte sich nicht lösen.

Mari schob neben ihr den Kinderwagen vor sich her und versuchte genauso, einen möglichst lockeren Eindruck zu machen. Das Babygequengel aus dem Kinderwagen stammte nicht von Noah, sondern von einer Aufnahme, die von einem Handy abgespielt wurde. »Du hättest echt nicht mitkommen müssen«, meinte Mari, während sie durch die Gänge des Supermarktes gingen.

Elena verdrehte die Augen, als sie an die endlose Diskussion dachte, die sie deswegen schon mit Jim und Rick gehabt hatte. »Natürlich komme ich mit dir! Ich werde dich doch nicht allein lassen, wenn Hank dich angreift!«

Mari verzog das Gesicht. »Es würde ja schon reichen, wenn er mich anquatscht. Bete bloß, dass es dabei bleibt!«

Elena musste trotz ihrer Anspannung lächeln. Immerhin war

Mari davon überzeugt, dass Gott Gebete hörte. Sie stieß ihrer Schwester freundschaftlich den Ellenbogen in die Seite. »Jetzt lass uns den Kerl fertigmachen.«

Sie gingen durch die Kasse und Elena verstaute ihre Einkäufe in der Ablage unter dem Kinderwagen. Draußen entdeckte sie Mr Hydes Auto, in dem auch Jim sitzen musste, was sie ungemein beruhigte.

»Ey, puta!«

Obwohl sie darauf gewartet hatten, ließ die scharfe, wütende Stimme sie beide erschrocken zusammenzucken.

Hank marschierte aus dem Diner mit großen Schritten auf sie zu, seine zwei Kumpels, die ihn offenbar zurückhalten wollten, ignorierend. »Hast du geglaubt, du kannst so einfach damit davonkommen?«

»Bleib weg von mir!«, schleuderte Mari ihm entgegen.

»Denkst du, du kannst mir meinen Sohn einfach so wegnehmen?«, brüllte er außer sich und stieß Mari hart zu Boden.

»Lass sie in Ruhe!«, schrie Elena und versuchte, sich ihm in den Weg zu stellen, doch Hank schubste sie einfach zur Seite. Elena ignorierte den heißen Schmerz, als ihre Handballen über den rauen Asphalt schürften, und sah sich ängstlich um. Wo blieb denn nur die ...

»Polizei! Hände so, dass ich sie sehen kann!«

Erleichtert rappelte Elena sich auf, als Mr Hyde, Ms Jones und drei weitere Polizisten Hank und seine Kumpels umzingelten.

»Mari, bist du okay?« Elena eilte an die Seite ihrer Schwester, die gerade von Marlene auf die Füße gezogen wurde.

»Ich denke schon.« Mari rieb sich die Arme und wich zurück, als Hanks durchdringender Blick sie fixierte, dem gerade die Handschellen angelegt wurden.

»Denkst du, das war's?«, knurrte er. »Ich mach dich so was von fertig! Du wirst dir wünschen, nie geboren worden zu sein!« Er trat gegen den Kinderwagen, der scheppernd umfiel.

Elena sog erschrocken die Luft ein, obwohl sie wusste, dass

Noah sicher bei Rick und Alyson war. Alle drei Polizisten mussten mithelfen, um den vor Wut schäumenden Hank in den wartenden Wagen zu verfrachten. Die Kumpels von Hank zogen wortlos ab, nachdem Mr Hyde ihnen sehr deutlich gemacht hatte, dass sie am besten auf direktem Weg nach Chicago zurück verschwinden sollten.

Elena umarmte Mari erleichtert und machte sich dann daran, die verstreuten Einkäufe aufzusammeln.

»Herzlichen Glückwunsch!« Marlene lächelte sie beide an. »Den Typen seid ihr mindestens für die nächste Zeit los.«

Elena sah zu Mari.

Zum ersten Mal, seit sie sie wiedergesehen hatte, wirkte sie hoffnungsvoll.

»Sie haben es irgendwie geschafft, dass die Skullsplitters aus dem Spiel sind.«

Sam lehnte sich zu Ray hinüber, um einen Blick auf seinen Laptop zu werfen, auf dem die Kameraüberwachung des Supermarktes lief. »Das war schlau von ihnen. Aber auch egal. Damit sind sie jetzt erst einmal beschäftigt, vor allem Hyde. Vielleicht traut sich Rick dadurch eher raus und dann erwischen wir ihn.«

Chase ließ sich noch ein wenig tiefer in seinen Sessel sinken. »Und du bist sicher, dass es keine Spur von den Skullsplitters zu uns gibt?«

Ray schüttelte den Kopf. »Ich hab alles gelöscht.«

»Und die werden nicht reden.« Sam lehnte sich wieder zurück. »Dann können wir uns ja jetzt voll und ganz auf Ricks Versteck konzentrieren. Was weißt du über das Grundstück?«

Ray klickte ein wenig herum. »Das Gelände gehört einem Boaz Crawford, Ex-Militär. 28 Jahre alt, zwei Einsätze in Afghanistan, Silver Star.«

»Und er steht in keiner Verbindung zu den Andersons?«

Ray verneinte. »Nichts, was ich finden konnte.«

»Sonst noch was Interessantes?«

»Er hat die Sprengstoffhundestaffel geleitet.« Ray sah auf. »Das heißt, die Hunde, die da auf dem Gelände rumlaufen, sind sicherlich bestens ausgebildet.«

Sam nickte. »Gut zu wissen. Schwachstellen? Familie?«

»Er hat Eltern und eine Schwester in Alaska.«

»Somit keinen schwachen Punkt in der Nähe. Ne Freundin vielleicht?«

Ray kniff die Augen zusammen, als er sich tiefer in Boaz Crawfords Leben grub. »Er ist verheiratet«, stellte er überrascht fest.

Sofort kam Sam wieder vor den Bildschirm. »Perfekt! Lebt die Frau auch dort auf dem Grundstück?«

»Sie hat auf jeden Fall dieselbe Meldeadresse. Alyson Crawford steht hier, sie hat ihr eigenes Modelabel *MJ Cruz*, und ...« Ray brach ab, als er ihre Führerscheinunterlagen öffnete, und wünschte sofort, er hätte es nicht getan.

»Was zur Hölle?!« Sam beugte sich vor und ein Laut der Überraschung kam über seine Lippen. »Das gibt's doch nicht ...«

»Was?« Chase rappelte sich vom Sessel hoch und gesellte sich zu ihnen. »Ist das ... das ist doch ...«

Sam nickte. »Alysha.« Er klang genauso ungläubig wie Chase. Langsam setzte er sich wieder. »Was läuft hier?«, fragte er misstrauisch und sah zwischen Chase und Ray hin und her. »Das kann doch kein Zufall sein. Wie kann es sein, dass Rick Anderson unsere Alysha kennt?« Sein Blick blieb an Ray haften. »Hat Jonah ihm von ihr erzählt?«

Ray hob die Schultern. »Muss er wohl, wie sonst könnte das sein?« Innerlich verfluchte er sich dafür, dass er Jonah von Alysha erzählt hatte. Wieso hatte der Kerl sie jetzt mit ins Spiel gebracht?! Er hatte Jonah nicht so leichtsinnig eingeschätzt. Aber wahrscheinlich war er gerade am Durchdrehen und konnte einfach keine rationalen Entscheidungen treffen.

Sam stand auf und begann, auf und ab zu laufen. »Irgendetwas übersehen wir doch. Das kann doch nicht sein, dass Alysha ausgerechnet jetzt auftaucht!«

Ray versuchte, ruhig zu bleiben. Sam würde sicher nicht infrage stellen, ob Jonah noch am Leben war.

»Ist doch praktisch.« Chase zog an seinem Joint. »Damit erwischen wir sie beide auf einen Schlag und dann können wir uns endlich unserem wahren Geschäft zuwenden.«

Sam warf ihm einen warnenden Blick zu. »Willst du damit sagen, dass das hier sinnfrei ist?«

»Auf keinen Fall«, entgegnete Chase ruhig. »Das müssen wir machen, sonst wären wir Kamneys Erbe nicht würdig. Aber dann können wir uns darauf konzentrieren, sein Imperium wieder aufzubauen. Die Grundpfeiler stehen immerhin noch, auch wenn Hyde glaubt, alles vernichtet zu haben.«

Sam nickte langsam. »Richtig. Also, bereiten wir unseren Angriffsplan auf die Crawfords und ihre kleinen Freunde vor.« Ein diabolisches Lächeln verzerrte sein Gesicht. »Das wird ein Schlachtfest.«

Rick kam ihnen mit Alyson entgegen, als sie wieder vor dem Haus parkten. »Wie ist es gelaufen?«, platzte er heraus.

»Super.« Elena war immer noch ganz zittrig, aber sie hatten es endlich hinter sich. Die Skullsplitters stellten keine Gefahr mehr dar.

Mari schien es ähnlich zu gehen, sie sah völlig fertig aus. Aber sie lächelte. »Sie haben Hank verhaftet.« Sie erzählte, was geschehen war, und Elena schaute sich nach Jim um.

Der wirkte irgendwie so gar nicht glücklich. Leise redete er mit Alec Hyde, der auch nicht gerade einen zufriedeneren Eindruck machte. Unauffällig versuchte sie, einen Schritt näher zu kommen, um zu hören, was los war.

»… unüberlegt und unverantwortlich!«, sagte Hyde gerade. »Du weißt doch, wie schnell das umschwenken kann.«

»Natürlich weiß ich das.« Jim verschränkte die Arme. »Aber Dojan glaubt, dass ich nicht bluffe. Und überhaupt hat er selbst doch gar kein Interesse, Mari und Noah zu schaden.«

»Aber dir.«

»Vielleicht. Damit kann ich leben.«

Alec setzte zu einer ziemlich heftigen Bemerkung an, da kam Agent Jones aus der Scheune und winkte sie herein. »Das solltet ihr euch ansehen.«

Der Tonfall in ihrer Stimme machte Elena sofort wieder nervös. Sie folgte den anderen in die Scheune vor die Überwachungsanlage.

Marlene deutete auf einen der Bildschirme. »Das ist die Kamera am Haupttor. Chase ist heute hier gewesen, als ihr alle in der Stadt wart.«

Erschrocken sah Jim zu Alyson. »Hat er versucht, aufs Grundstück zu kommen?«

»Nein. Anscheinend haben sie es nur ausgekundschaftet. Die Verstärkung müsste bald eintreffen.«

Alecs Miene verfinsterte sich. »Dann müssen wir jetzt auf alles gefasst sein.«

Keine Viertelstunde später fiel der Strom aus.

29

Jim rieb sich die brennenden Augen und massierte sich den verspannten Nacken. Seit Stunden schon versuchten Marlene und er Rays Trojaner zu finden, der die Stromversorgung lahmgelegt hatte. Eine halbe Stunde danach war auch das Mobilfunknetz zusammengebrochen; sie waren von der Außenwelt abgeschnitten. Kein Handysignal kam durch und die Verstärkung ließ auf sich warten. Die örtliche Polizei hatte alle Hände voll zu tun, weil nicht nur Fort Crawford, sondern auch die nächstgelegene Stadt keinen Strom hatte und das übliche Chaos eines Blackouts ausgebrochen war – Überfälle auf Geschäfte, Unfälle an Kreuzungen und Menschen in Panik. Die konnten beim besten Willen keine Leute erübrigen, um einfach nur herumzusitzen und abzuwarten, wie ihnen ein äußerst gestresster Officer über Funk auf ihre Anfrage geantwortet hatte.

Der Zaun und die Überwachungszentrale in der Scheune liefen über das Dieselaggregat, doch das war nur für den Notfall gedacht. Bald würde ihnen der Sprit ausgehen. Boaz hatte bereits die Autos bis auf eines leer gezapft und den Stromgenerator nachgefüllt, doch er meinte, dass das nur noch bis zum Morgen reichen würde. Jetzt war es bereits fast fünf Uhr und die Dunkelheit draußen wich langsam der Dämmerung.

Auf Alecs Anweisung hin waren Alysha, Rick, Elena und Mari ins Haus gegangen; Alec und Boaz kontrollierten die Zäune.

Marlene fluchte immer wieder leise neben ihm. Sie bekamen Rays Barrikade einfach nicht durchbrochen. Jim vermutete, dass Ray die ganze Zeit selbst auf der anderen Seite saß und den Code änderte. Wahrscheinlich verfolgte er sogar jeden ihrer Schritte und reagierte dementsprechend. Das Gefühl der Hilflosigkeit und des Ausgeliefertseins schlug in seinem Inneren immer höhere Wellen. Sam wollte sie mit Sicherheit so lange hier ohne Strom sitzen lassen, bis ihnen der Diesel ausging. Dann könnte er von jeder beliebigen Seite angreifen. Und dann … Nein. Diesmal würde es anders ablaufen. Seiner Schwester und seinen Freunden würde nichts geschehen. Alec und Marlene waren hier. Und Boaz. Sie waren vorbereitet. Selbst wenn die Verstärkung nicht rechtzeitig auftauchte, würde Alysha sich mit Rick, Elena, Mari und dem Baby verschanzen können. Dass ihnen nichts passierte, war die Hauptsache.

Wieder schoss ihm der Vers in den Kopf, dass Jesus gesagt hatte, dass sie ihre Feinde lieben sollten. Barmherzig sein sollten. Jim schüttelte den Kopf. »Wie?«, flüsterte er leise. Wie sollte er Sam in Liebe und Barmherzigkeit begegnen, wenn der nur noch Rache und Mordlust im Kopf hatte?

Die Bildschirme wurden schwarz und Jims Adrenalin kochte sofort hoch.

»Was ist los? Der Strom läuft doch noch!« Marlene hämmerte auf ihre Tastatur ein, da flackerte auf jedem Bildschirm in großen Buchstaben die gleiche Botschaft auf:

Verschwinde, solange du noch kannst!!!

Dann erstarben die Bildschirme. Jim sprang so schnell auf, dass der Stuhl hinter ihm umkippte.

Die drei konnten jeden Moment angreifen. Der Generator lief zwar noch, aber Ray hatte nun endgültig den Durchbruch geschafft. Sie könnten sich ihren Weg irgendwo durch den Zaun schneiden, ohne dass sie es mitbekommen würden.

»Jay, schnapp dir deinen Laptop und ab in den Saferoom.« Marlene hatte ihre Waffe gezogen.

Jim schüttelte den Kopf. »Da unten werde ich keinen Empfang haben. Ich such mir ein Versteck. Vielleicht ist Ray jetzt abgelenkt genug, dass ich es schaffe durchzukommen, solange mein Akku noch mitmacht.«

Marlene warf ihm einen grimmigen Blick zu, nickte dann aber. »Lass dich ja nicht erwischen.«

Das Walkie-Talkie knisterte und Boaz' verzerrte Stimme ertönte. »Es gibt Bewegung am Haupttor. Ich checke das mal.«

»Sei vorsichtig!«, gab Alec durch. »Ich sichere das Haus.«

Jim rannte nach draußen in die Dunkelheit Richtung Bach, wo Sam ihn bestimmt nicht entdecken würde. Dabei betete er, dass heute niemand sterben musste.

Elena zog in Windeseile ihre Schuhe an und versuchte, die Übelkeit, die mit dem Adrenalinschub gekommen war, zu unterdrücken. Sie hatte furchtbare Angst und war froh, dass Alyson und Mr. Hyde bei ihnen waren. Zum Glück wachte Noah nicht auf, als Mari ihn aus dem Bettchen hob und die Decke fest um ihn wickelte.

Dann folgten sie Alyson nach unten.

Elena sah zu Rick, der genauso besorgt dreinsah, wie sie sich fühlte.

Im Erdgeschoss kratzten Pan und Hood an den Türen und knurrten und winselten um die Wette. Sie mussten die bevorstehende Gefahr spüren. Nervös sah Elena aus dem Fenster, doch sie konnte nichts erkennen außer den schemenhaften Umrissen der Bäume.

Alyson führte sie in die Küche, wo sie eine Schranktür öffnete. »Hier hinein.«

Elena sah ihr über die Schulter, konnte aber außer einer in die Dunkelheit führenden Treppe nicht viel erkennen.

»Geh vor, Alyson.« Alec zog seine Waffe. »Ich werde hierbleiben.«

Ohne zu diskutieren, stieg Alyson hinunter. Mari war mit Noah direkt hinter ihr, dann kamen sie und Rick. Hinter ihnen schob Alec die Schranktür ins Schloss und Elena erhaschte einen

Blick auf einen Satz Apothekerschubladen, die über die Öffnung geschoben werden konnten. Wäre sie nicht so in Eile und die Situation nicht so ernst gewesen, hätte Elena sich diese Geheimtür gern näher angeschaut. Aber so stolperte sie nur schnellen Schritts hinter ihrer Schwester her. Kurz fragte sie sich, warum Alec nicht mit ihnen kam, aber er konnte Marlene und Boaz ja nicht allein lassen. Außerdem war der Eingang zum Bunker zu gut versteckt, den würden diese Kerle bestimmt nicht finden.

Sie erreichten das Ende der Treppe und Alyson führte sie weiter. Anfangs zählte Elena noch ihre Schritte, aber irgendwann kam sie durcheinander. Wie lange gingen sie schon hier entlang? Der Gang war gerade mal breit genug für eine Person und Rick musste leicht den Kopf einziehen. Die Wände des Ganges waren feucht und rochen nach Erde, zwischendurch hingen Wurzeln von der Decke oder kamen aus den Wänden. Trotzdem fühlte Elena sich wegen der solide aussehenden Stützbalken relativ sicher. So hatte sie sich immer ein Bergwerk vorgestellt.

Plötzlich – von einem Moment auf den anderen – erstarben die nackten Glühbirnen, die über ihnen von der Decke baumelten, und ließen sie in völliger Dunkelheit zurück. Elena erschauderte. Jetzt hatte der Generator wohl den Geist aufgegeben. Etwas knackte vor ihr und Alyson reichte ihnen ein grünlich schimmerndes Knicklicht nach hinten.

Endlich rief Alyson ihnen ein leises »Stopp!« zu. Gedämpftes Licht drang in den Gang, als sie, nachdem sie durch einen Türspion gesehen hatte, eine Stahltür mit einem mechanischen Zahlenschloss öffnete.

Im Licht einer batteriebetriebenen Laterne kam ein rustikal eingerichtetes Zimmer zum Vorschein, das mit einem schmalen Bett, einem winzigen Herd, einem Regal voll mit Konserven und Wasserkanistern und sogar einer Toilette ausgestattet war.

An der gegenüberliegenden Wand war eine weitere Stahltür eingelassen.

»Führt die nach draußen?«, fragte Rick.

Alyson schloss die Tür zum Tunnel. »Keine Sorge, da kommt man nicht so einfach durch. Das Ding hier war mal ein Luftschutzbunker und ist gegen so einige Waffengewalt gefeit. Außerdem ist der Ausgang im Bootsschuppen gut versteckt.«

Mari ließ sich auf dem Bett nieder und Rick setzte sich zu ihren Füßen auf den dünnen Teppichvorleger.

»Und ... wo sind die anderen jetzt?«, wagte Elena zu fragen.

Alyson stellte das Funkgerät auf der Anrichte ab. »Die Mauern sind zu dick, wir haben keinen Empfang hier drinnen. Wir müssen abwarten.«

Jim gefror das Blut in den Adern, als er plötzlich Sams Stimme durch das Funkgerät hörte.

»Ich nehme mal an, dass ihr alle gut zuhört.« Sein Grinsen war sogar durch das Knacken und Rauschen zu hören. »Euer Vorbote ist in unserer Gewalt. Ziemlich unklug von euch, einen Zivilisten zu schicken, aber mir soll es recht sein. Wir werden jetzt bis vor das Haus kommen und da könnt ihr unsere Geisel eintauschen. Ihr wisst, wen wir wollen. Oh, und solltet ihr Dummheiten machen, jage ich dem guten Crawford eine Kugel ins Hirn.« Es knackte wieder, dann folgte Stille.

Wie erstarrt saß Jim in seinem Versteck. Wie hatten sie Boaz nur in die Finger kriegen können? Er kauerte sich noch tiefer in den Schatten der tief hängenden Äste und regelte die Helligkeit seines Laptops auf das Minimum.

Er musste ruhig bleiben. Wenn er jetzt durchdrehte, würde das niemandem helfen. Sicher waren Marlene und Alec schon zur Stelle, um Boaz irgendwie freizubekommen.

Hatte Ray Sam verraten, dass er auch hier war?

Jim schluckte hart und versuchte, dem Gedanken keinen Raum zu geben. Das durfte nicht sein.

Seine Nachricht sprach eher nicht dafür, oder?

Nein. Bestimmt nicht.

Hoffentlich.

Er bearbeitete seine Tastatur. Ray musste irgendwo mit seinem Störsender sitzen und das Signal blockieren. Wahrscheinlich im Auto. Wenn es Jim nicht gelang, seine Firewall zu durchbrechen, würden Sam, Chase und er die Oberhand behalten!

Jim betete innerlich, dass wenigstens Alysha, Rick, Elena, Mari und Noah in Sicherheit waren.

Verbissen starrte er auf den Bildschirm und ärgerte sich über die begrenzte Bandbreite des alten Modems, die ihn nur langsam vorankommen ließ. Wenn er nicht bald durch die Firewall kam, würde er zum Haus gehen und es von dort aus weiterversuchen.

Rick öffnete die Augen und sah zu Alyson, die sich am Regal zu schaffen machte und dabei die Melodie irgendeines alten Kirchenliedes summte.

»Möchte jemand einen Tee?«

Keiner antwortete. Sicher waren die anderen genauso nervös wie Rick; er würde im Moment wahrscheinlich nichts im Magen behalten können.

Das war so nicht geplant gewesen.

Jim hätte auch hier sein müssen! Wo war er bloß? Hatte er sich wenigstens versteckt oder hockte er immer noch in der Scheune und ließ es drauf ankommen?

Alyson setzte sich wieder und begann, auf einem abgegriffenen Notizblock herumzukritzeln.

Rick hätte auch am liebsten etwas anderes gemacht, als nur auf dem Boden herumzusitzen. Wie lange befanden sie sich schon in diesem Loch?

»Wir bleiben, bis Boaz uns hier rausholt.« Alyson versuchte zu lächeln. »Dann ist alles vorbei.«

Rick hoffte, dass es so war. Er schloss wieder die Augen und versuchte, sich aufs Beten zu konzentrieren, doch irgendwie fiel ihm nichts mehr ein.

Ein Kratzen ließ ihn aufhorchen.

»Was war das?«, fragte Elena und sah zur Tür, die zum Ausgang in den angebauten Bootsschuppen führte.

Rick stand auf, als Alyson durch den Spion sah.

»Ich weiß nicht, ich sehe niemanden.«

»Könnten das Pan und Hood sein?«

Alyson schüttelte den Kopf. »Die haben wir doch im Haus zurückgelassen.«

Etwas klickte. Im selben Moment verstand Rick, was los war. »Passt auf!«, brüllte er und warf sich gegen die Tür. »Schnell! Elena! Alyson!«

Gerade noch rechtzeitig stemmten sich die beiden neben ihm gegen die Tür, denn schon wurde sie von der anderen Seite einen Spalt weit aufgedrückt. Rick wurde übel, als er Sams hämisches Lachen hörte.

»Wir haben euch, Anderson! Ihr seid so gut wie erledigt!«

Während Elena und Mari die blanke Panik in den Augen stand, sah er bei Alyson pure Entschlossenheit. »Mari, komm her!«, befahl sie.

Mari sprang auf, legte Noah vorsichtig aufs Bett und übernahm Alysons Position an der Tür.

Ricks Muskeln begannen, vor Anstrengung zu zittern, und er hörte Elena neben sich angstvoll keuchen, während Alyson zur Tunneltür hastete und die Kombination eingab.

»Gebt am besten gleich auf!«, schnarrte Chase. »Wenn ihr glaubt, die zweite Tür schützt euch, habt ihr euch geschnitten!«

»Woher weiß er davon?«, quietschte Mari.

»Rick! Ich bekomme die Tür nicht auf, sie klemmt!« Alyson kam zu ihnen zurück, schob ihn zur Seite und presste sich an seiner Stelle gegen die Tür. »Versuch du es!«

Rick beeilte sich, zur Tunneltür zu kommen, und rüttelte am Griff. Die Furcht wollte ihn lähmen, doch er zwang sich, ruhig zu bleiben. Hier ging es um das Leben seiner Schwestern! Er hatte keinerlei Zweifel daran, dass Sam ihnen mit Vergnügen wehtun würde, wenn nicht sogar Schlimmeres ...

Endlich gab der Riegel nach und der Tunnel war frei. Im selben Augenblick schafften es Sam und Chase, die andere Tür fast zehn Zentimeter weiter aufzudrücken.

Rick stürzte zurück zu den Mädels. »Mari, schnapp dir Noah und verschwinde!«

Mari eilte zum Bett, hob Noah hoch und lief in den Tunnel.

»Jetzt, du Elle!«, keuchte Rick.

Der Blick, den sie ihm zuwarf, spiegelte seinen Gedanken wider. *Wenn Elena von der Tür weggeht, haben Sam und Chase die Überhand.*

»Mach schon!«, zischte Rick ihr zu.

In dem Moment stießen Sam und Chase so hart gegen die Tür, dass sie rückwärts zurückstolperten.

30

Jim hatte fast das Haus erreicht, als er eine Bewegung hinter dem Küchenfenster wahrnahm. Instinktiv duckte er sich. Es sollte doch keiner im Haus sein! Oder war das Marlene? Aber sie war doch bestimmt vorne beim Lieferwagen ...?

Jetzt trat die Gestalt ans Fenster und Jim wusste sofort, dass da etwas gewaltig schiefgelaufen sein musste. Er sprang auf und war in wenigen großen Schritten bei der Hintertür.

»Mari! Was ist passiert?«

»Jim!« Verstört blickte sie sich um, Noah an sich gedrückt. »D-Da sind diese Typen aufgetaucht und ...« Ihre Stimme bebte. »Er hat die Tür aufgebrochen!«

Maris Panik sprang auf Jim über. »Was?! Welche Tür?«

»Na, die am Ende des Tunnels! Im Saferoom! D-Die in den Schuppen führt!« Ein unterdrücktes Schluchzen kam ihr über die Lippen. »Rick hat mich in den Tunnel geschickt, aber da waren sie auch schon mit der Sicherheitstür durch und ... und da hat Rick die Tunneltür schnell verriegelt ... und ... und sie ...«

»Willst du damit sagen, dass Sam, Chase und Ray da unten bei den anderen sind?«

»Ich habe nur zwei gesehen ...«

»Wen von ihnen?«

Mari sank zitternd auf die Armlehne des Sofas. »Der eine hat ein Spinnennetz auf seinen Hals tätowiert und der andere hat eine Narbe auf der Wange.«

Jims Fingernägel gruben sich schmerzhaft in seine Handflächen, als er die Fäuste ballte. Sam und Chase hatten Alysha, Rick und Elena in ihrer Gewalt! Ray musste irgendwie die Baupläne vom Grundstück in die Finger bekommen haben und wusste deshalb, dass es diesen Saferoom da unten gab … Sicher hatten sie Boaz den Türschlüssel abgenommen und Chase hatte das zusätzliche Zahlenschloss geknackt. Dann war der Lieferwagen nur eine Ablenkung für Alec und Marlene gewesen! Ray saß ganz allein da drin und bewachte Boaz!

»Komm mit.« Er zog Mari auf die Füße und schob sie die Treppe hoch ins Gästezimmer. »Du schließt hinter mir ab und schiebst die Kommode vor die Tür. Und du bleibst hier drin, bis das alles vorbei ist.« An der Tür drehte er sich noch einmal um. »Und bleib weg vom Fenster.«

Sicher war etwas anderes, aber im Moment gab es keine bessere Option.

»Jim?« Mari hielt die Tür fest. »Rette sie.«

»Sag das Gott, nicht mir.« Jim versuchte ein Lächeln und zog die Tür dann ins Schloss. Er wartete, bis sie den Schlüssel umgedreht hatte, und beeilte sich dann, die Treppe nach unten und nach draußen zu kommen. Alles in ihm drängte ihn, sofort seiner Schwester, Rick und Elena zu Hilfe zu kommen, doch er wusste, dass sie ohne Verstärkung alle verloren waren. Und dafür konnte Marlene sorgen, wenn sie erst einmal Ray ausgeschaltet hatten.

Adrenalin schoss ihm durch die Venen, als der Lieferwagen in sein Blickfeld kam.

Marlene versuchte gerade offensichtlich, mit Ray zu verhandeln, der immer wieder rief, sie solle die Andersons herausgeben. Alec konnte er nirgends entdecken.

Boaz saß auf dem Beifahrersitz und sogar von hier aus konnte Jim den Lauf des Gewehres sehen, der auf seinen Hinterkopf gerichtet war. Boaz fing Jims Blick auf und hob fragend die Augenbraue. Dann hob er vorsichtig seine Hände, um ihm zu zeigen, dass er sich bereits von seinen Fesseln befreit hatte. Jim nickte ihm zu und Boaz schien seine Gedanken zu lesen.

»Jay!«, zischte Marlene und winkte wild von hinter dem Auto, wo sie sich verschanzt hatte. »Was tust du? Versteck dich!«

Jim ignorierte sie und marschierte geradewegs auf den Lieferwagen zu. Mit Schwung riss er die Schiebetür auf, die krachend in die Angeln schlug. Ray, der vor einer Wand aus Bildschirmen gesessen hatte, fuhr erschrocken herum, doch bevor er das Gewehr auf ihn richten konnte, sprang Boaz wie ein Panther von der Seite auf ihn. Schon lag Ray auf dem Boden des Lieferwagens, zu überrascht, um sich überhaupt noch zu wehren.

Jim musste all seine Selbstbeherrschung aufwenden, um ihm nicht an den Kragen zu gehen. Er ballte die Fäuste und funkelte ihn wütend an. »Wir hatten einen Deal!«, presste er zwischen zusammengebissenen Zähnen hervor.

Ray schnaubte und riss vergeblich an Boaz' unnachgiebigem Griff. »Ich habe gesagt, ich versuche es! Nicht, dass ich mich in die Schusslinie begebe und mir den Tod hole, der euch zusteht!«

»Pass bloß auf, Freundchen«, knurrte Boaz und presste ihn auf den Boden.

Da kam Marlene auch schon angelaufen. »Was hast du getan, Jay? Du solltest dich doch nicht zeigen!«

Jim ignorierte sie und fixierte Ray zornig. »Du hast deinen Deal gebrochen! Wer von uns beiden ist jetzt der Verräter, hm?! Du weißt, dass sich mein Teil der Abmachung damit auch erledigt hat? Ich werde dich vernichten! Du hast nicht nur Rick in Sams Visier gebracht, sondern auch seine Schwestern! Und meine Schwester!«

Boaz hatte Ray mit Marlenes Hilfe die Handschellen angelegt und zerrte ihn jetzt auf die Füße. »Ich hol mein Zeug«, knurrte er und verschwand.

In Rays Augen spiegelte sich Jims Wut. »Wieso hast du sie auch ausgerechnet hierher gebracht?«, schrie er ihn an. »Ich hab es all die Jahre geschafft, Alysha aus der Gefahrenzone zu halten, und da lockst du Sam genau zu ihr nach Hause! Was habt ihr euch dabei gedacht?!«

Jim wechselte einen kurzen Blick mit Boaz.

Ray grinste spöttisch. »Habt ihr wirklich geglaubt, ihr hättet eine Chance gegen Sam? Dass ihr ihn einfach in eure Falle locken könnt?« Seine Augen wurden dunkel. »Du hättest im Motel einfach abdrücken sollen, als du die Chance dazu hattest.«

Jim schüttelte den Kopf. »Gott hat mir gesagt, ich soll es nicht tun.«

Ray zuckte zurück und öffnete den Mund, um etwas zu sagen. Dann presste er die Lippen zusammen und schwieg.

Marlene holte ein zweites Paar Handschellen hervor und kettete Ray am Auto fest.

»Ich würde mir jetzt ernsthafte Sorgen um deine Freunde machen!«, zischte Ray und hob grimmig das Kinn. »Und um Alysha.«

Ein Schuss zerriss die Stille des Waldes und hallte vom See her zu ihnen hinauf.

Jim rannte los.

»Da haben wir doch alle auf einen Haufen versammelt. Ist ja fast wie Weihnachten.« Sam lächelte kalt. »Was stellen wir jetzt mit euch an, hm?« Locker hielt er die Pistole in der Hand, mit der er sie aus dem Saferoom durch den Bootsschuppen ins Freie gescheucht hatte.

Das Gluckern des auslaufenden Benzins, als Chase begann, einen Kanister um den Schuppen herum auszuleeren, klang in der Stille des Morgens unheimlich laut.

Elena krallte sich ängstlich in Ricks Arm. Wie hatte das alles so schiefgehen können? Ihr Bruder war kreidebleich und Elena spürte, wie er zitterte.

Sam richtete seine Waffe auf ihn. »Vorschläge, Ricky? Ich habe dir doch gesagt, dass ich wiederkommen werde, wenn du redest.« Er trat einen Schritt näher. »Weißt du noch, was ich dir versprochen habe, was ich mit deiner süßen Schwester machen werde?«

»Sam.« Alyson schob sich vor Rick und Elena. »Hör auf.«

Sam machte eine unwirsche Bewegung in ihre Richtung. »Zu dir komme ich gleich noch.«

»Nein, Sam. Schau dich doch mal an. Schau *uns* an! Siehst du nicht, was Kamney aus uns gemacht hat?« Ihre Stimme war seltsam ruhig, ja, fast besänftigend. Elena konnte kaum glauben, dass sie so gelassen wirkte.

Tatsächlich schien Sam darauf zu reagieren. Er senkte die Waffe ein wenig.

»Wir waren mal wie Geschwister, weißt du nicht mehr?« Beschwörend hob sie die Hände. »Denk doch mal dran. Wir müssen das alles nicht mehr tun. Wir sind frei! Wir können tun, was wir wollen! Wir müssen nicht mehr vor ihm Rechenschaft ablegen!« Sie sah kurz zu Chase. »Ihr könntet ein neues Leben anfangen! Irgendwo, wo euch das alles nicht hin verfolgt. Ihr könnt vergessen, was hinter euch liegt.«

Sam entsicherte die Waffe. »Was, wenn ich das nicht will?«

»Ich weiß, dass du Angst hast.«

Sam lachte auf. »Ich habe keine Angst.«

»Doch, die hast du. Davor, keinen anderen Sinn im Leben zu haben, als nur das, was Kamney uns beigebracht hat.«

»Pass auf, was du sagst«, knurrte Sam.

»Es ist die Wahrheit. Lass dich von ihr befreien!«

»Die Wahrheit?« In Sams Augen loderte der Hass auf. »Die Wahrheit?«, wiederholte er lauter. »Die Wahrheit ist, dass du, Mike, Rico und Jonah alles kaputt gemacht habt!«, brüllte er. »Dass ihr alles zerstört habt, was wir mühsam aufgebaut haben!«

»Dann bau dir doch endlich was Eigenes auf! Ohne Kamneys Fuß im Nacken! Ohne ständig Angst zu haben, bei ihm in Ungnade zu fallen!«

Sam starrte sie mit einem dämonischen Ausdruck an. »Die Wahrheit ist, dass du noch fehlst. Als Einzige.« Er trat noch einen Schritt auf sie zu. »Mike, Rico, Jonah. Sie sind alle tot.« Er lächelte. »Chase«, sagte er, ohne den Blick von ihr abzuwenden. »Weißt du noch, wie Mike um sein Leben gefleht hat? Wie er uns angebettelt hat, es nicht zu tun?«

»Geheult hat er«, höhnte Chase.

»Und Rico?« Sam trat noch einen Schritt näher. Jetzt wich Alyson zurück. »Der Idiot, der einfach nicht aufhören konnte, sich einzumischen? Das waren wahrscheinlich die längsten vier Minuten seines Lebens.« Sam drängte sie immer weiter zurück Richtung Schuppen. »Und dann Jonah. Dein süßer kleiner Jonah.«

Elena spürte die raue Hauswand in ihrem Rücken, der beißende Gestank des Benzins raubte ihr den Atem. Sie konnte sehen, wie Alysons mutige Fassade in sich zusammenfiel.

»Ich habe ja wirklich nicht gedacht, dass er diese Nacht überleben würde. Aber … weißt du … das hat mir die wunderbare zweite Gelegenheit gegeben, ihn noch mal zu erledigen.« Sam beugte sich zu Alyson hinab. »Du hättest ihn sehen sollen. Wie er doch tatsächlich geglaubt hat, dass er gegen mich eine Chance hat. Hat sich tapfer geschlagen. Bis ich ihm zwei Kugeln in den Leib gejagt habe.« Er grinste. »Sein Gesicht werde ich nie vergessen.«

Ein Laut der Qual entwich Alyson und Elena ergriff instinktiv ihre Hand.

Sams Blick wanderte zu Rick. »Und genau das ist es, warum wir wieder hier sind. Nicht wahr, Ricky?«

Ein Schuss zerriss die Luft und plötzlich tauchte Alec genau hinter Chase auf, der wie erstarrt dastand. »Waffen runter und Hände hoch!«

Alyson rannte los, noch bevor Sam seine Aufmerksamkeit wieder auf sie richten konnte.

Alec fuchtelte mit der Waffe. »Na los, lauft!«

Rick packte Elena bei der Hand und da geschah alles auf einmal.

Sie rannten links am Schuppen vorbei hinter Alyson her, die schon einen beachtlichen Vorsprung hatte und auf Boaz zulief, der ihr entgegenkam. Aus den Augenwinkeln sah Elena, wie Chase Alec mit einer schnellen Bewegung den Ellenbogen zwischen die Rippen rammte und sie anfingen zu kämpfen. Gleichzeitig hörte sie, wie Sam hinter ihnen her wetzte. Die Panik gab ihr die nötige Kraft, um mit Rick Schritt zu halten.

Doch Sam war schnell.

Zu schnell.

Elena spürte, wie sich seine Finger in ihren Arm gruben und im nächsten Moment wurde sie zurückgerissen. Sie schrie vor Schmerz auf, als sie auf dem Boden aufschlug.

»Nein!« Rick wollte sich auf Sam stürzen, doch da spürte Elena schon das kalte Metall der Pistole an ihrem Hals.

Sam zerrte sie wieder auf die Füße. »Was willst du jetzt tun, Ricky?« Er schleifte sie rückwärts zurück in Richtung Schuppen. »Haust du ab? Rettest du dich?«

Rick folgte ihnen. »Lass sie los! Sie hat damit nichts zu tun!«

Sam lachte grausam. »Du hast sie in dem Moment mit reingezogen, als du beschlossen hast zu singen wie ein Vögelchen.«

Elena keuchte auf, als Sam sie fest an sich presste. Hinter sich hörte sie, wie Alec und Chase immer noch miteinander kämpften.

»Lass sie gehen!« Ricks Stimme überschlug sich beinahe und Elena konnte ihre Tränen nicht zurückhalten.

Jetzt waren sie wieder beim Schuppen. Sam schoss auf den Kanister, der davor stand und sofort in Flammen aufging. In null Komma nichts griffen die Flammen auf die benzingetränkten Holzwände über.

»Eine kleine, theoretische, vielleicht aber auch deiner Schwester Leben rettende Frage an dich, Ricky.« Sam strich Elena über die Wange, woraufhin sie aufschluchzte. »Würdest du für deine Schwester ... durchs Feuer gehen?«

31

Ray beobachtete, wie Agent Jones Schicht für Schicht in seine Malware eindrang. Es war irgendwie faszinierend, jetzt einmal ihre Seite zu sehen. Er war ihr zwar virtuell schon sehr oft begegnet, aber hatte sie noch nie live in Aktion gesehen.

Die Frau wusste, was sie da tat.

Aber er war besser.

So leicht würde sie seine Barrikade nicht durchbrechen können.

Ray sah auf die Handschellen hinab, die ihn an den eingebauten Tisch ketteten. Er hatte so gut wie keinen Bewegungsspielraum, und Schlösserknacken war im Gegensatz zu Chase auch nicht seine Stärke. Er musste also abwarten. Sam und Chase würden ihn hier rausholen. Selbst wenn es Agent Jones gelang, die Blockade aufzuheben und die Verstärkung zu verständigen, würde die viel zu lange brauchen, um hierherzukommen, dafür hatte er gesorgt.

Ein Alarmton ging los und Agent Jones fluchte verhalten. »Was ist das?«

Ray warf einen Blick auf den Bildschirm und konnte ein Grinsen nicht unterdrücken, als er das Dialogfeld für die Passworteingabe sah. »Eine kleine Sicherheitsmaßnahme.«

»Wie lautet das Passwort?«

Ray lehnte sich zurück, doch das spöttische Lächeln verging ihm, als sie ihre Waffe zog und auf seinen Kopf richtete.

»Das Passwort. Sofort.«

Ray hob das Kinn. »Sie drücken nicht ab. Das dürfen Sie nicht.«

Sie legte den Kopf schief, bewegte die Waffe einige Zentimeter nach rechts und betätigte den Abzug.

Fluchend kauerte Ray sich zusammen und hielt sich das Ohr,

in dem es nur so klingelte. Er spürte etwas Warmes, Flüssiges an seinen Händen und sah ungläubig zu Agent Jones hoch, die mit einem verwegenen Lächeln wieder auf seinen Kopf zielte. »Passwort.«

Knurrend stieß er die Zahlenfolge hervor und das Programm war wieder freigeschaltet. »Wenn ich jetzt wegen Ihnen taub werde, werden Sie das bereuen!«

»Mhm«, machte sie völlig unbeeindruckt und hämmerte weiter auf die Tasten ein.

Sie war gut, das musste er ihr zugestehen. Sie brauchte zwar eine ganze Weile länger als er oder Jonah an ihrer Stelle, aber dann begannen die Scheinwerfer am und ums Haus zu flackern und er konnte hören, wie irgendwo in der Nähe die Server hochgefahren wurden.

Agent Jones griff nach ihrem Handy und stieg aus, behielt ihn aber genau im Blick. »Wo zum Geier seid ihr?«, brüllte sie wenige Minuten später ins Handy. »Was soll das heißen, ihr seid bei den Koordinaten? Seht ihr uns da etwa irgendwo? – Na also!« Sie gab noch einmal die Adresse durch und wartete, während sie ungeduldig auf und ab lief. »Ach, ist das so?« Ihre Stimme troff vor Sarkasmus. »Ich würde sagen, dann haben eure Handys sich wohl einen Virus eingefangen!« Sie warf Ray einen vernichtenden Blick zu. »Dann besorgt euch gefälligst eine Straßenkarte! Ich will euch in voller Anzahl hier haben, und das am besten schon gestern!« Sie drückte mit mehr Kraft auf die Auflegetaste, als bei einem Touchscreen nötig war.

Dann wählte sie einen weiteren Kontakt aus und startete einen Anruf.

Jim duckte sich schwer atmend hinter einen Strauch, während der Schuppen kreischend und fauchend in Flammen aufging. Mit hart gegen die Rippen pochendem Herzen beobachtete er wie gelähmt, wie Sam Elena die Waffe an den Hals drückte und Rick sich langsam dem brennenden Schuppen näherte.

»Oh Gott, was soll ich tun?«, murmelte er. »Was soll ich tun? Ich kann ihn nicht töten! Du hast doch eine andere Möglichkeit, oder?«

Du wirst feurige Kohlen auf seinem Haupt sammeln. Lass dich nicht vom Bösen besiegen, sondern besiege das Böse mit Gutem.

Jim runzelte die Stirn, als die Verse aus dem Römerbrief in seinen Kopf schossen. *Feuer auf sein Haupt. Wie passend, Gott.* Das Böse mit Gutem überwinden. Und wie? Sollte er Sam jetzt Blumen überreichen, oder was? Sollte er …?

Jim stutzte. Dann lächelte er schwach. Sollte es am Ende wirklich so einfach sein?

Er sah wieder zur Lichtung. Alec lieferte sich immer noch einen erbitterten Faustkampf mit Chase, er konnte Rick und Elena nicht zu Hilfe kommen. Marlene war bei Ray und von Boaz und Alysha war nichts zu sehen …

Mit zitternden Knien stand Jim auf. Er konnte es heute wirklich beenden. Auf Gottes Art.

Aber … hatte er wirklich eine Chance, Sam im Kampf zu besiegen? Das letzte Mal hatte er es schließlich auch nicht geschafft!

Habe ich dir nicht geboten, sei mutig und stark?

Jim schloss die Augen. »Wenn Gott für uns ist, wer kann gegen uns sein?«, murmelte er leise, fixierte die Szene vor sich und verließ den Schutz des Wäldchens, umgeben vom Schutz des Höchsten.

»Na, was ist, Rick?«, höhnte Sam und verstärkte seinen Griff um Elenas Hals. »Was bist du bereit zu opfern?«

»Rick, nicht!«, weinte Elena und versuchte vergeblich, sich zu befreien.

Verzweifelt trat Rick noch einen Schritt näher auf den brennenden Schuppen zu. Jims Frage, was er denn tun würde, sollte

Sam je seine Schwester in seine Gewalt bekommen, schoss ihm durch den Kopf. Hatte Jim damals schon geahnt, dass es eines Tages dazu kommen würde?

Jim war bereit gewesen, für ihn zu sterben. Hatte sich für ihn zwei Kugeln eingefangen und war beinahe ertrunken. War es nun das, was er für seine Schwester tun sollte?

»Gott, was soll ich tun?«, flüsterte er kaum hörbar. »Wo bist du?«

»Soll ich für dich runterzählen?«, rief Sam ihm zu. »Das macht es dir vielleicht leichter! Wie wär's damit? Ich zähle von zehn runter, und dann liegt es bei dir: Bei null bist du im Schuppen oder ich jage deiner Schwester eine Kugel durch den Hals!«

Rick schloss die Augen. *Gott, ich könnte jetzt echt deine Hilfe gebrauchen!*

»Zehn!«

Wo bist du?!, schrie er innerlich.

»Neun!«

Du hast gesagt, du sendest deine Engel!

»Acht!«

Mit zitternden Knien machte Rick einen weiteren Schritt auf den Schuppen zu. Die Hitze des Feuers brannte auf seiner Haut. *Wie soll ich dir vertrauen, wenn ich dich nicht sehe?*

»Sieben!«

Glückselig sind, die nicht sehen und doch glauben.

»Sechs!«

Trotz der glühenden Hitze zog Rick eine Gänsehaut über den Rücken. *Gott hatte immer noch alles im Griff!*

»Fünf!«

Gott war hier! Er war doch immer noch derjenige, der alle Fäden in der Hand hielt!

»Vier!«

Rick öffnete die Augen. »Du wirst sie doch sowieso töten!«

Sam grinste niederträchtig. »Ja, das werde ich.« Er richtete die Waffe auf Rick. »Ich könnte aber noch ganz andere Sachen mit ihr anstellen, bevor ich das tue!« Sein diabolisches Lächeln wurde breiter. »Drei!«

Jim war so nah an Sam herangetreten, dass er nur seinen Arm leicht ausstrecken musste, um ihn berühren zu können. Rick fing seinen Blick auf, seine Augen wurden groß.

»Zwei!«

»Lass sie los.« In Jims Stimme lag viel mehr Ruhe und Bestimmtheit, als er eigentlich fühlte.

Sam erstarrte und lockerte seinen Griff um Elena in seinem Schrecken so weit, dass sie sich losreißen und zu Rick laufen konnte, der sie sofort weiter vom Feuer wegzog.

Sam wirbelte taumelnd herum; Jim griff mit beiden Händen nach der Waffe, entwand sie ihm und warf sie zur Seite.

Sam war kreideweiß geworden. »Das … das kann nicht sein. Du bist tot!«

Jim sah, wie Rick und Elena zu Alec liefen, der Chase endlich niedergerungen hatte und ihn nun auf den Boden presste. Dann fixierte er Sam wortlos.

Dieser wich ein paar Schritte zurück. »Ich … ich hab dich doch …«

Jim nickte. »Hast du.«

»Und du bist in den Fluss gestürzt.«

»Bin ich.«

Sam schüttelte den Kopf und stieß ein fast irres Lachen aus. »Und ich dachte, diesen wunderbaren Augenblick, als ich dich habe sterben sehen, könnte mir nichts und niemand verderben. Dein Abgang hätte so perfekt sein können.« Seine Miene wurde steinern. »Und jetzt werde ich dich wieder töten müssen.«

Jim schüttelte den Kopf. »Wirst du nicht.«

»Und warum glaubst du das?«

»Weil ich Ricos Gott auf meiner Seite habe.«

Sam schnaubte verächtlich. »Der Gott, der ihn hat sterben lassen?« Er lachte hämisch. »Da habe ich ja gute Chancen, es heute endlich zu beenden.«

»Nein, Sam!« Alysha war plötzlich da und blieb in sicherem Abstand zu ihm stehen. »Es ist vorbei!«

»Ist es nicht!«

»Doch! Es muss keiner mehr sterben!«

Sam lachte. »Ihr solltet es doch besser wissen. Ihr schuldet mir beide euer Blut!«

Jim schüttelte den Kopf. »Tun wir nicht. Rico hat für alles bezahlt.« Seine Stimme brach, doch er wandte den Blick nicht von Sam ab. »Der Preis war zu hoch.«

»Es war sein eigener Preis, für seinen Verrat.«

»Er hat nie jemanden verraten.« Jim schaffte es, einen Schritt auf Sam zuzumachen. »Du hast einen Unschuldigen getötet. Und das Blut eines Unschuldigen ist mächtiger, als unseres jemals sein wird.«

»Sein Blut interessiert mich nicht. Nur eures.« Sam leckte sich über die Lippen und zog ein Kampfmesser unter der Jacke hervor. »Ich weiß grad nur nicht, wen von euch beiden ich zuerst töten soll.«

»Du hast da eine Sache nicht einberechnet.« Alysha hob ihre linke Hand. »Ich bin verheiratet.«

»Interessiert mich nicht.«

Sie lächelte kühl. »Mit einem Sniper.«

Jim trat noch einen Schritt auf ihn zu, als Sam das Messer sinken ließ. »Du bist umstellt. Und du bist allein.«

Sam sah sich um. Alec drückte Chase immer noch auf den Boden, von Ray war keine Spur. Alysha, Rick und Elena standen zusammen nicht weit daneben.

Und auf Sams Brust zeichnete sich ein kleiner roter Punkt vom Pointer des Scharfschützengewehres ab.

Zum ersten Mal, seit Jim sich erinnern konnte, meinte er so etwas wie Unsicherheit in Sams Augen aufflackern zu sehen.

Sam ließ das Messer fallen und strich fast ehrfürchtig über das Key-Tattoo an seinem Handgelenk. »Dann ist es also vorbei.« Er fixierte Jim. »Und was erwartest du jetzt von mir?« Er machte einen Schritt auf ihn zu. »Dass ich aufgebe? Mich stelle? Mich wieder in den Knast stecken lasse?«

Jim blieb, wo er war, auch wenn ihm sein Verstand zubrüllte, sofort Reißaus zu nehmen. *Mutig und stark. Feurige Kohlen. Gott, gib mir Kraft!* »Dass du meine Vergebung annimmst.«

Sam blieb perplex stehen, nur eine Armlänge von ihm entfernt. Unverständnis und Spott tränkten seine nächsten Worte: »Du redest schon wie er.« Er spuckte die Worte beinahe aus.

Jim bekam eine Gänsehaut. »Dann mache ich ja was richtig.« Und plötzlich verstand er es. Plötzlich sah er Sam so, wie Gott ihn sehen musste. Als ein verirrtes, nach Erlösung suchendes Geschöpf, das keinen Frieden hatte. Jemand, der die Leere in seinem Inneren zu füllen versuchte. Der Vergebung brauchte wie ein Verdurstender Wasser in der Wüste.

Jim erkannte sich selbst in Sam wieder.

Sam schüttelte verächtlich den Kopf. »Du willst Rico zum Vorbild? Dann stirb auch wie er!«

Mit einem wilden Schrei stürzte er vorwärts.

Obwohl Jim die ganze Zeit damit gerechnet hatte, traf Sam mit solch einer Wucht auf ihn, dass er rückwärts zu Boden ging. Gleichzeitig hörte er den Schuss, den Boaz abgegeben haben musste, doch er verfehlte Sam um Haaresbreite. Alysha schrie irgendetwas, Elena weinte laut, Alec brüllte Anweisungen in den Wald hinein.

Jim schaffte es, Sams Angriff umzuleiten und ihn mit seinem Schwung auf die andere Seite zu werfen, doch Sam rammte ihm so hart die Faust zwischen die Rippen, dass ihm für einen Moment die Luft wegblieb. Sam stieß ihn von sich und hatte plötzlich wieder die Pistole in der Hand.

Jim reagierte sofort, und bevor Sam den Lauf auf seinen Körper richten konnte, trat er ihm so hart gegen den Kiefer, dass Sam für einen winzigen Augenblick benommen in die Knie ging. Jim nutzte diesen Augenblick, um auf die Beine zu kommen, ihm die Waffe zu entreißen und sich mit ganzer Kraft auf Sams Rücken zu werfen. Sam schlug hart mit dem Kinn auf dem Boden auf. In Sekundenschnelle hatte Jim die Pistole entsichert.

Drei Schüsse hallten in schneller Folge mit ohrenbetäubendem Knallen über die Lichtung.

Die Welt schien stillzustehen und alle erstarrten, als Jim den Lauf der Waffe an Sams Hinterkopf presste.

Sam atmete stoßweise und seine Augen waren weit aufgerissen. Die Löcher im Rasen um seinen Kopf herum, wo die Kugeln im Gras eingeschlagen waren, rauchten leicht. Sams rechte Ohrmuschel, die von der letzten Kugel gestreift worden war, wurde rot vom Blut.

»Na los«, brachte Sam keuchend hervor. »Bring es zu Ende. Drück schon ab!«

Jim staunte, dass seine Hände nicht einmal ansatzweise zitterten, genauso wenig wie seine Stimme. »Ich bin frei«, sagte er ruhig. »Von jetzt an«, er sicherte die Waffe wieder, »schuldest du mir dein Leben.«

Ray beobachtete, wie Agent Jones nervös auf und ab lief, während sie immer wieder in Richtung See spähte und weitere Befehle in ihr Handy brüllte. Fünf Schüsse waren nach dem ersten noch gefallen.

Ray fragte sich, ob Sam die Oberhand behalten hatte.

Und was hatte Jonah gemacht? Er hatte sich doch hoffentlich nicht gezeigt, oder?

Sechs Kugeln.

Wen hatte es erwischt? Der erste Schuss hatte sich angehört wie ein Scharfschützengewehr, also musste Alyshas Mann geschossen haben. Hatte er Sam vielleicht niedergestreckt?

Aber wenn ja, wer hatte dann die nächsten Schüsse abgefeuert?

Hatte Alyshas Mann ihn vielleicht nur verwundet und Sam hatte dann um sich geschossen? Aber warum war dann nicht noch ein Scharfschützenschuss gefallen?

Ray hätte seine Nervosität auch gern in Bewegung umgewandelt, aber da Agent Jones' Finger am Abzug lag und er ohnehin festgekettet war, wagte er noch nicht einmal, sich anders hinzusetzen.

Also wartete er schweigend und starrte zum Rand der Lichtung.

Irgendetwas musste doch langsam mal passieren.

Doch alles, was zu sehen war, war der dichte schwarze Rauch, der vom Schuppen aufsteigen musste.

Rays Herzschlag setzte einen Augenblick aus, als er eine Bewegung zwischen den Bäumen wahrnahm.

»Alec!«, rief Agent Jones.

Hyde schob Sam vor sich her, der Handschellen trug. Genau wie Chase, der hinter ihnen her von Alyshas Mann mitgezerrt wurde.

Ray spürte eine Mischung aus Unglauben, Frust und aber auch Erleichterung in sich aufsteigen. Er hätte nicht gedacht, dass Sam sich irgendwie unterkriegen lassen würde. Aber vielleicht war es jetzt endgültig vorbei.

Hinter Alysha tauchten Rick und Elena auf.

Und Jonah.

Sams Gesicht nach zu urteilen war er wohl der Grund, warum Sam die Kontrolle verloren hatte.

Ray wusste nicht genau, wie er das einordnen sollte. Dass Sam besiegt aussah. Das hatte er noch nie erlebt. Sam war kein Verlierer. Sam war ein Kämpfer. Selbst seine Zeit im Knast hatte er nie als Niederlage gesehen, sondern als Triumph.

Doch jetzt …

Was auch immer geschehen war, es hatte Sam in die Knie gezwungen.

»Marlene, fahr bitte den Wagen vor.« Hyde warf ihr einen Schlüssel zu.

Alysha zückte ihr Handy und Ray hörte, dass das Tor geöffnet wurde. Erst jetzt bemerkte er die blinkenden Lichter der Feuerwehr, die anscheinend davor gewartet hatte und jetzt den Weg zum See hinabfuhr. Wann waren die denn gekommen?

Agent Jones parkte das Auto, stieg aus und öffnete die hintere Tür auf der Fahrerseite. »So, Jungs. Das war's. Rein mit euch!«

Hyde bedeutete Sam einzusteigen; Crawford stieß Chase zu Agent Jones und kam dann zu Ray, um ihn vom Tisch loszumachen.

Er rappelte sich auf, sprang aus dem Van und trottete zum Auto.

Agent Jones ergriff Chase am Oberarm und führte ihn zur hinteren Autotür, da geschah es.

Selbst Ray war überrascht, obwohl er es besser hätte wissen müssen.

Chase hatte seine Handschellen aufgeknackt und in einer blitzschnellen Bewegung den Ring um seine Faust geschoben. Er schlug zu und Agent Jones taumelte zurück. Chase schnappte sich ihre Waffe aus dem Holster und drückte sie ihr an die Schläfe.

»Zurück mit euch!«, brüllte er. »Na los: Hyde, Crawford, werft eure Waffen weg und macht Sam und Ray los! Wird's bald?«

Rays Blick flog zu Jonah, der sich schützend vor die anderen geschoben hatte. *Du Idiot,* dachte er. *Jetzt lauf doch endlich um dein Leben!*

Jonah erwiderte seinen Blick und Ray sah darin so viel Stärke und Zuversicht, wie er sie zuvor nur bei einer einzigen anderen Person gesehen hatte. Rico.

Hyde öffnete mit vor Wut zusammengebissenen Zähnen seine Handschellen. »Ihr werdet nicht weit kommen.«

Sam schien sein Selbstbewusstsein wiedergefunden zu haben, denn er lächelte kalt. »Wir werden sehen.«

Ray rieb sich die Handgelenke und versuchte, das Adrenalin

in seinem Inneren unter Kontrolle zu halten. Die Chance zur Flucht durften sie jetzt bloß nicht vergeigen. Er schnappte sich sein Klappmesser und schlitzte die Reifen des Vans auf.

»Und jetzt auf den Boden legen, Hyde.« Sam ging rückwärts zum Auto und bedeutete Ray und Chase, es ihm gleichzutun. Agent Jones keuchte, als Chase ihr die Pistole zwischen die Rippen rammte. »Wenn wir verfolgt werden oder Polizeisirenen hören, stirbt sie!« Er übergab Agent Jones samt Waffe an Sam, damit er auf den Fahrersitz schlüpfen konnte.

Hyde gehorchte und Sam sah zu Ray. »Worauf wartest du noch? Steig ein!«

Agent Jones nutzte den Moment, in dem er abgelenkt war, und riss ihren Kopf zurück, der gegen Sams Kiefer krachte.

Kurz benebelt taumelte der zurück und ließ Agent Jones los, die auf die Knie ging und sich abrollte.

Die Pistole in seiner Hand schwenkte zu ihr hinüber, Sam entsicherte.

Da sah Ray, wie Hyde zur Waffe griff, die er hatte fallen lassen.

»Sam! Pass auf!« Ray hechtete vorwärts.

Genau in dem Moment, als Hyde abdrückte.

Siedend heiß bohrte sich die Kugel in Rays Unterleib und Schmerz explodierte in ihm. Ihm blieb die Luft weg, seine Knie gaben unter ihm nach.

»Ray, nein!« Sam fing ihn auf, bevor er auf den Boden aufschlug, und zielte gleichzeitig mit seiner Waffe auf Hyde.

Alles verschwamm vor Rays Augen. Wie aus weiter Ferne nahm er wahr, wie Sam ihn auf den Rücksitz zog und Chase anbrüllte, Gas zu geben.

Dann wurde alles schwarz.

32

»Was … ist gerade passiert?«, hauchte Alysha fassungslos.

Dasselbe versuchte Jim auch gerade zu begreifen.

Alec eilte an Marlenes Seite und zog sie auf die Füße. »Alles okay?«

Sie spuckte Blut aus. »Nichts ist okay! Wir haben sie entkommen lassen!«

Alec zog sein Handy hervor. »Die kommen nicht weit. Wir informieren alle Krankenhäuser, Ärzte und Tierärzte der Umgebung. Wenn Ray nicht bald medizinische Versorgung bekommt, wird er verbluten. Und wenn sie Ray verlieren, können sie sich nicht mehr so leicht verstecken.«

»Du meinst, entweder schnappen wir sie, wenn sie zum Arzt gehen oder wenn Ray es nicht schafft.« Marlene wischte sich mit dem Ärmel über die blutende Lippe. »Alles klar. Ich setze mich an meinen Laptop. Das Auto, mit dem sie geflüchtet sind, hat zum Glück auch GPS.«

Jim wusste nicht genau, was er jetzt fühlen sollte.

Gerade noch waren sie in endgültiger Sicherheit gewesen und schon waren Sam, Ray und Chase wieder auf freiem Fuß. Müsste er nicht Angst haben? Aber irgendwie war er vollkommen ruhig. Gott hatte ihm die Lösung gezeigt und hatte auch gewusst, dass die drei sich würden befreien können. Er würde weiterhin für sie alle sorgen.

»Wir brauchen ein Ersatzfahrzeug, und zwar so schnell wie möglich.« Alec wandte sich an Boaz. »Kannst du uns eines organisieren?«

»Natürlich!« Boaz griff nach seinem Handy und machte einen

schnellen Anruf. »Mein Kumpel ist in zwanzig Minuten bei uns. Ich halte hier die Stellung, falls sie wiederkommen.«

»Werden sie nicht.« Jim wusste es genau. Sam hatte eben einen kurzen Augenblick gehabt, in dem er die Waffe auf ihn hatte richten können, und er hatte es nicht getan. Das war ihm Beweis genug. Sie waren endgültig quitt.

Als schon eine Viertelstunde später das Auto für die beiden Agenten vorfuhr, kam Marlene mit einem Laptop unter dem Arm aus der Scheune gelaufen und Alec fuhr mit durchdrehenden Reifen los.

»Was macht dich so sicher, dass Sam nicht mehr vorhat, uns zu töten?«, fragte Rick leise, als sie der Staubwolke hinterhersahen, die das Auto aufwirbelte.

»Ich weiß es einfach.«

Ray wand sich vor Schmerz und schaffte es nicht, das Stöhnen zu unterdrücken. Sam presste ihn auf den Kofferraumboden, während Chase versuchte, die Schusswunde in seinem Bauchraum zu versorgen. Ray schrie auf, als Chase eine Pinzette in die Wunde schob, um die Kugel herauszuholen.

»Gleich geschafft, Bruder.« Sam drückte ihm die Schulter und sah zu Chase. »Beeil dich, Mann! Wir müssen weiter!«

»Ich mach, so schnell ich kann.« Chase bekam das Projektil zu fassen. Er warf die Kugel weg und griff nach dem Werkzeugkasten.

Ray keuchte flach und versuchte, sich für das Kommende zu wappnen, doch als Chase den Tacker ansetzte und abdrückte, wurde ihm wieder schwarz vor Augen und er driftete in eine wohltuende Dunkelheit hinab.

»Jetzt hör schon auf, so herumzutigern.«

»Ich? Tigern?« Rick lachte trocken auf und betrachtete Jim, der vollkommen tiefenentspannt mit hochgelegten Füßen vor den Monitoren saß und fast nebenbei die Verkehrskameras hackte. »Solltest du nicht derjenige sein, der nervös ist?«

Jim schüttelte den Kopf. »Die kommen nicht wieder.«

»Das hast du schon ein paarmal gesagt! Kann ich trotzdem nicht glauben.«

Jim nahm seelenruhig einen Schluck aus seiner Wasserflasche. »Du bist eben nicht so erzogen worden wie wir. Es war ganz einfach. Wenn dir jemand einen Gefallen getan hat, hast du ihm auch einen geschuldet. Du musstest tun, was auch immer er wollte, auch wenn du es nicht wolltest. Und umgekehrt, wenn du jemandem etwas angetan hast, hatte er das Recht, sich Gerechtigkeit zu verschaffen.«

Rick hob eine Augenbraue. »Auge um Auge, Zahn um Zahn?«

Jim nickte. »Im Grunde genommen, ja. Und weil ich Sam damals verraten habe, habe ich ihm mein Blut geschuldet, sozusagen. Verrat war nämlich das Schlimmste, was du machen konntest.« Jetzt wich er Ricks Blick aus und er konnte sehen, wie er schwer schlucken musste.

Rick ließ sich ihm gegenüber nieder. »Sam hat da was angedeutet. Dass er dich eigentlich … umgebracht hatte. Schon mal vor letztem Herbst.«

Jim nickte langsam. »Ja, das hat er versucht.«

»Und was war mit Rico?«

Jim brauchte eine Weile, bis er antwortete. »Da würde ich echt ungern drüber reden, okay? Rico … Rico war der erste echte Christ, den ich kennengelernt habe.« Er lächelte wehmütig. »Vom ersten Tag an hast du mich an ihn erinnert.« Er hob die Schultern. »Ich denke, Rico war auch der Erste, der den Weg zu Gott hin für mich geebnet hat. Wäre er nicht gewesen, wäre ich heute nicht hier.«

Ricks Blick wanderte zu den Fotos, die auf dem Regal standen.

»Und dann dachtest du, wenn du Sams Leben verschonst, seid ihr quitt?«

»Hat Gott mir so gesagt. Ich sollte das Böse mit Gutem besiegen.«

»Ich check einfach nicht, warum Sam so voller Hass ist.«

»Hm. Weißt du … Wäre ich noch ein paar Jahre da gewesen, wäre ich wahrscheinlich genauso geworden wie er. Kamney war gut in dem, was er tat. Er hat uns richtig das Gehirn gewaschen. Und wenn du deine ganze Kindheit damit aufgewachsen bist und nichts anderes kennengelernt hast, ist es eben das, was dich ausmacht.«

Rick sah betroffen drein. »Also sind Ray, Sam und Chase auch nur Opfer?«

»Irgendwie schon.« Jim griff wieder nach der Tastatur. »Auch wenn sie sich, nachdem Kamney aufgeflogen ist, für ein neues Leben hätten entscheiden können.«

Rick dachte darüber nach. »Meinst du, sie sind gar nicht mehr dazu in der Lage?«

Jim hob die Schultern. »Ich habe keine zehn Jahre da verbracht und kämpfe immer noch mit dieser Prägung, obwohl Alysha immer versucht hat, mich dagegen abzuschirmen. Jetzt stell dir mal vor, wie das für die anderen war. Die waren alle da, bis sie siebzehn waren, und gehörten dann auch noch zu Kamneys engstem Kreis. Das heißt, mit denen hat er sich ganz besonders intensiv beschäftigt.«

»Aber hast du wirklich keine Angst, dass sie trotz allem wieder Jagd auf dich machen? Sam ist doch völlig unberechenbar.«

Jim hielt inne. »Nein«, sagte er dann entschieden. »Die Möglichkeit besteht zwar, aber davon abgesehen, dass sie diesmal garantiert nicht entkommen, hat das heute mir wieder einmal gezeigt, dass, egal was wir tun oder nicht tun, alles in Gottes Hand liegt. Wenn er will, dass ich sterbe, dann wird das auch geschehen. Wenn nicht, dann nicht. Fertig.«

Rick betrachtete seinen Freund stumm von der Seite. Er hatte recht. Er hatte doch so recht! War es nicht genau dieses Prinzip, was Jesus gelehrt hatte? Glaube, so wirst du gerettet? Vertraue, er wird's wohl machen? Naht euch zu Gott, so naht er sich zu euch? Wieso musste der Mensch immer alles so kompliziert machen?

»Hör mal, das wird hier noch ne Weile dauern«, unterbrach Jim seine Gedanken. »Ich weiß, dass das auf Dauer langweilig wird zuzuschauen. Du musst nicht hierbleiben.«

»Okay. Ich wollte sowieso mal schauen, was meine Schwestern machen.« Rick stand auf. »Aber du rufst uns, wenn was ist, oder?«

Jim nickte abwesend. »Mach ich.«

Es dauerte nicht ganz so lange, wie Jim vermutet hatte. Nach einer Dreiviertelstunde erwischte er das Auto der drei an einer Interstate-Tankstelle in Montana. Nachdem er sich durch ein paar Hacks in Kameras der Gegend vergewissert hatte, dass sie es waren und in welche Richtung sie von dort aus unterwegs waren, rief er Alec an.

»Ich hab sie auf dem Schirm. Wo seid ihr genau?«, fragte er, nachdem Alec sich fast sofort gemeldet hatte.

»Ich schick dir unseren Standort.«

Jim aktualisierte seine Infos für Alec und Marlene. »Dann gebt Gas, sie haben etwa eine halbe Stunde Vorsprung.« Er erklärte Alec, welchen Weg die drei genommen haben mussten. »Ich setz mich jetzt ran und versuche, sie wieder aufzuspüren.«

»Du kannst dafür ihre ungefähre Geschwindigkeit hochrechnen«, hörte er Marlene sagen. »Dann weißt du in etwa, wie weit sie inzwischen gekommen sein müssen.«

Jim hämmerte auf die Tastatur ein. »Das wäre natürlich einfacher, wenn wir wüssten, wohin sie wollen«, murmelte er.

»Sie werden bestimmt keine Kehrtwendung machen«, beschwichtigte Marlene ihn. »Ruf an, wenn du was hast.«

Jim legte auf und konzentrierte sich jetzt voll darauf, das Auto wiederzufinden. Als er ihren ungefähren Standort ausgerechnet hatte, begann er, eingeschaltete Handy- und Autokameras anzuzapfen und mit seinem Suchprogramm zu verbinden. Dabei baute er darauf, dass sie keine Gelegenheit gehabt hatten, das Auto zu wechseln, und immer noch in Alecs Mietwagen unterwegs waren. Das würde das Ganze vereinfachen. Trotzdem hatten sie einen ordentlichen Vorsprung, aber so, wie er Alec kannte, würde er sämtliche Geschwindigkeitsbegrenzungen ignorieren.

Er bemerkte kaum, wie Rick und Elena zwischendurch hereinkamen und ihm etwas zu essen brachten, und auch nicht, wie sie wieder gingen.

Da entdeckte er sie.

Seine Finger zitterten, als er über die Truck-Kamera näher heranzoomte. Die Qualität war grottig, aber es war mit hundertprozentiger Sicherheit ihr Auto.

Jim schaffte es, eine weitere Dash Cam von einem vorbeifahrenden Auto zu hacken, und hatte Sekunden später die Bestätigung.

Sam saß am Steuer.

Jim setzte sich auf. Jetzt durfte er das Auto nicht verlieren. Er überlegte kurz, sich in die Autotechnik zu hacken, doch auf diesem Gebiet hatte er kaum Erfahrung. Also konzentrierte er sich darauf, Zugriff auf die Frontkamera zu bekommen, die auf die Fahrbahn vor Sams Auto gerichtet war.

Schnell schickte er Alec den aktuellen Standort der drei.

Die Sonne wanderte bereits Richtung Horizont, als Ray das nächste Mal die Augen aufschlug.

Sam saß am Steuer; Chase schien auf dem Beifahrersitz zu schlafen.

Ray lag auf dem Rücksitz festgeschnallt, einen festen Verband um den Bauch und ein feuchtes Tuch auf der Stirn. Er vermied es, sich zu bewegen, wusste er doch, dass auch nur die kleinste Regung Tausende von Schmerzwellen auslösen würde.

Wie lange waren sie wohl schon unterwegs? Und wo waren sie?

Sein Blick fiel auf Sams blutverkrustetes Ohr. Ray runzelte die Stirn, bis ihm klar wurde, was das sein musste. Jonah hatte ihm einen beinah tödlichen Schuss verpasst und ihn dadurch zu seinem Schuldner gemacht. Ray musste trotz der Schmerzen lächeln. Schlauer Kerl.

Er hatte bestimmt eine halbe Stunde wach gelegen, als Sam zu einer Tankstelle rausfuhr und Chase weckte. »Hol mal das Nötigste, und diesmal zieh dir die Cap richtig ins Gesicht!«

»Ja, klar.« Chase streckte sich und stieg aus.

Sam drehte sich zu Ray um. »Du bist wach«, stellte er fest. »Wie fühlst du dich?«

Ray räusperte sich. »Geht schon.«

Sam nickte. »Gut. Wir brauchen deine Fähigkeiten so schnell wie möglich.«

Ein paar Minuten später stieg Chase wieder ein, mit zwei Plastiktüten beladen, die er in den Fußraum warf. Wortlos reichte er Ray eine Wasserflasche und ein paar Schmerztabletten nach hinten und Sam fuhr los.

Ray trank gierig einige Schluck Wasser und lehnte sich erschöpft zurück.

»Kannst du arbeiten?«, fragte Sam.

Ray nickte.

Chase drehte sich um, zog ihn in eine sitzende Position und hielt ihn fest, als ihm kurz wieder schwarz vor Augen wurde. Ray unterdrückte ein Stöhnen, blinzelte die dunklen Punkte weg und atmete so tief durch, wie es gerade ging, dann nickte er Chase zu, der ihn wieder losließ.

Ray brauchte ein paar Anläufe, bis er den Laptop eingeschaltet hatte; der Bildschirm verschwamm immer wieder und er blinzelte ein paarmal. Endlich schaffte er es, sich in seine Programme zu schalten.

»Wenn du so weit bist«, Sam warf ihm einen Blick durch den Spiegel zu, »dann such uns als Erstes einen guten Unterschlupf. Am besten irgendwo, wo wir nen Arzt bestechen können.«

Chase schnippte mit den Fingern. »Da war doch einer in Minnesota.«

Sam nickte. »Der mich zusammengeflickt hat, nachdem Jonah mir das Messer durchs Gesicht gezogen hat.«

»Viel zu viel hat der verlangt!«

»Ja, wenn der sich diesmal auch wieder so anstellt ...«

Ray hörte den beiden schon gar nicht mehr zu. Er starrte nur auf seinen Bildschirm und konnte nicht glauben, was er da sah.

Ihr gesamtes Konto war bis auf drei Dollar und dreiunddreißig Cents leer geräumt.

Immer wieder aktualisierte er den Account, doch es blieb dabei.

Er sah auf die Umsätze und die letzte Abbuchung. Der gesamte Betrag abzüglich der paar Dollar, die noch geblieben waren, war auf einmal abgehoben worden. In der Betreffzeile stand:

den Rest schön gerecht aufteilen ;)

K17

Ray lächelte freudlos. Er hatte Jonah zu gut unterrichtet. Der Junge hatte an alles gedacht und sie komplett trockengelegt. Jetzt würden sie nicht mehr so einfach untertauchen können und sie hatten kaum noch Gefälligkeiten einzufordern. Das war nicht Sams Stil. Er schüchterte ein und bedrohte lieber, als dass er jemandem einen Gefallen tat, den derjenige irgendwann erwidern konnte.

Und damit hatte Jonah gerechnet. Diesmal hatte er sie auf ganzer Linie besiegt.

»... wir müssen uns neu formieren und die Skullsplitters kriege ich schon noch klein, dass die uns helfen«, sagte Sam gerade.

»Wobei?«

Sam sah irritiert drein. »Na, bei unserer Rache! Jonah lebt, Alysha lebt, und dieser kleine Verräter Rick auch. Das heißt, wir haben viel zu tun.«

Ray schloss resignierend die Augen. »Ich dachte, das wär jetzt vorbei ...«, murmelte er.

»Vorbei? Wieso vorbei? Jetzt geht es doch erst richtig los!«, schnarrte Chase und ließ seine Fingerknöchel knacken.

»Aber Jonah hat doch ...«

»Ja, Jonah vielleicht. Das ist womöglich noch besser, als ich gedacht habe.« Sam lächelte fast träumerisch. »Ich werde ihn am Leben lassen. So kann ich sehen, wie er jeden Tag darunter leidet, alle zu verlieren, die er liebt. Wir sollten bei den Dunlaps anfangen. Wir lauern ihnen zu Hause auf und dann darf Jonah zusehen, wie seine geliebte Tante an ihrem eigenen Blut erstickt. Dem Sheriff könnten wir den Bauch aufschlitzen, bevor wir das Haus niederbrennen.« Sam lachte hämisch. »Dann schleifen wir ihn zu den Andersons. Und dann ...«

»Du bist verflucht, Sam.«

Einen Herzschlag lang waren beide still, dann warf Chase einen vorsichtigen Blick auf Sam, der sich halb zu Ray umdrehte. »Ich weiß, dass der Schmerz deine Sinne benebelt«, sagte er ruhig. »Deswegen kann ich es dir durchgehen lassen, dass ...«

Ray unterbrach ihn kopfschüttelnd. »Du bist verflucht«, presste er hervor. »Du kannst nicht mehr schlafen, nicht mehr essen, du findest keine Ruhe mehr. Und weißt du, warum? Weil du einen Mann Gottes getötet hast! Du bist besessen, immer mehr Blut zu vergießen, ohne zu merken, dass du langsam, aber sicher darin ertrinkst!«

Die Erkenntnis traf Ray heftiger, als die Kugel es getan hatte. Sam bedeutete nichts anderes als Tod. Das war schon in Kamney House so gewesen, als Kamney ihn zu seinem persönlichen Handlanger und Todesengel erkoren hatte. Sam war für diese Rolle geboren worden, er hatte es jedes Mal genossen. Ray hatte noch ganz genau vor Augen, wie er seinem ehemals besten Freund Mike die Nadel mit der tödlichen Dosis in den Arm gerammt hatte. Das Glänzen in seinen Augen, als der Tod mit kalten Fingern nach Rico gegriffen hatte. Und das Lächeln auf seinem Gesicht, als er immer wieder auf Jonah eingeschlagen hatte, bis er blutüberströmt zusammengesackt war. Er würde sich niemals ändern.

Sam lachte ungläubig. »Der Einzige hier, der in seinem Blut ertrinken wird, bist du!«

Ray starrte auf seinen Laptop und in seinem Kopf formte sich ein Plan. Er begann, in Windeseile zu tippen. Fast zwanzig Minuten hingen Sams unheilvolle Worte in der Luft, bevor Ray darauf antwortete. »Kamney ist schon lange tot. Du solltest dich damit abfinden. Warum hast du nicht einfach ein neues Leben begonnen? Wir alle hatten die Chance dazu, neu anzufangen!«

»Weil Kamney unsere Bestimmung ist!«, brüllte Sam und boxte gegen das Armaturenbrett. »Nichts und niemand anderes! Nichts sonst hat je Sinn gehabt!«

Ray musste wieder an Rico denken. Genau dasselbe hatte er über Gott und seinen Glauben gesagt.

Er konnte es nicht glauben. Nicht nur, dass es Sam völlig egal zu sein schien, dass er in Jonahs Schuld stand.

Nein.

»Du bist ein Verräter«, flüsterte er. »Du verrätst alles, wofür Kamney steht! Du brichst die Grundsätze, die er uns beigebracht hat!«

»Nein, tue ich nicht.« Der aggressive Unterton in Sams Stimme hätte ihn normalerweise gestoppt, aber nicht heute. Nie wieder.

»Doch! Die Sache war schon erledigt, als Rico dazwischengegangen ist! Das weißt du ganz genau! Aber nein, du musstest Jonah ja unbedingt hinterherhetzen und ihn auch noch kaltmachen!« Ray keuchte, als der Schmerz durch seinen Unterleib zuckte, doch er biss die Zähne zusammen. »Und jetzt, wo du ihm dein Leben schuldest, willst du wieder zurückgehen und ihm noch mal alles nehmen?«

»Sei vorsichtig, was du sagst, Ray«, sagte Sam gefährlich leise.

»Ich berücksichtige, dass du Schmerzen hast, aber treib es jetzt nicht zu weit.« Er bog auf eine Talbrücke ab.

Wie ein elektrischer Schlag durchfuhr es Ray. Er hatte sich entschieden. »Es ist vorbei.«

»Du willst aussteigen?« Chase' Stimme troff vor Verachtung. »Nach allem, was wir zusammen durchgemacht haben?«

Ray sah nach draußen. Es war so weit. »Nein. Ich beende es.« Seine Finger flogen über die Tastatur und er drückte auf Enter.

Das Auto beschleunigte und fuhr einen Schlenker.

Sam runzelte die Stirn und seine Finger krampften sich ums Lenkrad.

Chase warf ihm einen alarmierten Blick zu. »Was soll das?! Warum fährst du so komisch?«

»Ich mache das gar nicht!« Sam nahm die Hände vom Lenkrad und versuchte, auf die Bremse zu treten.

Jetzt oder nie. Ray gab den nächsten Befehl ein.

Das Auto brach aus und fuhr mit aufheulendem Motor genau auf das Brückengeländer zu. Sams Blick traf ihn im Rückspiegel und Erkenntnis zuckte durch seine Augen.

Ray krallte seine Hände in die Sitze, als das Auto das Geländer durchbrach. Für Sekunden befanden sie sich im freien Fall; die Bäume tief unter ihnen kamen rasend schnell näher.

Ray schloss die Augen.

Wie gelähmt starrte Jim auf die Bildschirme vor sich.

Er hatte es geschafft, die Dash Cam von Sams Fluchtwagen zu hacken, bekam jedoch keinen Ton rein.

Immer wieder ließ er die letzten Sekunden der Aufnahme abspielen, parallel zu den ganzen Videos der Schaulustigen, die einen Autounfall unbedingt auf Social Media posten mussten. Die Feuerwehrleute, die die Brücke absperrten, die Polizisten, die die Leute zurückdrängten, die Schnappschüsse von Handys, die es geschafft hatten, das zerstörte, qualmende Autowrack unten in den Bäumen hängend einzufangen.

Jim wusste nicht, wie lange er schon die vielen Bildschirme mit ihren verschiedenen Aufnahmen und Perspektiven anschaute, als sein Handy klingelte.

»Hat Ray überlebt?«, fragte Jim und wunderte sich über seine Stimme, die ihm plötzlich so fremd vorkam.

Alec am anderen Ende stockte kurz. »Sie sind von der Straße abgekommen und haben die Brüstung einer Talbrücke durchbrochen. Das Auto ist etwa 80 Meter in die Tiefe gestürzt.«

Jim schluckte, als er Alec und Marlene in einer Liveaufnahme entdeckte. Marlene sprach angeregt mit einem der Polizisten; Alec stand an der Absperrung und sah in die Tiefe, das Handy am Ohr. »Sind sie tot?«, fragte er rau.

Alec rieb sich über die Schläfe. »Die Feuerwehrleute sind noch dabei, das Wrack zu bergen. Sieht aber schlecht aus. Der Motor hat zwar kein Feuer gefangen, aber bei der Aufprallwucht ist es unwahrscheinlich, dass jemand überlebt hat. Auch wenn einige Bäume den Sturz abgefedert haben.«

Jim schwieg. Selbst wenn Ray den Aufprall überlebt hatte, war dabei sicherlich seine Schusswunde aufgebrochen. Und verbluten ging schneller, als man glaubte.

»Wir wissen noch nicht, wie das passieren konnte«, erklärte Alec weiter. »Die Brücke hat an dieser Stelle keine Gefahrenkurve. Zeugen haben ausgesagt, dass der Wagen einfach ausgebrochen und geradewegs ins Geländer gerast ist.« Marlene trat zu ihm und Alec nickte ihr zu. »Ich muss jetzt weiter. Ich ruf dich wieder an, wenn wir Genaueres wissen.«

»Okay«, sagte Jim leise.

Alec legte jedoch noch nicht auf. Als hätte er eine Eingebung sah er sich suchend um. »Jay?«

»Ja?«

»Kannst du uns sehen?«

Jim atmete zitternd ein. »Ja.«

»Heißt das, du hast auch den Sturz gesehen?«

Jims Schweigen schien ihm Antwort genug zu sein. Alec fluchte verhalten. »Ruf Erin Creighton an.«

Jim nickte, obwohl ihm bewusst war, dass Alec ihn nicht sehen konnte.

Doch nachdem er aufgelegt hatte, saß er einfach weiter da und beobachtete Alec, bis sich die Kamera abschaltete. Dem Schaulustigen war es wohl zu langweilig geworden.

Dabei waren dort gerade drei Leben zu Ende gegangen.

Unerwartete Trauer übermannte ihn. Jim runzelte die Stirn, als sich seine Brust schmerzvoll zusammenzog. Hätte er nicht erleichtert sein müssen? Schließlich war es doch jetzt endgültig vorbei! Sam, Ray und Chase würden nie wieder in seinem Leben auftauchen, nie wieder plötzlich vor seiner Tür stehen und ihn umbringen wollen. Sie waren alle in Sicherheit. Alysha, Rick, Elena, Grace … alle, die ihm wichtig waren.

Er war frei.

Er war wirklich frei! Er würde nie wieder Angst haben müssen, dass ihn Kamneys Fluch einholen würde!

Aber zu welchem Preis?

Er hatte das Gefühl zu wissen, wer für diesen Unfall verantwortlich war.

Er verstand nur nicht, wieso.

Und diese Schuld würde er nie wiedergutmachen können.

Ray war tot. Die Person, die ihm alles beigebracht hatte, was er zum Überleben gebraucht hatte, war nun nicht mehr am Leben.

Er verstand bis jetzt nicht, wie Ray wirklich getickt hatte. Schließlich hatte er Mike geholfen, Beweise gegen Kamney zu sammeln, und er hatte ihn gewarnt, dass sie das Anwesen von Boaz und Alysha stürmen würden. Jim hätte gerne noch einmal mit ihm darüber geredet. Im Endeffekt war er Mike gar nicht so unähnlich gewesen.

Doch jetzt war er tot.

Als Jim bewusst wurde, dass Ray, aber auch Sam und Chase nie wieder die Chance haben würden, ihr Leben und ihre Beziehung zu Gott in Ordnung zu bringen, überkam ihn ein heftiges Bedauern. »Gott, sei ihnen gnädig«, flüsterte er und wunderte sich selbst, wie er für seine schlimmsten Feinde plötzlich so etwas wie Mitgefühl, ja fast Liebe empfinden konnte. Ehrfürchtig sank Jim auf die Knie. »Danke, Vater. Du allein bist meine Rettung, mein Halt, mein Erlöser. Du allein konntest es fertigbringen, dass ein so kaputtes Herz wie meines eines Tages geheilt werden konnte.«

Er schluckte hart und verharrte gebeugt, bis er plötzlich eine Hand auf dem Rücken spürte. Alysha hatte sich neben ihn auf den Boden gesetzt und zog ihn nun in die Arme.

»Wir sind frei«, flüsterte Jim heiser.

»Ich weiß.« Sie lächelte und ihre tränenerfüllten Augen leuchteten.

Jim wusste, dass sie genau das Gleiche empfand wie er.

33

Elena starrte auf die verkohlten Überreste des Bootsschuppens, die vom Löschwasser völlig durchweicht und inzwischen notdürftig mit Absperrband gesichert worden waren. Es war noch früh am Morgen, die Sonne war gerade erst aufgegangen, doch Elena hatte einfach nicht mehr schlafen können, obwohl sie ein paar Stunden mehr gut vertragen hätte. Sie war viel zu aufgewühlt und das würde vermutlich noch eine Weile so bleiben.

Die Szene, die sich hier gestern abgespielt hatte, hatte sich tief in ihr Gedächtnis eingebrannt. Ihre Panik, als Sam sie erwischt und zurück zum Ufer des Sees gezerrt hatte. Ricks Angst, als er immer näher zum Feuer getreten war.

Und wie Jim dann plötzlich aufgetaucht war. Der Kampf ... die Schüsse ... und die Totenstille, die danach eingetreten war. Als hätte alles um sie herum die Luft angehalten.

Elena schämte sich ein bisschen, dass sie im ersten Moment wirklich gedacht hatte, Jim hätte Sam erschossen. Aber das hatte in dem Augenblick wahrscheinlich jeder geglaubt.

Pan und Hood näherten sich ihr und sie kraulte den beiden gedankenverloren die Ohren. Rick hatte Mom gestern Nachmittag angerufen, um ihr alles zu erzählen. Elena war froh, dass er das übernommen hatte. Mom und Dad hatten sofort Flüge nach Hause gebucht, als sie gehört hatten, was alles passiert war.

Sie zog das Prepaidhandy aus der Tasche, das Jim ihr gestern gegeben hatte. Die Nummern ihrer Eltern, von Mari, Rick und Jim waren eingespeichert. Sie musste lächeln und es kribbelte in ihrem Bauch. Jim kümmerte sich um sie. Und er hatte sie schon wieder gerettet.

Ihr Lächeln erstarb. Sie fühlte sich immer noch schlecht, weil sie Mom angelogen hatte, als sie in Chicago mit ihr telefoniert hatte. Das musste sie unbedingt noch klären, bevor sie sich später wiedersahen. Sicherlich war Mom schon wach, es waren ja zwei Stunden Zeitverschiebung.

Die Sache lastete schon die ganze Woche auf ihr, auch wenn sie versucht hatte sich einzureden, dass es keine richtige Lüge war, etwas zu verschweigen. Doch sie wusste, dass es falsch gewesen war und dass sie ihre Mutter bewusst getäuscht hatte.

Eine ganze Weile saß sie auf dem gefällten Baumstamm und rang mit sich. Dann wählte sie.

Es war beinahe zehn Uhr, als Rick aufstand und anfing, seine wenigen Sachen zusammenzupacken. Nach der ganzen Aufregung gestern hatte es richtig gutgetan, mal wieder eine Nacht durchzuschlafen.

Alec Hyde hatte ihnen versichert, dass sie nun nichts mehr zu befürchten hatten und einer Rückkehr nach Wisconsin nichts im Wege stand.

Sie hatten gestern auch mit ihren Eltern telefoniert und sowohl Mom als auch Dad waren auf dem Weg nach Hause.

Jims Bettzeug war bereits aufgeräumt und sein Rucksack weg. Rick hatte gar nicht gehört, wie er aufgestanden war. Andererseits traute er ihm auch zu, dass er gar nicht geschlafen hatte.

Rick ging nach unten und fand Boaz und Alyson in der Küche, wo sie gemütlich bei einer Tasse Kaffee zusammensaßen. »Morgen«, begrüßte er die beiden.

»Gut geschlafen?«, fragte Boaz und deutete auf den Frühstückstisch. »Bedien dich ruhig.«

»Ach, ich warte lieber noch auf meine Schwestern.« Er sah sich um. »Wisst ihr, wo Jim ist?«

Alyson nickte. »Auf der Veranda.«

Rick goss sich ein Glas Milch ein und ging nach draußen.

Jim saß mit dem Handy am Ohr auf dem Geländer. »Nein, ich muss es ihnen noch sagen«, erklärte er gerade. »Ja, mach ich. Danke.« Er sah zu Rick. »Ich muss jetzt Schluss machen. Bis dann.« Er legte auf. »Gruß von Grace.«

»Danke.« Rick lehnte sich ans Geländer. »Wann bist du denn aufgestanden?«

Jim sah auf die Uhr. »Vor knapp einer Stunde. Hab mit Boaz und Alysha gefrühstückt.«

»Cool.« Rick rieb seine Hände über die Jeans.

Jim grinste schief. »Bist du nervös?«

Rick lachte unsicher. »Schon irgendwie. Ich habe bisher nicht den Eindruck, dass Mari scharf auf ein Treffen mit unseren Eltern ist. Und ich habe auch keine Ahnung, wie die reagieren werden, wenn sie sie sehen.«

»Kommt Elena klar?«

Jetzt lachte Rick. »Ganz ehrlich, Jim? Frag sie doch mal selbst. Ich seh doch, was abgeht.«

Jim versuchte vergeblich, seine Miene zu kontrollieren. »Ich weiß nicht, was du meinst.«

»Ich meine, dass du deine Augen nicht von ihr lassen kannst und dein Beschützerinstinkt bei ihr genauso groß ist wie bei deiner Schwester.«

»Elena ist ja auch meine Schwester im Herrn.«

»Vermassel es jetzt nicht.«

Jim musste breit lächeln. »Meinst du, ich hab ne Chance bei ihr?«

Rick prustete los. »Das ist die Untertreibung des Jahrhunderts!«

Jim schlug ihm freundschaftlich gegen die Schulter, dann wurde er wieder ernst. »Ich muss erst mal echt viel in Ordnung bringen hier drin.« Er deutete auf seinen Kopf. »Und hier.« Er zeigte auf sein Herz. »Ich hab so einiges zu verarbeiten. Dass Alysha lebt, dass Sam tot ist ...«

Rick schwang sich neben ihn hoch und ließ die Beine baumeln. »Ist schon krass, was Ray getan hat.«

Jim nickte. »Er war genauso ein Gefangener von Kamney wie ich.« Er rieb über die Narbe an seinem Handgelenk.

»Wer war Kamney eigentlich?«

Jim lächelte dünn. »Das hast du schon echt lange fragen wollen, oder?« Er sah weg. »Doktor Harold Kamney ... Ich danke Gott von Herzen, dass er tot ist. Er war ein sehr gebildeter, angesehener Mann, hat an Unis Vorträge gehalten und Bücher über Erziehung geschrieben, die es sogar auf die Bestsellerliste geschafft haben. Und er hat eines der bekanntesten Waisenhäuser Floridas geführt. Und das ziemlich diktatorisch, willkürlich und brutal. Nach außen hin war natürlich alles super und wir waren ganz besonders geförderte Kinder, aber das war nur Fassade.«

»Und was hat es mit den Tattoos auf sich?«

»Er hat neben alldem ein Drogenimperium aufgebaut. Das Waisenhaus war die perfekte Tarnung dafür. Einige wenige der Kids hat er ausgewählt, um sie dafür einzuspannen. Der innere Kreis, sozusagen. Die Kamney-Keys. Die haben dann alle möglichen Aufgaben gehabt, als Geldeintreiber, Drogenkuriere, Schläger und so weiter.«

»Und du warst auch einer von denen?«

Jim nickte. »Dummerweise hat Kamney schon damals meine besondere Begabung erkannt, was Mathe und Informatik angeht. Er hat das Potenzial in mir gesehen und es eingesetzt. Ich war zuerst nur mit Ray unterwegs, der die ganze IT-Arbeit geleistet hat. Also das Hacking. Er hat Geld zwischen Konten verschoben, Erpressungsmaterial wie Fotos, Videos und Dateien gesammelt und so weiter. Irgendwann bin ich in den Kurierdienst mit eingestiegen.«

Rick runzelte die Stirn. »Warst du nicht noch voll klein?«

Ein spöttisches Lächeln umspielte Jims Mundwinkel. »Würdest du bei einem Grundschüler im Schulranzen ein paar Kilo Koks vermuten? Das ist die perfekte Tarnung, sag ich dir.«

»Und dann habt ihr Kamney ausgetrickst?«

»Ja, genau. Alec ist aufgetaucht und hat einen Weg gesucht, Kamney zu Fall zu bringen.« Jim sah zu Boden. »Nur hat das einige Menschenleben gefordert.«

»Was ist denn passiert?«

Jim verzog das Gesicht. »Das erzähle ich dir wann anders, okay? Ich will das gerade echt nicht alles wieder hervorholen.«

Rick nickte. »Klar. Danke, dass du mir überhaupt so viel erzählt hast.«

»Morgen!« Elena trat aus dem Haus. »Leute, ihr glaubt nicht, wie gut ich geschlafen habe! Wie ein Stein!« Sie lächelte versonnen. »Ist dein Auto offen, Jim? Dann kann ich mein Zeug schon mal einpacken.« Sie trat gegen ihren Rucksack, den sie vor sich fallen gelassen hatte.

»Tja Leute ... da muss ich euch noch was sagen.«

Jims vorsichtiger Tonfall ließ Rick aufhorchen. Er sah seinen Freund an – da wusste er, was los war.

Jims nächste Worte bestätigten seinen Verdacht. »Ich werde hierbleiben.«

»Du meinst, noch ein paar Tage?«, fragte Elena verständnislos. »Aber ich dachte, wir fahren heute schon?«

Jim heftete seinen Blick auf Elena. »Boaz bringt euch gleich zum Terminal und eure Eltern holen euch am Flughafen ab.«

»Aber warum? Das Auto muss doch sowieso zurück. Ob du allein fährst oder mit uns, spielt doch keine Rolle ...«

»Elle ...« Jim neigte den Kopf ein wenig. »Ich komme nicht mit. Ich bleibe bei meiner Schwester.«

Elenas Magen verknotete sich. »Du meinst für immer?«

Jims Lächeln half ihrem Knoten nicht gerade. »Vielleicht komme ich nach dem Sommer nach Hause, aber ...« Er sah kurz zum Haus zurück. »Ich habe viel aufzuholen. Ich habe Alysha fast sieben Jahre nicht mehr gesehen und ...« Er brach ab und sah sie an, als hoffe er, dass sie ihn verstand.

Elena wusste nicht, was sie sagen sollte. Sie freute sich natürlich für ihn, aber sie wollte ihn doch nicht verlieren!

Nur am Rande nahm sie wahr, wie Rick sich ins Haus zurückzog. Die Tatsache, dass sie mit Jim allein blieb, hätte normalerweise ihr Herz zum Stolpern gebracht, aber jetzt war es viel zu sehr damit beschäftigt, auf ganz andere Art durcheinander zu sein.

Jim sah sie immer noch abwartend an, also versuchte sie, einen vernünftigen Satz zustande zu bringen. »Das ist gut.« Sie hasste es, wie piepsig ihre Stimme auf einmal klang. Sie würde jetzt nicht losheulen!

Jim rutschte vom Geländer. »Hey.« Er streckte den Arm nach ihr aus und sie ließ sich von ihm näher ziehen. »Ich verschwinde ja nicht von der Bildfläche.«

»Irgendwie schon.«

»Ach was. Spätestens bei der Teenyfreizeit sehen wir uns doch wieder. Da bin ich auf jeden Fall am Start.«

»Und danach?«, flüsterte sie.

»Ich weiß es noch nicht. Alysha und ich müssen vieles aufarbeiten und zueinander finden. Das kann dauern.«

»Und die Schule?«

Jim drückte sie kurz. »Es gibt hier eine in der Nähe. Vielleicht melde ich mich dort an, vielleicht komme ich nach Hause. Ich weiß es noch nicht. Es kommt drauf an, wie es hier läuft. Alysha muss erst einmal klarkommen; es kann auch sein, dass sie wieder Abstand zu mir braucht.«

Elena senkte schuldbewusst den Blick, als sie sich bei dem Gedanken ertappte, dass hoffentlich Letzteres der Fall sein würde. Das war nicht fair.

»Ich freue mich für dich«, brachte sie schließlich hervor. »Du hast deine Schwester wieder, und das, obwohl die gesamte Welt gegen euch war.« Jetzt traten ihr die Tränen in die Augen. »Aber ich werde dich auf jeden Fall vermissen.«

»Ich dich doch auch, Elle.« Er zog sie in seine Arme. »Du, Rick, Grace und Walter seid das Beste, das mir passieren konnte. Ich hab dich echt wahnsinnig gern, weißt du das?«

Sie schniefte. »Ich hatte es gehofft.«

Er lachte leise und der Knoten in ihrem Bauch löste sich in Schmetterlinge auf. »Und ich hatte gehofft, dass das auf Gegenseitigkeit beruht.«

Sie nickte. »Ich dachte, das wäre klar.« Sie trat einen Schritt zurück, wischte sich über die Augen und lächelte verlegen. »Ich wollte nicht heulen.«

»Voll okay.« Jim lehnte sich an das Geländer und vergrub die Hände in den Hosentaschen. »Ich fänd's schön, wenn das zwischen uns was Ernstes werden könnte.« Er legte den Kopf schief. »Aber ich brauche ein wenig Zeit und ich hoffe, dass du mir die geben kannst.«

Elena spürte, wie ihre Knie weich wurden, und schaffte es lediglich zu nicken.

»Danke.«

Die Tür öffnete sich geräuschvoll hinter ihnen und Mari steckte den Kopf heraus. »Jellybean, wolltest du mit uns frühstücken?«

Sie schaffte es kaum, ihren Blick von Jim loszureißen. »Ich komme.«

»So, ich denke, wir haben alles, oder?« Boaz knallte die Kofferraumklappe zu und sah sich fragend um.

»Alles drin!«, bestätigte Rick.

»Super.« Boaz stieg an der Fahrerseite ein. Noah saß schon in seinem Kindersitz und Mari, Elena und Rick standen noch draußen, um sich zu verabschieden. Da das Auto mit ihnen fünf schon voll besetzt war, begleitete Jim sie nicht mit zum Flughafen.

Rick drehte sich zu seinem besten Freund, der neben Alyson stand. »Wir sehen uns.«

Jim schlug ein und umarmte ihn. »Klar. Schon bald.«

»Pass auf deine Schwester auf.«

»Du auch.«

»Jim?« Mari lächelte und reichte ihm die Hand. »Danke. Für alles.«

Jim erwiderte ihren Händedruck. »Ich würde es immer wieder tun.«

Sie verabschiedeten sich voneinander und stiegen ein.

Jim trat an Elenas offenes Fenster und beugte sich hinunter. »Hey, Elle.« Er löste das Löwenarmband von seinem Handgelenk. »Kannst du darauf aufpassen?«

Elena lächelte zaghaft, als sie ihm ihr Handgelenk hinhielt und er es ihr umband. »Mach ich.«

»Ich hole es mir bald wieder ab. Versprochen.«

34

Die Sonne brannte heiß vom wolkenlosen Himmel, die Grillen zirpten um die Wette. Eine leichte Brise lockerte die stehende Hitze ein wenig auf und ließ die trockenen Sträucher leise rascheln.

Sie schwiegen, als sie den gekiesten Friedhofsweg entlanggingen.

Jim hätte nicht gedacht, dass er so schnell noch einmal nach Florida kommen würde. Sein letzter Besuch war mehr als riskant gewesen. Doch jetzt war die Bedrohung, die wie ein Damoklesschwert jahrelang über ihnen geschwebt hatte, verschwunden. Kamneys letzte Erben waren tot, seine Macht gebrochen. Alec und Marlene würden zwar noch etwas länger damit zu tun haben, die letzten Ausläufer seines Netzwerks aufzufinden und zu zerstören, aber jetzt waren alle Schulden beglichen, alle Gefallen eingefordert, alle Fesseln gelöst.

Jim konnte es immer noch nicht so recht glauben. Er war sein ganzes Leben lang von Kamney entweder benutzt, verfolgt oder bedroht worden, gewissermaßen noch lange über dessen Tod hinaus, und jetzt war es einfach vorbei?

Nein, nicht *einfach*. Dafür war entsetzlich viel Blut geflossen. Das von Mike, Rico, Sam, Ray, Chase, Kamney, ... und sein eigenes auch.

Jim fragte sich wie so oft in den letzten Tagen, was genau Ray für ein Typ gewesen war. Obwohl er mit ihm aufgewachsen war, eng mit ihm zusammengearbeitet hatte und ihn im Herbst und jetzt auf Fort Crawford erlebt hatte, konnte er sich nicht zusammenreimen, was in seinem Kopf vorgegangen sein musste.

Er war einer der engsten Keys von Kamney gewesen, hatte unzählige Konten gehackt und war auch in der Kamney-Nacht auf Sams Seite gewesen.

Und doch hatte er Mike geholfen, Beweise gegen Kamney zu sammeln. Er hatte Jim gewarnt, bevor sie ins Fort Crawford eingedrungen waren. Und er hatte Sam getötet, obwohl er ihm nur ein paar Stunden vorher das Leben gerettet hatte, als er die Kugel abgefangen hatte.

Vielleicht hatte er auch aus Kamneys Erbe ausbrechen wollen.

Jim war nicht überrascht, dass er um ihn trauerte. Ray war sein Lehrer, sein Meister gewesen. Er hatte Stunden mit ihm vor den Computern zugebracht und alles in allem war Ray ihm ein Vorbild gewesen. Ohne Sams Einfluss hätten Ray und er vielleicht sogar Freunde werden können.

Der Gedanke würde ihn wahrscheinlich noch länger beschäftigen.

Alysha griff nach seiner Hand und er sah auf. Dieser Teil des Friedhofs kam ihm noch bekannt vor.

Hier war Mikes Grab.

Jim sah zu Alec und Marlene, die einige Meter entfernt stehen geblieben waren und leise miteinander redeten. Für sie musste es auch schwer sein. Alec hatte zwar nie darüber geredet, aber Mike war in seinen Armen gestorben und Jim wusste, wie hart das gewesen war. Schließlich war Rico genauso gestorben und das würde Jim niemals vergessen.

Alysha bückte sich und pflückte ein paar trockene Blätter vom Grab, dann legte sie den frischen Blumenstrauß vor den dunklen Stein. »Ich vermisse ihn immer noch«, wisperte sie leise, »auch wenn ich weiß, dass er so vieles falsch gemacht hat. Er war nicht umsonst einer der Keys.«

»Das waren wir doch alle drei.« Jim rieb über die Narbe an seinem Handgelenk. »Und du weißt, dass er versucht hat, das Richtige zu tun. Er hat versucht, uns zu retten und einen Weg zu finden, Kamney zu entkommen.«

Sie nickte stumm und lehnte sich an Boaz, der ihr den Arm um die Schultern legte.

Eine Weile sahen sie schweigend auf den Grabstein hinab und Jim versuchte, sich an Mikes Gesicht zu erinnern, doch es verblich immer mehr und er konnte sich fast nur noch wegen der Fotos ins Gedächtnis rufen, wie Mike immer gelächelt hatte. Wie er in der Schule auf die anderen losgegangen war, wenn jemand Alysha und ihn auch nur schief angesehen hatte. Wie er Jim auf den Schultern getragen hatte. Wie zärtlich und liebevoll er mit Alysha umgegangen war.

Jim staunte wieder, wie sehr Gott ihn immer wieder mit Familie beschenkt hatte, obwohl er ein Waisenkind war. Er war nie allein gewesen. Gut, mit Will und Shakira hatte es nicht so toll geklappt, weil er sich schlichtweg geweigert hatte, sie als Eltern zu akzeptieren, aber jetzt hatte er Walter und Grace, seine Schwester, Rick und Elena ... so viele, die ihm das Gefühl gaben, dazuzugehören und Teil ihrer Familie zu sein.

Jim dankte Gott im Stillen dafür, dann bat er seinen himmlischen Vater, Mike gnädig zu sein. Er wusste zwar, dass Mike und Rico viel über den Glauben und Gott geredet hatten, aber ob Mike sich jemals für Jesus entschieden hatte, würden sie wohl erst im Himmel erfahren.

»Komm«, flüsterte Alysha und hakte sich bei ihm unter.

Alec und Marlene gingen voraus.

Ein mulmiges Gefühl machte sich in Jim breit. Er war nie bei Ricos Grab gewesen. Er wusste nicht, ob er nun bereit dazu war, die Endgültigkeit seines Todes bestätigt zu sehen.

Sie folgten Alec und Marlene auf dem gepflasterten Weg durch die zahllosen Reihen von Grabsteinen. Alyshas Griff verstärkte sich immer mehr, je näher sie ihrem Ziel kamen.

»Warst du schon einmal bei ihm?«, fragte Jim leise.

Sie nickte. »Einmal. Kurz nach der Beerdigung.«

Jim warf Boaz einen Blick zu. Er schien ebenfalls ein wenig besorgt und legte einen Arm um seine Frau.

Die beiden Agenten bogen in eine der Grabreihen ab und sie blieben vor dem weißgrauen Marmorstein stehen, in den Ricos Name eingemeißelt worden war.

»Wir lassen euch mal allein.« Marlene und Alec entfernten sich ein Stück und Jim heftete seinen Blick auf Ricos Namen. Johannes 15,13 war darunter eingraviert.

Niemand liebt mehr als einer, der sein Leben für die Freunde hingibt.

Einen passenderen Vers hätten sie nicht nehmen können.

Jim hatte Rico so unglaublich viel zu verdanken. Nicht nur, dass er Alyshas und Jims Leben in der Kamney-Nacht gerettet hatte. Es hatte schon lange vorher begonnen. Er hatte Alysha aufgefangen, nachdem Mike ermordet worden war. Er hatte sich um sie gekümmert, hatte sie getröstet und ihnen beiden vorgelebt, was es bedeutete, ein Kind Gottes zu sein.

Er schluckte hart, als er an die vielen Male dachte, an denen sie zu dritt auf den Wellenbrechern gesessen hatten. Jim hatte damals nicht viel von Ricos und Alyshas Gesprächen übers Christsein verstanden und es hatte ihn auch nicht interessiert, weil er ganz andere Probleme gehabt hatte. Aber Rico hatte Alysha einen unglaublichen Halt gegeben, was wiederum Jim ebenso gehalten hatte.

Alysha nahm seine Hand und holte ihn in die Gegenwart zurück. »Ich habe seinen Brief mitgebracht.« Ihre Stimme klang brüchig, als sie das dünne Papier aus der Tasche zog und Jim reichte. »Würdest du ihn vorlesen?«

Jim faltete das einzelne Blatt auseinander und begann, Ricos letzte festgehaltene Gedanken vorzulesen. Er musste sich ein paarmal räuspern, doch die letzten Sätze brannten sich ihm ins Gedächtnis.

Ich hoffe, Alysha versteht eines Tages, was wahre Liebe ist. Herr, ich habe versucht, es ihr zu zeigen, aber irgendwie will oder kann sie es nicht akzeptieren.

Vater, nur du kannst ihr Herz verändern.

Ich weiß, dass du auch Jonah in deiner Hand hältst. Bitte lass ihn niemals los.

Ich will dein Diener sein, in allen Dingen.

Alysha rannen stumme Tränen über die Wangen und Boaz umarmte sie fest.

Jim spürte den gleichen Schmerz wie sie, doch er war überrascht, daneben keine Schuldgefühle mehr zu haben. Ja, es stimmte, dass Rico wegen ihm in den Park gekommen war. Aber Rico hatte sich von Gott leiten lassen. Er hatte sich entschieden. Er hatte Jim und Alyshas Leben über sein eigenes gestellt; er hatte Nächstenliebe gelebt. Und letztendlich hatte Gott alles in der Hand, sei es Leben oder Tod.

Jim lehnte sich an seine Schwester und schloss die Augen. »Herr ... mein Vater. Mein Beschützer. Ich werde deine Gnade niemals verstehen, deine Barmherzigkeit nicht begreifen. Danke, dass du uns Rico geschenkt hast, dass er Teil unseres Lebens wurde und unseren Blick auf dich gerichtet hat.« Er spürte Alyshas Hand, die sich um seine legte, und drückte sie. »Danke, dass du mir meine Schwester zurückgegeben hast. Und danke, dass wir jetzt frei sein können.«

»Was hast du jetzt vor, Jay?« Alec lehnte am Geländewagen, den Blick aufs Meer gerichtet. Möwen kreischten in der untergehenden Sonne und kämpften um zurückgelassenen Abfall der Strandgäste. Boaz und Alysha saßen auf den Wellenbrechern – dort, wo Jim mit Rico und seiner Schwester so oft gesessen hatte. Er hatte den beiden etwas Freiraum lassen wollen und sich zurückgezogen, nachdem sie dort eine Weile zu dritt gesessen hatten.

Marlene hatte sich bereits nach dem Friedhof verabschiedet und war gefahren. Alec würde ihn, Alysha und Boaz später zum Flughafen begleiten.

»Ich weiß es nicht.« Jim lächelte schief. »Es ist … seltsam. Ich habe immer noch das Gefühl, dass ich ständig über die Schulter schauen sollte. Dass Sam jederzeit aufkreuzen könnte. Dass ich in Lebensgefahr bin. Jetzt auf einmal von all dem frei zu sein und machen zu können, was ich will … das hatte ich noch nie. Mein Leben war immer genau vorgeschrieben. Bei Kamney hatte ich kein Mitspracherecht, im Zeugenschutz musste ich mich an so viele Regeln halten, und selbst nachdem Sam dachte, er hätte mich über den Jordan gebracht, musste ich bedeckt bleiben.«

Alec nickte verständnisvoll. »Das wird wahrscheinlich auch ein wenig dauern, bis du damit klarkommst.«

»Nur in Chicago sollte ich mich nicht mehr so schnell blicken lassen. Jedenfalls nicht in nächster Zeit.« Er heftete seinen Blick auf seine Schwester. »Aber da zieht es mich auch nicht mehr hin. Ich habe Will und Shakira einiges zu verdanken, aber sie sind nicht meine Familie.«

»Wirst du zu Grace und Walter zurückkehren?«

»Das ist die große Frage, oder?«

Alec lächelte schelmisch. »Nun, schließlich wartet dort auch ein ganz besonderes Mädchen auf dich, nicht wahr?«

Jim musste grinsen. »Ja, das stimmt. Aber ich habe meine Schwester wieder. Ich hab so viel nachzuholen. Wir haben uns so sehr verändert seit damals. Wir haben einen Neuanfang, den wir irgendwie bewältigen müssen. Und wollen. Und zwar gemeinsam.«

Alec nickte verständnisvoll. »Ich bin froh, dass es vorbei ist, Jay. Nach allem, was geschehen ist und was ihr beide durchgemacht habt …«

»Dich hat es ja auch ganz schön lang beschäftigt.« Aus Gewohnheit schob Jim sich die Cap ein wenig tiefer ins Gesicht, als einige Fußgänger vorbeikamen. »Du kannst den Fall jetzt auch endlich zu den Akten legen.«

»Und ich hoffe, ich sehe dich nie wieder.« Alec lachte leise. »Du weißt, wie ich das meine. Ich will dich nicht wieder aus irgendwelchen Schwierigkeiten ziehen müssen.«

»Ich werde mir Mühe geben.«

Boaz und Alysha kamen langsam wieder zu ihnen geschlendert. Alec stieg ins Auto und ließ den Motor schon einmal an, damit die Klimaanlage anlief.

Alysha hatte geweint, sie sah aber erleichtert aus. Boaz hielt sie eng an sich gedrückt, auch er schien bewegt.

»Und jetzt?«, fragte Alysha und legte einen Arm um Boaz.

»Jetzt fliegen wir nach Hause und reißen ein paar Zäune ein.« Boaz strich Alysha liebevoll einige Haarsträhnen aus der Stirn. »Und ein paar Saferooms.«

»Aber nicht alle.« Alyshas Lächeln wackelte ein wenig. »Noch nicht.«

Boaz nickte. »Eins nach dem anderen.«

Alysha nahm Jims Hand. »Kommst du mit uns?«

Jim ließ seinen Blick über den Strand, das unruhige Meer und die Wellenbrecher wandern. Ein letztes Mal, bevor er diesem Ort für immer und ewig den Rücken kehren würde.

Er erwiderte Alyshas Händedruck. »Fürs Erste ja.«

Alysha sah ihm in die Augen und er wusste, dass sie ihn verstand.

Die Fahrt zum Flughafen verlief still.

Alec gab den Mietwagen ab und zu viert gingen sie durchs Terminal. »Tja«, sagte Alec, nachdem sie die Tickets gekauft hatten. »Hier trennen sich dann wohl unsere Wege.«

Boaz nickte und schlug kräftig in Alecs Hand ein. »Wir verdanken dir wirklich viel. Du und Agent Jones habt gute Arbeit geleistet.«

»Danke.« Alec gab auch Alysha die Hand. »Ich wünsche euch alles Gute.«

»Gott segne dich, Alec Hyde.« Sie lächelte warm, dann hakte sie sich bei Boaz unter und schlenderte Richtung Gate.

Jim vergrub ein wenig verlegen die Hände in den Taschen. »Ich bin es nicht gewohnt, auf Wiedersehen zu sagen.« Er hob eine Schulter. »Damit komme ich nicht so gut klar.«

»Wenn du magst, können wir gerne in Kontakt bleiben. Mein Angebot steht. Falls du mich jemals brauchst, ruf mich an.«

Jim lächelte schief. »Beruht auf Gegenseitigkeit. Ich arbeite gern mit Marlene zusammen.«

Alec lachte auf. »Klar, ich sag's ihr.« Seine Miene wurde wieder ernst. »Hey, ich wünsche dir wirklich alles Gute, Jay. Und das meine ich jetzt nicht nur als Floskel. Ich hoffe, dass du deine Freiheit, die du geschenkt bekommen hast, gut nutzt. Dass du deine Fähigkeiten für etwas Gutes einsetzt. Dass du deine Schwester wieder neu kennenlernst und dass du vielleicht endlich das Mädchen deiner Träume eroberst. Ohne dass Kamney über all dem schwebt wie ein Schatten.«

»Ich hoffe, du wirst auch frei.«

»Wovon?«

Jim blickte in die Richtung, in die Alysha mit Boaz verschwunden war. »Du warst davon genauso gefangen wie wir. Dir hat Sam jahrelang keine Ruhe gelassen. Der Gedanke, dass er da draußen ist und sein Unwesen treibt.« Er sah ihn ernst an. »Und ich sehe es immer noch in deinen Augen, dass du dich schuldig fühlst.«

»Damit muss ich leben. Wenn ich in meinem Job Fehler mache, sterben Menschen.«

Jim nickte. »Und doch hat Gott Leben und Sterben in der Hand, Alec. Ich hoffe, dass du das eines Tages verstehst. Das, was in der Kamney-Nacht geschehen ist. Was Rico da getan hat. Und warum.«

Alec nickte langsam. »Das hoffe ich auch.« Er streckte ihm die Hand entgegen. »Mach's gut.«

Jim ergriff sie und sah ihm in die Augen. »Danke, Alec. Dafür, dass du nach Mikes Tod nicht aufgegeben hast, dass du nach Key Seventeen gesucht und uns geholfen hast, aus Kamney House auszubrechen. Und dass du meine Familie beschützt hast.«

Alec lächelte. »Ich wünschte zwar, es wäre vieles anders gelaufen, aber ich bin froh, dass es jetzt vorbei ist.«

Jim zögerte kurz, dann zog er Alec schnell in eine Umarmung. »Danke, Mann. Ich werde dich vermissen.«

Alec schien wie erstarrt, dann klopfte er ihm unbeholfen auf den Rücken. »Ich dich auch, mein Junge.« Seine Stimme klang rau, und als er einen Schritt zurücktrat, wischte er sich verstohlen über die Augen. »Und jetzt geh schon, deine Schwester wartet auf dich. Und ich muss auch los.« Ohne noch weitere Worte zu verlieren, drehte er sich um, schulterte seine Reisetasche und verschwand in der Menge.

Jim sah ihm noch kurz nach, dann folgte er seiner Schwester und ihrem Mann.

Epilog

Zwei Wochen später

Es war ein so ungewöhnliches Bild.

Rick lag auf dem Rücken auf dem Teppich im Wohnzimmer und ließ zu, dass Noah ihn als lebendiges Klettergerüst benutzte. Danny saß im Schneidersitz daneben und versuchte, die Aufmerksamkeit seines Neffen mit Grimassen auf sich zu ziehen, womit er bisher nicht gerade erfolgreich war.

Mom, Dad und Mari saßen am Esszimmertisch, jeder einen Kaffeebecher in den Händen, und unterhielten sich angeregt, während Mom Notizen auf einen Block kritzelte. Elena hörte nur mit halbem Ohr hin, wie sie Maris Umzug nach Minnesota zu Tante Peggy planten und was sie dafür noch alles einkaufen wollten.

Es war ein schwieriges, aber trotzdem bewegendes Wiedersehen gewesen, als Mom und Dad sie am Flughafen abgeholt hatten. Mari war sehr unsicher gewesen und hatte die langen Umarmungen und Tränen ihrer Eltern über sich ergehen lassen, ohne selbst viele Emotionen zu zeigen. Elena vermutete, dass sie schon vor langer Zeit hatte lernen müssen, ihre wahren Gefühle zu verbergen, und so war es für sie nicht leicht, sich wieder auf ihre Eltern einzulassen.

Inzwischen war es schon viel besser, auch wenn manchmal sehr lange Pausen entstanden, wo niemand so recht wusste, was er sagen sollte.

Auch Danny war vorsichtig, was Mari betraf; auch er hatte noch Verletzungen, die er bisher immer gut überspielt hatte, die jetzt jedoch aufgerissen worden waren.

Mari hatte schnell klargemacht, dass sie nicht auf Dauer zu

Hause einziehen wollte, da sie befürchtete, wieder Streit zu verursachen, auch wenn ihre Eltern ihr das natürlich auszureden versuchten. Dann hatte Tante Peggy sich gemeldet, dass sie Mari sehr gern bei sich aufnehmen würde, wenn sie einverstanden wäre, da sie sowieso weiterhin etwas Hilfe brauchte.

Elenas Gedanken wanderten zu Jim.

Wie es ihm wohl bei seiner Schwester auf Fort Crawford ging? Er hatte sich zwar ein paarmal gemeldet, aber seine Nachrichten waren meistens kurz und enthielten nicht viel mehr Persönliches als »Mir geht's gut«.

Elena konnte immer noch nicht so ganz glauben, was dort alles geschehen war. Und welche Konsequenzen es nach sich gezogen hatte.

Mari war frei, zumindest musste Hank erst einmal eine Haftstrafe absitzen, weil Dojan sich geweigert hatte, die Kaution zu bezahlen. Jim hatte versprochen, dafür zu sorgen, dass sie keine Probleme mehr mit den Skullsplitters haben würden. Bei dem Gedanken hatte Elena zwar ein bisschen Bauchschmerzen, weil sie sich wahrscheinlich noch nicht einmal vorstellen konnte, was er für einen Preis dafür bezahlen musste, aber er hatte ihr versichert, dass er damit klarkam. Sie glaubte ihm zwar nicht so ganz, würde es aber sowieso nicht ändern können.

Gedankenverloren spielte sie mit dem Armband, das er ihr gegeben hatte. Ob er wirklich wiederkommen würde? Was, wenn er beschloss, dauerhaft zu seiner Schwester zu ziehen? Zweitausend Meilen weit weg? Sicher, er würde immer wieder mal herkommen, allein um Miss Grace und Walter zu besuchen. Und sie, hoffentlich. Aber wie oft würde er schon so eine Reise auf sich nehmen?

Sie wusste, dass er sehr an seiner Schwester hing. Es hatte ihn zerstört zu glauben, dass sie tot war. Und jetzt war sie am Leben. Es ging ihr gut. Sie hatten sich ausgesprochen und wieder angenähert. Warum also sollte Jim zurückkehren? Hatte er nicht dort in Oregon alles, was er wollte? Andererseits hatte er doch gesagt, dass er sich etwas Ernstes zwischen ihnen wünschte …

»Ey, Elle, wollen wir uns eigentlich so Pullis besorgen? Mit *World's best uncle* und so?«, riss Rick sie aus ihren Grübeleien.

»Dann müsst ihr euch aber einen besorgen, in den ihr beide reinpasst.« Sie grinste breit und wehrte das Sofakissen ab, das Danny nach ihr warf.

In diesem Moment klingelte es. Sie sprang auf und lief zur Tür. In der Erwartung, dass Chelsea und Anne endlich zum verabredeten Filmabend gekommen waren, riss sie die Tür auf. »Das hat ja auch lange genug gedauert.«

»Finde ich auch.« Jim lächelte breit, als sie die Augen aufriss und mitten in der Bewegung erstarrte. »Hi, Elle.« Er zögerte kurz, dann breitete er die Arme aus.

»Jim!« Elena warf sich in seine Umarmung.

Er war zurück! In Fleisch und Blut! Und er hielt sie fest und drückte sie an sich, als wolle er sie nie wieder loslassen.

Wie sie ihn vermisst hatte!

»Ich wusste gar nicht, dass du kommst!«, brachte sie zwischen den umherwirbelnden Gefühlen in ihrem Herzen hervor.

Langsam nahm Jim seine Arme wieder herunter. Der Blick, mit dem er sie jetzt anschaute, würde sich für immer in ihrem Gedächtnis einbrennen. Seine Augen wanderten über ihr Gesicht, als wolle er sich genau einprägen, wie sie aussah. Ein Grübchen erschien auf seiner Wange, als er wieder lächelte. »Das sollte auch ne Überraschung werden.«

Sie konnte nicht anders, als zurückzulächeln. »Ist dir gelungen.«

Eine kleine Pause entstand und Jim begann, unruhig mit den Füßen zu scharren. »Tja, ähm ... passt es grad nicht so gut, oder ...?«

Elena erwachte aus ihrer Starre. »Doch!«, rief sie aus und trat einen Schritt zurück. »Sorry, komm rein, ich war nur etwas ... überrumpelt.«

Er blieb stehen, wo er war. »Ich dachte, wir beide könnten eine Runde spazieren gehen.«

Sofort schlug Elenas Herz schneller. »Gern!« Sie schlüpfte in ihre Schuhe und folgte ihm nach draußen.

Der Himmel war bedeckt und ein frischer Wind kam auf, aber für Elena konnte es gerade keinen perfekteren Abend geben.

Verstohlen warf sie Jim einen Seitenblick zu, als sie nebeneinanderher durch die Siedlung und dann auf den Waldweg gingen. Er sah gut aus. Irgendwie war die Sorgenwolke, die ihn stets umgeben hatte, verschwunden. Früher hatte sie immer gedacht, er wäre einfach nur geheimnisvoll, doch inzwischen wusste sie, dass er sich eigentlich nur versteckt hatte. Er wirkte viel ruhiger, viel entspannter und freier. Kein Wunder, wenn man bedachte, was diesen Sommer alles geschehen war.

»Wie geht's deiner Schwester?«, fragte sie schließlich, als er keine Anstalten machte, etwas zu sagen.

Er schob die Hände in die Jackentaschen und lächelte. »Gut. Es ist ein längerer Prozess für sie als für mich, damit klarzukommen, aber Boaz ist echt unglaublich geduldig. Das ist genau das, was sie braucht. Sie traut der neuen Freiheit noch nicht so ganz, aber das ist okay. Sie hat sich lange genug versteckt.«

»Du aber auch.«

»Schon, aber ich habe mich eher virtuell versteckt als physisch, wenn du weißt, was ich meine. Das tue ich auch noch weiter, aber nicht mehr so extrem wie vorher. Alysha hingegen ist so sehr daran gewöhnt, sich in ihrer Scheune zu verschanzen, dass es für sie nicht so einfach ist, sich wieder unter Menschen zu begeben.« Er lächelte leicht. »Aber das kriegt sie auch noch hin. Sie will zu Thanksgiving herkommen, das ist ihr nächstes großes Ziel.«

Elena wirbelte herum. »Das heißt ... du bleibst hier? Du kommst wieder nach Hause?«

Jim nickte. »Ich würde mich komisch fühlen, auf Dauer bei Alysha und Boaz zu leben, weil sie quasi noch frisch verheiratet sind. Die brauchen mich nicht als zusätzlichen Faktor. Alysha verdient genug, dass sie zwischendurch mal vorbeikommen kann, und ich werde mir auch jobmäßig irgendetwas suchen, damit ich regelmäßig hinfliegen kann. Außerdem habe ich Grace und Walter vermisst.«

Elena grinste. »Ach, nur die beiden, ja?«

»Na ja, jetzt wo du es sagst ... Rick hat mir auch ganz schön gefehlt.« Jim zwinkerte ihr zu und sie stieß ihm spielerisch den Ellenbogen in die Seite, wobei sie versuchte, das Flattern in ihrem Bauch zu ignorieren.

Sie kamen zum Klettersteig und suchten sich einen der Felsen aus, von wo aus man eine gute Sicht auf den Wasserfall und ins Tal hatte.

»Wie geht es euch denn mit Mari?«, fragte Jim, als sie sich gesetzt hatten.

Elena erzählte ein wenig, was bisher geschehen war und wie sie versuchten, miteinander auszukommen. »Noah hat natürlich geholfen, indem er alle Herzen im Sturm erobert hat. Mom und Dad sind schon völlig vernarrt in den Kleinen, genau wie wir natürlich. Rick und Danny haben einen Wettbewerb am Laufen, wer der coolere Onkel ist.«

»Kann ich mir vorstellen.« Jim grinste breit. »Hat mein Adoptivvater sich noch mal gemeldet?«

»Ja, es geht ja jetzt weiter mit dem Sorgerecht und so. Und er hat etwas von pro bono gesagt.«

Jim hob die Augenbrauen. »Er wird kein Geld von Mari verlangen?«

Elena schüttelte den Kopf. »Ich glaube wirklich, dass er das dir zuliebe tut.«

Jim schien ehrlich beeindruckt. »Dann muss ich ihn unbedingt mal anrufen.«

»Ich glaube echt, dass er versucht, eine gute Beziehung zu dir aufzubauen.« Elena spielte mit dem Armband. »Er macht das vielleicht auf eine sehr unbeholfene Art, aber er bemüht sich.«

Jim lachte leise. »Unbeholfen? Er versucht, es mal wieder mit Geld zu lösen.«

»Und Unmengen an Zeit und Energie, die er investiert.«

»Du hast recht. Ich sollte nicht unfair sein.« Er lehnte sich zurück. »Eigentlich fänd ich es ganz schön, wenn ich mit Will und vielleicht sogar Shakira warm werden könnte. Ich habe ihnen trotz allem doch einiges zu verdanken.« Er deutete auf ihre Hand. »Kann ich eigentlich mein Armband wiederhaben?«

»Äh, klar!« Ein wenig enttäuscht begann sie, es von ihrem Handgelenk zu lösen. Insgeheim hatte sie gehofft, dass sie es behalten könnte. »Hier.«

»Danke.« Jim streifte es sich über und vergrub seine Hände wieder in den Taschen. »Alysha hat übrigens ne hohe Meinung von dir. Sie sagt, dass du eines der mutigsten Mädchen bist, denen sie je begegnet ist.«

Elena lachte auf. »Weil ich vor Sam im Angesicht des Todes geheult habe?«

»Weil du nicht durchgedreht bist. Weil du dich Hank gestellt hast.« Er suchte ihren Blick. »Weil du an meiner Seite geblieben bist, obwohl ich die verrückteste Vergangenheit habe, die man sich vorstellen kann.«

Elena musste schlucken, als sie ihm in die Augen sah. Was sollte sie darauf antworten?

Jim zog seine Hand aus der Jackentasche und öffnete sie. »Sie hat das hier für dich gemacht.«

Erstaunt und entzückt betrachtete Elena das filigrane Armband, das in Jims Handfläche lag. Es war teils aus Silber, teils aus Leder und auch hier war ein Löwenkopf eingeflochten, zusammen mit einer Ranke winziger silberner Blätter. Auf der Rückseite des Löwenkopfs war *2. Tim 1,7* eingraviert.

»Wow«, seufzte sie. »Es ist wunderschön!«

Jim fing ihren Blick auf und hielt ihn fest, als er vorsichtig nach ihrem Handgelenk griff. »Elena …« Er legte ihr das Armband an und nahm dann ihre Hand in seine. »Weißt du, was in dem Vers steht? Dass Gott uns keinen Geist der Furcht gegeben hat, sondern der Kraft. Und der Liebe.« Mit seiner freien Hand strich er ihr eine lose Haarsträhne hinters Ohr.

Sie konnte kaum atmen. Seine Finger blieben für einen winzigen Moment an ihrer Wange liegen. Dann hob er langsam ihre

Hand an seinen Mund und drückte seine Lippen darauf. Die Wärme in seinen Augen, als er sie wieder anlächelte, ließ jeden Zweifel, den sie je über seine Gefühle für sie gehabt hatte, einfach dahinschmelzen.

Er verschränkte ihre Hand mit seiner, sodass ihre beiden Armbänder nebeneinander zu sehen waren. »Daran könnte ich mich gewöhnen.«

Die Hoffnung und das Versprechen in seinem Blick ließen ihr Herz höherschlagen. Sie erwiderte sein Lächeln.

»Ich mich auch.«

Was zuvor geschah ...

Vanessa Siemens, Dorothea Balzer
Feuerprobe
ISBN 978-3-96362-268-7
288 Seiten, Paperback
auch als E-Book erhältlich

Nicht genug, dass Rick sich Sorgen um seine Zwillingsschwester Elena macht, die so gar nicht mehr sie selbst ist - da gibt es auch noch diesen Neuen an der Schule: einerseits so selbstbewusst, dass er zu jeder Party eingeladen wird, andererseits so abweisend, dass niemand wirklich an ihn herankommt. Und etwas sagt Rick, dass dieser Jim einen Freund brauchen könnte.

Elena wünschte, sie wäre mehr wie ihre große Schwester, die den Mut hatte, ihre langweilige Familie hinter sich zu lassen und ihr eigenes Ding zu machen. Manchmal fragt sie sich, was sie überhaupt noch hier hält.

Jim weiß, wie man sich anpasst. Wie man überlebt. Eigentlich will er sich in diesem Kaff mit niemandem einlassen, aber da hat er die Rechnung ohne Rick und Elena gemacht. Und ohne seine Vergangenheit, die ihn in einer schicksalhaften Nacht wieder einholt ...

Noch ein Buchtipp für Dich

Anni E. Lindner
Staub fliegt höher als Glitzer
ISBN 978-3-96362-331-8
283 Seiten, Paperback
auch als E-Book erhältlich

Cleo weiß nichts mit ihrem Leben anzufangen. Nach schlimmen Erlebnissen in ihrer Kindheit lebt sie inzwischen in einer Wohngruppe und versucht, ihren Schulabschluss zu schaffen. Was danach kommen soll, ist ihr allerdings ein Rätsel. Sie kann nichts, sie ist niemand.
Nach einem Diebstahl wird Cleo zu Sozialstunden auf dem Friedhof verdonnert. Sie ahnt nicht, wie die Geschichten der Toten sie verändern werden …

Danic ist Zirkusartist mit einer großen Followerschaft im Netz. Doch während er mit seiner Familie durchs Land tourt und mit seiner Freundin in der Manege auftritt, träumt er davon, Jura zu studieren und sich für mehr Gerechtigkeit starkzumachen. Er versteht die Welt nicht mehr, als er auf ein Unglück in der Geschichte seiner Familie stößt, das alle im Zirkus beharrlich totschweigen.

Ist es möglich, dass sich auf dem Friedhof mehr als Staub und in der Manege nicht nur Glitzer finden lässt?

Leseprobe: Kapitel 1

**Das Mädchen saß auf dem kühlen Stahlträger
und starrte hinunter in die Tiefe.
Unten schimmerte der Fluss.
Einladend. Ruhig. Tröstlich.**

»Clementine. Wie die Frucht.«

Der Stift kratzte über das Papier und ihr Name erschien, natürlich falsch geschrieben. Wie so oft.

Ungeduldig trommelte Cleo mit den Fingern auf ihren Oberschenkeln. Wann würde diese nervige Befragung endlich vorbei sein? Es war heiß in dem stickigen Büro des Kaufhausdetektivs. Zwischen ihren Brüsten bildeten sich schon Schweißperlen und das konnte Cleo nicht leiden.

»Du weißt, dass ich deine Daten überprüfen werde«, zischte der hässliche kleine Mann, in dessen Fängen sie sich befand. Schon wieder.

Gut, beim letzten Mal war es eine tätowierte Frau um die vierzig gewesen und das Büro wesentlich geräumiger. Trotzdem war es immer dasselbe.

Strafende Blicke, eine endlose Standpauke und die Androhung, sie dürfe den Laden ein ganzes Jahr lang nicht mehr betreten. Als ob es nicht genügend andere Supermärkte gäbe, auf die sie ausweichen konnte. Hausverbot hatte sie derzeit nur in zwei Discounterketten. Morgen würde sie es eben noch einmal an der Tankstelle versuchen. Dort hatte sie schon zweimal Tabak geklaut, ohne erwischt zu werden.

Aber erst einmal musste sie hier rauskommen.

Erfahrungsgemäß ließen die Erzieher sich Zeit, bevor sie auftauchten. Letzte Woche hatte es fast zwei Stunden gedauert, bis Mike mit dem blauen Polo auf dem Parkplatz erschienen war.

»Was soll das, Cleo?«, hatte er mit hochgezogenen Brauen gefragt. »Wir haben Besseres zu tun, als dich ständig aus irgendwelchen Detektivbüros abzuholen. Steig ein.«

Mike war eigentlich ganz okay. Er interessierte sich für seine Schützlinge und er war der Einzige, der Cleo manchmal zum Lachen bringen konnte. Außerdem sah er gut aus. Durchtrainiert, aber nicht protzig. Mit so schönen, leuchtend blauen Augen, und die Frisur immer ein wenig strubbelig. Aber er war uralt, mindestens Anfang dreißig. Also komplett uninteressant.

»Ich habe dich etwas gefragt«, drang plötzlich die Stimme des Kaufhausmackers in Cleos Bewusstsein.

Irritiert hob sie den Blick.

»Wen ich anrufen soll, will ich wissen. Jemanden, der dich abholt.«

Seufzend nannte Cleo die Nummer ihrer Wohngruppe. »Fragen Sie nach Mike.«

Während der Mann sich abwandte, um zu telefonieren, drückte Cleo das T-Shirt auf die Schweißperlen. Verdammte Hitze. Sie mochte den Sommer, aber hier in dieser stickigen Kammer war es einfach unerträglich.

Immerhin gab es, schräg gegenüber dem Stuhl, auf dem sie saß, einen kleinen Spiegel. Kritisch betrachtete Cleo sich darin. Langes schwarzes Haar umrahmte ein schmales Gesicht mit vollen Lippen und einer kleinen, hübschen Nase. Ein großes braunes Auge funkelte daneben; das andere wurde von der glatten schwarzen Pracht beinahe verdeckt. Aus gutem Grund.

Viel mehr als das Gesicht war im Spiegel nicht zu sehen. Der elegante Hals und ein kleiner Ansatz ihres Dekolletés, mehr nicht. Aber Cleo wusste, dass sie gut aussah. Zu gut für manchen.

»Er sagt, dass es eine Weile dauern kann.« Der Detektiv ließ den Hörer sinken und warf ihr einen unwilligen Blick zu. »Wie ich es hasse, wenn ihr Kröten mir meine wertvolle Zeit stehlt. Ich habe wichtigere Aufgaben, als auf kleine Mädchen aufzupassen.«

Cleo musterte ihn angriffslustig. »Ach ja, was denn? Ich dachte, es sei Ihr Job, böse Diebe dingfest zu machen.« Leider klang ihre Stimme nicht halb so selbstbewusst, wie sie es gewollt hatte. Im Gegenteil, sie kratzte ein wenig, als wollte sie verraten, dass da eigentlich Tränen darauf warteten, fließen zu dürfen.

»Jetzt werd nicht noch frech.« Der kleine Mann setzte sich auf einen Stuhl ihr gegenüber, genau vor den Spiegel. »Warum macht ihr das eigentlich? Hast du wirklich kein Geld oder ist das eine Mutprobe?«

Cleo zuckte mit den Schultern und wandte den Blick ab. Als ob sie erklären könnte, warum sie tat, was sie tat. Es war ihr ja selbst ein Rätsel, aber das ging diesen Typen gar nichts an.

Nein, es lag nicht am mangelnden Geld. Sie musste auch niemandem etwas beweisen – außer vielleicht sich selbst. Die Dinge, die sie geklaut hatte, waren ihr nicht einmal wichtig. Sie hatte sie einfach eingesteckt und das Gefühl genossen, unsichtbar zu sein. Tja, nicht unsichtbar genug. Beim nächsten Mal würde sie noch geschickter vorgehen müssen.

Die folgenden Minuten unter dem kritischen Blick des stämmigen Mannes mit der lächerlichen Lederweste vergingen quälend langsam.

Cleo vermutete, dass Mike sie absichtlich schmoren ließ – im wahrsten Sinne des Wortes.

Er betrat erst den Raum, als Cleo das Gefühl hatte, ihre Körpertemperatur wäre bis kurz vor der Kernschmelze angestiegen.

»Endlich«, stöhnte sie und stand auf.

Aber der Kaufhausdetektiv drückte sie zurück auf den Stuhl.

»He!«, protestierte Cleo und stieß seine Hand heftig weg. Wie konnte er es wagen, sie anzufassen! Sie spürte, wie ihr Herz zu rasen begann, neue Schweißtropfen bildeten sich auf ihrer Stirn und rannen an ihren Schläfen herab. Cleo stützte sich mit der

Hand an der Wand ab, um wegen des plötzlich aufkommenden Schwindels nicht zu wanken.

Mike warf ihr einen beschwörenden Blick zu. Jetzt bloß ruhig bleiben, hieß das.

Der Erzieher stellte sich in die winzige Lücke zwischen Cleo und dem Detektiv, eine menschliche Mauer gegen den Übergriff. Dankbar schloss das Mädchen die Augen und atmete durch.

Mike würde das hier regeln.

»Wo muss ich unterschreiben?«, hörte sie ihn fragen.

Zum Glück waren die Formalitäten rasch geklärt. Sogar die umfangreiche Belehrung konnte Mike abwenden, indem er versicherte, er hätte so etwas schon mehrmals gemacht.

Als sie zum Auto gingen, fühlte Cleo das schlechte Gewissen stärker als je zuvor. Obwohl sie nicht schnell genug von diesem Supermarkt wegkommen konnte, schienen ihre Füße aus Blei zu sein. Mit gesenktem Kopf folgte sie Mike über den Parkplatz.

Er öffnete ihr die Autotür. Für einen kurzen Moment sah er ihr in das freie Auge. Für Cleo war es, als dringe dieser Blick bis in ihre Seele. Rasch schlüpfte sie auf den Sitz, um diese Intimität zu unterbrechen.

Niemand hatte in ihrer Seele etwas zu suchen.

Mike schlug die Tür zu, umrundete den Wagen und setzte sich ans Steuer. Er drehte den Zündschlüssel im Schloss und das beruhigende Vibrieren des Motors setzte ein. Aber anstatt loszufahren, wandte Mike ihr das Gesicht wieder zu. »Was sollen wir nur mit dir machen, Cleo?« Er sah ehrlich besorgt aus und Cleo spürte, wie ihr Bauch sich verkrampfte. Sie biss auf ihre Unterlippe. Wie gut der Schmerz tat.

»Das ist das dritte Mal innerhalb von vier Wochen, dass du beim Klauen erwischt wirst. Wo soll das hinführen?«

Weil ihr keine Erwiderung einfiel, zuckte Cleo mit den Schultern. Sie fühlte sich hilflos, wusste aber, dass Mike es als Trotz auffassen würde.

Endlich löste er die Handbremse und legte einen Gang ein. Der

Wagen rollte über den Parkplatz. Cleo starrte bewegungslos aus dem Fenster, die Zähne noch immer in die Lippe gepresst. *Wohin soll das führen?* Gute Frage. Nirgendwohin. Denn sie gehörte nirgendwohin. Cleo schmeckte Blut und lockerte widerstrebend den Druck ihres Kiefers.

Mike akzeptierte ihr Schweigen und wenig später erreichten sie das Gelände der Wohngruppe. Der Polo kam zum Stehen.

Obwohl sie lieber einfach sitzen geblieben wäre, löste Cleo rasch den Gurt und stieg aus dem Wagen. Nur schnell in ihr Zimmer, bevor Mike weitere Fragen stellen konnte.

Die vordere Tür des Hauses stand offen. Im Jugendclub, der im Erdgeschoss untergebracht war, herrschte bereits Hochbetrieb. Eilig ließ Cleo möglichst viel Haar vor ihr Gesicht fallen, sodass nur noch ein kleiner Spalt zum Sehen frei blieb. Dann ging sie mit langen Schritten durch das Tor zum Hinterhaus und schlüpfte hinein. Drinnen im Flur war es kühl und ruhig. Aber oben am Treppenabsatz wartete wahrscheinlich schon Mona, die Sozialarbeiterin, die heute Tagschicht hatte. Cleo wünschte sich erneut, unsichtbar werden zu können. Das war die einzige Superkraft, die sie wirklich gern gehabt hätte. Es würde so vieles einfacher machen. Und es hätte so vieles schon verhindert, was ihr zugestoßen war. Aber daran wollte Cleo jetzt auf keinen Fall denken.

Auf Zehenspitzen huschte sie die Stufen hinauf. Richtig, oben am Tresen saß Mona. Sie blickte auf einen Block, der vor ihr lag: Vermutlich rechnete sie irgendwelche Ausgaben durch. Wenn Cleo ganz leise war, konnte sie vielleicht unbemerkt an ihr vorbeihuschen.

»Hi, Cleo.«

War ja klar. Sozialarbeiter waren wie Lehrer. Sie hatten scheinbar überall Augen.

»Ich hab Kopfschmerzen«, behauptete Cleo und versuchte, möglichst unschuldig auszusehen. Vielleicht hatte Mike noch nichts von dem Diebstahl gesagt.

»Okay, aber wir reden später.«

Natürlich. Wer hätte auch erwartet, dass nicht sämtliche Angestellten mit ihr über jeden ihrer Fehltritte hätten sprechen wollen. Cleo wusste, wie der Hase lief.

Sie rannte beinahe durch den kurzen Flur zu ihrem Zimmer.

Endlich. Die Tür fiel hinter ihr ins Schloss. Instinktiv drückte sie noch einmal dagegen, als würde das verhindern, dass ihr jemand folgte. Leider war es verboten abzuschließen.

Cleo warf ihren Rucksack auf das Bett und schob mit dem Fuß ihren Sitzsack vor die Tür. Am liebsten hätte sie auch noch den Schreibtisch dorthin geschoben.

Erst jetzt, in der Abgeschiedenheit ihres Zimmers, bemerkte Cleo, wie schnell sie noch immer atmete. Ihr Herz raste, als hätte sie den Mount Everest erklommen.

Verdammt, diese Scheißgefühle! Wie ein Tiger im Käfig ging Cleo zwischen Tür und Schreibtisch auf und ab.

Beruhige dich, Cleo. Ganz ruhig. Es ist vorbei.

Aber die Panikattacke ließ sich nicht wegreden. Wie eine Lawine brachen tausend Gedanken über sie herein. Raue Finger griffen nach ihr und zerrten an ihrem T-Shirt. Die Hand, auf ihren Mund gedrückt, war hart wie Stahl.

Wehe, wenn du schreist! Wenn du stillhältst, ist es schnell vorbei.

Cleo fühlte, wie ihr erneut der Schweiß ausbrach. Diesmal lag es nicht an der Hitze. Mit zitternden Händen packte sie das ehemals rosafarbene Schwein, das auf ihrem Kopfkissen lag, und presste ihr Gesicht hinein.

Atmen. Ruhig atmen. Du bist ganz allein hier, Cleo. Es ist keiner da, der dir etwas tun kann.

Aber die Logik hatte keine Chance. Als hätte jemand die mühsam zugedrückte Tür eines überfüllten Schrankes geöffnet, so stürzten vergangene Ereignisse über sie herein. Sie krallte die Hände in den ausgebleichten Plüsch und versuchte, sich nur auf ihren Atem zu konzentrieren. Ein und aus. Ein und aus.

Endlich wurde die Erinnerung weniger intensiv. Die Knie wurden ihr weich und Cleo ließ sich auf den Sitzsack fallen. Das

Schwein sank in ihren Schoß. Wie oft Rosalie ihr in den letzten Jahren geholfen hatte, das Hyperventilieren zu stoppen.

Cleo hasste es, welche Macht die Vergangenheit noch immer über sie hatte. Dabei war das alles so lange her. Wie aus einem anderen Leben. Aus einer Zeit, in der noch keine zartrosa gestrichenen Wände ihr Schutz geboten hatten. Nichts war damals so gewesen, wie es heute war.

Mit einem tiefen Atemzug ließ Cleo die Anspannung entweichen, die sie seit dem Moment im Griff gehabt hatte, als der Kaufhausdetektiv sie auf den Stuhl gedrückt hatte.

Natürlich hatte dieser Mann nichts mit alldem zu tun, was geschehen war. Er hatte jedes Recht, sie, die Diebin, zu maßregeln. Es war nicht seine Schuld, dass er sie an den Mann erinnerte, dem sie ausgeliefert gewesen war.

Nein, es war nicht seine Schuld. Es war ihre eigene.